Fanny Bechert

Der Zyklus der Fünf

Der Zyklus der Fünf

»Willkommen auf Qi Manor! Du trägst das Element Feuer in dir und gehörst ab sofort zum Zyklus der Fünf. Das sind übrigens deine Brüder: Erde, Wasser, Metall und Holz – deine neue Familie!«
Als die achtzehnjährige Robin diese Worte hört, fällt sie aus allen Wolken. Nicht nur, weil sich die versprochene Anstellung als Dienstmädchen in der alten Villa als Fake herausstellt – sie ist anscheinend auch noch für die derzeitige Hitzeperiode auf der Erde verantwortlich. Wie zum Teufel soll sie ihre Kräfte in den Griff bekommen, um den Kreis der fünf Elemente wieder ins Gleichgewicht zu bringen? Vor allem, da einer ihrer neuen ›Brüder‹ sie mit aller Vehemenz ablehnt, während ein anderer ihre Wangen zum Glühen bringt. Und das ist definitiv nicht ausschließlich auf die Hitzewelle zurückzuführen.

Die Autorin

Wenn man die 1986 geborene Autorin Fanny Bechert fragt, wie sie zum Schreiben kam, bekommt man neben einem verschmitzten Grinsen die Antwort: »Aus Versehen.«
Als Kind träumte sie davon, Schauspielerin zu werden. Sie spielte Theater, schrieb kleine Geschichten und liebte es, in die Welten ihrer Fantasie abzutauchen. Dann kam der Tag der Berufswahl – und sie wurde Physiotherapeutin. Bereut hat sie diesen Schritt nie, ihre Berufung fand sie jedoch erst zehn Jahre später.
Als passionierte Tagträumerin begann sie irgendwann, vereinzelte Fantasy-Episoden aufzuschreiben, die sich später ›aus Versehen‹ zu ihrem Debütroman ›Elesztrah‹ zusammenfügten.
Heute ist sie ihrem Kindheitstraum näher, als sie es je erwartet hätte. Während sie in ihren eigenen Büchern in ständig neue Rollen schlüpft, haucht sie auch fremden Charakteren Leben ein, indem sie ihnen als Hörbuchsprecherin ihre Stimme verleiht.

FANNY BECHERT

Fantasy

www.sternensand-verlag.ch | info@sternensand-verlag.ch

1. Auflage, Mai 2024

Umschlaggestaltung: Alexander Kopainski
Lektorat: Lektorat Laaksonen | Stefan Wilhelms
Illustration Overlays: JulesMangaArt
Satz: Sternensand Verlag GmbH
Druck und Bindung: Smilkov Print Ltd.

ISBN-13: 978-3-03896-315-8
ISBN-10: 3-03896-315-8

Für all meine treuen Leser,
danke für euer geduldiges Warten
auf mein nächstes Buch!

Teil 1

Die Glut

Der Zyklus der Fünf

Die Wandlungsphasen

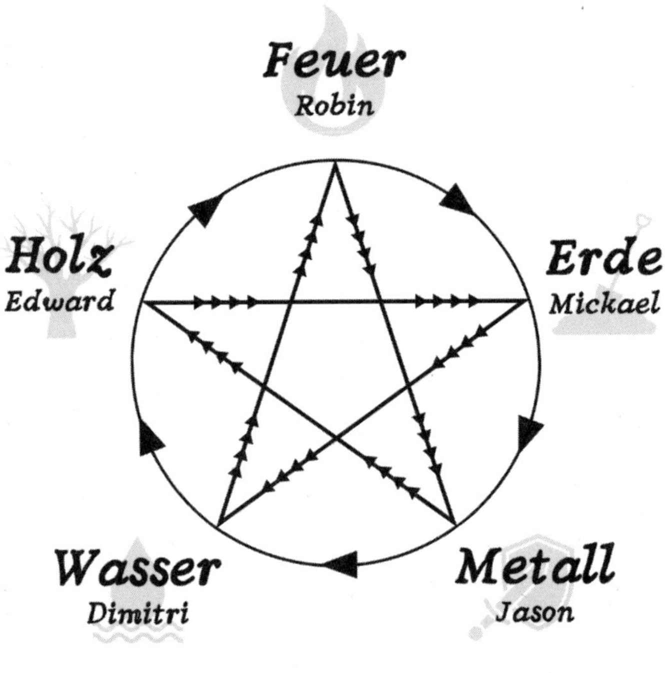

► Stärken/Unterstützen ►►►► Kontrollieren/Dämpfen

1

»Okay, Missie. Hier musst du raus.«

Sie reckte den Kopf aus dem kleinen Fenster der Kabine. »Das kann nicht Ihr Ernst sein? Wir sind definitiv noch nicht da.«

Der Kutscher zuckte nur mit den Schultern. »Ich kann aber nicht weiterfahren. Wo auch immer dein Ziel liegt, es führt kein Weg dorthin.«

Grummelnd öffnete Robin die Tür und sprang auf den überwucherten Waldboden.

Warum musste die gemäßigte Zone, in der sie ihre neue Stellung antrat, auch mitten im tiefsten Dschungel liegen?

»Soll ich dir mit dem Gepäck helfen?«, bot ihr der alte Mann an.

Sie stieß ein entnervtes Schnauben aus. »Ich muss es ab jetzt doch sowieso alleine schleppen, oder?« Zum Glück war der Leinenrucksack, den sie nun von der Gepäckablage zerrte, nicht schwer. Es war erschreckend, wenn man bedachte, dass er all ihre Habseligkeiten enthielt …

Lauter als nötig schlug sie die Klappe der Ablage zu und schulterte den Rucksack.

»Hey, hast du nicht was vergessen?«

Robin fuhr sich durch die kurzen roten Haare. Schon jetzt fühlten sie sich klamm an von der feuchtwarmen Luft. Die Hitze war hier fast noch unerträglicher als in den trockenen Gebieten.

»Wollen Sie echt dafür bezahlt werden, dass sie mich mitten im Nirgendwo rauswerfen?«, murrte sie.

Der Kutscher grinste. »Klar. Schließlich hab ich dich bis in dieses Nirgendwo gebracht. Und ich warte noch eine Weile, falls du es dir anders überlegst.«

»Das wird ganz sicher nicht passieren.« Sie ging um den Kutschbock herum und ließ fünf zerbeulte Münzen in seine ausgestreckte Hand fallen. Die letzten, die sie besaß. Ab jetzt war sie offiziell pleite.

Doch sollte alles glattgehen, würde sich dieser Zustand bald gravierend ändern.

»Sicher, Mädchen?«

Robin unterdrückte ein Knurren.

Sie war achtzehn, verflucht. Wieso behandelte sie dieser Typ wie ein kleines Kind, schon seit sie in seine Kutsche gestiegen war?

»Wenn ich du wäre …«

»Sie sind aber nicht ich.«

Damit drehte sie der Kutsche den Rücken zu und lief los.

Gefühlte Stunden streifte sie durch das dichte Unterholz. Ranken wucherten überall und hatten sie schon mehrmals fast zu Fall gebracht. Dazu diese Schwüle … Ihre dunkelbraune ärmellose Tunika klebte ihr regelrecht am Körper und die knielange Leinenhose kam ihr dick wie ein Bärenfell vor.

Verflucht, sie war solche Hitze doch gewöhnt?!

Aber wo sie herkam, war es nie derart feucht gewesen. Vermutlich würde ihr das Atmen selbst dann nicht leichter fallen, wenn sie nackt wäre.

Wie weit mochte es noch sein? Der Kutscher hatte mit der handgezeichneten Karte etwas anfangen können, die sie mitsamt ihrem Arbeitsvertrag bekommen hatte. Ihr sagten die Symbole und Striche jedoch rein gar nichts.

Hatte sie sich bereits verlaufen?

Plötzlich änderte sich etwas in der Luft. Als würde der Dschungel sich nur wenige Meter vor ihr öffnen und einem seichten Wind Einlass gewähren, der sich angenehm kühl auf Robins verschwitzte Haut legte.

Sofort wandte sie sich dem Luftzug entgegen. Ob er sie an ihr Ziel führen würde oder nicht, war ihr in diesem Moment egal. Die Aussicht auf die kleine Abkühlung, die er mit sich brachte, zog sie wie magisch an.

Tatsächlich musste sie nur noch wenige Meter zurücklegen, bis das undurchdringliche Dickicht auf einen Schlag endete, als hätte jemand eine unsichtbare Linie gezogen, die es nicht überschreiten durfte.

Als sie aus dem Dschungel hinaustrat, glaubte Robin, ihren Augen nicht zu trauen. Vor ihr erstreckte sich eine schier endlos wirkende Wiese, bewachsen mit saftigem Gras und wunderschönen bunten Blumen, durch die der Wind wehte, der sie hergelockt hatte.

Verwirrt sah sie sich um.

Wie konnte das sein? Solch eine Vegetation gab es normalerweise nur unter den künstlichen Klimakuppeln. Aber sie hätte es doch bemerkt, wenn sie eine betreten hätte.

Sie ging ein paar Schritte.

Das Gefühl der Grashalme, die sanft ihren nackten Füßen auswichen, war unbeschreiblich. Allerdings irritiere sie die Kälte, die der Boden darunter ausstrahlte.

Sie warf noch einmal einen Blick zurück, wo sich der Dschungel wie ein gefährlicher Berg hinter ihr auftürmte.

Nein, da war definitiv kein Glas, kein Kunststoff oder sonst irgendeine Schicht zwischen ihr und der Wildnis.

Eine Gänsehaut kroch ihre Arme hinauf. Teils kam sie von der Luft, die Robin mittlerweile beinahe kalt vorkam, teils aber auch von der Vorstellung, wie unmöglich die Existenz dieses Fleckchen Lands doch war.

Erneut ließ sie den Blick schweifen. Dabei blieb sie an einem Haus hängen, das ihr vorher nicht aufgefallen war.

Ob das die Villa war, die sie gesucht hatte? Groß genug, um ein Hausmädchen zu benötigen, war das Gebäude jedenfalls, das erkannte sie selbst auf die Entfernung.

Entschlossen griff sie an die Träger ihres Rucksacks. So seltsam die Gegend auch schien, würde es sie nicht davon abhalten, die Stelle anzutreten, die man ihr zugesagt hatte.

Kaum dass sie das große Eingangsportal erreicht hatte, drückte Robin beherzt auf den Klingelknopf daneben. Ein lautes Läuten erklang im Inneren und schien durch die gesamte Villa zu dröhnen.

Noch einmal fuhr sie sich durch die Haare, wischte sich den Schweiß von den Wangen und zog ihre Tunika glatt. Der erste Eindruck war wichtig, und auch wenn man ihr die Stelle bereits zugesichert hatte, wollte sie …

Die Tür wurde aufgerissen und Robin zuckte zusammen. Sie hatte gar nicht bemerkt, dass sich jemand von der anderen Seite genähert hatte.

In dem offenen Eingang stand nun ein junger Mann. Mit verschränkten Armen blickte er sie an, ohne ein Wort zu sagen.

Seine autoritäre Erscheinung raubte Robin einen Moment die Sprache. Mit dem braunen Anzug, dem hellgrünen Hemd und den perfekt gelegten schwarzen Haaren wirkte er wie einer der gestandenen ›Hot Winners‹, wie jene genannt wurden, die sich an der Klimakatastrophe gesundgestoßen hatten. Nur der Dreitagebart passte nicht zu dem gepflegten Erscheinungsbild. Außerdem war er zu jung, kaum älter als sie selbst.

Aber vielleicht war sein Vater …

Schluss mit dem Starren, ermahnte sie sich selbst. *Fokus!*

Sie straffte sich und schenkte ihm ein entwaffnendes Lächeln. »Hi, ich bin Robin.« Sie streckte ihm eine Hand entgegen.

Dabei versuchte sie, seinen missbilligenden Blick zu ignorieren.

Als er nicht reagierte, fügte sie hinzu: »Ich soll heute meine Stelle als Hausmädchen antreten.«

Falls es möglich war, wurde der Ausdruck in seinem Gesicht noch abschätziger. »Nein«, meinte er schließlich. »Du bist nicht Robin.« Damit trat er einen Schritt zurück und schlug ihr die Tür vor der Nase zu.

Irritiert zog sie die Augenbrauen zusammen. Was erlaubte sich dieser Schnösel bitte? Wenn jemand beurteilen konnte, ob sie Robin war, dann doch wohl sie selbst!

Ohne zu zögern, drückte sie erneut auf den Klingelknopf. Als ihr wider Erwarten ein zweites Mal geöffnet wurde, stemmte sie die Hände in die Hüften.

»Entschuldige mal«, fuhr sie den Typen an. »Dir ist schon bewusst, wie unhöflich das gerade war?« Sie holte Luft, um ihm noch einiges mehr an den Kopf zu werfen, als eine zweite Person neben ihn trat.

»Bitte entschuldige Edwards rüdes Verhalten.« Es war ein weiterer junger Mann, fast einen Kopf kleiner als der erste, dafür aber etwas pummelig und mit einem offenen Lächeln. »Komm doch bitte erst mal rein. Bei der Hitze heute solltest du nicht draußen stehen.«

Hitze?

Robin zog eine Augenbraue hoch.

Wann war der zum letzten Mal außerhalb eines gemäßigten Bereiches gewesen?

Dennoch zögerte sie nicht, die Einladung anzunehmen. Bei der finsteren Miene von diesem Edward traute sie ihm glatt zu, dass er ihr gleich wieder die Tür vor der Nase zuschlug, wenn sie nicht sofort hindurchschlüpfte.

»Ich bin übrigens Mickael.«

Robin schüttelte die dargebotene Hand. »Ich bin Robin.«

»Ich weiß«, meinte Mickael. »Wir haben immerhin auf dich gewartet.«

»Haben wir nicht«, knurrte Edward und verschränkte die Arme.

»Ich finde, sie sieht schon ziemlich feurig aus«, ertönte plötzlich noch eine andere männliche Stimme.

Robins Augen wurden groß, als zwei weitere junge Männer durch eine große, offene Flügeltür in die Eingangshalle traten.

Wo zum Teufel war sie hier gelandet?

»Ich bin Dimitri«, stellte sich der Sprecher vor. »Und das ist Jason.«

Die beiden standen im gleichen Kontrast zueinander wie Edward und Mickael. Während Dimitri schmal gebaut war, mit blasser Haut und kurzen dunkelblonden Haaren, war Jason geradezu ein Hüne. Groß, muskulös und irgendwie furchteinflößend. Die Tatsache, dass er beharrlich schwieg, machte es nicht besser.

Langsam zweifelte sie daran, ob es wirklich eine gute Idee gewesen war, herzukommen.

Sie beschlich das Gefühl, für ganz andere Dinge herbestellt worden zu sein, als Putzen und Betten zu machen …

»Ich kann verstehen, dass du überrascht bist, Edward. Ich hatte auch mit etwas anderem gerechnet«, meinte Dimitri nun und sah von ihr zu dem Angesprochenen.

»Ich hab alles erwartet, aber keine Frau.«

Robin fuhr zu Edward herum. »Ähm, ihr habt nach einem Hausmädchen gesucht. Welch Überraschung, wenn dann auch ein Mädchen hier auftaucht.«

»Wir haben nach dem Feuer gesucht«, bellte er zurück.

»Okay, okay …«, ging Mickael dazwischen. »Sie ist nun mal da. Und das kann nur eines bedeuten, das weißt du.« Schweigen legte sich über die große Halle, während er Edward einen vielsagenden Blick zuwarf.

Einen Blick, den Robin nicht verstand.

Dann richteten sich plötzlich alle Augen auf sie.

Ein unangenehmes Kribbeln breitete sich in ihrem Körper aus. Als Gänsehaut kroch es über ihre Arme, ihren Rücken, schob sich in ihr Innerstes und nistete sich als schwerer Stein in ihrem Magen ein.

»Sie muss gehen«, beschloss Edward nach einer gefühlten Ewigkeit.

»Sie könnte es aber sein«, hielt Dimitri dagegen.

»Wir sollten abstimmen«, schlug Mickael vor.

Robin biss sich auf die Unterlippe. Sie spürte noch einmal tief in ihren Bauch, der sie förmlich anschrie, dieses unheimliche Quartett einfach stehen zu lassen und die Villa auf direktem Weg wieder zu verlassen.

Doch was erwartete sie in ihrem alten Leben? Nicht enden wollende Hitze und eine Zukunft ohne Aussicht. Sie wusste nicht einmal, ob sie in das Waisenhaus zurückkonnte, das sie vor einigen Tagen erhobenen Hauptes verlassen hatte.

Nein, Letzteres kam nicht infrage. Sie hatte in solchen Einrichtungen gelebt, seit ihre Eltern bei einem Brand ums Leben gekommen waren. Mit knapp drei Jahren war sie dort gelandet und hatte sich immer nach dem Tag gesehnt, in die Freiheit entlassen zu werden. Keine zehn Pferde würden sie dorthin zurückbekommen.

Die grundlegende Frage war also: Schweißtreibendes Klima dort draußen gegen unterkühlte Stimmung hier drin … Wie sollte sie sich entschieden?

Nacheinander betrachtete sie die schrägen Typen, die sich vor ihr im Halbkreis formiert hatten und über ihr Bleiben oder Gehen diskutierten: Mickael zu ihrer Linken, dann Jason, daneben Dimitri und schließlich Edward.

Sie alle wirkten so verschieden, und dennoch glaubte Robin, eine Verbindung zwischen ihnen zu spüren.

Sie konnten Brüder sein … Doch das, was da in der Luft lag, fühlte sich irgendwie anders an.

Das Verrückte aber war, dass diese Verbindung *sie* miteinschloss. Als wäre sie ein Teil dieser Gruppe. Als würde sie eine Lücke füllen, die bisher zwischen ihnen geklafft hatte.

Nein, die Frage war nicht, wie sie sich entscheiden sollte, sondern warum sie noch zögerte. Irgendetwas in ihr flüsterte, dass hier ihr Platz war. Und obwohl diese Stimme viel leiser war als jene, die sie zur Flucht antrieb, vertraute Robin ihr.

Sie ließ den Rucksack von der Schulter rutschen und öffnete ihn. »Schluss mit diesem Theater«, fuhr sie die Jungs an, während ihre Hand wild in der Tasche kramte. »Ihr könnt mich ohnehin nicht wieder fortschicken. Ich habe einen unterzeichneten Vertrag, der mir eine sechsmonatige Probezeit zusichert.« Sie hatte gefunden, was sie gesucht hatte, und holte ein Blatt hervor, das Edward ihr sofort aus der Hand grabschte.

Mit den Augen überflogen das Papier. Dabei wurde seine Miene immer finsterer.

»Frühestens aufzulösen nach zwei Wochen«, ergänzte Robin, um vorzubeugen, dass jemand ihre Probezeit gleich als beendet erklärte.

»Tja, da kann man wohl nichts machen.« Mickael hatte über Edwards Schulter mitgelesen und zwinkerte Robin zu.

»Wer hat diesen Blödsinn aufgesetzt? Das stammt niemals …«

»Von mir?« Eine bisher unbekannte Stimme dröhnte von der Balustrade herab, welche die Eingangshalle umgab. »Oh, doch, mein lieber Junge.«

Alle Anwesenden hoben den Kopf, auch Robin. Beinahe hätte sie vor Erleichterung aufgeatmet. Mit dem Auftauchen des älteren Herrn schien endlich eine Autoritätsperson die Bühne betreten zu haben.

Während der Mann die Treppe zu ihnen hinabschritt, verflüchtigte sich das Gefühl allerdings wieder. Ja, er mochte bedeutend älter sein als der Rest der Truppe. Sein Körper glich dem eines Fünfzigjährigen, sein Haar hingegen eher einer verrückten Teeniefrisur aus alten Tagen. Es war kraus, aber so wirr, dass sich die zu erahnenden Locken nicht entfalten konnten. Dazu trug er es in zwei verschiedenen Farben, perfekt am Scheitel getrennt: schwarz und weiß. Als würde das Alter auf seinem Kopf mit der Jugend kämpfen, die in seinen Augen tanzte.

»Mein Name ist Allister Quinn. Bitte entschuldigen Sie das rüde Verhalten meiner Söhne.«

Interessant, die vier waren also wirklich Brüder?

Robin schob den Gedanken beiseite und konzentrierte sich völlig auf den Mann, der nun vor ihr anlangte.

»Ich freue mich sehr, Sie auf Qi Manor willkommen zu heißen, Miss …«

»Robin reicht«, sagte sie schnell und ergriff die dargebotene Hand.

Dass sie keinen Familiennamen besaß, weil sie *keine Familie* besaß, musste sie ihm ja nicht auf die Nase binden.

Allister Quinn führte sie zu seinen Lippen und hauchte einen Kuss auf ihren Handrücken. Dabei verbeugte er sich leicht. »Robin …« Er sprach ihren Namen aus, als wollte er jede Silbe davon kosten.

Nein, dieser Mann sorgte wirklich nicht dafür, die unangenehme Gänsehaut von ihrem Rücken verschwinden zu lassen.

Langsam genug, um nicht unhöflich zu wirken, entzog Robin ihm ihre Finger. »Mir wurde eine Anstellung als Hausmädchen zugesichert«, erklärte sie, nur um irgendetwas zu sagen. »Vor ein paar Wochen kam dieser Vertrag …«

»Sie müssen mich nicht überzeugen, junge Dame. Ich weiß um die Berechtigung Ihrer Anwesenheit.«

Dieser Ausdruck in seinem Gesicht … Es war, als könnte er direkt in ihre Seele schauen. Und was er dort sah, schien ihm zu gefallen. Einer seiner Mundwinkel hatte sich zu einem schiefen Lächeln gehoben, das jedoch nichts Freundliches hatte. Eher etwas Wölfisches. Doch dann rückte auch der Rest seiner Lippen nach und seine Züge wurden weich. »Ich freue mich, Sie bei uns begrüßen zu dürfen.«

»Sie kann es unmöglich sein, Quinn.« Edward stellte sich neben Robin und wedelte mit dem Vertrag. Die andere Hand hatte er zu einer Faust geballt.

»Willst du meine Entscheidung infrage stellen?« Quinn faltete die Hände vor der Brust, als wollte er beten. Das Lächeln hielt er stoisch aufrecht.

»Nein, aber …«

»Und was noch wichtiger ist«, fiel der offensichtliche Hausherr Edward nun ins Wort. »Willst du mir sagen, du kannst es nicht spüren?«

»Aber sie ist eine Frau!«, platzte es erneut aus ihm heraus. »Das hat es noch nie gegeben.«

»Nur weil es etwas noch nie gab, bedeutet das nicht, dass es so etwas nie geben wird.« Quinn entzog ihm das Blatt Papier. Dann blickte er die anderen an. »Oder seht ihr das anders?«

»Ich finde, sie sollte bleiben«, schoss es sofort aus Mickael hervor. »Ich fühl mich jetzt schon viel stärker.«

Robin runzelte die Stirn, hatte jedoch keine Zeit über diese Worte nachzudenken. Dimitri sprach bereits als Nächster in der Runde. »Ich denke auch, wir sollten ihr zumindest eine Chance geben. Die Probezeit steht ihr zu.«

»Sie wird Ärger bringen«, beharrte Edward auf seinem Standpunkt. »Ich lehne das ab.«

Alle Augen richteten sich auf Jason. »Was meinst du? Dafür oder dagegen?«, forderte Mickael ihn auf, sich ebenfalls zu positionieren.

Noch immer hatte er kein einziges Wort gesagt, seit er in der Eingangshalle aufgetaucht war. Die Miene des breitschultrigen jungen Mannes sprach jedoch Bände, er dachte genau das Gleiche wie Edward.

Robin war das egal. Master Quinn hatte sich bereits für sie ausgesprochen und mit Mickaels und Dimitris Stimme war ihr Bleiben eigentlich beschlossen.

Dennoch kribbelte ihre Haut, während Jasons Blick auf ihr ruhte, ähnlich intensiv wie vorhin der von Master Quinn. Seine Meinung würde nichts am Ergebnis ändern, doch irgendwie war sie Robin … wichtig.

»Dafür«, sagte er knapp. Es war nur ein einzelnes Wort, trotzdem dröhnte es in Robins Brust nach wie ein Donnerschlag.

Quinn klatschte in die Hände und stieß ein derart irres Kichern aus, dass Robin sofort zu ihm herumfuhr. Als sie ihn ansah, war nur das erhabene Lächeln zu sehen.

»Wunderbar.« Quinn bot ihr den Arm an. »Dann würde ich Sie jetzt bitten, mich in mein Büro zu begleiten. Ich möchte Ihnen gern das ganze Ausmaß ihrer *Anstellung* offenlegen.«

Robin schluckte.

Es war also beschlossen. Sie würde auf Qi Manor bleiben. Einer riesigen Villa in einem gemäßigten Bereich.

Einem Ort, an dem sie nicht nur fror, weil die Temperaturen so viel niedriger waren als an allen anderen Orten der Welt, sondern auch wegen der frostigen Stimmung.

Letzte Chance zur Flucht, drängte die Brüllstimme, während der Flüsterer nur befriedigt lächelte.

Nach kurzem Zögern schulterte Robin ihren Rucksack, reckte das Kinn und ließ sich von Quinn tiefer ins Gebäude führen.

2

Bestimmt fünf Minuten tappte sie neben Quinn her, der mal eine Treppe nach oben nahm, in einen Seitengang abbog, eine Treppe nach unten ging, Türen öffnete, die in weitere Gänge führten …

Zu Beginn hatte sich Robin noch bemüht, die Orientierung zu behalten. Doch spätestens ab dem Punkt, an dem sie sich zum vierten Mal nach links wandten, ohne auf den Weg zu treffen, den sie gekommen waren, hatte sie aufgegeben.

Dieses Haus war entweder ein verfluchtes Labyrinth oder hatte ein Eigenleben, das jeder Logik widersprach. So oder so war es riesig, viel größer, als es von außen den Anschein gemacht hatte.

Der Gedanke, all die Zimmer hinter den unzähligen Türen putzen zu müssen, brachte ihren Entschluss zu bleiben ein wenig ins Wanken. Allerdings waren viele Türklinken dermaßen verstaubt, dass die Räume dahinter vermutlich nicht benutzt wurden, dementsprechend auch keiner Zuwendung bedurften.

Ab und an sah sie sich nach dem jungen Mann um, der ihnen mit etwas Abstand folgte: Edward, der Mürrische, der sie am liebsten sofort rausgeworfen hätte. Auch jetzt verriet sein Blick ganz genau, was er hiervon hielt, nämlich nichts.

So ein arroganter …

»So, bitte schön«, riss Quinn sie aus ihren Gedanken und lenkte ihre Aufmerksamkeit wieder nach vorn.

Sie hatten eine Tür am Ende eines langen Ganges erreicht, die Robin zuvor jedoch nicht aufgefallen war.

Dieses Gebäude macht mich ganz kirre, schoss es ihr durch den Kopf, als Master Quinn auch schon die Klinke drückte und den Raum dahinter betrat.

Sie hatte erwartet, dass er sie in eine Art Büro führen würde, dieses Zimmer wirkte aber eher wie ein gemütlicher kleiner Salon. An den Wänden hingen altmodische Bilder und Teppiche, während kleine Skulpturen, Gesteinsbrocken und Schnitzereien auf Amphoren davor aufgereiht waren. In der Mitte stand ein runder Tisch mit drei Stühlen, gedeckt mit einem kitschigen Kaffeeservice.

»Nehmt Platz, ihr beiden«, wies der Hausherr sie an.

Robin ging zielgerichtet auf den Stuhl zu, welcher der Tür am nächsten war, stellte den Rucksack daneben ab und setzte sich.

Quinn nahm zu ihrer Rechten Platz, doch der dritte Stuhl blieb leer.

»Danke, ich stehe lieber«, kommentierte Edward aus Richtung des Eingangs.

Nun bereute Robin die Wahl ihres Sitzplatzes. Ein Blick über die Schulter zeigte ihr, dass Edward sich neben der Tür gegen die Wand gelehnt hatte. Sie würde ihn also die ganze Zeit im Rücken haben, während sie mit Master Quinn sprach.

Ein unangenehmes Prickeln breitete sich von ihrem Nacken aufwärts über ihre Kopfhaut aus.

»Schön, schön«, zog der Hausherr ihre Aufmerksamkeit wieder auf sich.

Robin richtete sich zu ihrer vollen Größe auf, rückte noch etwas an den Tisch heran und schaute ihm aufgeschlossen in die Augen.

Sie würde sich nicht aus der Ruhe bringen lassen.

»Ich habe dir einen Vertrag über eine Anstellung als Haushaltshilfe zukommen lassen«, begann der Hausherr.

Sofort tauchte Robin unter dem Tisch ab und kramte in ihrem Rucksack. »Ja, genau. Ich habe ihn hier und auch bereits unterschrieben …«

»Er ist hinfällig«, unterbrach Quinn ihre Suche, was sie hochschnellen ließ.

»Aber sie sagten …«

»Dass du bleiben sollst, richtig. Dem ist auch so. Nur sind die Bedingungen dafür ein klein wenig anders, als in diesem Vertrag angekündigt war.«

Sie faltete die Hände auf dem Tisch, nur um sie nicht zu Fäusten zu ballen.

Was kam jetzt, bitte schön? Sollte sie doch die Mätresse für die *jungen Herren* spielen? Oder gar für ihn?

Gab es vielleicht noch Schlimmeres, was er von ihr verlangen oder wozu er sie missbrauchen wollte? Man konnte nie wissen, was diesen reichen Schnöseln so einfiel, um ihre Langeweile zu bekämpfen. Dieses Misstrauen hatten die Betreuer im Heim ihr über Jahre eingetrichtert.

Quinn drehte sich ein wenig zur Seite, sodass er einen Arm locker auf der Stuhllehne ablegen konnte, und überschlug die Beine. »Was weißt du über diese Welt, junge Dame?«

Sie befeuchtete ihre Lippen mit der Zunge. »Möchtet ihr meinen Wissensstand überprüfen?«, fragte sie freiheraus. »Oder welche *Erfahrungen* ich bereits sammeln durfte?«

Gleichzeitig überlegte sie, ob sie es an Edward vorbeischaffen würde, wenn sie sich zur Flucht entschied. Aber selbst wenn ihr das gelang, blieb noch das Labyrinth an Gängen, durch welches sie zurückfinden musste. Egal, das würde sie schon hinbekommen. Und wenn es Stunden dauern würde, irgendwann würde sie auf den Eingang stoßen.

In einer schnellen Bewegung beugte sich Quinn nach vorn und ergriff ihre Hand. »Du hast hier nichts zu befürchten, das verspreche ich dir. Und solltest du nach unserem Gespräch lieber wieder gehen wollen, steht dir das selbstverständlich frei.«

Das Kribbeln im Nacken wurde stärker. Anscheinend erdolchte Edward sie gerade mit seinem Blick. Doch ihr Bauchgefühl bestätigte Quinns Worte.

So unangenehm der Typ hinter ihr war, sie fühlte sich dennoch nicht bedroht. Noch nicht.

Sie holte tief Luft. »Es ist 2054. Seit über einem Jahrzehnt befindet sich die Erde in einem klimatischen Ausnahmezustand, nachdem die Erderwärmung schlagartig zugenommen und den halben Planeten in eine Sauna verwandelt hat. Es gibt nur noch die Klimazonen heiß-feucht und heiß-trocken. Ich bin übrigens in letzterer aufgewachsen. Na ja, und dann gibt es noch die künstlich geschaffenen gemäßigten Zonen, deren Existenz durch sogenannte Klimakuppeln ermöglicht wird. Durch die werden nicht nur Temperaturbereiche getrennt, sondern auch die Gesellschaft. Nur die abartig Reichen können sich ein Leben dort leisten, egal ob sie es verdient haben oder nicht. Sie schwelgen dort in Luxus und Fülle, während der Rest der Menschheit in der Hitze vor sich hin vegetiert.« Plötzlich schlug sie die Hand vor den Mund, als ihr einfiel, dass sie sich gerade in einer gemäßigten Zone befand und mit wem sie dementsprechend sprach. »Entschuldigen Sie …«

Quinn winkte ab. »Keine Scheu, ich finde es erquickend, wie frei du erzählst.« Seine Augen funkelten. »Du empfindest die Welt also in einem … nun, nennen wir es *Ungleichgewicht*?«

Ihr entfuhr ein Schnauben. »Ungerechtigkeit trifft es eher.«

»Oh, ich meine nicht zwingend nur die Menschen, sondern alles.«

Irritiert hob sie eine Braue. »Ähm, nun, ja. Das mit der Hitze ist auch nicht normal, zumindest war es das wohl früher nicht. Ich war noch sehr klein, als sich das Wetter so krass geändert hat, und kann mich nicht daran erinnern.«

Er nickte ihr aufmunternd zu. »Gut, gut. Weiter.«

»Hören Sie.« Robin wand sich unter seinem Blick. »Sagen Sie mir doch bitte einfach, was mich hier erwartet, okay?«

Quinn schmunzelte. »Das ist nicht ganz so leicht. Zunächst muss ich dir erklären, wer wir sind.«

»Die Jungs haben sich mir bereits vorgestellt«, wiegelte sie ab, um die Unterhaltung voranzutreiben.

»Jungs … pah«, kam es schnaubend von Edward, dem diese Bezeichnung gar nicht passte.

Robin konnte das Grinsen nicht ganz zurückhalten, das sich auf ihre Lippen legen wollte, erst recht nicht, als auch Quinns Mundwinkel zuckten.

»Du kennst ihre Namen, das bedeutet aber nicht, dass du weißt, wer sie sind.« Mit einem Mal wurde Quinns Blick ernst. »Lass es mich dir erklären.« Er nahm eine der Tassen vom Tisch und trank einen Schluck, als müsste er seine Stimmbänder für den kommenden Vortrag befeuchten. »Alles in dieser Welt besteht aus Energie. Die Wissenschaft spricht von Atomen, Ionen, Quanten und so weiter. Doch in Wahrheit ist dieses Prinzip noch viel feinstofflicher.«

Am liebsten hätte sich Robin gegen die Stirn geschlagen, als ihr endlich dämmerte, was hier vor sich ging. Dabei lag es auf der Hand!

Das hier war kein Wohnsitz irgendeiner reichen Familie. So belehrend, wie der Mann vor ihr redete, musste es sich bei ihm um einen Professor oder so etwas handeln.

Nein, mehr noch – so wie er sich gab, war er vermutlich ein Direktor, und zwar von genau der Einrichtung, in der sie sich befand. Das hier war eine Schule, vielleicht sogar ein Internat. Und die Typen, die ihr geöffnet hatten, waren entweder übereifrige Studenten oder extrem junge Dozenten.

Fast hätte sie aufgelacht, als die Anspannung von ihr abfiel. Sie hatte es scherzhaft gemeint, aber offensichtlich prüfte der Direktor tatsächlich ihren Wissenstand. Anscheinend sollte auch das Personal über einen gewissen Intellekt verfügen.

Oder würde er ihr gar ein Stipendium anbieten, wenn sie sich jetzt nicht allzu dumm anstellte? War dies eine Art Aufnahmetest?

Wieder zog sich ein elektrisierendes Kribbeln über ihre Haut und ihr Herz begann zu flattern. Nur mit Mühe konnte sie sich auf das konzentrieren, was Master Quinn von sich gab. Er schien irgendeinen Sprung gemacht zu haben, den sie verpasst hatte, denn nun sprach er nicht mehr von Physik, sondern von Religion.

»Seit Anbeginn der Zeit existieren verschiedene Theorien darüber, wie unsere Welt entstanden ist und welche Mächte sie lenken. Nur eine davon ist korrekt, wie unsere Existenz eindeutig beweist: die Lehre der Wandlungsphasen. Hast du schon einmal davon gehört?«

Robin überlegte fieberhaft, musste aber verneinen.

Verflucht, war sie damit bereits durchgefallen?

»Laut dieser Lehre liegt allem, was geschieht, fünf Elemente zugrunde: Feuer, Wasser, Erde, Metall und Holz. Allerdings sind hier nicht nur die physischen Bedeutungen gemeint, wie ein Baum oder eine Handvoll Dreck. Vielmehr bezeichnen diese Elemente ein ganzes Sammelsurium von Energien, Eigenschaften und Fähigkeiten. Kannst du mir folgen?«

Sie nickte, wenn auch mit gerunzelter Stirn.

»Diese Elemente unterliegen einem Zusammenspiel, einem Wandlungsprozess, der alle Abläufe beeinflusst. Das Ziel dabei ist, ein Gleichgewicht auf Erden zu erhalten, eine gewisse Harmonie. Und genau das ist unserer Aufgabe.«

Er machte eine Pause und sah sie erwartungsvoll an.

Nur hatte sie keine Ahnung, was er erwartete …

Ein weiteres Mal warf Robin die Theorie in ihrem Kopf über den Haufen.

Das hörte sich nicht mehr nach Unterricht an, sondern nach einer Predigt.

War sie in einer Sekte gelandet?

Sie beschloss, einfach abzuwarten, was der Mann als Nächstes von sich geben würde.

»Die Welt ist voller Gegensätze«, fuhr er fort. »Tag und Nacht, Licht und Schatten, Jugend und Alter, selbst Mann und Frau. All das ist nötig für den natürlichen Lauf der Zeit und des Lebens. Es funktioniert allerdings nur, wenn beide Seiten im Gleichgewicht miteinander sind. Wenn alles einem gewissen Zyklus folgt.

Die Menschen sind der Auffassung, dies würde von allein geschehen. Doch das stimmt nicht ganz. Für jedes Element gibt es eine Inkarnation, sozusagen ein fleischgewordenes Abbild, einen Träger, einen Bewahrer – die sogenannten Baocun. Zusammen bilden sie den ›Zyklus der Fünf‹. Und es gibt Mächte, die versuchen, diesen Kreislauf zu stören. Aber das führt gerade zu weit, das sollst du später lernen.«

Robin spürte, wie ihre Hände feucht wurden.

Gar nichts wollte sie von dem abstrusen Zeug lernen. Noch konnte sie sich vorstellen, als Hausmädchen für diesen verrückten Haufen zu arbeiten. Aber nur, wenn sie sie mit ihren verqueren Ideologien in Ruhe ließen.

»Vier der Baocun hast du bereits kennengelernt. Edward, das Holz. Mickael, die Erde. Jason, das Metall. Und Dimitri, das Wasser. Und du bist die Fünfte im Bunde, das Feuer.«

Zwei Sekunden verstrichen, in der nichts als Stille in dem Salon herrschte. Robin blinzelte, öffnete den Mund, schloss ihn wieder. Sie holte tief Luft, stockte, stieß die Luft aus.

Dann sprang sie auf.

Da konnte ihr Bauchgefühl ihr Hunderte von viele Signale senden, dass alles in Ordnung sei. Vielleicht hatten die Leute hier nicht vor, sie für ein abstruses Opferritual zu missbrauchen oder sich anderweitig an ihr zu vergehen. Sie würde sich aber bestimmt keinem irren Kult anschließen, da konnte dieser Mann noch so nett zu ihr sein.

Was er von sich gab, war vollkommen durchgeknallt und sie würde sich da nicht hineinziehen lassen.

»Danke, ich lehne ab«, sagte sie schnell, schnappte sich ihren Rucksack und wirbelte zur Tür.

Leider hatte sie Edward vergessen, der nach wie vor da war und sich ihr nun in den Weg stellte.

»Hör ihm zu«, knurrte er, als sie einen Schritt auf ihn zumachte.

Er war wirklich einschüchternd mit seiner finsteren Miene, den breiten Schultern und den starken Armen, die er vor der Brust verschränkt hatte.

»Das habe ich. Und ich bin zu dem Schluss gekommen, dass dieser Job hier nichts für mich ist. Ganz wie du schon vermutet hast.« Robin fasste die Träger ihres Rucksacks fester. Wenn er versuchen würde, sie zu packen, würde sie ihm das Ding um die Ohren hauen.

»Ich weiß, wie sich das anhört«, erklang Quinns Stimme hinter ihr. Sie war mitfühlend, aber es schwang auch der Hauch eines Lächelns darin mit. »Deswegen habe ich Edward gebeten, unserem

Gespräch beizuwohnen.« Sie hörte das Knarzen eines Stuhls. Vermutlich war er aufgestanden. »Mein Junge, würdest du bitte.«

Ohne ein weiteres Wort streckte Edward ihr die Hand entgegen.

Reflexartig schlug Robin zu, doch bevor der Rucksack ihn treffen konnte, hatte Edward die Hand fortgezogen.

»Rühr mich nicht an«, zischte sie, als er den Arm abermals hob.

Er reagierte nicht darauf, sondern hielt ihr wortlos die Handfläche hin, auf der etwas lag. Ein Samenkorn, wie Robin aus dem Augenwinkel erkannte.

»Liebes, halte den Blick auf Edwards Hand gerichtet«, bat Quinn sie.

Ohne zu wissen, warum, gehorchte Robin. Irgendetwas in seiner Stimme hatte eine derart beruhigende, einnehmende Wirkung auf sie, dass sie gar nicht anders konnte. Sie vertraute ihm auf eine abartige, unerklärliche Weise.

So fixierte sie das Samenkorn, bis Edward die Faust darum schloss. Sie wagte nicht zu blinzeln, als plötzlich kleine weiße Fäden zwischen seinen Fingern hervordrangen. Zuerst glaubte Robin, er hätte ihr seine unmenschliche Kraft bewiesen, indem er das Korn zerquetscht und milchige Flüssigkeit herausgepresst hatte. Doch diese Fäden waren eindeutig aus festem Material.

Sie wurden länger, glitten wie Würmer über Edwards Haut und reckten sich zuckend wie Schlangenzungen in die Luft.

Was zum Teufel war das?

Um ihr die ungestellte Frage zu beantworten, öffnete Edward seine Hand wieder. Noch immer lag der Samen darin, aber er hatte sich verändert. Die Hülle war aufgeplatzt und Ursprung der weißen Fäden. Außerdem schob sich ein etwas dickerer Strang nach oben, der bereits einen leicht grünen Schimmer trug.

Kein Zweifel, der Samen hatte gekeimt.

Es war ein natürlicher Prozess, der in der Erde Stunden oder Tage benötigte. Hier aber war er gerade binnen weniger Herzschläge abgelaufen, und zwar in der Hand eines Mannes, ohne Wasser oder Dünger.

Doch das Wunder war bei weitem nicht vorbei. Robin wurde Zeugin, wie sich der kleine Keimling streckte, zu einem etwa ein Zentimeter langen Stiel wurde und schließlich ein kleines grünes Blatt zur Seite austrieb.

Eine Hand legte sich auf Robins Rücken, als sie zurücktaumelte. Sie spürte die Kante des Stuhls an ihren Kniekehlen, just in der Sekunde, als ihre Beine nachgaben.

»Was ist das für ein Trick?«, hauchte sie. Ihre Stimme war genauso jeder Kraft beraubt wie ihr Körper.

»Kein Trick, sondern simple Energie«, erklärte Quinn. »Danke«, richtete er sich an Edward. »Lass uns nun einen Moment allein. Aber halte dich bitte in der Nähe auf, um Robin ihre Gemächer zu zeigen, sofern sie bleiben möchte.«

Mit unveränderter Miene ballte Edward die Hand erneut zur Faust und zerdrückte die kleine Pflanze. Er drehte die Hand, ließ die Überreste, die nicht mehr als zerdrücktes Laub waren, fallen, und wandte sich ab.

Kaum dass Edward den Raum verlassen hatte, ging der Hausherr vor Robin in die Knie. Sanft strich er ihr eine verirrte Haarsträhne aus der Stirn.

»Edward ist der Holzbaocun, die Inkarnation des Elements Holz. Neben vieler anderer Eigenschaften kann er Gewächse direkt beeinflussen.«

Wie ein Fisch auf dem Trocknen klappte Robin den Mund zweimal auf und zu, unfähig auch nur irgendeinen Gedanken in Worte zu fassen.

Dafür sprach Quinn weiter. »Zu Beginn haben wir über die Zustände auf der Erde gesprochen, über die Hitzewelle, die das Leben der Menschen so stark beeinflusst. Erinnerst du dich?«

Natürlich tat sie das, immerhin war das erst vor wenigen Minuten gewesen. Aber vermutlich wollte er mit dieser Frage nur überprüfen, ob sie ihm noch folgen konnte.

Mechanisch nickte sie.

»Diese Veränderung hatte ihren Ursprung in diesem Haus, am Tag, an dem das Feuer erlosch.«

»Augenblick mal«, unterbrach Robin ihn nun doch. »Meinen Sie damit, einer dieser Elementtypen sei gestorben? Wie soll das gehen?«

Quinn legte den Kopf leicht schief. »Keiner hat behauptet, die Baocun wären unsterblich. Sie können Verletzungen erliegen, umgebracht werden oder einfach dem Alter anheimfallen. Sogar Selbstmord ist eine Möglichkeit. Als der Feuerbaocun von uns ging, handelte es sich um einen natürlichen Tod, sollte dies für dich von Bedeutung sein. Wenngleich er etwas unerwartet kam. Herzinfarkt, im Alter von vierundsechzig Jahren. Welch Ironie.« Er lachte kurz über einen Witz, den Robin nicht verstand.

Es wunderte sie ohnehin, wie distanziert er über das Ableben dieses angeblich so wichtigen Mannes sprach.

Quinn fuhr indes fort. »Das Universum spürt, wenn es für einen der Fünf Zeit wird, zu gehen. Normalerweise sorgt es dafür, dass dessen Nachfolger schon weit vorher das Licht dieser Welt erblickt. Es obliegt mir, diesen zu finden und herzubringen, um von seinem Vorgänger unterwiesen zu werden.«

Er machte eine Pause und sie nutzte die Zeit, um eine Frage einzuwerfen. »Ich dachte, die anderen sind Ihre Söhne?«

»Ich sehe sie als solche, ja. Und ich wünsche, dass auch ihre – eure – Verbindung untereinander mindestens so innig ist wie die unter

Geschwistern. Gezeugt und geboren werden sie aber außerhalb dieser Villa, von ganz normalen Menschen irgendwo auf der Welt. Meistens entwickeln sie sofort eine gewisse Begabung, manchmal erst nach einigen Jahren. Das hängt davon ab, wie es um den amtierenden Baocun steht. Ich spüre das Erwachen ihrer Kräfte und hole sie schließlich zu uns. Im Fall des Feuerbaocuns«, kehrte er zum ursprünglichen Thema zurück, »hatten wir den Nachfolger noch nicht gefunden. Das hat den Kreislauf der Wandlungsphasen erheblich gestört. Es hinterließ eine Lücke im Zyklus, statt zu fünft waren die Baocun nur zu viert. So konnten sie das Gleichgewicht der Welt nicht mehr aufrechterhalten und unsere Feinde nutzten ihre Chance. Unsere Schwäche wurde zu ihrer Stärke und die Hitze gewann die Oberhand.«

Was habe ich mit all dem zu tun?, wollte Robin fragen. Doch eigentlich ahnte sie schon, worauf Quinn hinauswollte. Er hatte es ihr ja bereits gesagt.

»Sehr, sehr lange habe ich nach dem nächsten Feuerbaocun gesucht. Aber es dauerte mehr als ein Dutzend Jahre, ehe ich fündig wurde. Ehe ich dich gefunden habe. Du, Robin, bist das Feuer. Du bist die Fünfte, das fehlende Element, das alles wieder ins Gleichgewicht bringt. Und wenn du es uns erlaubst, werden wir dir dabei helfen, die Macht, die du in dir trägst, zu erkennen.«

3

Edward stand in der geöffneten Doppeltür, die in den Südflügel führte. Er hatte wieder die Arme verschränkt und der Ausdruck in seinem Gesicht war noch immer genauso abweisend wie bei ihrer Ankunft. »Wenn du etwas brauchst, Dimitri bewohnt den Nordflügel und Mickael hat seine Räume im Keller.«

Robin sah sich völlig verstört um. »Hier … soll ich wohnen?« Schon der erste Blick verriet, dass ihr nicht nur ein Zimmer, sondern ein ganzer Gebäudeabschnitt zugeteilt worden war.

»Nein, das ist der Bereich, den du zu putzen hast. Wohnen wirst du in einem kleinen Verschlag unter der Treppe.« Edward verdrehte die Augen.

Robin hingegen entlockte sein Kommentar ein leichtes Schmunzeln. Versteckte sich da tatsächlich etwas Humor hinter dem Sarkasmus?

Als er sich zum Gehen wandte, hielt sie ihn zurück. »Warte …«

Sein Seufzen machte klar, dass er alles wollte, nur nicht auf sie warten.

»Kann ich es noch mal sehen?«, fragte sie. »Dieses Ding mit der Wurzel?«

»Wir sind keine Clowns, die ihre Fähigkeiten zu deiner persönlichen Belustigung einsetzen, klar? Wenn du die Sache nicht ernst nimmst, kannst du gleich wieder verschwinden.« Damit zog er endgültig ab.

Robin stand da wie festgefroren und starrte auf die Türen, die er in einer theatralischen Geste hinter sich zuzog. Wie ... unfreundlich!

Doch sie hatte andere Probleme als einen ungehobelten Mitbewohner.

Vorsichtig wie ein ausgesetztes Kätzchen, das seine neue Umgebung auf Gefahren untersucht, schlich sie durch die Räume.

Edward hatte sie in eine Art Lobby geführt, in der es große Bücherregale sowie eine Sitzgruppe mit einem Sofa und mehreren Sesseln gab. Außerdem entdeckte sie ein Schreibzimmer, eine kleine Bibliothek, ein Schlafzimmer, ein Ankleidezimmer, ein Bad und einen Raum mit diversen Geräten, die wohl der körperlichen Ertüchtigung dienten.

Während sie durch den ihr zugeteilten Bereich wanderte und die altmodische Inneneinrichtung musterte, war ihr Kopf noch mit dem beschäftigt, was Allister Quinn ihr vorhin erzählt hatte.

Seine Geschichte war abstrus, wenn sie es freundlich ausdrückte. Mächtige Wesen, Elementarträger – sogenannte Baocun – die das Gleichgewicht auf Erden aufrechterhalten sollten ... der Zyklus der Fünf.

Edward, das Holz.

Mickael, die Erde.

Jason, das Metall.

Dimitri, das Wasser.

Und sie selbst das Feuer.

Sie war hier in eine extrem krasse Sache hineingeraten, ohne Frage.

Das war ihr spätestens klar geworden, als Quinn ihr nach Edwards Demonstration noch ein wenig mehr über die Fähigkeiten der Baocun und ihre Gegenspieler erzählt hatte.

Es klang so verdammt nach ›Superhelden‹ … Wie sollte sie das für bare Münze nehmen?

Als sie das letzte Zimmer ihres neuen Reiches betrat, stutzte sie. Der Raum war vollkommen leer, bis auf ein rundes Kissen in der Mitte. Schwarze Striemen zogen sich über den Boden, der hier nicht aus Parkett, sondern aus Steinfliesen bestand.

Und war das Ruß an den Wänden?

Sie wusste, dass bereits vor ihr eine Inkarnation des Feuers in diesem Flügel gelebt hatte. Hatte er diese Spuren hinterlassen? Und war sie bereit, diesen zu folgen?

Urplötzlich stieß Robin einen lauten Schrei aus, in der Hoffnung, dem Druck in ihrem Inneren damit ein Ventil zu geben.

Das war doch alles irre, völlig verrückt. Es gab keine Magie!

Aber die Spuren in diesem Zimmer … Die kleine Pflanze, die Edward hatte wachsen lassen …

Robin kehrte zurück in die Lobby ihres Flügels, stellte sich ans Fenster und raufte sich die Haare.

Fünf Elemente, die den Kreis des Lebens am Laufen hielten. Und in ihrer Mitte ein alter Mann, der sich selbst als das Zentrum des Universums betitelte?

Ein Haus voller Durchgeknallter traf es wohl eher. Und dass sie auch nur in Erwägung zog, dies sei die Wahrheit, zeigte, dass sie ebenfalls auf dem besten Weg war, ihren Verstand zu verlieren.

Sie sah nach draußen, ließ ihren Blick über die weitläufige Wiese gleiten, bis er schließlich auf die Grenze zum Dschungel traf. Wie ein Strich zog sie sich durch die Landschaft, als gäbe es tatsächlich eine physische Barriere, die diesen gemäßigten Bereich von der Hitze außerhalb abschirmte. Es musste eine geben, es ging gar nicht anders.

Vermutlich hatte Robin sie nur durchquert, ohne etwas zu bemerken.

Vermutlich war der Ruß an den Wänden nebenan durch einen ganz normalen Brand entstanden.

Und was wusste sie, ob es in gemäßigten Bereichen keine Pflanzen gab, denen bloßer Hautkontakt zum Wachsen genügte.

Sie konnte es an einer Hand abzählen, wie oft sie eine der Klimakuppeln besucht hatte!

Taschenspielertricks, nichts weiter.

Aber für die Menschen, die in diesem Haus lebten, war die Geschichte um die Baocun real. Wer wusste, was sie sich für abstruse Dinge einfallen ließen, um ihre Wahnvorstellungen im Alltag auszuleben. Am Ende zündeten sie Robin an, um ihr zu beweisen, dass sie das Feuer war.

Erschrocken über ihren eigenen Gedanken fuhr sie herum.

War das in dem leeren Raum passiert? War sie womöglich nicht die erste Anwärterin auf die Stelle des Feuerbaocuns?

Okay, wenn sie auch nur ein bisschen an ihrem Leben hing, musste sie schleunigst weg!

Die Hitze da draußen war allemal besser auszuhalten als das Fegefeuer, das sie hier vermutlich erwartete.

Als hätte sich ein Schalter in ihr umgelegt, hechtete Robin zu dem Sessel, auf dem ihr Rucksack lag, warf ihn über die Schulter und sprintete zum Ausgang.

Hätten ihre Füße den Weg nicht von allein gefunden, hätte sie sich in der großen Villa wohl gnadenlos verlaufen. Doch bereits nach wenigen Schritten erreichte sie die Treppe, die nach unten in die imposante Eingangshalle führte.

Sie zuckte nicht einmal zurück, als sie Mickael dort stehen sah. Direkt auf dem Weg zwischen ihr und dem Ausgang.

»Hey, Robin, was geht?«, fragte er und grinste ihr entgegen.

Sie schenkte ihm keine Beachtung, drosselte nicht einmal ihr Tempo. Sie flog regelrecht die Stufen hinab, rempelte ihn mit der Schulter zur Seite und stürzte auf die Tür zu.

Eine Welle purer Erleichterung durchflutete sie, als sich die Tür wider Erwarten ohne Probleme öffnen ließ. Schon war sie draußen.

»Robin, warte. Wohin willst du?«

Mickaels Rufe ignorierend, rannte sie weiter, hielt auf den Dschungel zu, der ihr so ewig weit entfernt vorkam. Egal, und wenn sie hinterher den Muskelkater ihres Lebens haben würde, sie würde laufen, bis ihre Beine sie nicht mehr trugen.

Hauptsache, weg von diesen Verrückten!

»Haltet sie auf. Sofort!« Das war Master Quinns Stimme, die von irgendwo aus dem oberen Stockwerk zu kommen schien. Er musste ihre Flucht von einem der Fenster aus entdeckt haben.

»Edward!«, schrie Mickael in ihrem Rücken.

Lauf, Robin, lauf!, trieb sie sich an. *Wenn du hierbleibst, bringen die dich um!*

»Verdammt, warum hast du sie nicht aufgehalten?«, hörte sie Edwards böses Knurren.

Ein Blick zurück zeigte ihr, dass mittlerweile alle vier jungen Männer auf der Veranda angekommen waren. Schon setzten sie an, ihr zu folgen.

Doch der Abstand, den sie bereits zwischen sich und die Villa gebracht hatte, sollte genügen. Sie sollte es schaffen, vor ihnen die Grenze zum Dschungel zu erreichen. Und war sie erst raus aus diesem gemäßigten Bereich …

Hatte das Dickicht sie erst verschluckt …

Ein knarzendes Geräusch ertönte ganz dicht bei ihr. In der nächsten Sekunde blieb ihr Fuß an einer Erhebung im Gras hängen und sie schlug der Länge nach hin.

Worüber zur Hölle war sie gerade gestolpert?

Ihre Handflächen brannten, als sie sich hastig aufrappelte, genau wie ihre Knie.

»Wenn du stehen bleibst, werden wir dir nichts tun«, rief Mickael ihr nach.

»Und wenn du nicht stehen bleibst, werden wir dich dazu zwingen«, ergänzte Edward.

Dafür müsst ihr mich erst mal kriegen, dachte sie, sparte sich aber den Atem.

Sie brauchte alle Kraft, um zu rennen. Schneller als ihre Verfolger zu sein, sollte doch nicht so schwer sein!

Edward und Jason mochten kräftig sein, mit ihren breiten Körpern aber sicher langsamer als sie. Mickael wirkte ohnehin nicht sonderlich sportlich und Dimitri …

»Dimitri, das ist deine Aufgabe«, rief Quinn ihnen hinterher.

Mist, hatte sie den schlaksigen Kerl also unterschätzt. Vermutlich war er der Läufer unter ihnen und klebte bereits an ihren Fersen.

Sollte sie es riskieren, sich noch einmal umzusehen?

In diesem Moment löste sich etwas von der Erde. Um Haaresbreite schaffte es Robin, das Hindernis zu überspringen, bevor es sie erneut zu Fall brachte.

Ihr Herz dröhnte in der Brust.

Hatte sich da wirklich gerade eine Wurzel aus dem Boden geschoben, um nach ihr zu greifen?

Sie blinzelte heftig, musste es sich eingebildet haben. Wahrscheinlich schickte ihr Körper allen vorhandenen Sauerstoff in ihre Beinmuskeln, sodass für ihr Hirn nichts mehr übrig blieb.

Die Grenze zum Dschungel war nicht mehr weit, vielleicht hundert Meter.

Das schaffte sie, das musste sie schaffen!

»Du musst sie kontrollieren, verflucht«, brüllte Edward hinter ihr. Er klang viel näher, als sie gehofft hatte.

»Ich hab das noch nie gemacht, verflucht«, erwiderte Dimitri.

»Entweder du stoppst sie oder wir tun es.«

»Wir können ihr nicht wehtun«, mischte sich Mickael in die abgehetzte Unterhaltung ein.

»Tja, das hat sie dann sich selbst zuzuschreiben. Quinn will, dass wir sie aufhalten. Jason!«

Es war eine Aufforderung. Aber zu was?

Abermals bremste etwas Robins Schritt, so abrupt, dass sie erneut das Gleichgewicht verlor und fiel. Dieses Mal gelang es ihr nicht, sich sofort wieder auf die Beine zu hieven. Etwas sorgte dafür, dass sie ihre Füße keine dreißig Zentimeter voneinander entfernen konnte.

Ihr wurde schwummrig, als sie auf ihre Knöchel starrte. Ein etwa handbreiter Metallring, von etwa einer Hand breit lag um jeden von ihnen, verbunden mit einer kurzen Kette.

Wie zum Teufel war diese Fessel dorthin gekommen? War sie in eine Falle getreten?

»Dimitri«, grollte Edward bedrohlich.

Die Jungs waren nur noch wenige Schritte von ihr entfernt, blieben nun jedoch stehen.

»Sie kommt jetzt bestimmt freiwillig wieder mit zurück. Oder, Robin?« Nahezu flehend sah Mickael sie an.

»Ihr könnt mich mal«, zischte sie und sprang auf, so gut es mit dieser eingeschränkten Schrittlänge ging.

Edward streckte die Hand aus. Sofort wirbelte Robin herum, um ihre Flucht fortzusetzen.

Allerdings erwartete sie dort nicht der freie Blick auf den Dschungel, sondern eine Wand aus massivem Holz. Sie selbst war nicht mehr fähig, ihren Schwung zu bremsen, die Planken waren es hingegen schon. Ein hässliches Knacken ertönte, als ihr Kopf mit voller Wucht dagegen prallte. Schon taumelte sie rückwärts, die Kette zwischen ihren Füßen straffte sich und sie fiel zum dritten Mal.

So gern wäre sie liegen geblieben. In ihrem Kopf dröhnte es und Sterne tanzten in ihrem Sichtfeld, egal ob sie die Augen schloss oder geöffnet hielt. Aber noch immer trieb ihr Instinkt sie zur Flucht. Sie rollte sich zur Seite, kam auf alle viere und krabbelte seitlich an der hölzernen Wand entlang, die nur wenige Meter breit war. Dahinter lockte Freiheit, Sicherheit – zumindest vor diesen irren Typen.

»Sie ist wohl zäher, als du dachtest, Edward.«

Wow, selbst Jason ließ sich dazu herab, ihre Flucht zu kommentieren.

»Dimitri … letzte Chance«, ermahnte dieser seinen Bruder.

Robin sah zu ihnen, musste aber blinzeln, da ihr eine warme Flüssigkeit ins Auge lief.

Blut …

Dennoch sah sie, wie Jason sich neben den schlaksigen Jungen stellte und dessen Hand ergriff. »Ich helfe dir«, tönte seine Stimme, nun ungewöhnlich sanft für so einen Riesen.

Ihr Blick traf seine hellblauen Iriden, die mit einem Mal nahezu weiß wirkten.

Plötzlich umfasste ein Strahlen die beiden jungen Männer und eine überwältigende Ruhe ergriff Robin. Jeder Gedanke an Flucht verschwand, das Hämmern ihres Herzens milderte sich zu einem seichten Pochen. Der rauschende Blutfluss in ihren Ohren verstummte und eine angenehme Wärme umfing sie.

Mit einem Mal wollte sie nichts anderes mehr als schlafen. Das Bedürfnis war so stark, entzog ihr jegliche Kraft. Schon knickten ihre Arme ein.

Sie spürte noch, wie sie seitlich gegen die Holzwand kippte, die sie versucht hatte, zu umrunden. Ihre Sicht verschwamm, alles wurde erst hell, dann dunkel und schließlich rot.

4

Als sie die Augen wieder aufschlug, glaubte sie, nicht mehr länger unter den Lebenden zu weilen. Alles um sie herum war von einem roten Schleier überzogen: der Baldachin des Bettes, die Bettdecke, der Schrank an der ebenfalls roten Wand ihr gegenüber. Und sogar der Mann, der neben ihrem Bett saß und in einem Buch blätterte.

Robin blinzelte, hielt die Lider kurz geschlossen und als sie sie erneut öffnete, war der Schleier verschwunden. Das Rot des Baldachins blieb jedoch, was ihr zeigte, dass sie in dem Schlafzimmer im Südflügel lag. In *ihrem* Schlafzimmer.

Allister Quinn räusperte sich. »Du bist schneller wieder bei Bewusstsein, als ich erwartet habe.« Geräuschvoll klappte er das Buch zu, was Robin zusammenzucken ließ, und legte es auf ihrem Nachttisch ab.

»Warum haben Sie mich nicht gehen lassen?«, krächzte sie die erste Frage, die ihr in den Sinn kam. Das ›Wie‹ war eine andere Nummer … Ihr Hirn war noch nicht bereit, sich mit den mysteriösen Geschehnissen auseinanderzusetzen, die sie an ihrer Flucht gehindert hatten.

»Weil du nicht gehen wolltest.«

Sie drehte den Kopf und sah ihn an. »Ich bin weggelaufen«, meinte sie trocken.

Quinn lachte leise. »Ja, aber nicht, weil du uns verlassen wolltest. Du hast lediglich eine von Panik geleitete Überreaktion an den Tag gelegt.« Mit einem gönnerhaften Lächeln schlug er die Beine übereinander. »Du kannst mir später dafür danken.«

»Danken? Wofür?« Wütend wollte sie sich aufsetzen, um ihren Worten mehr Nachdruck zu verleihen, doch auch das schien sie noch zu überfordern. Sie konnte gar nicht benennen, an welchen Stellen ihr Körper überall schmerzte. »Ihre Söhne haben mich fast umgebracht«, schnaubte sie, während sie sich wieder ins Kissen sinken ließ.

»Nein. Also«, er wechselte den Beinüberschlag, »nicht dass sie es nicht gekonnt hätten. Es wäre schlichtweg Verschwendung gewesen. Dimitri hat lediglich etwas gebraucht, um einen Zugang zu dir zu finden. Es war das erste Mal, dass er jemanden gedämpft hat.«

Robin schloss die Augen. *Absurd*, schoss es ihr durch den Kopf. Das hier war alles so absurd! Und doch hatte sie es gesehen. Sie hatte die Magie, die diese Jungen beherrschten, am eigenen Leib gespürt. Die Erdspalte, in dem sich ihr Fuß verhakt hatte. Die Fesseln um ihre Knöchel. Die Wand aus Holz … Das war keine Imagination irgendwelcher Geisteskranker gewesen, keine Taschenspielertricks. Das war echte Zauberei.

»Energie«, meinte Quinn völlig zusammenhanglos.

»Bitte?« Sie sah ihn abermals an. Jetzt war sein Lächeln nicht mehr überheblich, sondern warm.

»Wir nennen es nicht Zauberei, sondern Energie.«

Konnte er etwa ihre Gedanken lesen? Ein Bild schob sich vor ihr inneres Auge: Jason, der Dimitris Hand gefasst hatte.

»Jason hat Dimitri unterstützt, ihm Kraft gegeben, damit er genug davon hatte, um dich zu dämpfen.«

Sie sah ihn einen Moment verwirrt an. »Ich verstehe …«

»… gar nichts, ich weiß. Ich habe dich wohl etwas überfordert, als ich dir alles auf einmal erklärt habe.« Quinn entknotete seine langen Beine und schlug sich auf die Oberschenkel. »Es wird noch ein bisschen dauern, bis deine körpereigene Energie sich wieder stabilisiert hat.« Er erhob sich und wies auf ihren Nachttisch. »Edward könnte das zwar beschleunigen, ich denke allerdings, du kannst diese Auszeit gut gebrauchen, um dich in Ruhe in die Thematik einzulesen.«

Sie folgte seinem Fingerzeig. Neben dem Buch, in dem Quinn bei ihrem Aufwachen gelesen hatte, lagen einige weitere auf dem Nachtschrank. Es waren jedoch keine Romane, wie sie vermutet hatte. Die Titel klangen eher nach medizinischen Fachbüchern und Esoterikkram.

Jetzt gerade stand ihr definitiv nicht der Sinn danach, zu lesen. In ihrem Kopf wirbelten so viele Fragen umher. Dabei musste sie regelrecht darum kämpfen, die Augen offen zu halten, so müde war sie.

»Ruh dich aus, mein Kind. Ich werde Mickael sagen, er soll dich später besuchen. Er macht sich nämlich wirklich Sorgen um seine neue Schwester.« Als er die Tür erreichte, sah er sich einmal mehr zu ihr um. »Es war nicht deine Entscheidung, zu bleiben. Nicht einmal die, zu uns zu kommen. Es war nur eine Frage der Zeit.«

Die Zärtlichkeit, mit der er sie betrachtete, drang tief in ihr Inneres. Und auch wenn sie als Waise zuvor nie in den Genuss gekommen war, wusste sie, dass dies der Blick eines liebenden Vaters war.

Dennoch kroch ihr eine Gänsehaut über die Arme. Denn hinter der Fürsorge lag noch etwas anderes. Die Gier eines Raubtiers, das seine Beute in der Falle wusste.

Aber vielleicht, dachte sie, als sie auch schon wegdämmerte, *bilde ich mir das auch nur ein.*

Sie hatte tatsächlich eine Weile geschlafen, nachdem Quinn sie verlassen hatte.

Als sie die Lider wieder aufschlug, malte die Dämmerung wunderschöne Farben an den Himmel vor ihrem Fenster. Es musste Abend sein, da das letzte Licht von rechts über die Wolken kroch.

Robin schob sich ein Stück im Bett nach oben, lehnte sich mit dem Rücken an den Giebel und faltete die Hände. Dann atmete sie tief durch.

Zeit für eine Bestandsaufnahme.

Akribisch wanderte sie mit den Sinnen durch ihren Körper, bewegte die Finger und Zehen, die Arme und Beine. Wackelte mit dem Becken, drehte den Kopf. An einigen Stellen ziepte es, aber nach echten Verletzungen fühlte es sich nicht an.

Fesseln fand sie auch keine. Und bekleidet war sie nach wie vor mit den Sachen, die sie schon bei ihrer Ankunft getragen hatte. Nichts sprach dagegen, einen weiteren Fluchtversuch zu starten.

Kaum hatte sich dieser Gedanke geformt, verflog er auch schon wieder. Quinn hatte recht, sie *wollte* gar nicht fort. Zumindest nicht jetzt.

Die Jungs hatten ihr eindrucksvoll bewiesen, dass an dem, was Quinn ihr erzählt hatte, zumindest etwas Wahres dran war. Sie besaßen definitiv irgendwelche krassen Kräfte. Und wenn Quinn der Meinung war, Robin sei eine von ihnen, konnte sie womöglich ebenfalls zaubern. Diese Aussicht war zu verlockend, als dass sie einfach abhauen konnte.

Energie wirken, korrigierte sie sich selbst. Es geht nicht um Zauberei, sondern um Energie.

Ihr Blick fiel auf den Nachttisch. Im schummrigen Abendlicht konnte sie noch immer die Titel auf den Büchern lesen. ›Der Mensch – ein Energiegefäß‹ stand auf dem obersten.

Als sie danach griff, entflammten zwei kleine Lampen rechts und links von ihrem Kopf. Mit aufgerissenen Augen sah Robin sich um, wer eingetreten und das Licht entzündet hatte. Aber niemand war da. Waren vielleicht nicht nur die Jungs, sondern das ganze Haus auf irgendeine Art magisch? Hatten die Lampen ihre Bewegung registriert und sich selbst erleuchtet?

Eins war klar: Wenn sie irgendeine Chance haben wollte, in diese Welt einzutauchen, musste sie sich zunächst den wesentlichen Dingen stellen und aufhören, Kleinigkeiten zu hinterfragen.

Beherzt schnappte sie sich das Buch, zog es auf ihren Schoss und schlug es auf. Erst blätterte sie wahllos durch die Seiten, welche bunte Bilder, Diagramme, Tabellen und endlose Textpassagen enthielten. Zuletzt landete sie beim Inhaltsverzeichnis, überflog es und begann anschließend mit dem ersten Kapitel.

Seite um Seite glitt durch ihre Finger. Mal überflog sie den Text, mal studierte sie ihn regelrecht. Dann wieder blickte sie minutenlang auf eine Zeichnung, um sie sich einzuprägen, oder starrte auf eine Tabelle, ohne ihren Sinn wirklich zu erfassen.

Es ging um den Energiefluss der Welt, so viel begriff sie. Alles im Leben war diesem unterworfen, ja bestand sogar aus Energie. Und rückte dieses System ins Ungleichgewicht, führte das zu Problemen. Das Buch sprach von Energiefeldern, den Auren, aber auch von Bahnen und Chakren.

Als sie zu einem Kapitel über Wandlungsphasen kam, hielt sie inne. Dort waren einige Zyklen abgebildet, die sie teilweise an Pentagramme erinnerten. Es waren die Worte an den Spitzen, die ihre Aufmerksamkeit erregten: Holz, Feuer, Erde, Metall, Wasser. Verschiedenste Eigenschaften waren diesen Elementen zugeordnet, jedoch nichts näher erläutert. Genauso wenig wie die Pfeile zwischen ihnen, die wohl ihre Beziehung zueinander symbolisierten.

Robins Augen flogen über den Text, bis sie an einem Fachbegriff hängen blieb.

Sheng-Zyklus …

Sie klappte das Buch zu, warf es achtlos auf ihre Bettdecke und zog die anderen heran, die noch auf dem Stapel lagen. Die Sonne war bereits gänzlich verschwunden, dafür war der Himmel jetzt wolkenfrei und gewährte unzähligen Sternen den Blick in ihr Schlafzimmer.

Robin hatte weder ein Auge für sie noch für die Zeit, die unbemerkt fortschritt. Sie las und las und las, bis irgendwann das Licht über ihrem Kopf erlosch und ihr das Buch aus den Händen rutschte.

»Guten Morgen«, flötete sie, als sie am nächsten Morgen die Küche betrat.

Es hatte eine Weile gedauert, diese zu finden, aber schließlich war sie einfach dem Duft von Kaffee gefolgt, der sie von der Eingangshalle in die richtige Richtung gelockt hatte.

Drei ihrer neuen Mitbewohner waren anwesend. Während Edward am Ofen stand, in dem ein knisterndes Feuer für heiße Herdplatten sorgte, saßen Mickael und Dimitri an dem großen Esstisch aus Kirschholz, der mindestens zehn weiteren Personen Platz bot.

Letzterer sprang sofort auf, als sie hereinkam. »Robin, hey! Du siehst … gut aus.«

Sie konnte sein Zögern verstehen. Nicht etwa, weil sich deutliche Blessuren von ihrer gestrigen Auseinandersetzung zeigten. Nicht einen Kratzer hatte sie heute Morgen an sich entdeckt. Nein, es war wohl eher die Kleidung, die sie trug, die nicht viel mit *gutem Aussehen* zu tun hatte.

Auch wenn ihr Körper keine Spuren der gestrigen Flucht aufwies, ihre Sachen hatten es getan. Die Hose war vom Knie aufwärts eingerissen, die Tunika schmutzig und staubig gewesen. Also hatte sie sich kurzerhand an dem Kleiderschrank bedient, der in ihrem Zimmer stand.

Auch dieser bewies ihr, dass vorher ein Mann ihre Räumlichkeiten bewohnt hatte. Graue Anzughosen und rote Hemden hatten seinen Kleidungsstil dominiert. Sicherlich schick, aber nichts für Robin.

So hatte sie spontan eines der dunkelroten Hemden zu einer Wickelbluse umfunktioniert, die Ärmel hatte sie bis knapp über den Ellenbogen hochgekrempelt. Die Hosen waren ihr viel zu weit gewesen, aber ganz hinten hatte sie einen Schottenrock entdeckt, der tatsächlich auf ihrer schmalen Taille hielt. Mit diesem Outfit mochte sie wie eine rebellierende Schülerin aus einem gemäßigten Bereich aussehen, aber immerhin war es besser als ihre zerschlissene Leinenkleidung.

Dimitris Blick glitt über ihren Körper, hielt dabei kurz an dem freien Bauch und den nackten Beinen, fand aber schnell genug den Weg zurück in ihr Gesicht.

»Konntest du dich ausruhen? Ich wollte dir nicht so viel abzapfen, aber ich hab das noch nie gemacht und …«

»Schon gut, alles bestens«, unterbrach sie seine gestammelte Entschuldigung. Sie wollte nicht, dass er ein schlechtes Gewissen hatte. Also spielte sie die Situation herunter, indem sie Banalitäten zur Sprache brachte. »Bis auf, dass die Klamotten in meinem Schrank echt zu wünschen übrig lassen.«

Dimitri wirkte, als würde ein Zentner Last von seinen Schultern fallen.

»Frierst du etwa?«, wollte Mickael wissen, der sie ebenfalls gescannt hatte. Dabei war ihm die Gänsehaut an ihren Armen und Beinen wohl nicht entgangen.

»Na, was denkst du?« Sie lachte. »Im Vergleich zum Rest der Welt ist es bei euch echt kalt. Ernsthaft, ich brauch dringend andere Sachen.«

»Master Quinn kümmert sich bereits darum«, erklärte Edward trocken. »Wir waren leider nicht auf weibliche Verstärkung eingestellt.« So wie er das Wort ›leider‹ betonte, war klar, dass er sich mit dieser Tatsache noch immer nicht abgefunden hatte.

»Du wirst dich an mich gewöhnen müssen«, gab sie im selben gleichmütigen Tonfall zurück. »Denn ich habe beschlossen, zu bleiben.«

Sofort sprang Mickael auf. »Echt jetzt?« Er stürzte auf sie zu und schlang seine Arme um sie. »Wie genial!«

»Wow, das hätte ich nach deinem Abgang gestern nicht erwartet«, meinte Dimitri, klang jedoch ebenso erfreut wie Mickael.

Nur Edward sagte nichts dazu.

»Hast du in die Bücher geschaut, die ich dir rausgesucht habe?«, fragte Mickael, als er sie wieder losließ.

»Jap, hab sie gelesen. Ich denke, ich bin nun ziemlich gut im Bilde, was hier abgeht.«

Edward schnaubte. »Na, da bin ich aber gespannt …«

Robin ging zu ihm und lehnte sich seitlich an den Kachelofen. Sofort legte sich die Wärme, die er ausstrahlte, um sie wie ein heimeliger Kokon. Sicherheit durchströmte sie.

»Ist ja nicht allzu schwer. Jeder von euch verkörpert eine Energie des Lebenszyklus mit seinen Stärken und Schwächen, das hab ich schnell begriffen. Du kannst also gar nichts dafür, dass du so reizbar bist.« Sie grinste Edward an, dessen Gesicht noch verkniffener wurde. Robin ließ sich nicht irritieren und erklärte weiter, was sie glaubte, verstanden zu haben. »Innerhalb des Zyklus seid ihr alle verbunden, um euch gegenseitig zu unterstützen. Jeder hat einen Partner, an den er seine Energie übertragen kann. Dieser gibt sie wieder an den nächsten und so weiter. Ein Kreis eben. Ach, und andersrum geht das auch irgendwie, das hab ich aber nicht so ganz kapiert.«

»Wir können nicht nur den Nächsten im Kreis mit Energie versorgen, sondern unser Gegenüber auch in seiner Energie kontrollieren«, half Dimitri aus. »Das ist das, was ich gestern mit dir gemacht habe. Ich hab deine Energie soweit gedämpft, also, runtergefahren, dass du eingeschlafen bist.«

»Das war schwer, oder? Hast du deshalb mit dem Metall-Typ … Jason … Händchen gehalten?«

Dimitri nickte. »Ja, genau. Er hat mir Energie gegeben, damit ich dich besser kontrollieren kann.«

»Das hast du ja alles echt schnell durchschaut, gratuliere.« Mickael sah sie nahezu stolz an.

Doch Robin hob abwehrend die Hände. »Eine Sache ist mir aber noch schleierhaft. Ihr …«

»*Wir*«, korrigierte Mickael, was ihr ein Grinsen entlockte.

»Okay … also wir sind so was wie Superhelden, die Elemente beherrschen können. Aber was ist unsere Aufgabe?«

Dimitri schaute sie an, als würde er die Frage nicht verstehen. »Na ja, wir halten das Gleichgewicht aufrecht.«

»Das heißt, wir sorgen einfach dafür, dass wir fünf glücklich sind und schon ist die ganze Welt happy?« Robin runzelte die Stirn. »Kleine Info, das funktioniert nicht. Den Menschen da draußen geht's ziemlich scheiße – zumindest denen, die nicht in einer gemäßigten Zone leben.«

»Weil du gefehlt hast.«

Robin beäugte Dimitri, als hätte er eine andere Sprache gesprochen.

Dieser runzelte die Stirn. »Boah, ich bin voll schlecht in so was. Edward, kannst du ihr das nicht …«

»Ich bin weder Lehrer noch Kindermädchen«, knurrte dieser, was Robin mit einer hochgezogenen Augenbraue quittierte.

»Genau wie Superhelden haben auch wir unsere Gegenspieler, die Klimatischen«, griff Mickael die Analogie auf, die Robin zu verstehen schien. »Vielleicht hast du davon gelesen? In den Lehrbüchern werden sie oft als ›Klimafaktoren‹ bezeichnet«

Robin nickte in dunkler Erinnerung. »Kälte, Hitze, Trockenheit …«, versuchte sie, sie zusammenzubekommen.

»Feuchtigkeit, Trägheit, Wind – genau. Aber so wie wir sind sie nicht nur irgendwelche Einflüsse, sondern real existierende Bedrohungen. Unsere Aufgabe ist es, sie in Schach zu halten.«

»Sie sind also so was wie Naturgeister?«, mutmaßte Robin.

Dimitri bejahte. »Mit unseren Fähigkeiten können wir gegen alle Klimatischen ankommen, dabei sind wir gegen einen von ihnen besonders stark. Andersrum gewinnt dieser an Kraft, sobald sein Gegenspieler schwächer wird.«

»Und sollte einer von uns komplett ausfallen …« Mickael sah Robin erwartungsvoll an.

»Wenn das Feuer geschwächt ist, macht sich dies durch übermäßige Hitze bemerkbar …«, zitierte Robin etwas, das sie gelesen hatte. Ihre Augen wurden groß. »Wollt ihr mir sagen, diese Hitze-Epoche da draußen ist *meine* Schuld?«

Während Dimitri grinste und entschuldigend die Schultern hob, wedelte Mickael abwehrend mit den Händen.

»Nicht direkt. Du wusstest ja nicht, was du bist. Und es hat einfach ewig gedauert, bis Quinn dich ausfindig gemacht hat.«

»Wow …« Obwohl sie alles andere als auf den Mund gefallen war, war Robin für einen Moment sprachlos. Sie schluckte den Kloß herunter, lockerte die Schultern, auf die sich mit dieser Erkenntnis eine zentnerschwere Last legen wollte – die Last, Schuld am Übel der Welt zu tragen.

Doch Robin war nicht bereit, diese Bürde anzunehmen. Mickael hatte recht – sie konnte nichts für die Vergangenheit. Nichts dafür, dass sie keine Eltern hatte. Nichts dafür, dass man sie von einem Waisenhaus ins nächste geschoben hatte. Nichts dafür, dass die Welt um sie herum in Flammen stand. Aber sie konnte etwas für die Zukunft.

Robin straffte sich und klatschte in die Hände. »Na gut! Zeigt mir, wie ich auch so cooles Zeug machen kann wie ihr. Ich kann bestimmt Feuerbälle werfen oder so? Und dann treten wir diesen Klimatischen so richtig in den Hintern und retten die Welt.«

Ein Knall ließ sie zusammenzucken, gefolgt von einem Zischen. Edward hatte die Kanne mit dem Kaffeewasser so energisch auf dem Herd abgestellt, dass ein Teil herausgeschwappt war.

Nun wandte er sich Robin zu. »Klar, genau so wird es laufen, Mäuschen. Lies einfach noch ein Buch und schon beherrschst du deine Kräfte von ganz allein. Ist ein Kinderspiel, ehrlich.«

Robin stemmte die Hände in die Hüften. »Was ist eigentlich dein Problem, Eddi?«

Er klappte den Mund auf, um etwas zu erwidern. Doch sie ließ ihn nicht. »Wäre es dir lieber, ich wäre heute Morgen aus Angst vor euch abgehauen? Oder hätte mich aus dem Fenster gestürzt, weil ich überzeugt gewesen wäre, verrückt zu sein?« Jetzt gab sie ihm die Chance auf Widerworte, aber er sah sie nur mit offenem Mund an. Also trat sie einen Schritt auf ihn zu und pikste ihm mit dem Finger gegen die Brust, als sie weitersprach. »Ich hab mich auf euch eingelassen. Ich bin bereit, an etwas zu glauben, das eigentlich völlig verrückt ist. Ich muss lernen, eine von euch zu sein? Okay, gerne – ich lerne verflucht schnell. Aber ich brauche trotzdem jemanden, der es mir zeigt.« Sie musste das Kinn heben, um ihm jetzt noch ins Gesicht sehen zu können, so dicht stand sie vor ihm. »Ist das zu viel verlangt?«

Er sah mit verkniffenen Lippen auf sie herab. Keiner von beiden gab einen Laut von sich. Robin wagte es nicht einmal, Luft zu holen, obwohl sie von ihrem Ausbruch regelrecht außer Puste war.

»Nenn mich nicht Eddi«, war alles, was er zu sagen hatte, bevor er sich wieder dem Kaffee zuwandte.

Robins Mund öffnete sich leicht vor Überraschung. Ignorierte er ihre Meinung oder war es seine Art, ihr recht zu geben – indem er das Thema wechselte?

Sie beschloss, ihm entgegenzukommen und die Diskussion, warum er sie nicht hier haben wollte, auf später zu verschieben. Die Sache mit dem Namen war jedoch wichtig.

»Edward ist aber so lang«, stöhnte sie übertrieben. »Was hast du gegen ein Verniedlichungs-I? Micki und Dimi stört das auch nicht.«

Sie hörte, wie einer der Jungs in seine Kaffeetasse prustete. Ein Blick zum Tisch zeigte, dass es Dimitri gewesen war, denn Mickael studierte akribisch sein Brötchen, während er sich das Lachen verkniff.

»Keine Spitznamen«, knurrte Edward knapp.

»Ach komm schon. Wie wäre es mit Wardi?«

Wieder ein Knurren.

»Nein? Dr. Dee vielleicht?« Sie spürte, wie er kochte. Sie sollte aufhören, doch es war zu verlockend, diesen großen Kerl mit einer solchen Nichtigkeit aus der Reserve zu locken. »Oh, oder warte … Einfach nur Ed – kurz und knapp wie deine Antworten.«

Abermals wirbelte er zu ihr herum. »Und ich nenn dich dann Rob, oder wie?«

»Klar, warum nicht?«

»Oder Bini – du stehst anscheinend auf das I.«

»Gerne, Eddi …« Sie grinste ihn herausfordernd an, während sein Gesicht immer verkniffener wurde.

Mit einmal Mal entspannten sich seine Gesichtszüge allerdings. »Keine Spitznamen«, wiederholte er, jetzt allerdings wesentlich sanfter, und fügte sogar ein »Bitte« an.

Robin war irritiert, wohin die angespannte Luft so plötzlich entwichen war.

»Guten Morgen«, tönte eine neue Stimme durch den Raum, so weich und doch mit einer Vibration, die Robin in jede Zelle ihres Körpers fuhr.

Da sie sich mit jedem anderen in diesem Haus schon länger unterhalten hatte, konnte diese unbekannte Stimme nur einem gehören.

»Musst du dich eigentlich immer einmischen, wenn ich mich mit jemandem streite?«, sagte Edward statt einer Begrüßung.

Robin drehte sich zur Tür. Und da stand er, der Vierte im Bunde – oder besser der Fünfte. Schließlich gehörte sie nun dazu.

Jason trug die Andeutung eines Lächelns im Gesicht, als er sich an den Türrahmen lehnte, sagte aber nichts dazu.

»Also, Püppchen, falls du noch weitere Fragen hast – oder tolle Namensvorschläge, wende dich doch bitte an den netten Onkel dort. Der hat mehr Geduld als ich. Kaffee?«, fügte Edward mit einem Blick zu Jason an.

Dieser nickte nur, ohne sich vom Fleck zu bewegen. Dabei fixierte er Robin, offen und abwartend.

»Ich … ähm … nein, keine Fragen. Erst mal …« Warum brachte sie das Auftauchen dieses Kerls so aus der Fassung? Da war ja Edwards Präsenz einschüchternder, und bei dem hatte sie genauso die große Klappe wie sonst auch.

Hatte es mit seinem Element zu tun?

Um ihre Fassung wiederzugewinnen, hielt sie sich an Edward. »Warum bietest du mir keinen Kaffee an?«

Dieser verdrehte die Augen, während er die zwei Tassen vor sich befüllte. »Möchten Sie einen Kaffee, Hochwohlgeboren?«

Sie verschränkte die Arme. »Nein, ich trinke keinen Kaffee.«

Er hielt inne und sah sie mit einem ›Echt jetzt?‹ im Blick an.

Sie grabschte sich eine der Tassen. »Natürlich will ich einen, meine Güte.«

Mit einem tiefen Atemzug schüttelte Edward den Kopf.

Robin hingegen ging mit ihrer Beute zum Tisch und setzte sich auf den leeren Stuhl neben Dimitri. »Prost.«

Er sah sie einen Moment ungläubig an, dann brach er in schallendes Gelächter aus. Mickael stimmte sofort mit ein und als auch Edward belustigt schnaubte, überkam es Robin ebenfalls. Selbst Jason lächelte, als er sich vom Türrahmen löste und von Edward seine Tasse in Empfang nahm. Dabei ruhte sein Blick auf Robin, als wäre es nur für sie bestimmt.

Eine Wärme durchflutete sie, die sie so noch nie gespürt hatte. Obgleich sie diese Jungs gerade erst kennengelernt hatte und alles hier weit jenseits normaler Vorstellungskraft lag, fühlte sie sich wohl.

Angekommen.

Zu Hause.

5

Nachdem sie beim Frühstück lange genug gebettelt hatte, war Edward schließlich einverstanden gewesen, sie noch heute einem ersten Training zu unterziehen.

Geschlossen gingen die Fünf in einen Bereich im Erdgeschoss, der unterhalb des Westflügels lag. Er umfasste eine große Halle mit allerlei eigenartigen Geräten und jede Menge freier Fläche. Doch die Jungs bogen zunächst nach rechts in einen kleinen separaten Raum – ein Umkleidebereich, wie Robin herausfand, als sie ihnen folgte.

Auf der einen Seite gab es Duschen, auf der gegenüber standen drei längere Bänke. Darauf lagen Stapel mit Kleidung, teilweise unordentlich aufgehäuft oder sauber gefaltet. Schon machte sich Dimitri am Gürtel seiner Hose zu schaffen, während Jason bereits sein Hemd aufknöpfte.

Ersteres war Robin egal, zweiteres brachte sie dazu, sich erschrocken umzudrehen. »Wo … kann *ich* mich umziehen?«

Ein Moment der Stille folgte. Robin begriff, dass dieses Problem bisher nicht bestanden hatte. Unter sich hatte es für die Jungs die Notwendigkeit einer zweiten Umkleide nicht gegeben.

Aber jetzt …

Überraschenderweise war es der wortkarge Jason, der zuerst sprach. »Wir warten«, sagte er nur, schob sich an ihr vorbei und verließ den Raum.

Dabei entging ihr sein nackter Oberkörper nicht. Ihre Lippen öffneten sich leicht, als ihr Blick über die ausgeprägten Rückenmuskeln strich.

Die anderen folgten, alle bereits ihres Oberteils entledigt. Nein, keiner von ihnen musste sich verstecken, was die definierten Muskeln betraf. Selbst Dimitri, der in seinem Hemd so schmal und verloren wirkte, verbarg darunter einen wirklich ansehnlichen Körper.

Kaum dass sie allein war, schüttelte Robin den Kopf über sich selbst. Als ob es keine interessanteren Dinge gäbe als das Aussehen ihrer neuen Mitbewohner. Aber wer konnte es ihr verdenken? Die Bübchen, auf die sie in ihrer Heimzeit getroffen war, standen in keinerlei Vergleich zu diesen Typen hier. Zum ersten Mal wurde ihr bewusst, dass sie es nicht mit ein paar pubertierenden Bengeln zu tun hatte wie sonst immer. Diese Jungs waren fast schon echte Männer.

Sie zwang ihre Aufmerksamkeit zurück aufs Wesentliche: umziehen, trainieren, Superheldin werden.

Sie betrachtete die Kleidungsberge und blieb schließlich an dem hängen, der vorwiegend die Farbe Rot trug.

Na, mal schauen, ob ihr die Sachen passten …

Robin hatte das Gefühl, auf einem Ameisenhügel zu sitzen. Ihre Pobacken kribbelten, die Innenseiten ihrer Schenkel zogen unangenehm und ihre Arme, die sie die ganze Zeit mit aneinandergelegten Handflächen vor dem Körper hielt, wogen schwer wie Blei.

Es kam ihr wie Stunden vor, seit die Jungs, ebenfalls in farbigen Trainingsanzügen, die Umkleide verlassen hatten. In stummer Eintracht und gebührendem Abstand hatten sie sich im Kreis auf den Boden gesetzt, wobei ein Platz für Robin frei geblieben war.

Auch sie hatte sich in den Schneidersitz sinken lassen, als Mickael ihr auffordernd zugenickt hatte. »Wir starten die Einheit mit Meditation«, war alles gewesen, was er an Erklärung für sie übrig gehabt hatte.

Seitdem herrschte Stille.

Mindestens fünf lange Minuten hatte Robin es ihnen gleichgetan. Sie harrte aus, betrachtete nacheinander die anderen und wartete, wie es weitergehen würde. Aber es gab kein ›Weiter‹. Die Jungs saßen einfach nur kerzengerade da, die Lider geschlossen, ihre Atmung auf ein Minimum reduziert. Es hätte Robin nicht gewundert, wenn einer von ihnen gleich umgekippt wäre.

Die schliefen doch, oder?

Sie selbst war viel zu aufgekratzt, um zur Ruhe zu kommen. Noch immer war das alles hier so neu und ungewohnt, so unbegreiflich. Dazu kam das Gespräch beim Frühstück, die Aussicht auf ihr erstes Training. Und schließlich schob sich das Bild eines nackten Oberkörpers vor ihr inneres Auge, was ihren Herzschlag eher be- als entschleunigte.

Wieder führten die imaginären Ameisen einen Stepptanz auf ihrem Hintern auf. So konnte keiner auf Dauer sitzen! Sie ruckelte ein wenig hin und her. Und als niemand darauf reagierte, erlaubte sie sich, auch die Arme sinken zu lassen. Welch Erleichterung!

Kaum dass sie ihre Handflächen voneinander gelöst hatte, riss Jason, der ihr schräg gegenübersaß, die Augen auf. Er sah sie einen Moment an, dann erhob er sich ruckartig und ging zu einem der Trainingsgeräte.

»Hey, warte mal. Gib ihr eine Chance«, wollte Mickael ihn zurückhalten, während Edward sich mit einem Seufzen nach hinten fallen ließ.

Schuldbewusst sah Robin in die Runde. Sie war doch extra leise gewesen, um die anderen nicht zu stören.

»Du hast den Energiefluss unterbrochen«, erklärte Dimitri ihr.

»Du meinst, zwischen uns war …?« Sie sah ihn mit hochgezogenen Brauen an.

Er nickte. »Allerdings war die Energie, die du eingebracht hast, ohnehin nicht die allerbeste.«

Robin sah zu Jason hinüber. »Sorry! Ich hab das noch nie gemacht.«

Er reagierte nicht auf ihre Entschuldigung, sondern schnappte sich zwei metallene Gewichtsstangen und legte sich auf eine der gepolsterten Bänke. Dann drückte er sie abwechselnd in die Höhe, was zu einem sehr interessanten Spiel seiner Armmuskulatur führte. Dennoch wirkte es eher wie Frustabbau als Sport, was er da tat.

»Ist er sauer?«, fragte Robin an Dimitri gewandt.

»Nicht so sehr wie ich«, antwortete Edward stattdessen. »Das war der leichteste Teil der Einheit. Wenn du den schon verkackst …«

»Ich. Habe. Das. Noch nie. Gemacht«, wiederholte sie gepresst. Es war verrückt, wie schnell dieser Kerl sie auf die Palme brachte.

»Das wissen wir«, besänftigte Dimitri sie, während Mickael sich nun ebenfalls erhob, um mit Jason zu sprechen. Was sie sagten, konnte Robin nicht verstehen. Aber Mickaels Gesicht sah nicht so aus, als würden seine Worte fruchten – von Jasons angespannter Miene ganz zu schweigen.

»Na gut, machen wir eben auf der körperlichen Ebene weiter.« In einer einzigen Bewegung kam Edward von Neuem in den Sitz und stand auf. »Dann findet deine konfuse Energie wenigstens ein Ventil.«

Er streckte Robin die Hand hin. Trotz der Hilfe waren ihre Bewegungen keineswegs so elegant wie seine. Denn als sie auf die Füße kam, merkte sie, dass nicht nur ihr Hintern eingeschlafen war, sondern auch ihr rechtes Bein.

»Bleib erst mal einfach an mir dran, okay?« Als er sich abwandte und losjoggte, taumelte sie ihm mehr hinterher, als dass sie lief.

Drei Runden durch die große Halle hatte sie mitgehalten, dann war sie zurückgefallen. Während Edward auch nach Runde Fünf weiter rannte wie ein Gepard auf Beutesuche, keuchte sie wie ein übergewichtiges Hausschwein.

Schweiß rann ihr aus jeder Pore, obwohl sie sich längst der Jacke entledigt hatte und nur noch mit einem Baumwollhemdchen bekleidet war. Ihre Beine fühlten sich an wie Pudding und bewegten sich mittlerweile auf eine Art, die nichts mehr mit Rennen zu tun hatte.

Wenn sie nicht gleich anhielt, würde sie entweder einfach hinfallen oder ihr rasendes Herz würde einen Infarkt erleiden.

Stolpernd bremste sie ab, stützte sich auf ihre Oberschenkel und rang nach Luft. Doch kaum ein Quäntchen davon strömte durch ihre enge Kehle. Kraftlos ließ sie sich auf die Knie fallen. Nur ihr Stolz hielt sie davon ab, sich auf dem Boden auszustrecken wie eine Tote.

Trippelnde Schritte neben ihr erweckten ihre Aufmerksamkeit.

Aus dem Augenwinkel bemerkte sie Edward, der zu ihr gekommen war und nun auf der Stelle joggte. »Was? Sag nicht, du bist außer Puste?«

Sie war nicht mal zu einer Erwiderung fähig, so sehr war sie damit beschäftigt, ihren Puls auf ein lebensfähiges Level zu senken.

Er schien geduldig zu warten, bis sie sich soweit beruhigt hatte, dass sie wieder sprechen konnte.

»Was soll der Scheiß?«, presste sie zwischen zwei Atemzügen hervor. »Erst sitzen wir blöd rum und dann lässt du mich bis zur Erschöpfung rennen?«

Edward lachte. »Ernsthaft? Du bist jetzt schon erschöpft?«

»Nein«, konterte sie. »Ich hab lediglich beim Laufen eine Unebenheit im Boden bemerkt, die ich mir genauer ansehen wollte.«

»Wer dumme Sprüche klopfen kann, kann auch weiterlaufen.«

Robin knirschte mit den Zähnen. So gern würde sie es diesem Typen zeigen. Doch leider streikte ihr Körper. »Warum soll ich mich hier so abkämpfen, wenn wir angeblich ach so mächtige Superwesen sind?«

»Du willst es wirklich wissen, oder?« Endlich hörte er auf, vor sich hin zu tippeln. Er beugte sich zu ihr herab, sein Grinsen bekam etwas Wölfisches. »Vielleicht hilft dir ein kleiner Booster wieder auf die Beine.«

Sie hatte keine Ahnung, was er meinte. Doch in derselben Sekunde spürte sie eine Veränderung. Dort, wo ihre Hände und Knie den Boden berührten, schoss eine flüssige Hitze in ihren Körper. Es nahm ihre Adern in Besitz und strömte in jeden Winkel, in jeden Muskel, jede Zelle. Die Schmerzen verschwanden. Die Schwäche, die sie gerade noch wie Bleigewichte nach unten gezogen hatte, löste sich in Wohlgefallen auf.

Robin keuchte, als die fremde und gleichzeitig vertraute Energie ihr Herz erreichte und sich dort mit einer regelrechten Explosion entlud. Langsam erhob sie sich, bewegte ihre Finger, streckte den Rücken.

Edward wackelte mit den Augenbrauen, als sie ihn ansah. »Viel Spaß damit«, raunte er ihr zu.

Mehr musste er nicht sagen, Robin verstand, wo der plötzliche Energieschub hergekommen war, hatte sie ja erst gestern davon gelesen, dass das Holz das Feuer stärken konnte – dass Edward *sie* stärken konnte.

Niemals hätte sie damit gerechnet, dass es sich *so* anfühlen würde. Es war wie ein Rausch.

Hatte sie sich gerade noch erfrischt gefühlt wie nach einem langen Schlaf, steigerte sich dieser Zustand jetzt, erhob sich zu einer inneren Stärke und Euphorie, die sie zu Höchstleistungen beflügelten.

Ihr Atem ging stoßweise, als würde ihr Körper mit all der Kraft, die ihn flutete, nicht umgehen können. Als müsste sie etwas tun, um sie wieder abzubauen.

Also rannte sie los, erst gemächlich, dann immer schneller. Runde um Runde legte sie in einem Tempo zurück, das sie ihren Beinen niemals zugetraut hätte.

Statt der üblichen Trägheit stellte sich ein Gefühl des Fliegens ein, als müssten ihre Füße nicht mal mehr den Boden berühren, um sie voranzutreiben.

Voran, voran, voran ... Mehrere Dutzend Meter im Bruchteil einer Sekunde.

Nur schemenhaft nahm sie die anderen Anwesenden wahr, die wie Schatten am Rand ihrer Wahrnehmung aufblitzten. Sie fühlte ihre Blicke auf sich, hätte aber niemals sagen können, an wem der vier sie vorbeirannte.

Alles um sie herum verschwamm zu einem Brei aus Farben, ihre Augen waren nicht fähig, bei dieser Geschwindigkeit scharf zu sehen.

Mit einem Schlag verschwand die warme, treibende Beschwingtheit in ihrem Inneren jedoch und hinterließ nichts als Leere.

Sie verlor die Kontrolle über ihren Lauf, ihre Muskeln wehrten sich mit einem Reißen gegen die Anstrengung, die sie ihnen abverlangte. Waden, Oberschenkel, Rücken, Arme – alles, was sie gerade noch angetrieben hatte, versagte den Dienst. Und auch ihre Lunge, ja selbst ihr Herz ... Alles in ihr stand still.

Und aus dem Fliegen wurde ein Fallen.

Bevor ihr Körper allerdings den harten Hallenboden erreichte, wurde ihr Sturz von etwas abgebremst.

Sie war weder fähig, zu spüren, was sie da aufgefangen hatte, noch konnte sie etwas sehen, obwohl ihre Augen geöffnet waren. Ein dunkler Nebel wie von einem schwelenden Feuer hüllte alles ein, was sie umgab. Sie meinte sogar, den Rauch riechen zu können, der davon ausging.

Und lag da nicht der Geschmack von Asche auf ihrer Zunge?

Das Einzige, das sie nicht im Stich ließ, war ihr Gehör.

»Bist du wahnsinnig?«, hörte sie eine Stimme wie durch Watte.

Dimitri?

»Selbst schuld. Sie hat getönt, sie sei stark genug, mit uns mitzuhalten.« Edward, genauso weit entfernt.

Und dann, ganz dicht an ihrem Ohr: »Tut mir leid.«

Schließlich verließen sie ihre Sinne gänzlich. Was blieb, war schmerzliche Dunkelheit.

Ihr Herz hatte aufgehört zu schlagen.

Abermals erwachte Robin in dem Bett mit dem roten Baldachin. Doch anders als beim letzten Mal hatte sie keine Gelegenheit, ihrer Umgebung Beachtung zu schenken.

Kaum dass sie die Lider hob, durchfuhr sie ein heftiger, allumfassender Schmerz, der ihr regelrecht den Atem raubte. Kopf, Arme, Beine, Rippen, Becken, Kreuz …

Sie hielt die Luft an, in der Hoffnung, es würde nachlassen. Sie konnte nicht einmal deuten, woher er genau kam, geschweige denn, was ihn ausgelöst hatte. Es schien nichts an ihrem Körper zu geben, das *nicht* wehtat.

Selbst als sie mit zusammengepressten Zähnen zitternd die Luft einsaugte, fühlte sich das an, als würde es ihren Brustkorb zerreißen. In ihren Ohren rauschte es, ihr Herz schlug mit brutaler Härte, trat wie ein wütender Gaul gegen seine Stalltür.

Ihre Lider flatterten, was Salven weiterer Schmerzen zur Folge hatte. Jede noch so kleine Bewegung war zu viel.

Zwei Atemzüge später sank sie zurück in die Besinnungslosigkeit.

Zwei weitere Male kam Robin auf diese Art zu sich, nicht fähig, mehr als ein paar Sekunden bei Bewusstsein zu bleiben, ehe der Schmerz sie zurück in die gnadenvolle Dunkelheit schickte.

Erst beim vierten Mal gelang es ihr, die Augen geöffnet zu halten. Ihr Körper schmerzte noch immer höllisch, doch sie spürte, dass es jetzt auszuhalten war – solange sie sich nicht bewegte, ganz flach atmete und ihre Sinne nicht fokussierte.

Letzteres fiel ihr am schwersten. Sie wollte begreifen, was passiert war, verstehen, warum es ihr so schlecht ging.

Und vor allem wollte sie wissen, wer da neben ihrem Bett saß.

Die Gestalt war in der Dunkelheit ihres Zimmers nicht mehr als ein Schemen. Es war nicht Quinn, der dieses Mal über ihren Schlaf gewacht hatte, so viel war klar. Die Größe und die helle Kontur des Haares passten nicht zu dem Hausherrn.

Anscheinend hatte ihr Besucher bemerkt, dass sie wach war. »Tut mir leid«, raunte er in die Dunkelheit.

Der gleiche Satz, die gleiche Stimme, die sie vor ihrem Zusammenbruch gehört hatte.

Jason. War er es also gewesen, der sie aufgefangen hatte?

Sie wollte etwas erwidern, doch allein der Gedanke an Wörter ließ ihre Stimmbänder schmerzen.

Dabei brannte die Frage in ihrem Inneren wie Feuer: *Was ist passiert?*

»Es war meine Schuld. Ich hätte Edward schneller unterbrechen müssen«, erklärte er, als hätte er ihr stummes Flehen verstanden.

»Dein Körper ist noch nicht bereit für diese Menge an Energie, deine Muskeln zu schwach, sie umzusetzen. Es hat dich fast umgebracht. Dein Herz …«

Es? Er …, ging es Robin durch den Kopf. Die Vorstellung, Edward wäre es nicht bewusst gewesen, was er getan hatte, war ein Witz.

Jason schwieg nun und gab einer Stille Raum, die Robin schwer auf der Brust lag. Das Raunen seiner Stimme hatte ihr gutgetan. Die Vibration, die mit ihr schwang, linderte ihre Schmerzen.

»Nimm es ihm bitte nicht übel.«

Robin entwich Luft aus der Lunge, von der sie gar nicht bemerkt hatte, dass sie sie angehalten hatte. Ein Hauch Erleichterung begleitete sie. Nicht nur, weil Jason anscheinend doch klar war, wer die Schuld trug, sondern vor allem, weil er weitersprach.

»Edward wollte das genauso wenig wie ich. Er ist es nicht gewohnt …«

»Müsste …«, unterbrach sie ihn krächzend, hielt aber kurz inne, um die Trockenheit in ihrer Kehle herunterzuschlucken. »Müsste dann nicht er … hier sitzen … und nicht … du?«

Abermals drängte sich das Schweigen zwischen sie, das Robin nicht ertrug. Das einzig Sinnvolle daran war, dass ihre Stimme an Kraft gewann.

»Er wollte mich ohnehin … nicht bei euch haben«, wisperte sie. »Wäre eine gute Gelegenheit gewesen, den Fehler zu korrigieren.«

Jason, der gerade noch mit hängenden Schultern neben ihr gesessen hatte, richtete sich auf. »Du gehörst zum Zyklus. Das wissen wir alle.«

»Es zu wissen, ist … etwas anderes, als es zu wollen.«

Wieder Stille. Himmel, seine Wortkargheit machte sie wahnsinnig. War es doch seine Stimme allein, die wie Balsam über ihren geschundenen Körper strich.

»Was … willst *du*, Jason?«

Der Zug in ihrer Brust nahm zu, als ihr Herzschlag das Tempo erhöhte.

Warum war es ihr so wichtig, was er dachte? Sie wusste Dimitri und Mickael auf ihrer Seite, und auch Master Quinn befürwortete ihre Anwesenheit.

Und war es am Ende nicht einzig ihre Entscheidung, sich auf das hier einzulassen, die ausschlaggebend war? Was zählte da noch die Meinung von dem Mitglied der Truppe, das sich ohnehin aus allem herauszuhalten schien?

Dennoch wollte sie es wissen. Sie wollte hören, wie er das Ganze sah.

Wie er *sie* sah.

Zu ihrem Leidwesen konnte sie seine Gesichtszüge nicht erkennen. Sie erkannte nur, wie er den Kopf zur Decke hob, als würde er nachdenken. »Ich weiß, was du bist. Deine Energie ist schon jetzt so stark, nur ein Narr würde die Flamme in dir verleugnen. Noch ist dein Körper zu schwach, sie auszuhalten, dein Geist zu flatterhaft, nach ihr zu greifen. Aber ich bin sicher, dass sich das ändern lässt.«

Nur mit Mühe unterdrückte Robin ein Schnauben. Das war nicht die Antwort, die sie erhofft oder erwartet hatte. Im Grunde war das gar keine Antwort. Das Zurückhalten ihrer emotionalen Reaktion sorgte jedoch dafür, dass sie sich anspannte – verspannte – und sofort keuchte sie ob des entstandenen Schmerzes auf.

Dieses Mal allerdings meinte sie, ihn deuten zu können. Sie hatte keine Verletzungen, wie ihr bewusst wurde, sie hatte den Muskelkater ihres Lebens!

Plötzlich spürte sie etwas Warmes an ihrer Hand. Weiche Finger, die sanft über ihren Handrücken strichen. Nur ein einziges Mal, dann zuckte er zurück. Viel zu schnell war die Berührung vorüber, hinterließ aber ein angenehmes Prickeln auf ihrer Haut.

Jason erhob sich. »Ruh dich aus, Kleines.« Schon eilte er mit großen Schritten zur Tür.

Robin wollte ihm nachsehen, ihn zurückhalten. Nur war es bereits eine immense Anstrengung, den Kopf einen Millimeter vom Kissen zu heben.

Als es ihr schließlich gelang, war Jason bereits verschwunden.

Sie sank zurück und versuchte, ihre rebellierenden Muskeln zu entspannen. Ihr klopfendes Herz schien allerdings nicht bereit, sich zu beruhigen.

6

Das Klirren ließ sie so sehr zusammenzucken, dass ihr die halb geschälte Kartoffel aus den kleinen Fingern flutschte. Robin versuchte noch, nach ihr zu greifen, doch die glitschige Oberfläche machte dies unmöglich. Und schon landete sie mit einem dumpfen Geräusch auf den Küchendielen.

Missmutig hob das Mädchen den Kopf und sah zu Beatrice hinüber.

»Oh nein, oh nein, oh nein«, jammerte diese und ging auf die Knie, um die Scherben der Karaffe aufzusammeln. »Wie konnte mir das denn passieren?« Mit schnellen Griffen legte sie die einzelnen Teile in ihre Schürze. Schnell, aber auch fahrig, und im nächsten Moment quietschte sie auf. »Au! Auch das noch …« Die Betreuerin des Kinderheims steckte sich einen Finger in den Mund und saugte daran, während sie aufstand. Dabei entglitt ihr das Stück Stoff in ihrer anderen Hand und alle aufgesammelten Bruchstücke fielen abermals hinunter.

»Himmel, Beatrice, was ist hier los?« Jasper kam herein, der Hausmeister des Waisenhauses, in dem sie Robin dieses Mal untergebracht hatten. Die kleinen Kinder nannten ihn zärtlich Opa, da er zwar streng, aber auch genauso liebevoll sein konnte.

Robin tat das nicht. Mit ihren acht Jahren war sie zu groß für solche Illusionen. Schließlich zog man sie schon zum Gemüseputzen heran, der beste Beweis, dass sie nahezu erwachsen war.

Als Jasper jetzt in die Küche kam, zeigte er jedoch nichts Großväterliches. »Das ist nicht dein Ernst! Schon wieder?« Mit großen Schritten war er bei Beatrice, stieß sie grob zur Seite und machte sich selbst daran, die Scherben aufzulesen.

Die Betreuerin hingegen presste die Hände vors Gesicht und begann bitterlich zu weinen. »Ich hab das nicht mit Absicht gemacht, weißt du?«, schluchzte sie an ihren Fingern vorbei.

Zum dritten Mal fielen die Bestandteile der Karaffe zurück auf die Dielen. Jasper sprang auf, wandte sich zu Beatrice und packte ihren Oberarm. »Zwei Karaffen, mehrere Teller, ein Besen. Und das sind nur die Sachschäden, von den Verletzungen der Kinder, die auf deine Unachtsamkeit zurückzuführen sind, will ich gar nicht anfangen.«

Robin wusste sofort, wovon er sprach. Auch sie hatte eine Schürfwunde vom Toben mit August, was Beatrice normalerweise nicht zuließ. Doch Jasper spielte mit Sicherheit auf Paul an, den Neuzugang, der Säugling, der Beatrice von der Wickelkommode gerollt war …

»Wo bist du nur mit deinen Gedanken, Beatrice?«, fuhr Jasper sie unverwandt an. Jetzt fasste er sie bei den Schultern und schüttelte sie. »Mit dieser Fahrigkeit machst du es für uns alle nur noch schwerer.«

In diesem Punkt musste Robin ihm recht geben. Eigentlich war die Betreuerin eine sehr konzentrierte, beflissene Person. In den letzten Tagen wirkte sie aber ständig nervös und abgelenkt.

Es war aber auch eine schwere Phase. Es hatte einen der seltenen Regenschauer gegeben, der nahezu sintflutartig über sie hereingebrochen war. In kurzer Zeit war so viel Wasser vom Himmel gekommen, dass der trockene Boden es nicht hatte aufnehmen können und binnen Minuten das karge Land in eine riesige Matschpfütze verwandelt hatte. Die spärliche Ernte war hinüber, teilweise gab es sogar Schäden im Haus durch leckende Dachstellen. Und die Kutsche, die ihnen eigentlich bestellte Waren hätte liefern sollen, war auch ausgeblieben.

Viele der Kinder klagten seitdem über Kopf- und Gliederschmerzen, weswegen die Stimmung im Waisenhaus ziemlich angespannt war.

Reichte das nicht als Begründung dafür, dass Beatrice etwas neben sich stand?

Okay, etwas war vielleicht untertrieben – aber es war trotzdem kein Grund, sie so barsch anzugehen, wie es Jasper gerade tat.

»Sie hat doch gesagt, es war keine Absicht«, mischte sich Robin in den Streit ein, wofür sie teils verängstigte, teils bewundernde Blicke von den anderen beiden Kindern erntete, die mit ihr die Kartoffeln schälen sollten.

Jasper ließ Beatrice los und drehte sich zu ihr um. »Was erlaubst du Göre dir eigentlich?«

Noch bevor Robin realisierte, was geschah, hob Jasper die Hand und verpasste ihr eine Ohrfeige. Sie war nicht sehr schmerzhaft und bestimmt nicht so doll, dass ein Abdruck zurückbleiben würde. Trotzdem trieb es Robin die Tränen in die Augen, mehr vor Schreck als allem anderen. Niemals zuvor hatte Jasper die Hand gegen einen ihrer Schützlinge erhoben. So etwas tat ein Großvater nicht.

»Jasper!«, japste Beatrice, wollte sich zwischen ihn und das Kind stellen, stolperte dabei aber über den Saum ihres Rockes, wodurch sie dem Hausmeister regelrecht in die Arme fiel.

Der trat einen Schritt zurück, nachdem er ihren Sturz abgefangen hatte. Mit funkelnden Augen sah er zu den Kindern. »Raus.«

Mehr brauchte es nicht. Schon scharrten Stühle über Holz und sechs Füße trippelten über die Dielen.

Robin war die Letzte, die die Küche verließ. Doch anstatt die Tür hinter sich zuzuziehen, lehnte sie diese nur an und lugte durch den Spalt.

Die Worte, die Jasper Beatrice nun entgegen spie, hätte sie selbst niemals in den Mund genommen. Mit Seife würde man ihr diesen auswaschen, wenn sie es täte.

Beatrice konterte auf die gleiche Weise, auch wenn sie Jasper nicht anrührte, der sie im Gegenzug immer wieder schüttelte und am Ende gar schubste.

Robin schniefte und wischte sich die nassen Spuren von den Wangen. Was war nur los mit den beiden?

»Verüble es ihnen nicht, Liebchen. Sie können nichts für ihr Verhalten.«

Robins Kopf ruckte herum. Sie hatte nicht bemerkt, dass jemand neben sie getreten war. Wer der Mann mit den komisch zweifarbigen Haaren und dem altmodischen Frack war, wusste sie sofort. Mit einem Schlag war es nicht mehr der Geist der Siebenjährigen, der durch die Augen des kleinen Mädchens sah, sondern der einer erwachsenen Robin, die vor wenigen Tagen in Qi Manor eingezogen war.

Verwirrt blickte sie zwischen Master Quinn und den beiden Streitenden hin und her. »Wieso bin ich hier?«

»Du träumst«, war die Antwort, gleichzeitig lapidar und alles erklärend. »Aber darum geht es nicht. Ich will, dass du etwas verstehst.« Mit einem Kopfnicken deutete er in die Küche. »Schau dir die Szene genau an. Was siehst du?«

Robin blinzelte, wandte das kindliche Gesicht in die gezeigte Richtung und musterte Jasper und Beatrice. »Zwei Menschen«, beschrieb sie. »Die sich anders verhalten als sonst.«

»Korrekt«, raunte Quinn ihr zu. »Und was noch?«

Robin kniff die Augen leicht zusammen. Er wollte mit Sicherheit keine Beschreibung des Zimmers, das er selbst sehen konnte. Worauf also wollte er hinaus?

Wie in Träumen üblich, hatte sie kein Zeitgefühl, wusste also nicht, wie lange sie auf die beiden Streithähne starrte, ihre Umgebung fixierte, auf jede Regung achtete, die irgendwie seltsam war.

Und auf einmal sah sie es. Ein Flimmern, ähnlich wie Luft über heißem Asphalt, die einem Pfützen vorgaukelte, wo keine waren.

Es huschte durch die Küche und tanzte um die beiden Leute herum, über sie hinweg, durch sie hindurch.

»Was ist das?«, fragte sie an Quinn gewandt, ohne den Blick von der Fata Morgana zu lösen.

»Die Feuchtigkeit. Eine der Klimatischen. Sie hat sich mit dem letzten Regen hier eingenistet wie ein Spuk.«

Das also war eines der Wesen, welche die Baocun bekämpften. Nun, besonders beeindruckend oder gefährlich sah es nicht gerade aus.

»Was macht sie da?«, wollte Robin wissen.

»Vieles … Sie hat für die Matschwüste gesorgt, die euren Alltag so durcheinandergebracht hat. Schlimmer jedoch, sie hat sich in die Körper all jener eingenistet, die hier leben. Die schmerzenden Schultern, Knie und Rücken; die Migräneanfälle – das alles geht auf ihr Konto. Und das da ebenfalls.« Wieder deutete er auf die Streitenden. »Sie beeinflusst ihre Psyche. Macht sie je nach Empfänglichkeit nervös, cholerisch oder auch ängstlich.« Bei seinen letzten Worten sah er auf das Mädchen hinab, das mit Robin in der Küche gewesen war und nun an ihrem Ärmel zupfte.

»Lass uns gehen, Robin«, piepste sie verschreckt, obwohl sie sonst genauso neugierig war wie Robin selbst.

Sie ignorierte das andere Kind, schüttelte deren Hand ab und konzentrierte sich erneut auf das Treiben in der Küche.

»Durch ihren Einfluss haben die Klimatischen schon viele Blutbäder angerichtet. Sie sorgen für Feindschaft in Familien genauso wie für ganze Kriege zwischen Ländern. Und manchmal treiben sie die Menschen sogar in den Selbstmord.«

Robin wagte kaum zu atmen. »Wieso ist mir dieses Ding nicht aufgefallen, als ich ein Kind war? Wieso sehe ich es erst jetzt?«

»Oh, vermutlich hast du ihn schon bemerkt. Schließlich warst du schon damals eine Baocun, wenn auch eine Schlafende. Ich schätze, du hast ihn einfach nicht wahrhaben wollen. Genau wie die anderen.«

Zu dem tanzenden Flirren gesellten sich auf einmal zwei weitere Umrisse. Es waren nur Schemen, doch Robin meinte, menschliche Züge darin zu erkennen, auch wenn diese nicht größer als ihr eigenes siebenjähriges Ich waren.

Sie prallten auf das Flirren der Feuchtigkeit, wurden abgestoßen, stießen erneut darauf zu. Die Luft war voller Energie, das spürte Robin selbst hier draußen. Beatrice' Haare waren wie elektrisiert und Jasper schnappte plötzlich nach Luft wie ein Fisch auf dem Trockenen.

Der Kampf, und ein solcher war es, den sie beobachtete, währte nur wenige Sekunden. Schließlich gab es einen Knall, eine Druckwelle stob durch das ganze Haus – und in der Küche wurde es ruhig.

Das Flirren der Feuchtigkeit war verschwunden und auch von den Schemen, die eindeutig Baocun gewesen sein mussten, war keine Spur mehr.

»Beatrice«, stammelte Jasper, der die Betreuerin noch immer mit einer Hand gegen die Wand gedrückt hielt. »Es tut mir so leid!« Er ließ von ihr ab und machte einen Schritt zurück, wobei er gegen den Tisch stieß.

Der Turm an geschälten Kartoffeln kam ins Rutschen, doch Beatrice griff geistesgegenwärtig zu und rettete ihn vor dem Absturz.

»Schon in Ordnung, Jasper. Es waren für uns alle harte Tage.« Sie atmete tief durch. »Aber schwöre mir, dass du nie wieder eines der Kinder anrührst.«

Betreten sah der Mann zu Boden. »Was ist nur in mich gefahren«, murmelte er. »Ich muss mich bei Robin entschuldigen.«

Diese sah sich erneut über die Schulter. »Was ist …?« Die Frage blieb ihr im Hals stecken. Quinn war bereits verschwunden.

Stunden, vielleicht sogar Tage, schwebte Robin zwischen Schlaf und Wachzustand. Jemand musste sie regelmäßig besuchen, denn der Stuhl an ihrem Bett stand jedes Mal ein wenig anders, wenn sie hinüberspähte. Auch wurde der Krug mit Wasser auf dem Nachtschrank niemals leer, egal, wie viel sie trank. Und einmal fand sie eine Mahlzeit daneben, mehrere Scheiben Brot, belegt mit eingelegten Fleischstücken.

Als sie darauf herumkaute, beseelt von dem Gedanken, nie etwas Besseres gegessen zu haben, überdachte sie ihre Situation.

Ihr Einstand in diesem Haus war nicht der beste gewesen. Lediglich eine Mahlzeit hatte sie mit den anderen Bewohnern eingenommen, und selbst die war nicht ohne Streit vonstattengegangen. Den Rest der Zeit war sie entweder weggelaufen oder hatte im Bett gelegen.

Sie wusste nichts über die Jungs, außer dass sie sich für Superhelden hielten. Von Allister Quinn, den sie seit dem ersten Abend nicht mehr gesehen hatte, ganz zu schweigen.

Der Geschmack von Asche mischte sich zu dem Bissen, auf dem sie gerade herumkaute, als sie über die Rolle nachdachte, die man ihr hier zuschrieb.

War es wirklich ihre Schuld, dass die Menschen seit fast zwei Jahrzehnten an der Hitze litten?

Nein, mahnte sie sich selbst. *Wie sollst du Schuld daran tragen? Du hast bis vor ein paar Tagen nicht einmal gewusst, was du bist, geschweige denn welche Rolle du spielst.*

Und dennoch lag es in ihrer Hand, etwas daran zu ändern. Die Vergangenheit war vergangen, doch die Zukunft ein unbeschriebenes Blatt.

Ja, auch wenn sie bisher wenig Gutes in diesem Haus erlebt hatte, stand sie noch immer zu ihrer Entscheidung. Sollte es ihre Bestimmung sein, die Welt aus ihrem Elend zu befreien, würde sie es annehmen. Wie der Weg hingegen aussah, der sie zur Erfüllung ihres Schicksals führte, das bestimmte sie allein.

Sie würde sich nicht blind in die Hände dieser Leute hier begeben. Wohin das führte, hatte sie bereits mehrfach zu spüren bekommen. Solange diese Menschen Fremde für sie waren, würde sie ihnen nicht mehr vertrauen. Vor allem nicht Edward …

Entschlossen schlug sie die Bettdecke beiseite. Sie trug einen hellroten Pyjama und sofort kroch ihr die Röte in die Wangen, als sich ihr die Frage aufdrängte, wer sie umgezogen hatte.

Still betete sie, dass Quinn es gewesen war, vor ihm empfand sie die wenigste Scham, ähnlich wie vor den Erzieherinnen im Heim. Oder wie es bei einem Vater gewesen wäre.

Behutsam schwang sie die Beine zur Seite und setzte sich auf. Überall an ihrem Körper zog und pochte es.

Als Schmerz würde sie es nicht bezeichnen. Schwäche ja, aber nicht mehr. Davon zeugte auch der leichte Schwindel.

Vorsichtig wie ein Kleinkind stand sie auf und tappte zum Fenster.

Als Erstes musste sie herausfinden, welche Tageszeit herrschte. Ihre Zimmer lagen im Südflügel und die Sonne strahlte ihr von links entgegen. Also dürfte es später Vormittag sein – an welchem Tag auch immer.

Verlief jeder Tag hier ähnlich, würden sich ihre Gastgeber entweder in der Küche oder im Trainingsraum aufhalten.

Mit kleinen Schritten und großer Entschlossenheit marschierte sie zum Kleiderschrank. Fast hätte sie einen überraschten Laut ausgestoßen, als sie den völlig veränderten Inhalt betrachtete. Die Anzüge waren verschwunden, dafür hingen dort nun Blusen, Kleider und Hosen, die eindeutig für eine Frau geschneidert waren. Nicht dass sie so etwas jemals besessen oder auch nur getragen hatte. Die Sachen waren teuer – und unpraktisch, wenn man sich sein Essen hart erarbeiten musste. Ehrlich gesagt sahen sie auch ziemlich unbequem aus.

Tief verborgen zwischen der feinen Kleidung entdeckte sie etwas Bekanntes.

Das waren doch ihre Hose und ihre Tunika?

Nun ja, zumindest glichen sie dem, was sie bei ihrer Ankunft getragen hatte. Das Material war etwas anders, weicher. Und es fehlten die Schlitze und Löcher, die ihre eigene Kleidung über Jahre abbekommen hatte. Dennoch kamen ihr die Sachen wie ein Anker vor, ein Stück Sicherheit in all dem Unbekannten.

Sie schnappte sich die Kleidung und ging ins angrenzende Badezimmer. Sie betrachtete die Armaturen und den großen Brausekopf, der in einer Ecke an der Decke angebracht war. Schnell zog sie sich aus, stellte sich darunter – und nahm die erste warme Dusche ihres Lebens.

7

Die Küche fand sie leer vor, also machte sie sich auf zur großen Trainingshalle.

Sie hatte richtig vermutet. Bereits von weitem erkannte sie mehrere Stimmen, die sich hitzig miteinander unterhielten.

Robin verlangsamte ihre Schritte.

Es konnte interessant sein, zu hören, worüber die ach so eingeschworene Gemeinschaft stritt. Andererseits konnte sie es sich denken, auch wenn ihr Name noch nicht gefallen war.

Doch kaum hatte sie die Tür erreicht, verstummte das Gespräch im Inneren.

Hatten sie ihr Kommen gehört? Oder gar gespürt? Das würde es schwierig machen, in aller Heimlichkeit mehr über die Bewohner von Qi Manor herauszufinden.

Um keinerlei Schwäche zu zeigen, straffte sie sich, was ihre Rückenmuskeln mit einem unangenehmen Ziehen beantworteten.

Als sie die Halle betrat, richteten sich fünf Augenpaare auf sie. Alle waren sie hier, nicht nur die Jungs, sondern auch Quinn. Wobei er keinen Trainingsanzug, sondern seinen typischen altmodischen Frack trug.

»Ach schaut nur, unser kleines Flämmchen leuchtet wieder«, sagte er mit Begeisterung und klatschte in die Hände. »Schön, schön, schön.«

Ohne eine Begrüßung ließ Robin den Blick über die Anwesenden wandern. Dimitri und Mickael schienen erleichtert, sie zu sehen. Edward schaute hingegen mürrisch drein, als hätte ihre Bettruhe durchaus noch ein paar Tage andauern können. Und Jason? *Ausdruckslos* war wohl die Bezeichnung, die seiner Miene am ehesten entsprach. Doch seine Augen fixierten sie unverhohlen, weswegen sie den Kopf schnell abwandte.

Sie schluckte trocken und suchte in ihrem Hirn nach den Worten, die sie sich auf dem Weg durch die Villa zurechtgelegt hatte.

Aber irgendwie herrschte dort plötzlich nur noch Durcheinander. Sie griff einfach nach einem der Fetzen, die davon übrig geblieben waren.

»Ich bin bereit, zu lernen«, sagte sie im ernsten Tonfall.

»Ich wusste, dass du nicht aufgibst.« Erneut applaudierte Quinn und kam zu ihr gehüpft. Er griff nach ihrer Hand und umschloss sie mit seinen. »Wir haben uns schon eine Strategie überlegt. Wir werden deinen Körper stählen, genau wie deinen Geist. Und mir nichts, dir nichts, wird aus dir eine starke Baocun.«

Robin nickte. Quinns Berührung, ja seine simple Anwesenheit, schien etwas in ihr gefügig zu machen. Als wäre es ihre einzige Daseinsberechtigung, ihm zu dienen.

Dennoch würde sie sich nicht mehr blind leiten lassen, das hatte sie sich selbst versprochen.

Behutsam, aber bestimmt entzog sie ihm ihre Finger. »Ich bin bereit«, wiederholte sie. Dann hob sie den Kopf. »Nur mit dem da werde ich nicht mehr trainieren.« Mit schmalen Lippen nickte sie in Edwards Richtung.

Dieser verschränkte die Arme. »Als ob wir da eine Wahl hätten.«

»Es gibt immer eine Wahl«, entgegnete sie trotzig. »Solange er in der Halle ist, setze ich keinen Fuß hier rein.«

Nun kam Edward auf sie zu, während Quinn ein Stück beiseitetrat.

»Was glaubst du, wer du bist?«, knurrte er, als er sich vor ihr aufbaute.

»Niemand, an dem du deinen Frust ablassen kannst«, antwortete sie so ruhig wie möglich.

»Du brauchst mich.«

»Halt dich einfach von mir fern.«

»Aber, aber, Kinder«, ging Quinn dazwischen und führte Robin beiseite. »Mäuschen, lass mich dir etwas zeigen.« Er zog sie mit sich, als er sich im Schneidersitz auf den Boden setzte.

Mit gerunzelter Stirn sah Robin zu, wie er ein knittriges Blatt Papier und einen Kohlestift hervorzog.

»Sag mir, was das ist«, forderte er sie auf, nachdem er den Stift einmal kurz auf das Papier gedrückt hatte.

»Ein … Punkt?«

»Richtig.« Quinn kicherte. Dann machte er noch ein paar weitere Punkte und verband schließlich zwei davon mit einem Bogen. »Und das?«

»Eine Linie?«

Eifrig nickte Quinn. »Oder: Zwei Punkte, die zu einem werden. Uuund …«, er zog das Wort in die Länge, während er auch die anderen Punkte miteinander verband. »Was ist das?«

»Ein Kreis.« Robin wurde langsam ungeduldig.

Hatte er sie aus ihrem kleinen Kampf mit Edward rausgerissen, um ihr eine Zeichenstunde zu geben?

Quinn stöhnte auf. »Falsch.« In der nächsten Sekunde verpasste er ihr einen Klaps auf den Scheitel.

»Au«, keuchte Robin, auch wenn es nicht wirklich wehgetan hatte.

»Was ist das?« Quinn hob das Papier vom Boden und wedelte damit vor ihrer Nase.

»Viele Punkte, die zu einem werden?«, versuchte sie es noch einmal.

Sie zog den Kopf ein wenig ein, um für einen weiteren Klaps gewappnet zu sein.

Doch Quinn lachte triumphierend auf. Wieder kritzelte er auf dem Blatt, zeichnete weitere Linien von Punkt zu Punkt. Dabei umklammerte er den Stift mit der Faust wie ein kleines Kind bei seinen ersten Malversuchen. »Sie. Sind. Alle. Miteinander. Verbunden.«

Als er fertig war, wusste Robin, worauf er hinauswollte.

Innerhalb des Kreises prangte nun ein fünfzackiger Stern. Das, was Quinn aufgemalt hatte, war der Zyklus der Elemente. Der Zyklus, von dem sie nun ein Teil war. Und sie verstand, was er ihr sagen wollte.

Es war Edward, dem in diesem Kreislauf die Aufgabe zufiel, seine Energie an sie weiterzugeben, sie zu stärken. Daran gab es nichts zu rütteln.

»So ein schlaues Mädchen«, kommentierte Quinn, als er die Erkenntnis in ihrem Blick aufleuchten sah.

Wieder streckte er die Hand nach ihrem Kopf aus. Aber anstatt sie zu schlagen, tätschelte er sie wie einen braven Hund.

Dann sprang er auf. »Gut, da wir das geklärt haben …«

»Wenn wir aber alle miteinander verbunden sind«, meinte Robin mit gerunzelter Stirn, den Blick noch immer auf die Zeichnung geheftet. »Sollte es eigentlich egal sein, wer mich trainiert, oder?«

Quinn verdrehte übertrieben die Augen. »Bei der Energiearbeit, die …«

»Das hab ich schon kapiert«, unterbrach sie ihn und stand ebenfalls auf.

Sie sah, wie Mickael eine Geste mit den Händen machte, um sie zu stoppen. Quinn ins Wort zu fallen, war vermutlich nicht die Art, wie man mit diesem *Wesen höchster Macht* umzugehen hatte.

Doch das war ihr in diesem Moment egal. Sie würde sich nicht von Edward trainieren lassen, zumindest nicht, bis sie wusste, ob der Vorfall beim letzten Mal wirklich ein Versehen gewesen war.

»Anscheinend nicht«, mischte sich nun auch Edward wieder ein. »Ich bin der Einzige hier, der seine Energie an dich weitergeben kann, damit du Anfänger überhaupt in der Lage bist, irgendetwas zu spüren, was über deinen kleinen Menschenverstand hinausgeht.«

»Was?«, blaffte sie zurück. »Etwa den Muskelkater meines Lebens? Danke, Woody, ich verzichte.«

Edwards Gesicht verzog sich zu einer wütenden Grimasse, als sie ihm einen neuen Spitznamen an den Kopf warf.

Sollte er nur innerlich kochen – sie tat es schon lange! War das der Grund, warum es ihr so vorkam, als wäre die Luft hier drin gerade wärmer geworden?

Sie wunderte sich ein wenig, dass Quinn nicht abermals dazwischenging. Stattdessen stieß er ein Kichern aus, das er hinter seiner Hand zu verbergen versuchte. Dabei murmelte er etwas, dass sich anhörte wie »Junge Liebe«.

Das hatte er nicht wirklich gesagt!

Edward schien es jedoch auch gehört zu haben. »Genau deswegen war ich dagegen, sie …«

»Ich werde sie trainieren.«

Als hätte er sie darum gebeten, drehten sich die Köpfe aller Anwesenden abrupt zu Jason um.

»Kommt überhaupt nicht infrage«, konterte Edward sofort. »Das ist viel zu gefährlich. Wenn sie sich nicht unter Kontrolle hat, kann sie …«

»Sie ist weit davon entfernt, auf ihre Energie zurückgreifen zu können. Und noch weiter davon, jemand anderen damit zu beeinflussen.«

Na, besten Dank, dachte Robin. *Traut mir hier überhaupt jemand was zu?*

Als Edwards Miene hart blieb, fuhr Jason fort. »Sobald ich merke, wie die Macht in ihr erwacht, kannst du übernehmen. Dann wird sie ohnehin so weit sein, andere Hilfe als die meine zu benötigen.« Er streckte Edward die Hand entgegen. »Ich trainiere ihren Körper und Geist, du ihre Fähigkeiten.«

Robin bemerkte, wie Quinn die beiden mit hochgezogener Braue betrachtete.

Einen Moment wirkte er, als würde ihm dieser Vorschlag äußerst missfallen. Schließlich kniff er die Augen leicht zusammen, wobei sich ein Lächeln auf seine Züge legte. *Mir auch recht,* schien es zu sagen.

Edward zögerte. »Nur unter einer Bedingung.« Er sah Dimitri an. »Du wirst jedes Mal dabei sein, wenn sie trainieren, um im Notfall eingreifen zu können.«

Dimitri runzelte kurz die Stirn, als würde er überlegen, was diese Abmachung für ihn bedeutete. Doch dann nickte er zustimmend, woraufhin sich Edward und Jason die Hände schüttelten.

Robin presste die Lippen zusammen. Schon wieder redeten sie über sie, als wäre sie nicht anwesend. Als wäre ihre Meinung dazu vollkommen irrelevant.

Allerdings hatte sie gegen diesen Plan nichts einzuwenden. Es würde ihr zumindest Zeit verschaffen, Edward genauer unter die Lupe zu nehmen, ehe sie sich ihm erneut stellen musste. Und etwas mehr Körperkraft würde dieser Begegnung wohl auch nicht schaden.

Dennoch konnte sie einen kleinen Protest nicht unterdrücken – rein aus Prinzip. »Hab ich auch noch ein Mitspracherecht oder habt ihr euch bereits auf einen Preis für die kleine Sklavin festgelegt?«

Nun lachte Quinn aus voller Kehle. »Ist sie nicht einfach entzückend?« Er streckte die Hand aus und kniff Robin in die Wange, bevor sie ausweichen konnte. »Niedliches Ding.« Auf den Kniff folgte ein Tätscheln, dann trat er einen Schritt zurück. »Damit haben wir eine Strategie, meine Herren, mit der ich äußerst zufrieden bin.«

Wieder wurde sie übergangen, obgleich auch nur in der Ansprache.

Gewohnheit oder Absicht?

Er merkte ihren missbilligenden Blick. »Meine Herren, meine Dame …«, er verneigte sich übertrieben, »wenn Sie mich nun entschuldigen würden.« Und schon strebte er mit weiten Schritten und wallendem Frackschwanz hinaus.

Was er zurückließ, war betretenes Schweigen.

»Da ohnehin Mittag ist – wollen wir gleich beginnen?«, wandte sich Jason schließlich an sie.

Robin verschränkte die Arme und blies sich demonstrativ eine Haarsträhne aus dem Gesicht. »Und was stellst du dir vor? Soll ich wieder bis zur Besinnungslosigkeit laufen?« Sie warf Edward einen abfälligen Seitenblick zu, den dieser jedoch nicht einmal bemerkte. Er hatte sich bereits abgewandt, um Quinn zu folgen. »Oder hast du andere Methoden, mich zu foltern?«

Der Anflug eines Lächelns zupfte an Jasons Mundwinkeln. »Ich hatte eher an etwas Sanfteres gedacht. Eventuell ein bisschen Stretching, um deine Verspannungen loszuwerden?«

Robin zuckte mit den Schultern. Sie hatte keine Ahnung, wovon er sprach, aber es klang nicht unbedingt besser. »Was auch immer.«

»Dann ziehe ich mich besser mal zurück«, meinte Mickael mit einem zufriedenen Lächeln. Er legte Dimitri eine Hand auf die Schulter. »Brauchst du noch etwas? Ein Buch oder so? Kann ziemlich langweilig werden, so als Anstandsdame.«

Dimitri strich sich verlegen über den Hinterkopf. »Einen kleinen Snack vielleicht? Mittagessen werde ich wohl knicken können.«

In diesem Moment grummelte auch Robins Magen vernehmlich. Ihre letzte Mahlzeit war eine Weile her, auch wenn sie dank des verlorenen Zeitgefühls nicht sagen konnte, wann das gewesen war. Ihrem Bauch nach eindeutig vor zu langer Zeit.

Sie rieb sich darüber und grinste. »Essen klingt gut, nehm ich auch.«

»Wie die Herrschaften wünschen. Sind Sandwiches genehm oder präferieren die Herren und die Dame eine warme Speise?« Mickael verneigte sich ebenso tief wie Quinn vorhin, ahmte sogar dessen Stimme nach.

Sofort fingen alle an zu lachen. Alle, bis auf Jason, der Robin mit einem unergründlichen Blick musterte.

Die Trainingseinheit mit Jason war um einiges angenehmer gewesen als die letzte. Wider Erwarten hatten ihr die Dehnungen und Verrenkungen, die er ihr gezeigt hatte, eher gutgetan, als die Schmerzen verschlimmert. Als sie fertig waren, fühlte sich ihr Körper angenehm warm an und irgendwie größer als sonst, beweglicher.

Dimitri war nicht geblieben, wie Edward es ihm aufgetragen hatte. Kaum dass die belegten Brote vertilgt waren, die Mickael ihnen gebracht hatte, war er mit diesem verschwunden. Nicht einmal die beiden schienen ihr zuzutrauen, in nächster Zeit ihre eigene Energie anzapfen zu können.

Nun saßen Jason und sie auf dem Boden der Trainingshalle und meditierten. Also, er meditierte. Sie hingegen saß ihm gegenüber und nutzte den Moment, um ihn in Ruhe betrachten zu können.

Er wirkte wie eine aus Marmor geschlagene Figur. Blasse Haut, ernste Züge und ein Körper, wie ihn nur ein Künstler hätte gestalten können – groß, stark, schön.

Doch es war seine Aura, die ihren Blick, ja ihr ganzes Wesen, wie magisch anzog. Ständig ging etwas Trauriges von ihm aus, etwas Distanziertes. Selbst jetzt, da er in völliger Ruhe und Entspannung vor ihr saß, wirkte er, als würde er eine schwere Last tragen.

Irgendwo hatte Robin mal das Wort *Weltschmerz* aufgeschnappt, und obwohl sie nie begriffen hatte, was das bedeutete, war sie sich sicher, dass es auf Jason zutraf. Das es das war, was ihn ausfüllte.

Aber je länger sie ihn betrachtete, desto mehr Kleinigkeiten fielen ihr auf, die dieses perfekte Bild menschlich machten. Das vom Training zerzauste weißblonde Haar. Die kleine Narbe auf seiner linken Schläfe. Das Muttermal an seinem Hals. Die winzigen Fältchen um seinen Mund, von denen sie nicht wusste, ob Vergnügen oder Verbissenheit sie hatte entstehen lassen.

Hier verweilte ihr Blick lange. Sein Mund …

Unbewusst biss sie auf ihre Unterlippe, als ihr die Frage durch den Kopf schoss, ob er genauso weich war, wie er aussah.

In ihrem Bauch erwachte ein eigenartiges Kribbeln zum Leben. Ob er jemals ein Mädchen geküsst hatte?

»Ich kann dich denken hören.« Seine Stimme war dunkel, als hätte er sie seit Tagen nicht benutzt.

Robin zuckte zusammen.

Meinte er das wörtlich? Wusste er, in welche Richtung sich ihre Gedanken gerade bewegt hatten? Oder meinte er das nur allgemein?

Ihr Starren wurde ihr erst bewusst, als er die Augen aufschlug. Er fixierte sie, als hätte er das bereits durch seine geschlossenen Lider getan.

Tief drang sein Blick in sie und wenn er bisher nicht gewusst hatte, was genau ihr durch den Kopf gegangen war – spätestens jetzt musste es ihm klar sein. Robin spürte, wie ihr die Hitze in den Kopf schoss. Es wurde auch nicht besser, als sich einer seiner Mundwinkel hob …

Verflucht, sie sah ja noch immer auf seine Lippen! Sie wollte sich schon hektisch abwenden, entschloss sich dann aber doch zu einer anderen Taktik. Angriff war immer die beste Verteidigung.

»Dieses Rumgesitze ist nicht so meins«, meinte sie herausfordernd. »War ich noch nie der Typ für. Stattdessen könntest du mir erklären, warum Edward nicht wollte, dass du mit mir allein trainierst.«

Das leise Lächeln auf seinen Lippen verschwand, als hätte ihre Frage ihn an etwas erinnert. »Du kennst die Verbindungen unter uns Baocun«, war alles, was er sagte, ehe er wieder die Augen schloss.

Robin schnaubte. »Ich habe über die Zyklen gelesen und von Quinn ein paar Infos über eure … *unsere* Kräfte erhalten. Aber auch nur einen von euch zu kennen, würde ich nach den paar Tagen, die ich hier bin, nicht behaupten.«

Zumal ich die meiste Zeit davon ohne Bewusstsein war, schob sie in Gedanken nach.

»Wenn du Fragen hast, wende dich an Quinn.« Jason richtete sich ein Stück weiter auf und senkte das Kinn. Eine eindeutige Geste – er wollte sich wieder seiner Meditation widmen.

»Gut, bitte«, erwiderte sie zickig. »Dann mach ich das, genau jetzt.«

Sie sprang auf, was weniger galant funktionierte, als sie sich erhofft hatte. Ihre Beine kribbelten nicht weniger als ihr Bauch vor wenigen Sekunden. Nun, dieses Mal wusste sie zumindest warum.

Während das Gefühl mit schmerzhaftem Ziehen in ihre Füße zurückkehrte, humpelte sie mehr schlecht als recht zur Tür.

Als sie sie aufriss, zuckte der dahinterstehende Dimitri dermaßen zusammen, dass er fast nach hinten gekippt wäre.

Zu wissen, dass sie entgegen seiner Behauptung die ganze Zeit unter seiner Beobachtung gestanden hatte, gab ihrer Stimmung den Rest.

»Ach, so viel zu deinem Vertrauen«, knurrte sie ihn an und stieß ihn gegen die Brust, wodurch er vollends das Gleichgewicht verlor.

»Argh, hey!«

Während er zu Boden fiel, schritt sie eilig an ihm vorbei. Doch dann wandte sie sich noch einmal um.

Dimitri saß auf dem Hintern und sah sie mit verkniffenem Gesicht an. Schmerz und Überraschung spiegelten sich gleichermaßen darin.

Eine Entschuldigung wäre wohl angebracht gewesen. Schließlich konnte er nichts dafür, wie Jason sie abgefertigt hatte. Andererseits war er nicht besser. Schließlich hatte er sie belauscht oder heimlich beobachtet oder was auch immer.

Ganz kurz musterte sie den schlaksigen Jungen auf die gleiche Weise, wie sie es bei Jason getan hatte. Körper, Gesicht, Lippen … Vielleicht lag diese Anziehung, die sie dem Metalltypen gegenüber spürte, wirklich an der Verbindung der Baocun.

Sie konzentrierte sich auf ihren Bauch, suchte nach einer Reaktion ihres Körpers auf den Jungen vor sich. Doch nichts geschah.

Na ja, ein wenig Mitleid regte sich schon. Der Sturz musste ziemlich unangenehm gewesen sein. Aber das war etwas anderes. Kein Vergleich zu …

»Wo finde ich Quinn?«, fragte sie schnell und schluckte die Erinnerung an die Ameisen in ihrem Bauch hinunter.

»Keine Ahnung.« Dimitri keuchte, rappelte sich auf und rieb sich das Steißbein. »Er findet uns.«

Wieder so eine kryptische Antwort. Wollte hier niemand Klartext mit ihr reden?

Mit einem lauten Stöhnen warf Robin die Hände in die Luft. »Danke für nichts«, stieß sie hervor, während sie sich bereits von ihm abwandte.

»Hey«, rief er ihr nach. »Willst du dich nicht umziehen?«

Sie reagierte nicht darauf. Sie wollte nur noch weg.

Weg von Dimitri, weg von Jason. Weg von all den offenen Fragen, die sich immer weiter anhäuften, anstatt dass sie auch nur eine sinnvolle Antwort erhielt.

8

Auf direktem Weg war sie in den Südflügel gegangen, selbst überrascht, dass es ihr mittlerweile so leichtfiel, sich zu orientieren.

Sie hatte geduscht, obwohl sie während des Stretchings kaum geschwitzt hatte, und den roten Trainingsanzug, den sie vor der Einheit angelegt hatte, gegen einen ähnlichen Zweiteiler aus weichem, anschmiegsamen Stoff getauscht – ebenfalls rot, wer hätte es erwartet.

»Das können die vergessen, dass ich den Rest meines Lebens herumlaufe wie eine Tomate«, murmelte sie, als sie ihr Schlafzimmer verließ und die Lobby betrat.

Ihre Lobby … Vermutlich besaß jeder Flügel seine eigene. Wieder etwas, was sie nicht wusste, sondern nur vermuten konnte.

Ihr Ärger war nicht verraucht. Wie sollte sie sich hier einleben und lernen, ihre Rolle zu spielen, wenn ihr nur Aggression, Kälte und Misstrauen entgegengebracht wurden? Wäre es nicht eigentlich ihr Recht gewesen, so mit den *anderen* umzugehen? Aber nein, sie war die Brave. Sie fügte sich in ihr Schicksal, so abstrus dieses auch war.

Seufzend ließ sie die Schultern hängen und trat ans Fenster. Die Sonne stand noch weit über dem Horizont, das Abendessen würde also eine Weile auf sich warten lassen.

Was also sollte sie jetzt tun? Hatte sie Freizeit oder wurde irgendetwas von ihr erwartet? Nicht einmal das wusste sie.

In diesem Moment entdeckte sie zwei Gestalten, die sich vom Haus entfernten und auf einer angrenzenden Wiese stehen blieben. Es war nicht schwer zu erkennen, dass es sich um Mickael und Quinn handelte.

Na, wenn das kein Zeichen war!

Schnell wirbelte sie herum und machte sich auf den Weg nach draußen.

»Hey, Robin«, begrüßte Mickael sie freundlich. Er hatte sie bemerkt, kaum dass sie das Haus verlassen hatte.

Allerdings war er allein. Sie hatte Quinn verpasst, verflucht.

Frustriert schluckte sie den ärgerlichen Kloß in ihrem Hals hinunter, um ihren Frust nicht an Mickael auszulassen. Er konnte schließlich nichts dafür, wie die anderen mit ihr umgingen.

»Hallo«, gab sie den Gruß zurück, brachte sogar ein Lächeln zustande. »Wo ist Quinn?«

Mickael legte die Stirn in Falten. »Hat dich jemand geärgert?«

Sie winkte ab. »Was? Nein, Quatsch. Ich wollte nur …«

»Du kannst mir nichts vormachen. Ich bin der Sensibelste unter uns, was das Auffangen von Stimmungen betrifft. Und du hast ganz eindeutig schlechte Laune. Lief das Training nicht so gut?«

Robin öffnete den Mund, wollte ihn bereits mit irgendeiner Floskel abfertigen. Doch dann schloss sie ihn wieder und atmete tief durch.

Mickael war von Anfang an freundlich zu ihr gewesen. Er hatte sich in den ersten Tagen um sie gekümmert.

Und er schien ehrlich interessiert an dem, was sie bedrückte. Das war es schließlich, was sie wollte, oder? Einen Verbündeten in diesem Haus, das ihr sonst nur Ablehnung entgegenbrachte.

Mickael ergriff das Wort, bevor sie es konnte. »Du bist sauer«, stellte er fest. »Verwirrt. Und enttäuscht. Und … Puh, das Herzflattern kann ich nicht so ganz deuten.« Fragend zog er eine Braue nach oben.

Sie riss die Augen auf.

Verflucht, er war wirklich gut. Sofort tauchte Jasons Gesicht in ihrem Geist auf.

Mickael grinste. »Komm, wir gehen ein Stück. Und du schüttest mir dein Herz aus.«

Während sie nebeneinander über die Wiese liefen, versuchte Robin, ihre Gedanken zu ordnen. Sie schimpfte über Edwards arrogante Art, beschwerte sich über Jasons kalte Schulter und meckerte über Dimitris Misstrauen.

Doch schon während sie all den Ärger herausließ, kam sie sich dämlich vor. »Irgendwie klingt das alles ziemlich bescheuert, wenn ich mir selbst so zuhöre«, schloss sie schließlich ihren Monolog, dem Mickael mit ernster Miene gelauscht hatte.

Edward war ein Idiot, Jason wortkarg und Dimitri besorgt. Aber waren das Gründe, um so herumzuzicken? Eigentlich nicht.

Warum hatte sie das Verhalten der Jungs so wütend gemacht?

»Ich versteh mich selbst nicht mehr«, gab sie zu. »Vor dem Training habe ich beschlossen, einfach anzunehmen, was hier abgeht. Mich auf euch – auf das alles hier – einzulassen, es auf mich zukommen zu lassen. Und dann flippe ich so aus. Das passt gar nicht zu mir.«

Als sie zu Mickael hinübersah, entdeckte sie ein Schmunzeln auf seinen Lippen. »Hey«, knurrte sie. »Das ist nicht witzig.«

»Wann fing es an, dass du dich so gefühlt hast?« Als Robin ihn nur fragend betrachtete, fügte er hinzu: »Wann sind deine Emotionen – welcher Art auch immer – so hochgekocht?«

Sie überlegte. »Beim Meditieren, also zumindest dem Versuch. Vorher war ich ja auch abgelenkt und ...«

Mickael schüttelte den Kopf. Das Schmunzeln hatte sich mittlerweile zu einem breiten Grinsen verfestigt. »Wenn es dich beruhigt«, sagte er und legte einen Arm um ihre Schulter, »deine Stimmungsschwankungen sind vollkommen normal.«

Robin verdrehte die Augen. »Jetzt komm mir nicht mit meiner Periode. Und schwanger bin ich auch nicht.«

Er lachte laut auf. »Das meine ich doch nicht. Du bist die Inkarnation des Feuers. Du bist emotional, trägst dein Herz auf der Zunge und bist ...« Er stockte, suchte vermutlich nach Worten, die nicht unsensibel klangen. Letztlich entschied er sich für: »Leicht reizbar. Während der Meditation greifen wir auf die uns gegebene Energie zurück und verstärken damit unsere Elementausprägung. Wir machen das kontrolliert, aber du bist das nicht gewohnt, kannst es nicht steuern. Und wirst somit zu einem Pulverfass.«

Robin löste sich von Mickael und blieb stehen. Sie erinnerte sich an die Beschreibung des Feuers, die sie gelesen hatte. »Das ... klingt logisch. Auch wenn ich das, was ich gemacht habe, nicht als Meditation bezeichnen würde.«

Mickael zuckte mit den Schultern. »Na ja, irgendwas hat dir zumindest Zugang zu deiner Energie gegeben, schätze ich. Du solltest rausfinden, was es war.«

Sie spürte, wie ihr abermals die Wärme in die Wangen stieg.

Statt in sich zu gehen, hatte sie Jason angehimmelt. War er der Auslöser? War also das eigenartige Prickeln in ihrem Bauch, das sein Anblick heraufbeschworen hatte, ihre Feuerenergie gewesen? Oder doch etwas anderes?

Schnell ging sie weiter, damit Mickael keine Fragen mehr stellte. »Ich schätze, ich muss noch eine Menge lernen.«

»Du hast Zeit«, meinte er schlechthin.

»Wie lange denkst du, wird es dauern, bis ich meine Energie im Griff habe?« Sie war dankbar für den Themenwechsel, der sich bot.

»Na ja, zuerst musst du den Zugang zu ihr finden – und zwar bewusst, nicht aus Versehen. Dann musst du lernen, sie zu kontrollieren. Das kann eine Weile dauern.«

»Wie war das bei dir?«

Er winkte ab. »Tu dir selbst den Gefallen und vergleich dich nicht mit uns. Wir sind schon in unseren ersten Lebensjahren hierhergekommen. Außerdem wurden wir von unseren Vorgängern ausgebildet. Den Luxus hast du nicht.«

Sie lachte. »Das beantwortet meine Frage nicht.«

Mickael sah verlegen zur Seite. »Ich war ein Spätzünder«, meinte er kleinlaut. »Bei mir haben sich erst mit sechs Jahren die ersten Anzeichen von …«

»Sechs?«, entfuhr es Robin entsetzt. »Und das war spät?«

»Andere Umstände, denk dran.« Er knuffte sie in die Seite.

Sie nutzte den Moment, um die nächste Frage loszuwerden, die ihr auf der Seele brannte. »Du warst also sehr klein, als Quinn dich hergeholt hat, ja? Sind deine Eltern auch … Also, warst du auch eine Waise?«

Er schüttelte den Kopf. »Sie leben noch, soweit ich weiß. Quinn hat mich ihnen abgekauft, als ich fünf war.«

»Abgekauft?« Das wurde ja immer schlimmer.

Mickael schien das hingegen nichts auszumachen. »Sie hatten kein Geld, dafür aber fünf weitere Kinder. Vermutlich musste er nicht mal viel verhandeln.«

»Das klingt schrecklich …«

»Ich schätze mal, mein Leben hier ist besser, als es bei ihnen geworden wäre. Schließlich habe ich alles, was ich brauche – und erst hier habe ich gelernt, was echte Liebe ist«, schob er mit einem schüchtern wirkenden Grinsen hinterher.

Es irritierte sie, mit welcher Leichtigkeit er über den Verlust seiner Familie sprach. Vermutlich entwickelte man eine gewisse Distanz, wenn nicht das Schicksal, sondern Gier sie von einem getrennt hatte.

»Ist das immer so, dass Quinn die nächste Generation an Baocun einkauft?«, erkundigte sie sich.

»Keine Ahnung«, meinte er und verzog entschuldigend das Gesicht.

»Hast du nie gefragt?«

»Nö.« Auch diese Antwort kam ihm locker über die Lippen. »Warum auch? Es ist für mich nicht von Bedeutung. Sollte es für dich übrigens auch nicht sein. Es ist sein Job, uns zusammenzutrommeln, und unser Job ist es, die Welt im Einklang zu halten. Ende.«

»Du machst es dir so ganz schön einfach«, murmelte sie.

»Und du dir zu schwer, mit deinem ständigen Hinterfragen.« Er klopfte ihr freundschaftlich auf die Schulter. Dann streckte er sich. »So, ich will jetzt ein bisschen was schaffen. Wir sehen uns später.«

Damit ließ er sie stehen.

Perplex sah sie ihm zu, wie er sich einige Schritte entfernte. »Und was soll ich jetzt machen?«

Mit großen Augen sah er sie über die Schulter hinweg an. »Na, was du willst. Ist ja noch Zeit bis zum Abendessen.«

»Was ich will?« Schnell holte sie abermals zu ihm auf. »Was soll das denn heißen? Ich hab ja nicht einmal eine Ahnung, was ich hier so machen *kann*.«

»Alles«, erwiderte er. Diese Aussage änderte nichts an dem fragenden Ausdruck in ihrem Gesicht, also schob er hinterher: »Was hast du denn bisher so gemacht, um den Tag rumzukriegen?«

Robin runzelte die Stirn. »Das, was im Heim so angefallen ist. Klamotten geflickt, Essen gekocht, die Kleinsten bespaßt. Meistens jedoch geputzt.«

»Und wenn du frei hattest?«

Sie lachte auf. »Frei? So etwas gab es bei uns nicht. Jeder musste rund um die Uhr mit anpacken, um seinen Aufenthalt *abzubezahlen.*«

»Du hattest nie Freizeit? Kein Hobby, dem du nachgegangen bist, um zu entspannen?«

Sie schüttelte verwirrt den Kopf. In ihrem alten Zuhause wäre ihr nicht einmal der Gedanke gekommen, etwas zu tun, nur weil sie Lust darauf hatte. Es gab immer Aufgaben, die erledigt werden mussten.

Das konnte doch hier nicht anders sein?

Mickael schenkte ihr ein aufbauendes Lächeln. »Schau, unsere einzige Verpflichtung hier ist es, unseren Aufgaben als Baocun nachzukommen. Das bedeutet, den Körper fit und die Energien im Gleichklang zu halten. Na ja, und ab und zu ein paar Klimatische in ihre Schranken zu weisen. Was wir sonst mit unserer Zeit anfangen, ist völlig uns überlassen.«

»Und wer kümmert sich um die Wäsche, das Essen, wer hält unsere Räume sauber?«

»Das macht alles Quinn.«

Beinahe hätte sich Robin an ihrer eigenen Zunge verschluckt.

Der Hausherr persönlich spielte das Dienstmädchen für seine Schützlinge? Das war unfassbar.

»Schau nicht so entgeistert. Er hält uns den Rücken frei, so gut er kann. Und nebenbei: Ich denke nicht, dass er selbst den Staubwedel schwingt oder seine Hände in Seifenwasser taucht. Ich habe ihn noch nie bei der Hausarbeit gesehen, aber ich bin überzeugt, dass er andere Mittel hat, sie zu erledigen.«

Einen kurzen Moment kämpfte Robin mit sich. Es fühlte sich falsch an, sich von dem Mann mit dieser mächtigen Aura bedienen zu lassen.

Doch wer war sie, das in Zweifel zu stellen. Mickael, der schon so lange hier lebte, kam damit klar, also sollte sie es wohl auch.

»Was macht ihr denn so in eurer *Freizeit*?« Das Wort schmeckte komisch. Fremd, aber auch unsagbar verlockend.

»Ach, jeder hat so seinen Faible, dem er nachgeht. Ich verbringe viel Zeit auf unseren Plantagen. Kartoffeln, Bananen, Wein ... Ich kann dort alles anbauen, was du dir wünschst. Den Pflanzen beim Wachsen zuzusehen, sie dabei sogar zu unterstützen, ist ein tolles Gefühl. Mit den Händen im Dreck bin ich so richtig glücklich. Willst du mitkommen? Ich wollte eh gerade ein bisschen was fürs Abendessen ernten.«

Seine Euphorie wärmte Robins Herz. Es war fast, als würde ein Stück seiner Leidenschaft auf sie überspringen. Gleichzeitig entlockte sie ihr ein Lächeln. Es war nicht verwunderlich, dass sich die Verkörperung des Erdelements am wohlsten fühlte, wenn sie in der Erde wühlte. Sie selbst hatte dem Gärtnern noch nie viel abgewinnen können und sich, wann immer möglich, vor der Feldarbeit gedrückt. Das würde sie auch weiterhin so halten.

»Vielleicht ein andermal«, wiegelte sie ab. »Und was machen die anderen so?«

»Frag sie einfach selbst«, neckte Mickael sie. Auf ihren genervten Blick hin ruderte er zurück. »Schon gut, schon gut. Also Dimitris Passion liegt im Kochen. Sollte es etwas anderes als belegte Brote oder Auflauf zu essen geben, kannst du dir sicher sein, es stammt von ihm. Und ich kann dir sagen, was er zaubert, ist ein absoluter Hochgenuss für die Geschmacksnerven. Ich sehe ihm unheimlich gern dabei zu, wie er aus meinen Erträgen die ausgefallensten Gerichte kreiert.« Mickaels Augen glänzten, während er von Dimitri schwärmte.

Essen war also seine zweite Leidenschaft, vermutete Robin und grinste versteckt. Sie passte hervorragend zu seiner ersten.

»Edward kriegst du hingegen nur zum Kaffeekochen an den Herd. Oh, die Bohnen dafür stammen übrigens auch aus eigenem Anbau.«

»Wo treibt er sich sonst rum?«

Mickael öffnete den Mund, hielt aber inne. »Nein«, zügelte er sich. »Das kannst du ihn wirklich selbst fragen. Ich glaube nicht, dass es eurer Beziehung guttut, wenn wir hinter seinem Rücken über ihn sprechen.«

Robin grinste. »Okay, es kann also nichts sein, was dich sonderlich begeistert wie bei Dimitri.«

Mickael lachte, sichtlich entspannt von ihrer Reaktion. »Nein, tatsächlich nicht. Ruben, dein Vorgänger, hat übrigens sehr gern gelesen. Deswegen stehen in deiner Lobby auch so unheimlich viele Bücher. Vielleicht teilst du ja …«

In diesem Moment wehte etwas von der Villa zu ihnen herüber. Geräusche … Nein, sanfte Klänge, wie Robins Ohren sie noch nie wahrgenommen hatten.

»Was …«, hauchte sie mehr, als sie es sagte.

»Und das ist Jasons große Liebe. Musik.«

Einen Augenblick schwiegen sie beide und lauschten. Sie waren zu weit weg, als dass Robin den vollen Umfang des Liedes hätte hören oder deuten können, welches Instrument gespielt oder ob es von Gesang begleitet wurde. Doch schon die Fragmente, so verzerrt sie auch wirkten, lockten sie, die ganze Melodie zu entdecken.

Nur mit Mühe konnte sie sich davon abhalten, Mickael einfach stehen zu lassen und zum Haus zurückzukehren.

»Spielt er das selbst?«, wollte sie wissen. Dabei konnte sie die Ehrfurcht, die sie empfand, nicht aus ihrer Stimme verbannen.

Mickael horchte noch einen Moment, dann schüttelte er den Kopf. »Das klingt nach Dudelsack. So was hat er nicht.«

»Dudel… Was?«

»Ich merke schon – dein Hobby wird wohl ›Robin entdeckt die Welt‹.«

Sie blinzelte, als könnte sie sich damit von dem Bann befreien, in den die Musik sie gezogen hatte. Dennoch verschwand der Drang, zurück ins Haus zu laufen und den Ursprung der Musik zu finden, nicht völlig. Aber nachdem ihr Training in so kühler Stimmung geendet hatte – oder hitzig, wenn man es aus ihrer Perspektive betrachtete – bezweifelte sie, dass Jason bereit sein würde, seine Liebe mit ihr zu teilen.

Bei dem Gedanken an Liebe flammte etwas vor ihrem inneren Auge auf: Jason, der ihr so nah war, wie sich nur Liebende sind.

Bevor eine erneute Röte ihre Wangen überzog, hakte sie sich schnell bei Mickael unter.

»Weißt du was? Ich glaube, ich komme doch mit. Ein bisschen Ablenkung kann nicht verkehrt sein, solange ich noch keine Pläne für meine eigene *Freizeit* habe.«

Teil 2

Die Flamme

Der Zyklus der Fünf

Die Wandlungsphasen

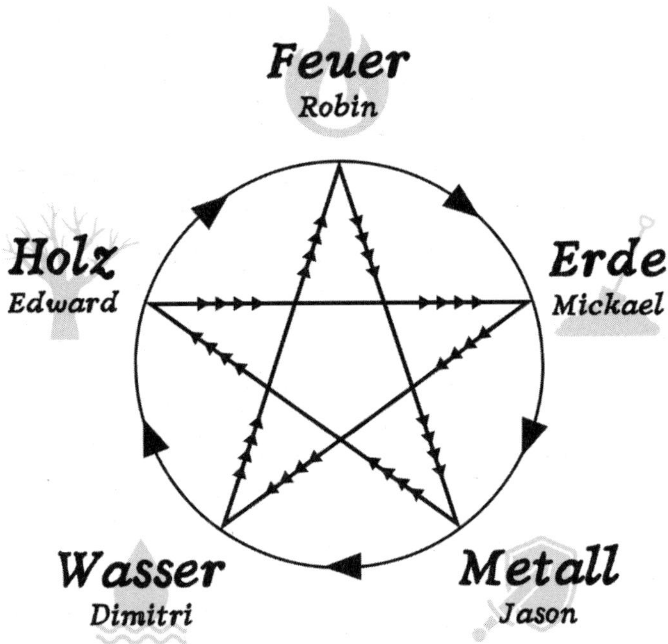

► Stärken/Unterstützen ►►►► Kontrollieren/Dämpfen

9

»Jabs, aber nimm dieses Mal den Ellenbogen höher.«

Robin richtete sich auf den Boxsack mit dem aufgemalten S aus und begann ihn mit gezielten horizontalen Fausthieben zu bearbeiten. Rechts, links, rechts, links, immer im Wechsel.

»Jetzt Roundhouse rechts.«

Zweimal schaffte sie die Drehung und den Schlag mit dem Bein gegen den Boxsack, der mit O gekennzeichnet war, bevor Jason ihr schon die nächste Anweisung zurief.

»Uppercut, wechselnd, Norden.«

Der Schweiß rann ihr den Nacken hinab, als sie sich in Richtung des Sackes mit dem N drehte.

Die Zeit müsste doch bald um sein, oder?

Ihr blieb keine Chance, auf die Sanduhr zu schauen, die neben Jasons Füßen stand, wenn sie nicht riskieren wollte, aus dem Rhythmus zu fallen.

»Schneller.« Seine Stimme war ruhig und sachlich. Er schrie sie nicht an, einfach weil er wusste, dass es nicht nötig war. Robin kam seinen Anweisungen nach, allein weil sie besser werden wollte.

Ihr Körper war noch längst nicht auf dem gleichen Level wie der der Jungs, obwohl sie nun seit fast drei Monaten jeden Tag trainierte. Und Edward wurde nicht müde, ihr ihre Schwäche vorzuhalten, wann immer es eine Gelegenheit dazu gab.

Sie musste an eine Situation denken, zu der es in ihren ersten Wochen hier gekommen war. Da hatte er sie nach dem Abendessen abgefangen, unter dem Vorwand, sie ein bisschen besser mit Qi Manor vertraut machen zu wollen. Am Ende landeten sie in einer Art Galerie, in der unzählige Porträts früherer Baocun an den Wänden hingen. Bei jedem zweiten, mindestens dritten, blieb Edward stehen, erklärte ihr, welchem Element der Mann auf dem Bild zugehört hatte und wie er umgekommen war – im Kampf gegen die Klimatischen. Jene, die eines natürlichen Todes gestorben waren, hatte er ausgelassen.

Es waren gruselige Geschichten, die er ihr erzählt hatte. Einer wurde vom Wind in Stücke gerissen, einem anderen mit einer Axt aus Eis der Kopf abgetrennt, wieder ein anderer war in eine Erdspalte gestürzt, die sich im Kampfgetümmel eröffnet hatte. Der Gipfel war der Bericht über einen Erdbaocuns im sechzehnten Jahrhundert gewesen, der gleich von mehreren Schwärmen giftiger Insekten attackiert worden war, die von der Feuchtigkeit angelockt worden waren.

Noch immer überkam Robin ein Zittern, wenn sie an all diese Tode dachte. Das beste Mittel dagegen war, schlichtweg nicht daran zu denken.

Die Wut über Edward, der ihr diese Schauermärchen ins Herz gepflanzt hatte, hielt sie hingegen fest. Sie musste nur daran denken und schon wurden ihre Schläge härter, trotz ihres keuchenden Atems und dem rasenden Puls.

Dann kamen die erlösenden Worte. »Und Stopp.«

Sie behielt die Fäuste, die in dicken ledernen Handschuhen steckten, noch oben. Die Abwehr musste stehen, bis Jason die Einheit endgültig beendete. Ihr Brustkorb hob und senkte sich beinahe ungesund schnell, ihre Atemzüge waren zu kurz, um ihre Lunge vollständig zu füllen. Sie schloss die Lippen, gleichsam die Lider, und versuchte, den Luftstrom zu verlangsamen, indem sie bewusst durch die Nase atmete.

Erst als Jason das erlösende »Schluss für heute« verkündete, ließ Robin die Arme sinken.

Sofort wich die Spannung aus ihren Muskeln. Ihre Beine fühlten sich an wie Gummi und jetzt bemerkte sie auch, dass nicht nur ihr Nacken feucht von Schweiß war. Die Kleidung klebte an ihrer Haut, als hätte sie sich damit unter die Dusche gestellt.

Diese würde aber, natürlich ohne Klamotten, auf sich warten lassen müssen. Jason bezeichnete das Kampftraining zwar als den härtesten Teil ihrer dreistündigen Übungssessions – für sie lag das Schwierigste aber noch bevor.

»Das war richtig gut heute«, meinte Jason und nickte ihr anerkennend zu.

»Ach, hast du mich deswegen andauernd angetrieben, konzentriert zu bleiben?«, entgegnete sie mit einem herausfordernden Grinsen.

Er hingegen blieb ernst, wie immer. »Wir wissen beide, dass genau darin deine größte Schwäche liegt. Damit blockierst du dich selbst. Wenn …«

»… mein Geist und mein Körper im Einklang arbeiten würden, könnte ich viel mehr aus mir herausholen. Ich weiß.« Sie verdrehte die Augen.

»Ich mein's ernst.« Er kam zu ihr und zog im Gehen das Handtuch herab, das locker über seiner Schulter gelegen hatte. »Du hast schon echt viel erreicht in den letzten Wochen.«

Der Ausdruck in seinen Augen raubte ihr den Atem. Kurz verhakten sich ihre Blicke ineinander, blieben die ganze Zeit verbunden, während er ihr sanft eine verschwitzte Haarsträhne aus der Stirn strich. Es war, als würde sie abermals auf den Boxsack einprügeln. Ihr Herzschlag nahm wieder Tempo auf, ihre Haut überzog erneut die fiebrige Hitze, welche die Anstrengung in ihr hervorrief. Nur das Grummeln in ihrem Magen war etwas, das nicht dem Training zuzuschreiben war – zumindest seit sie ihre eigenen Grenzen kannte und sich nicht mehr so verausgabte, dass sie sich übergeben musste.

Der Gedanke an den Augenblick, als sie sich mitten im Trainingsraum ihr Frühstück hatte durch den Kopf gehen lassen – vor den Augen von Jason und Dimitri –, kühlte ihr kochendes Inneres ein wenig ab.

Jedoch nur bis zu dem Moment, in dem Jason das Handtuch hob und es um ihren Nacken legte, wobei seine Finger ihre Haut streiften. Dass es nicht sofort in Flammen aufging, wunderte sie, hinterließ seine Berührung doch eine feurige Spur.

»Du bist ziemlich erregt«, ertönte plötzlich Mickaels Stimme, der unbemerkt von den beiden die Halle betreten hatte.

Dimitri neben ihm grinste und knuffte seinen Ziehbruder in die Seite. »So redet man nicht mit einer Frau.«

Mickael, der erst jetzt bemerkte, wie zweideutig seine Worte gewesen waren, wurde rot. »So meinte ich das gar nicht. Sie ist aufgeregt, ihr Energielevel ist echt hoch. Sie strahlt halt irgendwie, meine Güte …«

Robin konnte den erschrockenen Laut in ihrer Kehle gerade noch ersticken. Schnell zog sie das Handtuch von ihrer Schulter und wischte damit über ihr Gesicht. Hoffentlich verschwand mit dem Schweißfilm auch die Röte, die sie so deutlich auf ihren Wangen fühlte.

»Wo ist Edward?«, blaffte sie, um von sich abzulenken. »Kommt der Idiot schon wieder zu spät? Wenn meine Energie so hoch ist, will ich sie nicht mit Warten verschwenden …«

»Er befindet sich leider im Einsatz. Aber ich denke, ich kann ihn würdig vertreten.«

Fast wäre Robin das Handtuch aus den Fingern geglitten. Rutschte sie heute von einer Peinlichkeit in die Nächste?

»Master Quinn«, sagte sie schnell und deutete eine Verbeugung an, bei der sie die Faust der rechten Hand vor ihrer Brust gegen die linke Handfläche drückte.

Sie hatte den Hausherrn schon seit einigen Tagen nicht mehr gesehen und noch länger nicht mit ihm gesprochen. Dass er nun so unvermittelt in der Trainingshalle auftauchte, damit hatte sie nicht gerechnet.

»Bitte, Robin, nicht so förmlich. Behandle mich nicht anders, als du Edward behandeln würdest.« Er schenkte ihr ein väterliches Lächeln. Dann verschränkte er die Arme hinter dem Rücken und schritt zu der Stelle, an der sich sonst das Element des Holzes niederließ, sobald sie im Zirkel meditierten.

»Was macht er hier?«, fragte Robin flüsternd an Mickael gewandt, als dieser an ihr vorbei zu seinem Platz gehen wollte.

»Ich fülle Edwards Lücke, damit der Fluss ungebremst fließen kann«, antwortete Quinn, der anscheinend Ohren wie ein Luchs besaß, an seiner statt. »Es dürfte dir so leichter fallen, deine Energiekanäle zu öffnen.«

Zum dritten Mal in den letzten fünf Minuten wollte sie am liebsten im Boden versinken. Die Hitze in ihren Wangen schien sich noch zu steigern. Na, wenn sie jetzt nicht die Macht des Feuers in sich finden konnte, dann vermutlich niemals.

»Bevor du hier warst, um den Kreis zu komplettieren, habe ich das oft gemacht. So konnten die anderen ihre Kräfte stabil halten, obwohl ein Element gefehlt hat«, erklärte er weiter und deutete ihr, sich ebenfalls an ihren Platz zu begeben. »Es kostet mich aber sehr viel Kraft, weswegen ich euch nicht jedes Mal unterstützen kann, sollte ein Element nicht anwesend sein.«

Stimmt ... Es war schon öfter vorgekommen, dass ein oder zwei der Jungs gefehlt hatten, weil sie auf einem sogenannten Außeneinsatz unterwegs gewesen waren.

Für Robin waren das die schönsten Meditationen, da sie ihr eigenes Scheitern dann auf die Abwesenden schieben konnte. Sie hatte sich an solchen Tagen nicht einmal sonderlich bemüht, da die anderen von vornherein nicht mit einem Erfolg rechneten.

Heute jedoch würde sie sich anstrengen müssen, wenn das Zentrum der Welt persönlich anwesend war.

Während sie auf die Position zwischen Quinn und Mickael zusteuerte, fiel ihr auf, wie gefasst der Hausherr heute wirkte. Er saß ganz still da, im Schneidersitz, und beobachtete jede ihrer Bewegungen mit ruhigem Blick. Auch seine Art zu reden, war heute weniger hektisch und er hatte bisher nicht ein einziges Mal sein nahezu irres Grinsen an den Tag gelegt. Ihr war schon früher aufgefallen, dass er ein recht wechselhaftes Temperament hatte. Aber so erhaben wie heute hatte sie ihn noch nie erlebt.

»Augen schließen«, forderte er ruhig und gleichsam bestimmt.

Völlig synchron kamen die anderen seiner Aufforderung nach. Selbst Robin reagierte sofort, als könnte sie gar nicht anders. Als wären seine Worte ein Befehl, den zu missachten ihre Existenz nicht in der Lage war.

Sie tat, was sie immer tat – ließ ihren Atem ruhig fließen und Puls und Herzschlag diesem ruhigen Takt folgen. Schnell merkte sie, wie ihre Arme und Beine, ihr ganzer Körper schwer und gleichzeitig leicht wurde, wie eine angenehme Wärme sie umfing und ihre Muskeln wie Wachs zu zerfließen schienen.

Diesen Punkt der Entspannung zu erreichen, fiel ihr mittlerweile nicht mehr schwer. Leider war es das auch, zu dem sie in der Lage war. Zu sich zu finden, auf physischer Ebene. Die geistige energetische Ebene, blieb für sie nach wie vor verschlossen.

Doch vielleicht konnte Quinn in ihrem Zirkel wirklich das Zünglein an der Waage sein. Sie konnte weder das Feuer noch eins der anderen Elemente mit ihrem sechsten Sinn ertasten. Aber das Zentrum der Welt, den energetischen Mittelpunkt, das Yin und Yang … wenn sie nicht mal in der Lage war, das wahrzunehmen, gehörte sie vermutlich wirklich nicht hierher.

Sie konzentrierte sich, auch wenn sie damit ein wenig ihrer Entspannung einbüßte. Streckte ihre inneren Fühler aus, tastete damit den Raum um sie herum ab.

Sie erinnerte sich an alle hilfreichen Tipps der Jungs: Such nach einer Farbe, hatte Dimitri gemeint. Nach einem Geschmack oder einer Temperatur.

Finde einen Widerstand oder etwas, das im selben Takt schwingt wie deine Gedanken und Gefühle, war Mickaels Hinweis gewesen.

Am Ende würde es wohl Jason sein, der recht behielt: Solange sie sich selbst, das Feuer in ihr, nicht gefunden hatte, würde sie auch die anderen nicht erspüren können. Nicht einmal Quinn …

Schon merkte sie, wie ihre Frustration stieg, ihre Wut auf ihre eigene Unfähigkeit. Und damit ging, wie jedes Mal, ihre Konzentration flöten. Ja, Wut auf sich und die Welt war das Einzige, das sie regelmäßig und mit Leichtigkeit während der Meditation heraufbeschwören konnte.

Nur mit Mühe gelang es ihr, den Rest der Einheit auszusitzen. Als Quinn den Befehl zur Rückkehr ins Hier und Jetzt gab, war Robin sofort klar, dass alle ihr erneutes Versagen bemerkt hatten. Sie musste ihnen nur in die Augen sehen.

Und wie jedes Mal, war sie die Erste, die aus dem Schneidersitz aufsprang und sich mit einem knappen »Bin Duschen« verabschiedete.

Mehrere Liter heißen Wassers später und in einen kuscheligen Pullover sowie eine bequeme Hose gehüllt, tigerte Robin durch die Lobby des Südflügels. Immer wieder fragte sie sich, warum es ihr nicht gelang, sich auf die anderen einzustellen. Mehr noch, sie verstand sich selbst nicht, kannte diese immense Wut nicht, die bei jedem erneuten Versagen so überkochte.

Niemand hatte erwartet, sie könnte ihre energetische Gabe in kürzester Zeit beherrschen. Dimitri hatte sogar einmal gesagt, er wäre überrascht, sollte sie die Kerzen auf ihrem Kuchen zu ihrem Einjährigen hier im Haus mit ihren Kräften entzünden.

Nur Edward ließ sie regelmäßig wissen, wie enttäuschend es war, dass sie mental keine Fortschritte machte. Und sie gab ihm insgeheim recht, auch wenn sie ihm andauernd um die Ohren knallte, wie wenig sie seine Meinung interessierte.

Doch all das war kein Grund, aus der Haut zu fahren, nur weil sie bei der Meditation abermals versagt hatte. Nun ja, wenigstens hatte sie das heute nur innerlich getan. Vor Quinns Augen eine Szene zu machen, wie sie es sonst manchmal tat, wäre noch die Krönung gewesen.

Seufzend wandte sie sich dem großen Bücherregal zu. Ihr Finger glitt über die Einbände, die teils aus Leder, teils aus Papier waren. Ohne die Titel zu lesen, zog sie wahllos eines heraus. Ein Krimi, wie sie zufrieden feststellte.

Ja, sie hatte gelernt, das Hobby ihres Vorgängers zu teilen. Zum einen lag es an den begrenzten Möglichkeiten in diesem Haus, ihre eigenen Interessen zu entdecken. Und das Grundstück durfte sie nicht verlassen – *zu gefährlich* hieß es, sobald sie darum bat.

Dass die Baocun keine Sonntagsspaziergänge unternahmen, sobald sie das Haus verließen, war ihr selbst schnell klar geworden. Sie musste sie nur ansehen, wenn sie zurückkamen. Die Kleidung dreckig, manchmal sogar zerrissen. Schürf- und Platzwunden an verschiedensten Stellen. Selbst eine ausgekugelte Schulter oder einen Sehnenabriss hatte sie schon mitbekommen. Und dabei erwischte sie die Jungs nicht mal bei *jeder* Rückkehr. Von den drei bis vier ›Missionen‹, zu denen Quinn sie schickte, bekam sie höchstens zwei mit. Man hielt sie ja raus aus diesen Dingen, wenn möglich.

Quinn flickte sie jedes Mal wieder zusammen, wie auch immer er das tat. Schmerzhaft mussten diese Begegnungen mit den Klimatischen trotzdem sein – und zwar jedes verfluchte Mal. Keine schönen Aussichten … Da blieb sie doch vorerst lieber bei ihren Büchern.

Zum anderen hatte sie damit eine gute Ausrede, warum sie sich von den anderen fernhielt. Es verschaffte ihr ein bisschen Zeit für sich, die Nase in ein Buch zu stecken.

Außerdem war es wirklich interessant, was sich so alles an Informationen zwischen den Seiten versteckte. Und damit meinte sie nicht nur das Wissen zu den Baocun. Bücher mit derlei Inhalt hatte sie schon in ihren ersten Tagen hier verschlungen – ohne behaupten zu können, alles verstanden zu haben.

Aber auch wie man ein Schiff steuerte, wie man einen Berg bestieg oder wie viele Knochen das Skelett eines Vogels besaß, wusste sie nun. Die Welt, in der sie lebte, hielt so vieles bereit, wenn man nicht jeden Tag fürs nackte Überleben arbeitete. Und erst die Welten, in der sie nicht lebte … Wie zum Beispiel der Roman über den Kriminalermittler, der sich in die Gedankenwelt von Mordopfern versetzen konnte, indem er von ihrem Blut kostete. Das klang doch vielversprechend.

Sie schnappte sich die flauschige Decke von dem Sessel, der direkt am Fenster stand. Nicht dass sie oft zum Schmökern darin saß. Sie warf lediglich die Decke dorthin, wenn sie von ihren Ausflügen zu ihrem Lieblingsleseplatz zurückkehrte.

Einem Superhelden-Cape gleichkommend, warf sie sich die Kuscheldecke über die Schultern und verließ ihre Gemächer.

Den Weg zum Westflügel fand sie mittlerweile fast blind, schließlich nahm sie ihn nahezu jeden Tag. Unterwegs warf sie einen Blick aus dem Fenster, das zu den Gärten hinausging. Auch das war Routine – das Vergewissern, wie beschäftigt die anderen waren. Heute sah sie dort nicht nur Mickael, sondern auch Dimitri, die eng nebeneinander vor einem frisch bestellten Feld saßen.

Das Lächeln, das sich bei diesem Anblick auf Robins Gesicht ausbreitete, hatte etwas Schwermütiges. Sie beneidete die beiden, die nicht nur ihre Aufgabe, sondern eine echte Freundschaft verband.

Dass Edward nicht zu Hause war, wusste sie. Quinn hatte erzählt, er sei zu einer Mission unterwegs. Wie auch immer er den Weg zu solchen zurücklegte, sein Gehen und Kommen war oftmals von großem Lärm begleitet. Es klang mechanisch, doch Robin hatte bisher nicht herausfinden können, was es war. Die anderen sprachen nicht über ihren Bruder – und fragen würde sie ihn ganz sicher nicht. Es war die dumme, nichtssagende Antwort nicht wert, die sie mit Sicherheit bekommen würde.

Klar war nur, dass sie heute keine Störung zu erwarten hatte, wenn sie sich dem hingab, weswegen sie hier war.

Kaum näherte sie sich den großen Flügeltüren, die in Jasons Heilige Hallen führten, hörte sie es schon. Sanfte Klänge drangen durch das Holz und erfüllten den Gang davor mit harmonischen Schwingungen. Es war eine ruhige Melodie, verursacht von mehreren Instrumenten. Welche es waren, wusste Robin nicht, doch ihr Zusammenspiel war einfach nur wundervoll. Jeder einzelne Ton berührte ihr Herz, löste eine Leichtigkeit aus, nach der sie sich während der Meditation jedes Mal sehnte.

Sie breitete ihre Decke auf dem breiten Fensterbrett aus, das der Tür am nächsten lag, und machte es sich darauf gemütlich. Mit dem Rücken an die Mauer gelehnt, die das Fenster umrahmte, schlug sie die erste Seite ihres Buches auf.

Doch bevor sie sich in die Geschichte flüchtete, lehnte sie auch den Kopf gegen das kühle Gestein und schloss die Lider. Statt von geschriebenen Worten, ließ sie sich ein paar Minuten von der Melodie davontragen. Erst dann senkte sie den Blick und begann zu lesen.

Weit kam sie nicht. Erst zweimal hatte sie umgeblättert, als die schöne traurige Musik plötzlich verstummte. Erschrocken ruckte Robins Kopf hoch, als sie in der nächsten Sekunde die Bewegung der Türklinke hörte: ein schweres, metallisches Geräusch.

Wie von der Tarantel gestochen sprang sie auf, ließ das Buch dabei zu Boden fallen und raffte die Decke zusammen im gleichen Moment, wie sie es wieder aufhob.

Die Tür öffnete sich knarzend, als sie ihr gerade den Rücken zuwandte, um davonzulaufen. Dazu war es nun zu spät, das wusste sie. Mitten in der Bewegung hielt sie inne und wartete darauf, was Jason sagen würde. Er musste sie bereits gesehen haben, schließlich stand sie mitten auf dem Gang. Oder hatte er sie sogar gespürt? Innerlich schlug sie sich gegen die Stirn. Wieso hatte sie an diese Möglichkeit nicht schon früher gedacht?

Als es still blieb, drehte sie langsam den Kopf und blickte über die Schulter zurück. Dabei verzog sie den Mund zu einem entschuldigenden Lächeln. Wobei es wohl eher gruselig als freundlich aussah, so wie es sich anfühlte.

Jason lehnte mit verschränkten Armen im Türrahmen. Wie hatte er es geschafft, so schnell eine derart lässige Pose einzunehmen? Dazu wirkte seine Miene eher einladend als vorwurfsvoll.

Robin räusperte sich, richtete sich auf und drehte sich ganz zu ihm um. »Hi! Mensch … Was für ein Zufall?«

Er ließ ein schnaubendes Lachen hören. »Wie lange willst du noch heimlich vor meiner Tür hocken? Meine Couch ist sicher bequemer als die harte Fensterbank.«

Wusste er, wie anrüchig das klang? Robin zumindest fasste es so auf. Prompt stieg ihr die Hitze in die Wangen.

»Ach, so schlecht sitzt es sich hier gar nicht …« Erst, als die Worte ausgesprochen waren, fiel ihr auf, dass sie sich damit selbst verraten hatte. Zu leugnen war jetzt zwecklos.

Das Lächeln, das bisher nur als Andeutung auf Jasons Lippen gelegen hatte, verfestigte sich. Er löste seine Arme und deutete ins Innere seiner Lobby. »Na los, komm rein.« Dann ging er selbst wieder hinein, ließ die Tür jedoch offen.

Kurz zögerte sie, dann legte sie die Decke zurück auf das Fensterbrett und folgte ihm.

10

Die Lobby, in die sie kam, hielt keine Überraschung bereit. Sie glich vom Aufbau ihrer eigenen, auch wenn die Regale gegenüber von Sessel und Sofa keine Bücher enthielten, dafür waren die Pappdinger darin viel zu schmal. Außer Jason hatte eine Vorliebe für kurzweilige Geschichten, die nicht mehr als zwei bis drei Seiten einnahmen.

Der Raum war wie ihre Gemächer holzgetäfelt, mit Teppich ausgelegt und lichtdurchflutet. Allerdings war er etwas größer als bei ihr. Die Wand zum Trainingszimmer fehlte, stattdessen ging es nahtlos in einen Bereich über, in dem allerlei seltsame Gerätschaften aufgestellt waren.

Musikinstrumente, schoss es ihr durch den Kopf. Sie erkannte nur ein paar davon – eine Gitarre zum Beispiel, und natürlich das Klavier, das im Zentrum der Sammlung stand. Bei manchen Dingen hatte sie eine Ahnung, über eine Harfe hatte sie beispielsweise schon gelesen. Doch es gab so viele, von denen sie keine Ahnung hatte, welche Töne sie wohl von sich geben mochten.

Die melancholische Musik setzte wieder ein, der sie schon vor ein paar Minuten hatte lauschen dürfen.

Verwundert wandte sie sich zu Jason um, der nicht etwa zu einem der Instrumente gegangen war, sondern neben einem Gerät nahe der Sitzgruppe stand. Es war nicht mehr als ein kleiner hölzerner Kasten, an dem ein blechernes Rohr angebracht war. Und eine schwarze Scheibe erkannte sie, die sich darauf drehte.

Jason bediente eine Kurbel, die an dem Kasten angebracht war. Er drehte sie noch einige Runden, bis er zufrieden nickte und die Hände in die Hosentaschen schob.

»Die Musik kommt da raus?«, fragte Robin, die mit offenem Mund auf das Gerät starrte. »Ist das so ein Discman, den es früher gab?«

Jason schmunzelte. »Du denkst in die richtige Richtung. Das hier ist etwas älter. Man nennt es ein Grammophon. Damit kann man Schallplatten abspielen, welche die Musik auf sich tragen.« Er nickte zu dem Buch in ihrer Hand. »Was die Worte auf deinem Papier sind, sind Noten auf meinen Vinylscheiben.«

Sie war beeindruckt, aber gleichzeitig auch ein wenig enttäuscht. »Ich hab gedacht, du machst diese schöne Musik.«

»Du magst sie also?«

Robin grinste. »Meistens. Das gestern war nicht so prall.«

Jason fuhr sich mit der Hand über den Hinterkopf. »Gestern *habe* ich selbst gespielt. Damit.« Er deutete auf ein hölzernes Instrument, das auf dem Klavierdeckel lag. »Das nennt sich Oboe. Ich hab sie aber noch nicht sehr lange, wie man vermutlich hört.«

Hastig hob Robin die Hände. »So war das nicht gemeint. Es war ja nicht schlecht oder so.« Verdammt, da redete er mal mehr als vier Worte mit ihr, mehr als nur Anweisungen beim Training, und sie musste ihn prompt beleidigen. »Der … Stil war nur nicht meins.«

Als ob sie irgendeine Ahnung hatte, welche Stile es überhaupt gab!

Schnell deutete sie auf das Grammophon. »Wie funktioniert das?«

Jason hob eine Augenbraue. »Willst du das wirklich wissen oder nur das Thema wechseln?«

Sie seufzte und wich seinem Blick aus. »Schuldig im Sinne der Anklage.«

Dann schwiegen sie beide. Doch es war kein peinlicher Moment der Stille. Nahezu andächtig lauschten sie der Musik, die aus dem Metallrohr drang.

Es verursachte Robin eine Gänsehaut, aber eine von der positiven Art. Sie spürte, wie jedes Mal, wenn sie den fremden Klängen lauschte, wie ihre Zellen im gleichen Rhythmus zu schwingen begannen. Nun dabei neben Jason zu stehen und zu ahnen, dass es ihm ähnlich ging, dass ihre Herzen vermutlich gerade im Gleichklang schlugen, war genauso beruhigend wie verwirrend.

Und obwohl es sie aufwühlte, fühlte sie, wie sie sich langsam entspannte. Ob das an der Drehung der Scheibe lag, die eine Art hypnotische Wirkung hatte?

»Du reagierst ziemlich intensiv«, meinte Jason plötzlich.

Robin zuckte zusammen, so vertieft war sie in die Musik. »Was meinst du?«, fragte sie, ohne aufzuschauen. Sie war nicht fähig, den Blick von der kleinen Nadel zu nehmen, die über die Platte zu fliegen schien.

»Deine Energie. Ich spüre sie viel deutlicher als sonst. Magst du Musik?«

Sie zuckte mit den Schultern. *Ich mag dich, glaube ich,* schoss es ihr durch den Kopf. Doch das behielt sie wohlweislich für sich. Er würde es falsch verstehen. Oder richtig verstehen. Wobei sie es selbst ja nicht einmal verstand.

Sie merkte nur, dass er recht hatte. Irgendetwas war anders als sonst. Nur war das in ihr oder zwischen ihnen beiden?

»Ich schätze, ich bin gerade erst dabei, herauszufinden, was ich mag«, wich sie stattdessen aus.

Noch einmal kurbelte Jason an dem Griff. Dann ließ er sie allein vor dem Grammophon stehen und trat ans Fenster. »Ich finde, Musik hat eine magische Wirkung. Sie hat großen Einfluss auf unsere Emotionen, auf unser Denken und überdies unser Handeln. Sie kann einfach alles in uns erwecken: Freude, Kampfgeist, Leidenschaft, Melancholie, Zorn und sogar Liebe.«

»Warst du schon einmal verliebt?« Die Frage war heraus, bevor sie ihre Zunge bremsen konnte.

Hey – er hatte ihr immerhin eine Steilvorlage geliefert. Und diese Frage beschäftigte sie schon eine Weile – nicht nur in Bezug auf Jason. Und dass er nicht mehr direkt neben ihr stand, machte es leichter, sie zu stellen.

»Ja«, sagte er, ohne zu zögern. Sie konnte sein Gesicht nicht sehen, hörte jedoch in seiner Stimme das sanfte Lächeln. »In die Musik.«

Das war nicht die Antwort, die sie hatte hören wollen. Aber vielleicht war Jason auch nicht der Richtige, um ihr eine zu geben. Für Tratsch war Mickael der bessere Ansprechpartner.

»Das ist schön«, sagte sie wenig überzeugend.

Nervös sah sie sich um. Was sollte sie jetzt tun? Wollte er, dass sie ging? Oder war das Gegenteil der Fall und sie sollte sich wie zu Hause fühlen? Dass der Sessel bequem war und zum Lesen einlud, wusste sie, es war schließlich der Gleiche wie in ihrer eigenen Lobby.

Sie selbst wollte weder das eine noch das andere. Sie wollte weiter der Musik lauschen, während sie neben ihm stand. So wie gerade eben.

Also trat sie zu ihm ans Fenster. Ein kurzer Moment der Stille setzte ein, als das Lied zu Ende war, dann begann das nächste. Dieses war melodischer, beschwingter, und sie merkte, wie sie den Drang bekämpfen musste, sanft hin und her zu schunkeln.

Sie sah nach draußen. Auch von hier aus konnte sie Dimitri und Mickael sehen. Es wirkte anheimelnder, wie sie dort in trauter Zweisamkeit beieinandersaßen. Oder war es die Musik, die ihr das suggerierte?

»Die beiden haben eine sehr innige Bindung, oder?«, fragte sie vorsichtig, leise, um den Augenblick nicht zu zerstören.

Jason lächelte. »Gut erkannt. Jetzt gerade nutzt Mickael allerdings nur Dimitris Fähigkeiten aus.«

Ein sanftes Dröhnen mischte sich unter die Musik, gedämpft von den Mauern und weit entfernt. Edward schien heimzukehren.

Robin schenkte dem leichten Vibrieren in ihren Ohren keine weitere Beachtung, sondern behielt wie Jason die beiden Jungs und das Feld im Auge.

Ein Schleier legte sich plötzlich darüber. Sie brauchte einen Moment, um zu erkennen, was es war.

»Der Boden, in dem sie wachsen, kann noch so gut sein. Aber Pflanzen brauchen Wasser, um zu gedeihen«, erklärte Jason unnötigerweise den Regen, der nun über dem Feld niederging. *Nur* über dem Feld, wohlgemerkt.

»Wasser und Licht. Wärme«, fügte er nach kurzer Pause hinzu.

Ohne den Kopf drehen zu müssen, spürte Robin, dass er sie ansah. Nein, nicht nur ansah. Er betrachtete sie, musterte sie regelrecht, als könnte er tief in ihr Inneres schauen.

Mit einem Mal verstand sie, worauf er hinauswollte. Ruckartig sah sie ihn an und als sich ihre Blicke trafen, fand sie einen Ausdruck darin, der ihr Herz einen Schlag aussetzen ließ.

Was war das? Güte? Vertrauen? Glaube?

An sie?

»Du glühst«, stellte er fest, wobei einer seiner Mundwinkel nach oben wanderte. »Willst du ihnen nicht ein bisschen von deiner Wärme schenken?«

Sie versuchte nicht einmal, ihm zu erklären, dass er sich irrte. Dass sich da nichts in ihr regte. Denn es wäre eine Lüge gewesen. Auch Robin fühlte die veränderte … Ja, was? Energie in ihrem Inneren?

War es die Musik, die ihr Herz derart erwärmte? Die ihr Blut in Wallung brachte? War es die Aussicht? Der Ruf der Natur nach ihrer Hilfe? Oder war es die Nähe zu diesem Mann, die das kleine Feuer in ihr entfacht hatte?

Sie wollte etwas sagen, doch ihr Mund war so trocken, dass ihr die Zunge am Gaumen klebte. Schnell sah sie wieder nach draußen und befeuchtete die Lippen.

»Wie?«, war alles, was sie über ebenjene brachte.

Nun nahm Jason auch noch ihre Hand. Wenn er sie vorher schon als glühend empfunden hatte, musste er sich jetzt an ihrer Haut verbrennen. Zumindest kam es ihr so vor, als würde die Hitze abermals zunehmen und bis in ihre Ohrenspitzen wandern.

Jason zuckte wider Erwarten nicht zurück, sondern verschränkte seine Finger mit ihren. »Denk nicht darüber nach. Lass es einfach zu.«

Und genau das tat Robin. Sie probierte nicht, irgendetwas zu erzwingen, wie sie es im Training tat. Stattdessen stellte sie sich vor, was geschehen konnte. Sie malte sich aus, selbst vor diesem Feld zu stehen, zu spüren, wie die Sonnenstrahlen ihre Haut liebkosten und ihre Nase kitzelten. Nicht die Finger der brennenden Mittagssonne, sondern die ersten Lichtstrahlen, die sich nach einem Regen durch die Wolken brachen.

Robin hatte so etwas nur selten erlebt – Wasser, das vom Himmel fiel, war eine Seltenheit gewesen in dem Gebiet, in dem sie gelebt hatte. Das Gefühl hatte sich umso tiefer in ihrer Erinnerung festgesetzt.

Ja, sie fühlte es, sie roch es und sie sah es, als würde es wirklich passieren.

»Oh mein Gott.« Sie presste eine Hand vor den Mund und riss die Augen auf.

Niemals hätte sie es geglaubt, wäre sie nicht selbst Zeugin. Etwas veränderte sich auf dem Feld. Erst entstanden nur kleine Erdhügel, als würde eine Maulwurfkolonie ihre Höhlen ausbauen. Doch als diese aufbrachen, züngelten kleine zartgrüne Pflänzchen daraus hervor. Träge schoben sie sich in die Höhe, als würde sie etwas aus der Erde treiben, auch wenn ihnen eigentlich der nötige Antrieb dazu fehlte. Aber es war eindeutig: Dort unten wuchs etwas.

»War ich das?«, keuchte sie.

»In dir steckt mehr, als du denkst.«

Sie sah zu Jason auf, strahlte ihn regelrecht an. Dies war der Moment, ihr Durchbruch. Endlich hatte sie ihre Kräfte entdeckt. Endlich hatte sie den Beweis, dass dies alles hier richtig war. Dass sie wirklich hierhergehörte. Und das nur dank ihm.

Mit einem Mal wurde sie sich seiner Hand gewahr, die sie immer noch hielt. Auch das fühlte sich plötzlich nicht mehr eigenartig an, sondern einfach nur gut.

Seine Augen ruhten auf ihr, ließen ihren Blick nicht los. Und auf einmal war die Vorstellung wachsender Pflanzen aus ihrem Kopf verschwunden und machte einer anderen Platz.

Die Wärme der Sonne war ein Hauch gegen ein ganz anderes Feuer, welches er allein entfachte. Da waren Bilder in ihrem Kopf, wie sie sich Jason zuwandte, wie sich ihre Gesichter immer näher kamen. Sie bemerkte gar nicht, wie sich ihre Lippen leicht öffneten, in Erwartung …

Lautes Gelächter riss sie aus ihrer Imagination, gefolgt von einem »Klasse gemacht.«

Erschrocken blickte sie wieder aus dem Fenster. Hatten Mickael und Dimitri sie etwa gesehen?

Doch ihre Dankesrufe galten nicht Robin, wie sie ernüchternd feststellte, sondern Edward, der gerade auf der Bildfläche erschienen war.

Es dauerte nur den Bruchteil einer Sekunde, bis Robin verstand, was hier abging. Die Pflanzen waren nicht dank ihrer Wärme gewachsen, sondern durch Edwards Macht über Gewächse aller Art. Er hatte sie in die Höhe getrieben, nicht Robin.

Kaum dass sie es realisierte, entriss sie Jason ihre Hand.

»Du hast mich reingelegt.« Ihre Stimme war nicht mehr als ein Flüstern, ihre Kehle wie zugeschnürt.

Ob vor Wut, Enttäuschung oder Scham konnte sie selbst nicht sagen. Ihr Kopf ruckte herum und sie funkelte ihn an. Ihr Mund stand offen und sie spürte, wie ihre Finger zitterten.

Oh ja, Wut musste es sein, nichts anderes brannte so heiß.

»Hast du gespürt, dass er kommt? «

Er sah mit betretenem Ausdruck an ihr vorbei – der letzte Beweis dafür, dass ihre Vermutung richtig war.

»Du bist genauso ein Arschloch wie Edward.« Kurz durchzuckte sie der Drang, ihm eine Ohrfeige zu verpassen. Doch eigentlich wollte sie keine Sekunde länger mehr hierbleiben als nötig.

Als wollte es die kippende Stimmung untermalen, wurde die Musik in diesem Moment langsamer und verkam von einem freudigen Rhythmus zu einer leiernden Kakophonie, ehe sie vollends verstummte.

»Robin, warte!«, rief Jason, als sie schon fast bei der Tür war.

Tatsächlich blieb sie stehen und fuhr zu ihm herum. »Was sollte das? War das ein schlechter Scherz, ein Witz auf meine Kosten? Wärst du nachher stolz zu deinen *Brüdern* gegangen und hättest ihnen berichtet, wie du die kleine dumme Robin verarscht hast?«

Bedauernde Falten legten sich um seine Augen. »So war das nicht gedacht. Ich …«

»Kannst du dir nur im Ansatz vorstellen, wie beschissen das hier alles für mich ist? In einem Haus zu leben, in dem ich eine Fremde bin, und jeden Tag zu trainieren wie eine Irre, um einem verrückten Ziel hinterherzujagen? Ich habe akzeptiert, was ich bin – was ich sein soll. Dass Edward das anders sieht – okay. Aber du auch?« Sie spürte, wie ihr die Tränen in die Augen stiegen. Verzweifelt presste sie die Lippen zusammen und hielt den Atem an, um sie zurückzudrängen.

Das gab Jason die Chance, das Wort zu ergreifen. »So war das nicht gemeint. Ich hab gedacht, es fällt dir leichter, deine Kraft zu entfalten, wenn du selbst an dich glaubst. Was wir anderen denken, ist egal.«

Nein, ist es nicht, hätte sie gern erwidert. Doch sie wagte es nicht, den Mund zu öffnen, aus Furcht, alle Dämme würden damit brechen.

»Ja, ich wollte, dass du denkst, das da unten wäre dein Werk«, erklärte er und machte einen Schritt auf sie zu. »Alles, was dich bremst, ist dein Kopf. Ich habe gedacht, wenn ich diesen überzeuge, fällt es dir leichter, auf dein inneres Feuer zuzugreifen. Es ist einfacher, etwas zu tun, von dem du glaubst, es bereits einmal getan zu haben.«

»Woher willst du wissen, ob ich es überhaupt tun kann?«, presste sie nun hervor. Schon kullerte die erste Träne über ihre Wange.

»Das steht außer Frage. Keiner hier zweifelt das an, nicht einmal Edward. Und ich erst recht nicht.«

Sie schnaubte. »Und was bitte macht dich da so sicher?« Die nächste Träne zog ihre feuchte Spur und noch eine folgte.

Er kam weiter auf sie zu. »Ich kann es spüren. Schon bevor Edward die Tür geöffnet hat, haben wir es alle gewusst. Du gehörst zu uns.«

»Bullshit«, wisperte sie, aber er schüttelte den Kopf.

»Ich weiß nicht, ob es dir aufgefallen ist. Aber als du zu uns kamst, ging es mir nicht so gut. Ich war an einem Punkt, an dem ich nicht mehr fähig war, mit der Lücke in unserem Kreis klarzukommen. Doch seit du hier bist …«

Zwei weitere Schritte, und er stand direkt vor ihr.

Die Dämme brachen. Sie wusste nicht, wann sie das letzte Mal geweint hatte. Sie wusste auch nicht, warum sie es jetzt tat. Ob es seine Worte waren, seine Nähe oder ob ihr einfach alles über den Kopf wuchs.

Instinktiv spürte sie, dass er die Wahrheit sagte, dass er ehrlich zu ihr war. Wie gern hätte sie sich nach vorn in seine Arme geworfen, um Trost zu finden. Sie hatte das nie gebraucht, eine Schulter zum Ausweinen. Jetzt gerade schien nichts anderes den Strom an Tränen trocknen zu können.

Und dennoch warnte sie etwas, ihm nicht zu vertrauen. Als läge eine feurige Hand auf ihrer Schulter, die sie zurückhielt und davon abhielt, diesem Drang nachzugeben. Er hatte sie noch vor einer Minute angelogen. Auch wenn er tatsächlich gute Absichten gehabt hatte, heiligte der Zweck nicht die Mittel.

Oder?

Verflucht, sie fühlte sich so zerrissen.

Hätte er sie kommentarlos ziehen lassen, wäre sie schlichtweg sauer auf ihn gewesen. So mischte sich zu der Hitze der Wut und Enttäuschung eine Wärme, die sich komplett gegenteilig anfühlte.

Heiß, ja, aber gut … In ihrem Inneren kämpfte Feuer mit Feuer und sie wusste nicht, auf welche Seite sie sich schlagen sollte.

Mit vors Gesicht gepressten Händen stand sie da, schluchzte und konnte nicht mehr tun, als abzuwarten und diesen Sturm vorüberziehen zu lassen.

»Robin«, drang plötzlich seine sanfte Stimme an ihr Ohr. »Nimm die Hände runter.«

Sie schüttelte den Kopf, schluchzte nur, anstatt zu antworten.

»Bitte«, fügte er leise an. »Du sollst sehen, was ich sehe.«

Würde er ihr jetzt einen Spiegel vors Gesicht halten? Als ob sie nicht wusste, wie furchtbar verheulte Frauen aussahen. Doch seine Worte hatten etwas Dringliches, obwohl er sie fast geflüstert hatte.

Er hatte den Kopf geneigt, sich ein wenig nach vorn gebeugt, sodass sie ihm direkt in die Augen schaute, als sie die Hände langsam sinken ließ.

Da war kein Spott in seinem Blick, nur ein zartes, beinahe schüchternes Lächeln. Sie spürte die unausgesprochene Entschuldigung darin, sie so aus der Fassung gebracht zu haben. Und noch etwas … ein feines Leuchten in seinen hellblauen Augen. Stolz?

Er fasste sie sanft an den Schultern und wischte damit, ohne es zu wissen, die heiße Hand hinfort, die Robin nach wie vor davon abzubringen versuchte, ihm zu vertrauen. Dann drehte er sie in Richtung des Grammophons.

Die Scheibe darauf stand still. Kein Laut drang aus dem metallischen Trichter. Aber das war es auch nicht, was ihre Aufmerksamkeit auf sich zog.

Ihr Blick war auf die Kerze gerichtet, die daneben stand. Ein weißes, längliches und schmales Gebilde, dessen unteres Ende auf einem gusseisernen Ständer ruhte. Und auf dessen Spitze eine kleine Flamme tanzte zu einer Musik, die vor einer gefühlten Ewigkeit verklungen war.

»Wie hast du das gemacht?«, wisperte sie.

»Das war nicht ich, das warst du.«

11

Sie saß in ihre Kuscheldecke gehüllt auf dem Fensterbrett und starrte nach draußen. Es regnete, und dieses Mal nicht nur über Mickaels Feld, sondern auf dem ganzen Gelände, soweit ihr Auge reichte.

Das Wetter passte zu ihrer Stimmung und ihrer heutigen Lektüre. Anders als sonst hielt sie nicht einen Roman in den Händen, sondern ein zerfleddertes Stück Papier, das sie in ihrem letzten Buch entdeckt hatte. Wie es dorthin gelangt war, wusste sie nicht, wohl aber, dass es von einem früheren Baocun stammen musste.

Es handelte sich um eine Art Tagebucheintrag oder einen Einsatzbericht. Er war nicht vollständig, trotzdem war dies wohl die erste realistische Schilderung ihrer zukünftigen Aufgabe, die sie zu lesen bekam. Wenn sie die Jungs danach fragte, bekam sie stets weichgespülte Varianten, wohl um sie nicht zu verschrecken. Hier hingegen wurde nichts beschönigt.

…während der Meditation bereits eine ungute Vorahnung gehabt, die sich bestätigte.

Ruben hatte die letzten Menschen in Sicherheit bringen können und tischte ihnen eine plausible, für ihren Verstand greifbare Erklärung auf, etwa eine Sumpfhexe oder ähnliches. Mit seiner Feuerenergie hätte er gegen unsere Gegner ohnehin nicht viel ausrichten können.

Es war gut, dass Allister uns alle geschickt hatte. Das wurde spätestens klar, als wir den Rand des Morastgebietes erreichten. Die Feuchtigkeit hatte hier schon eine Weile gearbeitet und ein ansehnliches Biotop für Flora und Fauna geschaffen. Nun hatte sie aber eine Grenze überschritten, indem sie sich mit zwei weiteren Klimatischen verbündet hatte: der Kälte und dem Wind.

Der Sumpf an sich war kein Problem, im Gegenteil. Er gehörte auf diese Welt, war normal und wichtig für den Kreislauf der Natur. Die spitzen gefrorenen Zacken, welche die Froschfänger angegriffen hatten, und die mannshohen Windhosen, die Wanderer packten und in die Tiefe der Schlammpfützen zerrten, waren es hingegen schon.

Kaum betraten wir den Plankenweg, der eine Passage durch dieses Gebiet bildete, spürte ich ihre direkte Anwesenheit. Trotzdem blieb es ruhig, bis wir einige Dutzend Meter vorangeschritten waren.

Der Boden begann zu beben, was nicht an meinem Zutun lag, und zu beiden Seiten des Weges türmte sich der Morast zu riesigen Bergen auf.

Ich wendete mich sofort nach links, wo ich der Feuchtigkeit gewahr wurde. Für mich würde es ein einfacher Kampf werden, solange sie in ihr schlammiges Kleid gehüllt blieb, solange sie mein Element als Mantel trug.

Die zähe Masse vor mir wuchs weiter und nahm eine Form an, die entfernt an einen Bären erinnerte. Sofort schlug er mit seiner mächtigen faustähnlichen Tatze nach mir, nur ein beherzter Sprung von den Planken rettete mich davor, zerschmettert zu werden.

Ich raubte mir die kostbaren Sekunden, einen Blick zu den anderen Baocun zu werfen. Auch Abid und Li Chen standen zwei riesenhaften Gestalten gegenüber, die eine blauschimmernd und einer Spinne gleich, die andere ähnlich einem übergroßen Hühnchen. Ein amüsanter Anblick, wenn ich jetzt daran denke.

In diesem Moment war mir hingegen nicht nach Lachen, da mein Gegner zum nächsten Schlag ausholte. Gleichzeitig spürte ich, wie der weiche Boden nach mir griff, mich packte und fixieren wollte. Ich schickte einen Hauch Energie in meine Füße und sofort beugte sich das Erdreich darum meinem Willen, ließ mich frei und ich entkam dem Angriff. Mehr noch, mit der gleichen Macht sorgte ich dafür, dass seine Faust an meiner statt im Boden stecken blieb. Lange würde diese Fessel nicht halten, ich sah bereits, wie das von mir erschaffene Gestein feuchter und damit weicher wurde.

Plötzlich traf mich ein harter Schlag gegen den Rücken, sodass ich einige Meter nach vorn geschleudert wurde. Zum Liegen kam ich nicht, wurde sofort wieder nach oben gerissen und fand mich zwei Meter hoch in der Luft schwebend wieder, Hände und Füße fest in eisigen Stalagmiten verankert. Die Kälte hatte mich gepackt.

Hektisch sah ich mich um, suchte nach Abid, dessen Fähigkeiten am besten gegen diesen Klimatischen wirkten. Dieser unterstützte gerade Thomas, der eigentlich als Energiegeber dabei war, nun aber direkt von dem Wind attackiert wurde. Wo aber war Li Chen? Kämpfte er seinerseits nun gegen die Feuchtigkeit?

Sie waren schlau, agierten gerissen, indem sie uns davon abhielten, denjenigen anzugreifen, gegen den wir am stärksten waren. So koordiniert gingen die Klimatischen selten vor.

Ich fand Abids Blick und sah darin den gleichen Plan aufleuchten, den auch ich gerade gefasst hatte. Ich schloss die Augen, konzentrierte mich, und gab meinen Körper auf, überließ mich ganz der Erdenergie und …

Leider endete die Schilderung des Erdbaocun so abrupt wie er begonnen hatte. Die Beschreibung der Klimatischen und des Kampfes reichte aber, Robins verwirrte Gedankengänge noch mehr ins Strudeln zu bringen. Sie hatte gerade mal eine Kerze entzündet, wie sollte sie zu einer derartigen Auseinandersetzung fähig sein?

Sie war weder gestern zum Abendessen noch heute zum Frühstück in die Küche gegangen. Nachdem Jason sie gestern in ihren Flügel gebracht hatte, war ihre einzige Bitte gewesen, Zeit zum Nachdenken zu haben. Alle waren dem nachgekommen. Selbst Mickael, der ihr sonst immer wie ein Jiminy Cricket die Welt erklärte, hatte ihr lediglich kommentarlos etwas zu essen gebracht.

So viele Dinge schwirrten in ihrem Kopf herum. Bevor sie dort nicht für Ordnung sorgte, war sie eine tickende Zeitbombe, die jeden Moment einen verbalen Großangriff starten oder erneut in Tränen ausbrechen konnte. Vielleicht wären sogar hysterische Jubelschreie drin gewesen, so unberechenbar wie sie sich fühlte.

Es gab mehreres, über das sie sich Gedanken machte. Natürlich stand über allem die Frage, ob wirklich sie die Kerze entzündet hatte, so wie Jason es ihr versichert hatte.

Doch die Zweifel daran verblassten langsam. Er besaß weder die Gabe des Feuers noch hätte er die Zeit gehabt, die Flamme händisch zu entfachen. Und außer ihnen war sonst definitiv niemand im Westflügel gewesen. Wie ihr das gelungen war, stand auf einem ganz anderen Blatt.

Aber wenngleich die Erforschung ihrer Kraft das Wichtigste sein sollte, spukte auch ihr emotionales Chaos durch ihren Kopf.

Sie war kein *labiles Frauenzimmer*, als welches die Vorsteherin ihres letzten Kinderheimes die pubertierenden Mädchen gern bezeichnet hatte. Robin war eine starke Persönlichkeit, die dem Leben stets positiv gegenübertrat. Es brauchte eine ganze Menge, um sie aus der Reserve zu locken. Und dass jemand sie zum Weinen brachte, war seit ihrem Kleinkindalter nicht mehr geschehen.

Warum also flippte sie ständig so aus, seit sie hier war?

Die Antwort darauf hatte Mickael ihr schon vor einer Weile geliefert, aber erst das Buch in ihrem Schoß hatte sie ihr wieder ins Gedächtnis gerufen.

Es war jenes, das Quinn ihr ganz am Anfang gegeben hatte und das alle grundlegenden Informationen zu den Baocun enthielt.

»Das Feuer ist herzgesteuert. Jemand, der diesem Element hörig ist, trägt sein Herz buchstäblich auf der Zunge.« So stand es bereits im Einstiegstext. »Ist das Element nicht in seinem Gleichgewicht, neigt der Betreffende zu überspitzten emotionalen Reaktionen.«

Es war so einfach, und dennoch hatte sie es bisher nicht begriffen. Seit sie in diesem Haus angekommen war, schlitterte sie von einem Extrem ins nächste. Sie war zickig, übermotiviert und wütend gewesen. Und sogar ein wenig verliebt, wenn sie ehrlich war. Und alles nur, weil ihr Element erwacht war, kaum dass sie die Schwelle dieses Hauses überschritten hatte.

Damit musste Schluss sein. Ja, sie hatte zugestimmt, das Feuer zu sein. Dazu stand sie auch weiterhin. Aber trotzdem würde sie auch weiterhin Robin sein. Und um das zu schaffen, musste sie ihre Kräfte endlich in den Griff bekommen. Nicht für die anderen, nicht für die Rettung der Welt. Sondern vollkommen egoistisch, nur für sich selbst.

Entschlossen schälte sie sich aus der Decke und ging Richtung Tür. Bis zu ihrer Trainingseinheit blieb zwar noch etwas Zeit. Das hieß aber nicht, dass sie untätig herumsitzen musste.

Als ihre Hand auf der Klinke lag, hielt sie jedoch inne. Sie sog die Luft ein, runzelte die Stirn und schnüffelte. Dann drehte sie sich abrupt um. Sie würde wieder zu sich selbst finden – gleich nachdem sie ausgiebig geduscht hatte.

Als sie endlich fertig war, die Haut geschrubbt, die Nägel sauber, die Haare gewaschen und frisiert, und sie sogar einmal zu etwas anderem als ihrer Tunika gegriffen hatte – einer rotbraunen Wildlederhose und einem schwarzen Pullover –, war die verbleibende Zeit bis zum Training auch schon fast um.

Die Sonne hatte beinahe den höchsten Stand erreicht und verhöhnte sie mit ihrem Strahlen durch die großen Fenster ihrer Lobby. Nun denn, dann war es eben so. Ihrer guten Laune und Zuversicht tat dies keinen Abbruch.

Als sie gerade aufbrechen wollte, klopfte es an ihrer Tür. Robin öffnete sie und fand zu ihrer Überraschung Jason davor.

»Hast du Angst, dass ich nach gestern nicht mehr zum Training erscheine?«, scherzte sie und erntete dafür ein verschmitztes Lächeln seinerseits, gefolgt von einem Kopfschütteln.

»Ich dachte nur, dass wir unsere Aufwärmeinheit heute ein wenig anders gestalten.« Er streckte ihr ein dickes Bündel entgegen, das er über dem Arm trug.

Mit skeptischem Blick nahm sie es und als sie es entfaltete, entpuppte es sich als eine Art Jacke, nur viel dicker und länger als jene, die sie kannte. Andächtig betrachtete sie das Kleidungsstück, während sie in den Raum zurückkehrte.

»Handschuhe, Mütze und Schal findest du im Ärmel«, erklärte Jason, der ihr folgte.

Erst jetzt bemerkte sie, dass er ebenfalls ziemlich dick eingepackt war.

Sie holte die genannten Dinge heraus und legte den Mantel über die Armlehne des Sessels. Robin wusste, wozu man diese Sachen benutzte. Außerhalb von Bildern hatte sie jedoch noch nie solche gesehen, geschweige denn getragen. Mit offenem Mund fuhr sie über das gestrickte Material.

»Ich hoffe, die Farbe gefällt dir.« Das Lächeln, das er ihr nun zeigte, war geradezu entschuldigend.

Zu Recht – denn der Mantel war wie so viele Teile in ihrem Kleiderschrank rot. Nicht bordeaux oder kupfern, sondern knallrot wie das Feuer selbst.

Doch zum ersten Mal störte es sie nicht. Die Accessoires waren schwarz. Wenn sie die Mütze trug, würde ihr Haar verdeckt sein und das Problem mit den beißenden Farbtönen gelöst.

»Er ist toll«, sagte sie leise. Prüfend schlüpfte sie in einen der Handschuhe. Er passte wie angegossen. »Also, alles. Aber …« Sie sah ihn mit schiefgelegtem Kopf an. »Wozu brauche ich das?« Schon jetzt schienen ihre Finger zu glühen, so warm hielt sie der wollene Stoff darum.

Jason machte eine geheimnisvolle Miene. »Das wirst du gleich sehen.« Nun holte er den Arm hervor, den er bisher hinter seinem Rücken gehalten hatte. »Die wirst du auch brauchen.« Er hielt ihr ein Paar Stiefel entgegen, knöchelhoch und eindeutig mit Schaffell gefüttert. Als sie sich nicht rührte, streckte er sie ihr entgegen. »Na los, anziehen. Mir wird langsam echt warm in dem Ding.« Er griff an die Ränder seines geöffneten Mantels – weiß, wie auch sonst – und wedelte damit, um sich abzukühlen.

Robin wunderte es nicht, dass er schwitzte. Warum er hingegen wollte, dass sie sich so vermummten, war ihr ein Rätsel.

Winterkleidung nannte man dieses Ensemble, das wusste sie aus den Büchern. Aber diese Art Kleidung gehörte der Vergangenheit an. Nirgendwo auf diesem Planeten gab es noch einen Ort, an dem auch nur entfernt Temperaturen herrschten, die so etwas nötig machten. Nicht einmal in den gemäßigten Zonen schafften sie es unter eine Marke von zehn Grad, soweit sie wusste.

Jason bemerkte ihr Zögern. »Du kannst gern so gehen«, meinte er schulterzuckend und deutete mit dem Kinn auf sie. »Empfehlen würde ich es dir aber nicht.«

Sie biss sich kurz auf die Unterlippe. Dann griff sie nach dem Schal und begann sich einzupacken.

»Der Hinweis, die Schuhe nicht als Letztes anzuziehen, wäre nicht schlecht gewesen«, schimpfte sie schnaufend, als sie endlich die zweite Schleife band. Der dicke Mantel machte es ihr schwer, sich hinunterzubeugen. Außerdem schwitzte sie so sehr, als läge ihre Trainingseinheit bereits hinter ihr.

Jason lachte. »Learning by doing.«

»Was?« Sie richtete sich auf und zog den Mantel wieder zurecht, der etwas hochgerutscht war.

»Nicht so wichtig. Handschuhe?«

Sie schnappte sich die schwarzen Wollteile und hielt sie hoch.

»Na dann wollen wir mal.«

»Ist das eine neue Methode mich an meine Grenzen zu bringen?«, murrte sie, folgte ihm aber, als er den Südflügel verließ und auf die Eingangshalle zusteuerte. »In dem Ding ist es nicht nur scheißewarm, es ist auch viel schwerer als meine anderen Klamotten.«

Jason lachte. »Wenn's mir darum gegangen wäre, hätte ich dir einfach ein paar Gewichtsmanschetten umgelegt. Und keine Sorge, du wirst gleich nichts mehr davon merken.«

Er stieß das Eingangsportal auf und wies elegant hinaus, während er eine Verbeugung andeutete.

Robin grinste, doch im nächsten Moment erstarrte sie. Ihr klappte buchstäblich die Kinnlade nach unten.

Jason griff nach ihrer Hand und zog sie hinaus, wo sie mit der anderen zunächst ihre Augen abschirmte. Die Helligkeit, die von dem allumfassenden Weiß ausging, blendete sie.

»Was zum Teufel …« Ihre Stimme versagte.

In der nächsten Sekunde knallte etwas gegen ihre Brust.

Jason reagierte sofort, drehte sich und machte gleichzeitig einen Schritt, sodass er direkt vor ihr stand. Er schlang einen Arm um ihre Taille und zog sie an sich, wobei sie ein Stück nach vorn stolperte und an seine Brust gedrückt wurde. Dann knallte es, dieses Mal hinter ihr. Es war die Tür, die ins Schloss gefallen war.

Jason hatte sie fortgezogen, damit sie ihr nicht in den Rücken fiel. Aber wer oder was hatte sie angegriffen? Und womit? Es war etwas Hartes gewesen, das sie getroffen hatte. Trotzdem fühlte sie keinen Schmerz an der Stelle, sie schien auch nicht verletzt zu sein.

Ein Zucken ging durch Jasons Rumpf, kaum merklich, doch Robin spürte es. Hatte er ein zweites Geschoss abbekommen? Schützte er sie wirklich gerade mit seinem Körper?

Entsetzt riss sie den Kopf nach oben. Jason hatte den Blick über die Schulter gerichtet.

Er … lachte?

»Hey, das ist unfair! Sie hat nicht mal ihre Handschuhe an!«

»Das nennt man das Überraschungsmoment nutzen.«

War das Dimitri? Was ging hier ab?

»Jason hat recht.« Mickael – ebenfalls lachend. »Lass sie erst mal ankommen. Ich wette, sie hat noch niemals Schnee gesehen.«

Schnee? Machte er Witze?

Jason sah wieder zu ihr herab. Sein Gesicht war ihr so nah und dennoch sah sie die weißen Wölkchen, die sein Atem in der Luft hinterließ, als er sprach.

»Willkommen im Winter«, flüsterte er. Dann trat er beiseite und gewährte ihr freie Sicht auf das, was vor ihr lag.

Ihm Gehen zog Robin die Handschuhe über, hielt jedoch beim Linken inne und bückte sich stattdessen zu der Treppenstufe, die sie gerade hatte hinabgehen wollen. Vorsichtig schob sie die Fingerspitzen in die weiße Schicht, die sich darauf gebildet hatte. Als sie sie zurückzog, glänzten sie leicht, teils von Feuchtigkeit, teils von Eiskristallen, die daran haften geblieben waren.

»So … kalt«, murmelte sie. Mehr fiel ihr nicht ein.

Noch einmal griff sie in den Schnee, dieses Mal ballte sie ihre Hand darum, um sich zu überzeugen, dass der Schnee wirklich da war.

Mit einer kleinen Eiskugel in der Hand, die durch ihre Körperwärme bereits zu schmelzen begann, richtete sie sich wieder auf und betrachtete andächtig den Vorplatz der Villa.

Nichts war mehr von dem Weg zu sehen, über den sie vor einigen Wochen hierhergekommen war. Alles war einheitlich weiß, bis hin zu den Bäumen, die in der Ferne die Grenze des Grundstückes bildeten.

Es sah aus, als läge eine dicke Decke aus Zucker über allem.

Robin wollte wissen, wie dieser Schnee schmeckte. Wie es sich anfühlte, wenn er nicht zwischen ihren Fingern zerrann, sondern auf ihrer Zunge. Jetzt war sicher nicht der Moment, aber dass sie ihn kosten würde, stand außer Frage.

Noch immer starrte sie völlig gebannt auf das Weiß vor ihr, versuchte, rechts und links irgendwo ein Ende auszumachen, fand jedoch keines.

Dabei hatte sie vor wenigen Minuten auf eine grüne Wiese geschaut, aus dem Fenster ihres Zimmers. Und jetzt …

Ihr Blick blieb an Dimitri und Mickael hängen, die ein Stück entfernt nebeneinanderstanden. Langsam ging sie auf die beiden zu, wobei sie achtsam dem Knirschen unter ihren Schuhen lauschte, nachspürte wie ihre Sohlen den Schnee darunter komprimierten.

»Hast du das gemacht?«, fragte sie an Dimitri gewandt. Der schlaksige Junge steckte in einer Daunenjacke aus glänzendem, graublauem Material, in der er beinahe so breit wirkte wie Mickael.

»Leichteste Übung. Schnee ist nichts anderes als Wasser, nur in einem anderen Aggregatszustand.« Er sah ihr tief in die Augen und grinste dabei.

Trotzdem war Robin so, als würde er durch sie hindurchsehen, sich auf etwas konzentrieren, das hinter ihr lag.

»Hey«, schrie Jason in der nächsten Sekunde. »Wir haben gesagt, keine Tricks.«

Sie wirbelte herum. Sofort sah sie den kartoffelgroßen weißen Ball, der gerade aus der Schneedecke auftauchte, als wollte er davonschweben wie ein Luftballon. Dann zischte er los, direkt auf Jason zu und zerstob zu einer weißen Wolke, als er auf dessen Brust auftraf.

»Nur ein kleiner Vorgeschmack«, meinte Dimitri und lachte auf.

Das war es also gewesen, was auch sie vorhin erwischt hatte. Ein Schneeball.

Sie spürte, wie die Kälte langsam in ihre Finger zwickte und zog auch den zweiten Handschuh über.

»Weißt du, was eine Schneeballschlacht ist, Robin?«, drang Mickaels Stimme zu ihr durch. Auch er trug Winterkleidung, in sandigem Beige.

Sie nickte. »Ich hab davon gelesen«, meinte sie leise, als könnten zu laute Töne den Zauber brechen, der sie mit dieser weißen Welt umgab.

»Na dann, aufteilen!«

Wind kam auf, so plötzlich, dass Robin nicht mal sagen konnte, aus welcher Richtung.

Er wirbelte den Schnee empor, ließ weiße Flocken um sie herum tanzen wie wildgewordenes Laub. Nur waren sie kleiner und schneller, sodass Robin nicht mehr fähig war, einzelne von ihnen auszumachen. Sie bildeten eine dichte Wand, wie Nebel, der sie nichts um sich herum erkennen ließ.

Und trotzdem weckte der Anblick keine Angst in ihr, es war vielmehr … »Wunderschön.« Sie konnte es einfach nicht zurückhalten.

Da packte eine Hand die ihre. »Du bist in meinem Team«, hörte sie Dimitri direkt neben sich.

Dann zog er sie auch schon mit sich, nur einige Schritte weit, und bedeutete ihr, sich hinzuhocken.

Der Schneewirbel um sie herum ebbte so abrupt ab, wie er gekommen war, und Robin fand sich hinter einem Wall aus Schnee wieder. Dimitri kniete neben ihr und war schon damit beschäftigt, Kugeln zu formen.

»Die beiden anderen sitzen uns direkt gegenüber. Unser Ziel ist es, ihren Wall einzureißen. Das heißt, ich greife sie an und lenke sie ab. Du infiltrierst die gegnerische Basis.«

Robin blinzelte zweimal und starrte Dimitri mit offenem Mund an. Ihre Stirn legte sich in Falten, bevor diese von Begeisterung vertrieben wurden.

»Alles klar«, sagte sie grinsend und ging auf Gefechtsstation.

12

»Nein, nein, nein!« Sie prustete und versuchte verzweifelt, zu Atem zu kommen. Mit aller Kraft stemmte sie sich gegen ihren Angreifer, hatte jedoch keine Chance. Er saß rittlings auf ihr, eine Hand erhoben und gefüllt mit weißem Puderzucker.

»Warum immer ich?«, schaffte sie noch zu rufen, bevor Mickael ihr den Schnee ins Gesicht drückte.

Lachend rollte er sich von ihr herunter und legte sich neben sie in den kalten Puderzucker. »Du bist einfach ein zu leichtes Opfer.«

»Ich hab ja auch keine Erfahrung in so was«, verteidigte sie sich, ging aber in der nächsten Sekunde zum Angriff über.

Gleichzeitig drehte sie sich zu ihm und schnappte sich eine Ladung Schnee, mit der sie ihn einseifen wollte. Doch bevor sie damit auch nur ausgeholt hatte, umschlang sie ein starker Arm von hinten und riss sie von Mickael fort. Sie quietschte, als der Schnee zwischen ihren Fingern zerbröselte, und lachte auf.

»Heroische Rettung, lieber Kollege«, bedankte sich Mickael bei Jason, der Robin nun dicht an sich gepresst festhielt.

Sie wehrte sich nicht. Diesen Kampf hatte sie ohnehin verloren. Jason legte auch den zweiten Arm um ihre Mitte.

Ergeben lehnte sie sich nach hinten, als wäre sie nicht seine Gefangene, sondern freiwillig in seinen Armen.

Unweigerlich verwandelte sich das Grinsen in ihrem Gesicht zu einem zufriedenen Lächeln. Wie gern hätte sie den Moment eingefroren, wie die Welt um sie herum zu Eis erstarren lassen, nur um ihn unvergänglich zu machen. Jetzt gerade war alles so perfekt, die Zeit stand still.

Leider besaß sie nur die Gabe des Feuers. Nichts, womit man die Zeit manipulieren konnte. Und so sorgte Dimitris Siegesschrei dafür, dass sich die Welt weiterdrehte.

»Opfer müssen gebracht werden. Ihr mögt meine Partnerin als Gefangene haben – dafür ist eure Basis mein! Muahahahaaa!«

Alle drei wandten sie sich ihm gleichzeitig zu und brachen in schallendes Gelächter aus, als Dimitri, der triumphierend auf dem gegnerischen Wall getanzt hatte, plötzlich durch die Schneedecke sackte, bis zu den Knien versank und nach hinten umkippte.

»Das ist nicht fair!«, brüllte er, stimmte aber mit in ihr Lachen ein. »Wir hatten gesagt keine Kräfte!«

»Du Spinner«, erwiderte Mickael. Er mühte sich vom Boden hoch, auf dem er noch immer lag, und ging zu Dimitri hinüber. »Du bist doch der mit der Väterchen-Frost-Magie.« Als er den Schneewall erklomm, wurde sein Lachen lauter. »Hast du dir dein eigenes Grab geschaufelt?« Er ergriff Dimitris ausgestreckte Hand und zog ihn in eine aufrechte Position.

»Nee, ich war das bestimmt nicht. Ich hab nasse Füße«, beschwerte sich dieser, während er mit Mickaels Hilfe aus dem Loch kletterte, in dem seine Unterschenkel steckten.

Wie auf Kommando wandten beide ihren Kopf zurück zu der Stelle, an der Jason und Robin standen.

Sie bemerkte die irritierten Blicke nicht. Sie war viel zu sehr damit beschäftigt, die sanfte Umarmung, in der sie lag, zu genießen.

Sie war schon lange nicht mehr Jasons Gefangene. Sie war freiwillig hier, und das wussten sie beide. Dennoch ließ er sie nicht los.

Am liebsten hätte sie die Augen geschlossen, um sich ganz dem warmen Gefühl hinzugeben, das sie durchflutete. Kein Schnee der Welt hätte in dieser Sekunde dafür sorgen können, dass ihr kalt würde.

»Tja«, meinte Jason ruhig. »Dimitri ist hier wohl nicht der Einzige, der aus Schnee Wasser machen kann.« Leise, nur für ihre Ohren bestimmt, fügte er hinzu: »Hab ich mir doch gedacht, dass diese Art von Training besser zu dir passt.«

Noch einen Moment grinste Robin verzaubert vor sich hin, dann froren ihre Gesichtszüge ein, als sie begriff, was er damit meinte. *Wen* er damit meinte.

»Ich hab nichts gemacht«, stieß sie erschrocken hervor, was Jason ein brummendes Lachen entlockte.

Plötzlich begann der Wall, auf dem Dimitri und Mickael noch immer standen, in sich zusammenzuschrumpfen. Grüne Flecken wurden nach und nach in dem weißen Meer sichtbar und kurz darauf kam auch der Weg zur Eingangstür zum Vorschein.

Insgesamt dauerte es keine zwei Atemzüge, bis die kalte Pracht vollständig verschwunden war.

»Bevor du mich erneut der Lüge bezichtigst, *das* geht nicht auf dein Konto«, flüsterte Jason ihr zu. Sein Tonfall hatte etwas Vorsichtiges, klang aber gleichzeitig auch genervt.

Ein Platschen ließ Robin den Kopf zum Eingang drehen.

Edward stand am Fuß der Treppe, mitten in einer großen Pfütze. »Was soll das hier werden? Habt ihr nichts Besseres zu tun?«

»Onkel Frühling hat mal wieder den Winter vertrieben«, grummelte Dimitri, der neben sie getreten war.

»Er hat's nicht so mit Schnee«, fügte Mickael an.

»Ja, aber nur weil er sonst immer derjenige ist, der eingeseift wird.« Dimitri knuffte Robin in die Seite.

Diese fühlte sich mit einem Mal ziemlich unbehaglich.

Edwards Blick machte klar, was er von der ganzen Sache hielt. Und wie seine Augen auf Jason und ihr ruhten, machte deutlich, was ihm daran am meisten missfiel.

»Nennt ihr zwei das Training?« Jetzt ballte er tatsächlich die Hände zu Fäusten. Edward war richtig sauer.

Schnell, wenn auch sanft, schob sie Jasons Hände von ihrem Körper und trat einen kleinen Schritt nach vorn.

Sie spürte bereits, wie die Wut in ihr hochkochte. Darüber, dass Edward dem ganzen Spaß ein Ende gesetzt hatte. Mehr aber noch, weil er dafür sorgte, dass sich das schöne Gefühl in Jasons Armen zu etwas gewandelt hatte, als würden sie etwas Verbotenes tun, wenn sie ihm so nah kam.

Sie hob bereits trotzig das Kinn und wollte sich Luft machen, als sie sich an ihre neuste Erkenntnis erinnerte. Und den Vorsatz, den unberechenbaren, überschießenden Emotionen des Feuers keine Kontrolle mehr über sie zu geben.

»Dimitri hat mir nur eine Vorführung seines Könnens gegeben«, entgegnete sie also so freundlich, wie es ihr möglich war. »Die drei waren der Meinung, es würde meinem Entwicklungsprozess guttun, mal zu sehen, was mit unseren Kräften alles möglich ist.« Innerlich klopfte sie sich selbst auf die Schulter für diese diplomatische Lösung.

Edward hingegen schien nicht überzeugt und richtete seine nächsten Worte an Jason. »Und dazu braucht es deinen Körperkontakt, um was – Dimitris Kräfte zu verstärken?«

Damit war klar, worum es ihm wirklich ging. Aber warum regte es ihn so auf?

Selbst wenn Jason und sie sich näherkamen, ging Edward das im Grunde nichts an.

Robin spürte, wie bei diesem Gedanken eine ganze Horde Marienkäfer in ihrem Bauch aufstob. Schon wieder potenzierte ihr Element ihre Empfindungen, verdammt. Dabei war nichts dabei gewesen, er hatte sie ja nur festgehalten, weil …

»Ach Edward, sei nicht so streng mit ihnen.« Quinn trat hinter ihm durch die noch geöffnete Haustür. »Ich finde es eine sehr gute Idee, wenn Robin mal aus dem Trainingsraum herauskommt.«

Edward schloss die Augen, ballte die Fäuste so fest, dass die Knöchel weiß hervortraten, löste dann aber seine verkrampften Finger.

Quinn legte ihm unterdessen eine Hand auf die Schulter. »Auch die Beziehung unter den Elementen ist wichtig. Da kann so eine teambildende Maßnahme definitiv vorteilhaft sein.«

Robin fühlte sich immer unwohler in ihrer Haut, und so nah bei Jason. Denn nun starrte nicht nur Edward sie an, sondern auch Quinn. Wenngleich der Ausdruck in seinen Augen ein ganz anderer war. Nicht feindselig, eher forschend. Dennoch unangenehm.

Sie räusperte sich. »Also …« Schnell streckte sie Dimitri eine behandschuhte Hand entgegen. »Danke für die Vorführung. Wirklich spannend und …« Sie sah auch Mickael kurz an, dann huschte ihr Blick zu Jason. »Aufschlussreich. Danke …« Deutlich leiser fügte sie hinzu: »Hat megaviel Spaß gemacht.«

Dimitri grinste und raunte zurück: »Jederzeit wieder.«

»Hat es wenigstens etwas gebracht?«, brummte Edward, als sie auf die Treppe zukamen. Da ihm niemand antwortete, packte er Jason grob am Arm, als dieser an ihm vorbeigehen wollte. »Hat. Es etwas. Gebracht? Haben sich ihre Kräfte gezeigt?«

Jason funkelte seinen Bruder an. »Nein«, sagte er knapp und schüttelte dessen Hand ab.

Robins Herz schlug ihr abermals bis zum Hals. Hatte Jason ihr nicht gerade noch weisgemacht, sie hätte den Schnee unter Dimitri zum Schmelzen gebracht?

Ihr Blick huschte zu Dimitri und Mickael, die genau wie sie den Mund hielten, jedoch vorsichtig zu Quinn hinüber lugten.

Natürlich, der Hausherr musste genau wissen, was hier gerade passiert war. Sie konnte sich nicht vorstellen, dass ihm auch nur die kleinste übernatürliche Regung in diesem Haus entging.

Als sie zu ihm sah, trafen sich ihre Blicke. Sie war sich sicher, er würde ihre Lüge aufdecken. Mittlerweile war sie überzeugt, sowohl für das gestrige Entzünden der Kerze als auch Dimitris nasse Füße verantwortlich zu sein, wenngleich sie keine Ahnung hatte, wie sie das gemacht hatte.

Ja, er wusste definitiv Bescheid. Es stand ihm ins Gesicht geschrieben. Sie sah es in dem leisen, zufriedenen Lächeln auf seinen Lippen, dem leicht geneigten Kopf und dem anerkennenden Funkeln in seinen Augen.

Aber Quinn schwieg. Warum? Wieso lieferte er sie nicht an Edward aus?

Denn nichts anderes würde es bedeuten, wenn dieser ihr *Erwachen* mitbekommen hatte. Nur zu gut erinnerte sie sich an das Abkommen, das Edward zu ihrem neuen Ausbilder machte, sobald sich ihre Kräfte zeigten.

Jason hatte seine Frage verneint, um genau das zu verhindern. Um weiter ihr Trainer zu sein. Um weiter Zeit mit ihr zu verbringen.

Gut, Letzteres war Wunschdenken, ausgelöst von den Marienkäfern in ihrem Bauch. Oder waren es flammende Falter, die da so wild vor sich hin tanzten, in Brand gesteckt von ihrer Gabe?

»Master Quinn, kann ich Sie kurz sprechen?« Die Frage war raus, bevor sie darüber nachgedacht hatte.

Der Hausherr nickte, als hätte er darauf gewartet. Er bot ihr den Arm an. »Aber mit Freude. Komm mit in mein Arbeitszimmer.«

13

Sie hatte ihren Mantel über die Lehne des hölzernen Stuhls gehängt, der vor Quinns massigem Schreibtisch stand. Platz genommen hatte sie allerdings auf dem Ledersofa im hinteren Teil des Raumes, umstellt von Regalen mit allerlei Krimskrams.

Quinn war verschwunden, um ihnen Tee zu besorgen. Dass er sie in diesem Zimmer allein ließ, kam ihr eigenartig vor. Unvorsichtig. Sicher musste der Hausherr einige Geheimnisse haben. Dinge, die nur er kannte, so als Zentrum von allem … Dinge wie den Sinn des Lebens, den Ursprung der Welt oder ihre Zukunft.

Sie kämpfte gegen den Drang an, doch ihre Neugier war größer. Als sie ganz sicher war, keine Schritte in unmittelbarer Nähe zu hören, stand sie auf.

Kurz überflog sie die Regale, blieb aber schließlich am Schreibtisch hängen, auf dem unzählige Papiere durcheinander lagen. Wenn es etwas wirklich Interessantes gab, dann vermutlich dort.

Mit wenigen Schritten war sie da, wie fremdgesteuert, und fuhr mit den Fingern über die Unterlagen.

Vieles davon schienen Dokumentationen zu dem Geschehen hier im Haus zu sein, zu den Entwicklungen im Rest der Welt und dem

Auftauchen der Klimatischen. Es gab Tabellen, Statistiken, sogar Zeichnungen. Letzteres erregte besonders Robins Aufmerksamkeit.

Sie fand ein Blatt mit der Darstellung eines Klimatischen, dem Wind. Allerdings sah jede der vier abgebildeten Figuren gänzlich anders aus, und nichts davon glich dem, wie Robin sich ihre Gegenspieler vorgestellt hatte. Gut, die erstere kam dem noch nahe – sie zeigte eine Art Wirbelsturm, aus dem tentakelartige Arme brachen. Die zweite wirkte wie eine griesgrämige Katze, der das Fell zu Berge standen. Die dritte Abbildung ähnelte einer menschlichen Gestalt, nur dass die Gliedmaße viel zu lang und zu dünn waren. Lange Haare legten sich spiralförmig um den Körper, der ebenfalls dürr wie eine Bohnenstange war. Das letzte Bild … Nun, dabei konnte es sich auch um einen Tintenklecks handeln. Nur waren die Konturen zu scharf abgegrenzt, zu symmetrisch, um Zufall zu sein.

Konnten die Klimatischen eventuell ihre Form ändern?

Unter der Zeichnung lag ein Foto, welches sie nun in die Hand nahm. Es zeigte ein abgebranntes Haus, von dem Rauch aufstieg. Der Anblick bewegte irgendetwas in Robin. Es war, als würde sie eine Erinnerung betrachten, ja, als würde sie dieses Haus kennen.

Kurz blitzte ein anderes Bild vor ihrem inneren Auge auf, zu schnell jedoch, um Details zu erkennen. Personen hatte es gezeigt. Aber wen?

Sie drehte das Foto um und entdeckte einen Schriftzug, den jemand mit Tinte darauf hinterlassen hatte: *Der Tag, an dem das Feuer starb*. Sie runzelte die Stirn. Hatte Quinn diese Worte nicht verwendet, als er ihr am ersten Tag den langen Vortrag gehalten hatte?

Mit einem Schlag legte sich kalter Schweiß auf ihre Stirn und ihren Rücken.

War dies vielleicht ihr Elternhaus? Der Ort, an dem Quinn sie zu finden gehofft hatte, um auch sie nach Qi Manor zu bringen, damit sie ihre Ausbildung antreten konnte?

Sie wusste, dass ihre Eltern bei einem Brand ums Leben gekommen waren.

Hatte er gedacht, sie wäre an diesem Tag ebenfalls gestorben? War ein Teil von ihr das sogar? Anders war es nicht zu erklären, dass er ihre Spur verloren und über fünfzehn Jahre nach ihr gesucht hatte. Aber was hatte das für sie zu bedeuten, für die Robin, die heute hier stand?

Schritte auf dem Gang brachten sie dazu, das Foto fallen zu lassen und zur Couch zurückzuhechten.

Genau in dem Moment, als ihr Hintern das Leder berührte, ging die Tür auf. Perfektes Timing.

»So, meine Liebe. Damit sollte dir wieder warm werden«, kommentierte Quinn die dampfende Teetasse, die er vor sie auf den niedrigen Tisch stellte. Dann zögerte er. »Oh, wie ich sehe, ist das gar nicht nötig.« Er kicherte.

Sie runzelte die Stirn, wobei sie sofort spürte, was er meinte. Noch immer standen Schweißperlen darauf, verdammt. Schnell wischte sie mit dem Handrücken darüber. »Nein, ich … Danke.« Sie griff nach der Tasse. »Welche Sorte ist das?«, fragte sie in dem Versuch, von sich abzulenken.

»Pfefferminze, deine Lieblingssorte.«

Ach, das wusste er. Aber nicht, wohin es sie nach dem Tod ihrer Eltern verschlagen hatte?

»Nun, du wolltest mich etwas fragen?«, brachte er sie direkt zum Grund ihres Besuches, den sie selbst schon fast vergessen hatte. Er ließ sich ihr gegenüber sinken, schlug die Beine übereinander und nippte erwartungsvoll an seiner Teetasse.

»Ah, ja … Also …«, druckste sie herum und nahm ihrerseits einen Schluck Tee. Perfekt temperiert, mit genau der richtigen Menge Zucker. Verblüffend.

Wenn er das wusste, dann auch, warum sie hier war. Demnach brauchte sie nicht schüchtern zu sein.

»Woher weiß ich, was von dem, das ich wahrnehme, wirklich meine eigenen Emotionen sind und welche nur von meiner Gabe hervorgerufen werden?«, sprach sie aus, was sie seit gestern beschäftigte.

»Eine schwierige Frage mit einer simplen Antwort. Nirgendwoher.«

Wieder runzelte sie die Stirn und kniff die Augen leicht zusammen. »Das kann nicht sein. Ich habe doch gelesen …«

»Das Feuer«, unterbrach er sie und wechselte die Stellung seiner Beine, »ist das Emotionalste aller Elemente. Aber es ist nicht die Emotion. Wäre dem so, wären meine Söhne herzlose Klötze, die nur nach Ratio und Instinkt handeln.«

»Na ja, bei Edward …« Schnell stoppte sie sich, bevor sie etwas Unpassendes sagte.

Quinn kicherte. »Auch er handelt emotionsgesteuert. Oder was denkst du sonst, warum er euch vorhin so angebrüllt hat?«

»Er war ganz schön wütend«, gab sie zu.

»Er ist der Einzige von ihnen, der noch nicht zurück in seine Mitte gefunden hat, seit du hier bist. Das macht ihn reizbarer als sonst.« Wieder wechselte er den Beinüberschlag.

Seine Zappeligkeit trug nicht unbedingt dazu bei, dass Robin sich in seiner Nähe entspannte. Wie sollte sie so über ihre Gefühle reden?

»Kommen wir aber zurück zu dir«, schlug er von selbst den Bogen. »Du hast den Eindruck, als wären deine Gemütsbewegungen völlig durcheinander. Du denkst, dies resultiert von deinem Element, das gerade aus sanftem Schlummer erwacht und nun verwirrt seine Fühler in alle Richtungen ausstreckt.« Quinn trank einen weiteren Schluck, hielt seine Augen über den Rand der Tasse jedoch fortwährend auf sie gerichtet. »Nun, ich kann dich beruhigen«, sagte er schließlich. »Alles, was du empfindest, resultiert aus deinem höchst eigenen Inneren. Was du fühlst, hat nichts mit deiner Gabe zu tun. Sie sorgt lediglich dafür, deine Regungen außerhalb deines Körpers widerzuspiegeln. Du trägst …«

»Das Herz auf der Zunge, ich weiß.«

Er zog die buschigen Augenbrauen nach oben und sofort schoss Robin die Hitze in die Wangen.

Niemand unterbrach Quinn, das hatte ihr Mickael nach ihrem Fauxpas am ersten Tag eingebläut.

Tja, jetzt wo sie es getan hatte, konnte sie auch weitersprechen.

»Trotzdem spüre ich Dinge, die gar nicht zu mir passen. Ich flippe ständig aus, selbst Kleinigkeiten bringen mich auf die Palme. Und dann komme ich mir wieder so eingeschüchtert vor, so wertlos und fehl am Platz. So bin ich nicht.« Von den Marienkäfern in ihrem Bauch wollte sie gar nicht erst anfangen. Sie war noch nie verliebt gewesen und nun sollte sie sich holterdiepolter in Jason verknallt haben?

Sie zuckte zusammen, als Quinn plötzlich aus voller Kehle zu lachen begann. »Du willst mir wirklich gerade sagen, dass du nicht impulsiv bist? Mein liebes Kind«, er musste seine Tasse abstellen, so sehr schüttelte es ihn, »meinst du, ich hätte dich nicht beobachtet, bevor ich dich hergebeten habe?«

Sie sagte nichts, sondern wartete, bis er sich wieder halbwegs im Griff hatte.

»Was ich im Waisenhaus gefunden habe, war eine starke junge Frau, die sagte was sie denkt und tat, was sie will. Die lachte und schimpfte, die schmollte und tröstete. Die hasste und liebte, und das nicht nur im Geheimen, sondern ehrlich und offen, für alle sichtbar.«

Robin drehte die Tasse in ihren Händen.

Stimmte das? Aber wieso …

»Wieso kommst du dir nun hier so verändert vor?«, las er mal wieder ihre Gedanken. Er gab ihr kurz Zeit, diese Frage selbst zu beantworten, während er noch etwas Tee trank. »Ich habe keine Antwort für dich, nur einen Rat«, sprach er schließlich weiter. »Hör auf, alles so zu analysieren und zu zerdenken. Nimm es hin, das Leben, das dir hier geboten wird. Alles andere kommt von allein.« Er grinste. »Nichts anderes ist es, was Jason gerade im Training mit dir versucht – mit Erfolg, wie ich bemerken durfte.«

Ein kleines Schmunzeln schlich sich auf ihre Lippen, als sie an die vergangene Schneeballschlacht dachte. Es vertiefte sich, als sie den Kopf hob und bemerkte, dass Quinn es erwiderte.

Er erhob sich, stellte abermals seine Tasse ab und rutschte zu ihr auf das Sofa. Und bevor sie wusste, was geschah, hatte er ihr bereits einen Arm um die Schuler gelegt und an sich gezogen.

Sanft streichelte er ihr über den Rücken, während er leise in ihr Ohr wisperte: »Alles wird gut. Du trägst dein Herz auf der Zunge, das ist deine Gabe. Doch was dein Herz spricht, bestimmst ganz allein du.«

Ihr war, als würde sie etwas tiefer ins Polster sinken, so sehr entspannte sie sich in diesem Moment. Sie fühlte sich beschützt, verstanden, angekommen. Zu Hause. Als wäre sie nach Jahren der Trennung in den Schoß ihrer Familie zurückgekehrt. In die Arme ihres Vaters.

Als sich die Bürotür hinter ihr schloss, hatte Robin noch immer nicht begriffen, was gerade geschehen war. Geschweige denn konnte sie behaupten, mehr zu wissen oder zu verstehen als vor diesem Gespräch.

Vermutlich ging es darum auch gar nicht. Es ging ihr besser, wenngleich sie nicht wusste, warum. Und war es nicht genau das, was Quinn gemeint hatte? Einfach hinzunehmen und nicht für alles eine Erklärung zu suchen?

Mit dem Mantel über den Armen lief sie andächtig den fensterlosen, gewundenen Gang entlang. Mehrere Minuten schlängelte er sich voran, in denen Robin das Gespräch noch einmal Wort für Wort zurückverfolgte. Und irgendwie machte es wirklich Sinn, was Quinn von sich gegeben hatte.

Sie hatte schon immer für das eingestanden, was sie bewegte, und auf ihr Bauchgefühl vertraut. Aber sie hatte sich genauso im Zaum gehalten, sich auf die Zunge gebissen, wenn es nötig gewesen war. Und genau das gelang ihr nun nicht mehr.

Am Ende war es nur eine Sache, die zählte: Sie durfte ihren Sinnen weiterhin vertrauen. Alles, was sie empfand, kam von ihr. Wie es aus ihr herausdrang, war eine ganz andere Sache.

Dass sie sich emotional überfordert fühlte, war eigentlich sogar vollkommen logisch. Vor ihrer Ankunft auf Qi Manor war ihr Leben einem simplen Trott gefolgt. Und auch wenn kein Tag vergangen war ohne Ängste, Sorgen wie auch Freude, hatte sich alles ständig wiederholt. Hier hingegen war alles neu, alles anders – selbst noch nach Wochen. *Sie* war eine andere.

Na also, lobte sie sich im Stillen. *Hast du ja doch begriffen, was Quinn dir sagen wollte.*

Sie konnte ein Grinsen nicht verbergen. Ab jetzt würde sie alles etwas leichter nehmen, nicht mehr so streng zu sich sein. Was nicht hieß, dass sie Edward sein rüdes Verhalten durchgehen lassen würde, im Gegenteil.

Auch er würde sie kennenlernen! Genau wie Jason …

»Na, dein Gespräch muss ja hervorragend gelaufen sein, so wie du strahlst. Und wir hatten schon Angst, Quinn wirft dich raus.«

Sie hatte den Punkt erreicht, wo der Gang den zur Küche kreuzte, gerade als sich das Grinsen in ihrem Gesicht zu einem verträumten Lächeln verwandelt hatte.

Herrje, und ausgerechnet jetzt lief sie Dimitri und Mickael in die Arme.

»Es war sehr aufschlussreich«, beantwortete sie Mickaels Frage mit einem Augenzwinkern. »Habt ihr etwa auf mich gewartet?«

Dimitri nickte und griff nach ihrem Mantel, um ihn ihr wie ein Kavalier abzunehmen. »Wir konnten nicht abschätzen, wie Quinn heute drauf ist.«

»Genauso gut hättest du völlig verstört aus seinem Büro kommen können«, erklärte Mickael.

»Oder verheult«, fügte Dimitri an.

Ein lautes Lachen entfuhr Robin. Es war schwer vorstellbar, dass der Hausherr auch mal härtere Töne anschlug. Dass er sie zum Weinen brachte, war absurd.

»Lach nicht«, unterbrach Mickael sie. »Er hat nicht immer so gute Tage wie in letzter Zeit. Kaffee?«

Robin wischte sich eine Haarsträhne aus dem Gesicht und nickte, obwohl sie den Pfefferminzgeschmack des Tees noch auf der Zunge hatte.

Gemeinsam gingen sie in Richtung Küche, während Dimitri Mickaels Einwand ohne Aufforderung erklärte. »Die Sache mit dem Energiekreislauf hast du ja verstanden, oder?«

»Jahaaa«, stöhnte sie und verdrehte die Augen.

»Und auch Quinns Rolle darin?«

»Zum Großteil.« Sie dachte an das, was sie gelesen hatte. »Aber das ist alles immer so kompliziert beschrieben.«

»Kurz gesagt: Er ist das Zentrum – Yin und Yang.«

»Tag und Nacht, Hell und Dunkel, Warm und Kalt, Groß und Klein«, übernahm Mickael wieder. »Alle Gegensätze, die du dir vorstellen kannst, vereinen sich in ihm.«

»Und was ist seine Aufgabe? Ich dachte, er wäre dazu da, euch zu unterstützen. Hat er nicht die Lücke gefüllt, die nach dem Tod meines Vorgängers entstanden ist?«

»Ja und nein«, erwiderte Dimitri kryptisch. »Er ist alles und nichts, kann alles und nichts. Ist schwierig zu erklären.«

»Ich kapier's bis heute nicht so richtig«, gab Mickael zu, als er ihr eine gefüllte Kaffeetasse reichte. Sie nahm sie mit einem dankbaren Lächeln entgegen, das nicht nur dem Kaffee galt. Es war gut, zu wissen, dass sie mit ihrer Verwirrung nicht allein war.

»Ich hinterfrage auch nicht so viel wie du«, fügte er an, und schon war es vorbei mit der Komplizenschaft.

»Fakt ist, er ist derjenige, der alles im Einklang hält. Licht und Schatten – das eine kann ohne das andere nicht existieren. Doch obwohl beide Seiten das wissen, kämpfen sie unentwegt um die Vorherrschaft. Quinn sorgt dafür, dass dieser Kampf stets ausgeglichen bleibt.«

»Und wir auch, indem wir die Klimatischen im Zaum halten«, ergänzte Dimitri.

Den beiden in ihrer abwechselnden Rede zuzuhören war nicht einfach. Aber langsam begriff Robin, worauf sie hinauswollten. Zumindest, wenn sie Mickaels Einstellung folgte und gewisse Dinge schlicht als gegeben nahm. Vermutlich war ihr Hirn ohnehin nicht fähig, das alles bis ins Detail zu verstehen.

»Da braucht man sich eigentlich nicht wundern, falls unser selbsternannter Vater mal etwas Banane im Kopf ist. Keine Ahnung, wie ich drauf wäre, wenn in mir ständig Hell und Dunkel miteinander ringen würden.«

»Ich finde es nicht sonderbar, wie er sich verhält«, sagte Robin mehr zu ihrer Tasse als zu den anderen.

Dimitri stieß ein leises Lachen aus. »Das liegt wohl an dir. Oder eben daran, dass wir jetzt komplett sind. Wir gleichen uns gegenseitig aus, und das scheint ihm gut zu bekommen. Er ist viel ruhiger in letzter Zeit.«

»Wie läuft das eigentlich genau ab, dieses ›Im-Zaum-Halten‹?«, fragte sie beiläufig.

Und wie jedes Mal, wenn sie mehr über die *Missionen* der Baocun erfahren wollte, folgte Schweigen als Antwort.

Allerdings währte es dieses Mal nur einige Sekunden, in denen sich die beiden ein kurzes Blickgespräch lieferten.

Dimitri atmete tief durch. »Quinn hat ein allumfassendes Gespür, für das, was auf der Welt los ist. Er verfolgt die Aktivität der Klimatischen, die ständig und überall stattfindet. Dass auch ihr Wirken wichtig für das große Ganze ist, weißt du ja schon.«

Robin nickte, wagte aber nicht, etwas zu sagen. Sie wollte ihn nicht unterbrechen, wo er doch das erste Mal zu einer ernsthaften Antwort bereit war.

»Wenn eine oder mehrere Klimatische zu aktiv werden, zu stark, sodass es den Menschen und dem Energiefluss der Erde schadet, teilt er uns das mit und schickt uns an den Ort des Geschehens, um dem Einhalt zu gebieten.«

»Es gibt Phasen, da rücken wir nur ein- bis zweimal im Monat aus, aber das ist selten«, setzte Mickael fort. »In der Regel kommt es jede Woche zu einem Vorfall von Ausschreitungen, in letzter Zeit manchmal sogar öfter.«

»Und wenn wir vor Ort sind, bringen wir die Klimatischen dazu, ihr Wirken runterzufahren oder sich zurückzuziehen – je nachdem, was für die Umgebung am sinnvollsten ist.«

Robin erinnerte sich an den Tagebucheintrag, den sie gefunden hatte. »Das heißt, ihr kämpft gegen sie.«

Mickael nickte.

»Aber ihr wollt sie nicht besiegen.«

Wieder ein Nicken, dieses Mal von Dimitri.

»Sie euch aber schon?«

Ein Schulterzucken von Mickael. »Sie sind nicht koordiniert wie wir, streifen durch die Lande und folgen nur ihren Instinkten. Und die sagen, mach dein Ding so stark und lange du kannst. Störungen, die sich dem entgegenstellen, müssen beseitigt werden.«

»Wie läuft das ab?«, wollte Robin wissen. Es war ein kleiner Test, ob sie ihr die Wahrheit sagten und sich ihre Aussagen mit dem Bericht deckten, den sie gelesen hatte.

»Das ist unterschiedlich, je nachdem auf welcher Ebene sie wirken«, wich Dimitri aus.

Fragend hob sie eine Augenbraue.

»Das ist echt komplex, Robin. Vielleicht erklärt dir das besser Quinn …«

»Oder du wartest einfach ab, bis du so weit bist, und es mit eigenen Augen siehst. Learning by doing sozusagen.« Mickael stellte seine leere Kaffeetasse ab und stützte sich mit beiden Händen auf den Tisch. »So, mein Garten ruft.«

Ganz klar, die Fragestunde war zu Ende.

»Was hast du heute noch vor? Willst du mitkommen?«

Robin schüttelte den Kopf und stellte ihren Becher ebenfalls in die Spüle. Sie wusste genau, wonach ihr heute der Sinn stand. Weniger analysieren, mehr hinnehmen und genießen. »Ich denke, ich werde ein bisschen lesen«, meinte sie nur und ließ die beiden Jungs allein.

Nur wenig später tapste sie erneut durchs Haus, wie immer mit Decke und Buch ausgestattet. Als sie die Türen zum Westflügel erreichte, drangen die milden Klänge eines einzelnen Instruments hindurch.

Sie wollte bereits ihren Platz auf dem Fensterbrett ansteuern, entschied sich dann aber anders. Vor der Flügeltür blieb sie stehen, klemmte sich das Buch unter dem Arm, um eine Hand frei zu bekommen, und legte selbige auf das Holz.

Sie schloss die Augen und lauschte, folgte den Klängen mit ihrem Herzen.

Fast war ihr, als könnte sie Jason irgendwo in dem Raum dahinter spüren. Dabei war seine Aura keinesfalls mehr so furchteinflößend, wie sie sie in den ersten Tagen wahrgenommen hatte.

Im Gegenteil, sie wirkte hell und klar, nahezu lockend. Als würde seine Energie die Finger nach ihr ausstrecken und zu sich ziehen. Und anstatt zu hinterfragen, woher diese Empfindung rührte, folgte sie ihr einfach.

Gerade als sie klopfen wollte, verstummte die Musik. Gleich darauf schwang die Tür auf und Jason begrüßte sie mit einer einladenden Geste. Statt etwas zu sagen, lächelte sie nur und trat ein.

Sofort glitt ihr Blick zu dem Grammophon. »Was läuft heute?«, wollte sie wissen, während sie ihre mitgebrachten Sachen auf einem Sessel ablegte.

»Das Stück nennt sich ›Yesterday‹. Ist eigentlich ein Song von einer Popgruppe der 1960er. Aber er klingt echt gut auf dem Klavier.« Langsam schlenderte er zu dem großen schwarzen Flügel im hinteren Bereich des Raumes und setzte sich auf die Bank, die davorstand.

Mit leicht geöffnetem Mund beobachtete sie, wie er die Finger auf den Tasten positionierte und zu spielen begann. Ohne Zweifel, es war die gleiche Musik wie eben. Doch nun, da sie wusste, dass Jason ihr Urheber war, klang sie noch viel schöner. Locker, leicht, jeder Anschlag ein vollkommener Ton, der sich wohlklingend zu den anderen gesellte, um eine perfekte Melodie zu bilden.

»Es gibt auch einen Songtext dazu«, meinte er, als er zur zweiten Strophe ansetzte. »Mein Gesang ist allerdings furchtbar. Aber du kannst ihn dir gerne durchlesen.« Mit einem Nicken deutete er neben sich auf die Bank.

Robin folgte der Aufforderung und setzte sich neben ihn. Sie reichte geradeso für zwei, weswegen sie nun so dicht nebeneinandersaßen, dass sich ihre Oberschenkel berührten. Wieder spürte sie denselben Zauber wie am Tag zuvor. In ihrem Magen begann es zu flattern, die Marienkäfer waren erwacht und tanzten zu dem Lied, welches Jason dem Flügel entlockte.

Ihr Blick folgte den Bewegungen seiner Finger, die mal sanft und sensibel, mal flink und energisch über die Tasten flogen. Dann sah sie nach vorn auf das Papier, das auf dem Flügel drapiert war.

›Yesterday‹ stand ganz oben, darunter ›The Beatles‹. Es folgten Noten, wie Robin sie schon aus Büchern kannte. Sie zu lesen war sie nicht fähig, den Text darunter verstand sie jedoch. Er handelte von dem Sehnen nach der Vergangenheit, von verlorener Liebe und dem Wunsch, die Zeit zurückzudrehen.

Die Worte waren voller Schwermut, gleichzeitig aber auch wunderschön.

Sie endete mit dem Lesen im gleichen Moment, als Jason die letzten Takte spielte.

»Noch mal«, bat sie leise und er setzte ein weiteres Mal an.

»Vermisst du sie?«, fragte er nach einigen Takten.

»Wen?«

»Deine Vergangenheit.«

»Nein«, sagte sie, ohne zu zögern. »Eigentlich fühle ich mich, seit ich hier bin, als hätte ich keine.« Nach einer kurzen Pause ergänzte sie: »Es gibt zumindest nichts, dem ich nachtrauere.«

»Man kann die Welt da draußen schnell vergessen, wenn man hier ist«, bestätigte er.

»Mich hat die Welt mit Sicherheit vergessen.«

Wieder verstummten sie, bis Jason erneut zum Ende des Liedes kam. Er griff zu den Papieren vor sich, blätterte um und spielte den nächsten Song. ›Fields of Gold‹ von ›Sting‹.

Robin schloss die Augen. Sie wollte sich ganz auf die Melodie konzentrieren, ohne sich von Worten beeinflussen zu lassen. Und diese war mindestens so schön wie die davor.

»Und wie ist es mit der Zukunft?«, fragte Jason leise. »Was wünscht du dir, jetzt, da dir alles offensteht?«

Robin stieß leise lachend die Luft aus. »Ist dem so? Ich habe eher das Gefühl, als würde meine Welt am Rand des Waldes enden. Seit Wochen kenne ich nichts anderes als dieses Haus.«

Ein Schatten huschte über sein Gesicht.

Schnell fügte sie hinzu: »Ich will mich nicht beschweren, es ist schön hier.«

Hier bei dir, schoss es ihr durch den Kopf. Glücklicherweise gelang es ihr, diesen Gedanken für sich zu behalten.

Dann fiel ihr auf, dass sie sich noch nicht einmal bedankt hatte. »Die Schneeballschlacht heute war wirklich toll. Danke schön.«

»Wenn du dir etwas wünschen könntest. Wenn du alles machen könntest, worauf die Lust hast. Was würdest du tun?«

Sie dachte einen Moment nach. »Ich würde gern das Erleben, was ich nur aus Büchern kenne.«

Er sah sie an, ohne sein Spiel zu unterbrechen. »Segelfliegen?«, fragte er mit erhobener Augenbraue.

Anscheinend kannte er die Noten auswendig, denn er stolperte nicht ein einziges Mal. Er setzte sogar zu einem neuen Lied an, ohne die Seite umblättern zu müssen.

Robin war erstaunt, wie aufmerksam er war. Er wusste sogar, um was es in dem Buch ging, das sie heute dabei hatte.

»Nein.« Sie kicherte. »Und auch nicht Tiefseetauchen, Snowboard fahren oder Verbrecher jagen. Ich meine eher die alltäglichen Dinge. Einen Film in einem Kino ansehen, einen Zoo besuchen, in einem Restaurant zu Abend essen, auf ein Date gehen …«

Erst als seine blassen Wangen einen rosa Ton bekamen und er das Gesicht wieder den Noten zuwandte, wurde sie sich bewusst, was sie gesagt hatte.

So richtig klappte das mit dem Zunge-im-Zaum halten wohl doch noch nicht.

Peinlich berührt rutschte sie auf der Bank hin und her. »All die Sachen, die früher anscheinend normal gewesen sind«, versuchte sie das Gesagte abzumindern.

»Ich verstehe«, war alles, was der dazu sagte.

Er blätterte abermals im Notenbuch, hielt bei einem Stück mit Namen ›Sound of Silence‹ und konzentrierte sich vollkommen auf die Bewegung seiner Finger. Nicht dass er es nötig hatte, so viel war Robin klar. Vermutlich war es ihm unangenehm, was sie gesagt hatte.

Auch sie schwieg, lauschte dem Klang der ruhigen, fast melancholischen Musik und hing ihren Gedanken nach.

Warum verschloss er sich plötzlich wieder vor ihr? War ihm das Thema allgemein unangenehm, oder lag es an ihr? Fürchtete er, dass mehr dahintersteckte – oder wünschte er es sich vielleicht sogar?

Ein Date mit Jason … Sie musste unweigerlich lächeln, als sie sich das vorstellte. Die Marienkäfer in ihrem Bauch brausten auf, als wollten sie ihr ebenfalls mitteilen, wie verlockend der Gedanke war.

Sie dachte an die Liebesgeschichten, die sie gelesen hatte. Romantische Bootsfahrten, sich ein Eis teilen, Händchen halten bei einem Spaziergang durch den Park.

›All die Sachen, die früher anscheinend normal gewesen sind …‹

Sie zuckte zusammen, als er plötzlich energischer auf die Tasten drückte und dem Flügel laute, tiefe Töne entlockte. Als wollte er sie daran erinnern, dass zu dieser Vorstellung zwei gehörten. Die Marienkäfer stoben auf, rüttelten an ihrem Herzen, wie ein kleiner Vorgeschmack auf das, wie es sich anfühlen könnte, wenn es auseinanderbrach.

Sie wusste nichts von Dates, war nie verliebt gewesen. Bis jetzt. Und trotzdem konnte sie es spüren – die Leichtigkeit der Liebe, genauso wie den tiefen Schmerz des Liebeskummers.

Tränen stiegen ihr in die Augen und ihre Brust wurde so eng, als hätte Jason ihr bereits gesagt, dass er nicht an einer Verabredung mit ihr interessiert war. Wie sollte es auch anders sein, schließlich waren sie jetzt so was wie Geschwister.

Herrje, warum hatte er auch ein so trübsinniges Lied anspielen müssen. Schon erstaunlich, wie sehr sich ihre Empfindungen von der Musik manipulieren ließen. Wenn das allerdings in die eine Richtung funktionierte …

»Kannst du etwas Fröhlicheres spielen?«, fragte sie, um einen lockeren Ton bemüht. Sie stand auf und ging zu dem Sessel, auf dem sie ihre Sachen abgelegt hatte. »Etwas, das zum Fliegen passt«, meinte sie und hielt das Buch in die Höhe.

Das Grinsen auf ihrem Gesicht fühlte sich falsch an. Sie konnte nur hoffen, dass er es nicht bemerkte.

Jason hielt inne, ohne den Song zu Ende gespielt zu haben. Er nickte nur, seine Miene eine undurchdringliche Maske – so wie an dem Tag, als sie ihm das erste Mal begegnet war. Kurz suchte er in seinen Noten, dann spielte er weiter, mit deutlich helleren Tönen als zuvor.

Robin nahm in dem Sessel Platz, kuschelte sich in die Decke und schlug ihr Buch auf.

Lange saß sie dort, während Jason Lied um Lied spielte. Viele Seiten hatte sie umgeblättert, bis sie seine Gemächer schließlich verließ. Gelesen hatte sie keine einzige davon.

14

Der Rest des gestrigen Tages war weitestgehend normal verlaufen. Beim Abendessen war Edward brummig, Jason still und Dimitri und Mickael zu Scherzen aufgelegt gewesen. Danach hatten sie sogar noch einen gemeinsamen Spieleabend veranstaltet. ›Mensch ärgere dich nicht‹ hieß das Brettspiel, bei dem Mickael richtig aufgedreht war, endlich die ›andere Seite‹ benutzen zu können, bei der mehr als vier Spieler teilnehmen konnten.

Zugegeben, es war ein wenig eskaliert, als Robin wütend mit den Würfeln nach Edward geworfen hatte. Er hatte es verdient – immerhin steuerte er seine Figuren andauernd nur auf sie. Das darauffolgende Wortgefecht hatte den Abend dann beendet.

Beim Frühstück heute Morgen hatten sie aber bereits darüber gelacht. Selbst Edward, auch wenn er weiterhin inbrünstig behauptete, sie hätte sich das eingebildet.

Die große Überraschung folgte, als Jason sie zum gemeinsamen Training abholte. Er stand auffallend zeitig vor ihrer Tür und hatte wieder etwas zum Anziehen für sie dabei, wenn er auch weit weniger Stoff über dem Arm trug als bei dem Mantel.

Die Marienkäfer überschlugen sich fast vor Begeisterung, als sie sich in dem tannengrünen, knielangen Sommerkleid im Spiegel betrachtete. Es hatte einen runden Kragen und weiße Knöpfe neben einer Rüschenleiste, was sie selbst mit ihren kurzen Haaren beinahe niedlich aussehen ließ. Dazu trug sie Schuhe, die Jason Ballerinas genannt hatte.

Auf die Frage, wo er die Klamotten für sie bezog, hatte er geschwiegen und sie stattdessen nach draußen geführt.

Es folgte eine kleine Wanderung bis zur Grundstücksgrenze und darüber hinaus durch den umgebenden Dschungel, bis sie die Stelle erreichten, an der Robin damals angekommen war. Zumindest vermutete sie das, als sie die Kutsche entdeckte, die dort auf sie wartete.

Sie mochten bereits zwei Stunden unterwegs sein, vielleicht auch drei. Anfangs war es unangenehm still in der kleinen Kabine gewesen, die Jason sowohl mit seiner Körpergröße als auch seiner Präsenz weitestgehend ausfüllte. Irgendwann hatte sie das betretene Schweigen gebrochen und eine angeregte Unterhaltung war in Gang gekommen.

Sie hatte die Gunst der Zweisamkeit genutzt, mehr über Jason zu erfahren. Nun wusste sie, dass er bereits in seinem zweiten Lebensjahr nach Qi Manor gekommen war und sechs Jahre unter den Fittichen des damaligen Metallbaocuns verbracht hatte – bis dieser im hohen Alter von dreiundsiebzig bei einem der Kämpfe gegen die Klimatischen verstorben war. Die Erziehung durch seinen Vorgänger war streng gewesen, hatte es ihm aber auch ermöglicht, schnellen Zugang zu seinen Kräften zu finden, sodass Jason nahtlos die Aufgaben seines Elements übernehmen konnte.

Die Frage, ob es nicht schräg sei, durch das eigene Auftauchen quasi das Sterben des Vorgängers eingeleitet zu haben, verneinte er. Sie hatte es zwar richtig verstanden, dass sich ein Element einen neuen Träger suchte, sobald der Alte seinem Ende entgegenschritt. Das erfuhr die nächste Generation allerdings immer erst, wenn sie selbst das Amt übernommen hatte.

Robin schauderte bei dem Gedanken, mit einem Nachfolger dem eigenen Tod ins Auge zu blicken, doch Jason zuckte nur lässig mit den Schultern. Es war der Lauf der Zeit, ihr Schicksal, dem sie sich ergaben. Vielleicht würde Robin auch so entspannt damit umgehen, wäre sie seit Kindesbeinen an mit dieser Einstellung geimpft worden.

Was sie ebenfalls erschaudern ließ, gleichzeitig aber beeindruckte, war die Tatsache, dass er so jung in die direkte Konfrontation mit den Klimatischen gegangen war. Schließlich liefen diese Begegnungen alles andere als zimperlich ab.

Etwas außerhalb des Fensters lenkte ihre Aufmerksamkeit auf sich und holte sie wieder in die Gegenwart.

Gerade hatte die Kutsche den Wald verlassen, durch den sie eine Weile gefahren waren, und gab den Blick auf eine flache Ebene frei. Am Ende der gewundenen Straße, der sie folgen würden.

»Eine gemäßigte Zone?«, stieß sie ungläubig hervor, legte beide Hände an die Fensterscheibe und starrte auf die Stadt, die sich in einiger Entfernung erhob.

»Ich denke, das ist der beste Ort, um etwas zu erleben«, hörte sie Jasons Stimme dicht an ihrem Ohr. Er musste sich zu ihr geneigt haben, um ebenfalls nach draußen sehen zu können.

Sofort lief ein Prickeln ihre Wirbelsäule entlang.

»Ich war erst ein Mal in einer gemäßigten Zone«, sagte sie leise. »Und das auch nur kurz, zu meinem zwölften Geburtstag. Das war das einzige Geschenk, das ich dort jemals bekommen habe.«

»Und was habt ihr unternommen? Nicht dass du dich langweilst, bei dem, was ich geplant habe.«

»Nichts«, sagte sie mit einem Hauch Schwermut in der Stimme. »Wir gingen einmal die Hauptstraße hoch und runter, das war's. Mehr Zeit gab unser Visum nicht her.« Bei diesem Satz drehte sie erschrocken den Kopf und zuckte sofort zurück, als sie bemerkte, wie nah sie Jasons Gesicht dabei mit ihrem kam. »Dürfen wir da überhaupt rein?«, fragte sie schnell.

Jason lehnte sich zurück, was ihr wieder etwas Raum zum Atmen gab. Er griff in die Tasche seiner Jeans und holte ein kleines, viereckiges Stück Metall hervor – Gold, so wie es schimmerte.

Robin überflog die wenigen Worte, die darauf standen, als er es ihr vor die Nase hielt. Es schien sich um eine Art Ausweis zu handeln, der ihn und eine Begleitperson zu einem unbegrenzten Aufenthalt innerhalb der Klimakuppeln berechtigte.

»Ein Dauervisum, wenn du es so nennen möchtest. Ja, es ist gefälscht.« Er verdrehte in gespielter Genervtheit die Augen. »Allerdings ist es nicht meine Schuld, dass sie es mir so einfach machen.«

Normalerweise waren diese Dinger fälschungssicher – schlicht aus dem Grund, dass sich niemand, der außerhalb der Zonen lebte, Gold leisten konnte. Sicher hatte Jason seine Elementbegabung genutzt.

»Ich bin die Letzte, die Einwände erhebt«, meinte sie mit einem Grinsen, während er die Karte neben sich auf die Sitzbank legte.

Schon eine Viertelstunde später erreichten sie die Klimakuppel. Robin hatte nie begriffen, wie diese Dinger genau funktionierten. Sie bestanden aus einem festen Gerüst und einem elastischen Material als Überzug, so viel wusste sie. Zweiteres sorgte wohl dafür, dass die Aufheizung im Inneren kontrollierbar wurde, konnte Regen simulieren und sich sogar leicht verdunkeln, um Schlechtwetter vorzutäuschen.

Am Übergang in die Zone hielt die Kutsche an. Jason zeigte dem Mann, der sich von der wachhabenden Fünfergruppe gelöst und ans Fenster getreten war, seinen Ausweis. Im Gegenzug erhielt er einen Stadtplan, als der Wächter ihn als Besucher und nicht Bewohner identifiziert hatte. Danach fuhren sie noch ein Stück durch eine Art Agrarstreifen, der vor der eigentlichen Stadt lag, passierten ein ebenfalls bewachtes Tor in einer hohen Mauer, und schon waren sie drin.

Robin war hin- und hergerissen zwischen dem Ausblick draußen und dem Studieren des Plans. Zwischen den prunkvollen weißverputzten Häusern und den vielen markierten Sehenswürdigkeiten. Zwischen den schick gekleideten Menschen und dem gemalten Netz aus Straßen und Gassen. Als sie an einem von Vegetation überfluteten Park vorbeikamen, blieben ihre Augen daran kleben, bis Jason an ihrer Schulter rüttelte.

»Wie wäre es damit?«, fragte er, tippte auf ein paar Punkte auf der Karte und begann zu erläutern, was er mit ihr vorhatte.

Heute musste der verrückteste Tag in ihrem Leben sein!

Okay, zu erfahren die Hülle des Feuerelements zu sein, toppte ihn vielleicht. Aber es war ein knapper Platz zwei.

Es war bereits später Nachmittag und sie saßen in einem Café, an einem von üppigen Palmen eingesäumten Platz, und sie versuchte noch immer die Eindrücke der letzten Stunden zu verarbeiten.

»Ich hätte dir ja gern lebende Tiere gezeigt und keine eingestaubten Präparate«, meinte Jason entschuldigend. »Aber um einen echten Zoo zu besuchen, hätten wir eine Reise von mehreren Tagen auf uns nehmen müssen.«

Sie schüttelte den Kopf, während sie Cola durch einen Strohhalm trank. »Das Museum war großartig. Endlich habe ich eine dreidimensionale Vorstellung von Elefant, Tiger und Co.« Sie fuhr sich mit der Zunge über die Lippen, um keinen Tropfen des süßen Sprudelgetränks zu vergeuden.

Jason saß ihr gegenüber. Sein Blick, der gerade noch ihre Augen fixiert hatte, glitt etwas tiefer. Und wieder stoben sie auf, die Marienkäfer.

»Möchtest du etwas essen?«, fragte er und griff nach der Karte, die zwischen ihnen stand.

»Ist das hier ein Date, Jason?«, rutschte ihr die Frage heraus, die sie schon eine Weile beschäftigte.

Mit einem Schlag verstummte das Kribbeln der Käfer in ihrem Bauch, als würden sie gebannt auf seine Antwort warten. Robin tat das auch, so peinlich es ihr war, diese Frage überhaupt gestellt zu haben.

»Nein«, antwortete er sofort. Er ließ sogar die Karte sinken, um ihr in die Augen zu sehen.

Etwas in ihr sackte nach unten, ihr Herz vermutlich, das wie ein Stein in ihrem Magen landete und ein paar der Marienkäfer zerquetschte.

Au …

»Das ist es wohl erst, wenn wir nachher Händchen haltend aus dem Kino kommen.«

Einer seiner Mundwinkel zog sich spöttisch nach oben, als sie hörbar die Luft ausstieß, die sie unbewusst angehalten hatte.

Ihr entfuhr ein übertriebenes Kichern. Gleichzeitig japste sie, sodass es noch alberner klang, noch unechter. Schnell tastete sie mit dem Mund abermals nach dem Strohhalm.

Die überlebenden Marienkäfer zappelten und schlugen heftig mit den Flügeln, was ihr Herz zurück an seinen Platz beförderte, wo es wild zu pochen begann. Und das, obwohl sie nicht einmal wusste, ob er das ernst gemeint hatte.

Plötzlich war er zurück, dieser Magnetismus zwischen ihnen.

Während sie ohnehin bereits die Unterarme vor sich abgestützt hatte, um besser an ihr Getränk zu kommen, lehnte sich nun auch Jason ein Stück nach vorn. Dabei schob er seine Hand auf dem Tisch ein Stück auf ihre zu, fast als wollte er danach greifen.

Überlegte er etwa wirklich, das Händchenhalten vorzuziehen – jetzt, da sie davon gesprochen hatten? Oder bildetet sie sich das nur ein?

War Verliebtsein eigentlich immer so kompliziert? War dieses ständige Schweben zwischen himmelhohem Glücksgefühl und bodenloser Verzweiflung normal?

Vermutlich, zumindest erlebten Romanheldinnen ähnliches emotionales Chaos. Die Frage, ob das wenigstens irgendwann wieder aufhörte, konnten ihr diese aber auch nicht beantworten. Denn an dieser Stelle endeten die Bücher normalerweise.

»Gib mir deine Hand.«

Das hatte er jetzt nicht wirklich gesagt?!

Robin fürchtete, jeden Moment in Ohnmacht zu fallen, da sie abermals die Luft anhielt. Sagen konnte sie nichts, ohne Gefahr zu laufen, ihm den Schwall Marienkäfer entgegenzuspucken, der nun nicht mehr zu bändigen war.

»Ich möchte etwas versuchen.« Da sie nicht reagierte, griff Jason nach ihrem rechten Handgelenk, zog ihre Hand noch ein Stück näher zu sich und drehte sie um, sodass sie mit der Handfläche nach oben zeigte.

Dann strich er sanft mit dem Zeigefinger darüber und malte kleine Kreise auf ihren Handteller.

Es kitzelte leicht und sorgte für eine Gänsehaut, die sich langsam über den Arm und ihren ganzen Körper ausbreitete. Im Kontrast dazu stand die Hitze, die der unsichtbaren Spur zu folgen schien, die seine Berührung hinterließ.

Er fuhr noch drei Runden über ihre Haut, während derer Robin sich nicht zu rühren wagte. Dann löste er den Kontakt zu ihr, bewegte den Finger aber weiter in kreisenden Zügen. Die Hitze in ihrer Hand schien ihm folgen zu wollen, sehnte sich geradezu danach, die Verbindung nicht abbrechen zu lassen.

In der nächsten Sekunde tanzte eine kleine Flamme darauf.

Kurz durchzuckte Robin der Impuls, die Finger auszuschütteln oder zu schließen, um das Feuer zu ersticken. Doch der schmerzhafte Biss einer Verbrennung blieb aus.

Und so starrte sie nur auf das Flämmchen, welches sich sacht auf ihrer Handfläche hin und her wiegte, mit der Spitze weiterhin Jasons Finger folgend.

»Wunderschön«, sagte er leise.

Und das war es. Instinktiv wusste Robin, dass dies *ihr* Feuer war. Dass diese Flamme ein Teil von ihr war, genau wie die Hand, der sie entsprungen war. Ihre Augen weiteten sich vor Stolz wie auch Begeisterung und sie hob den Kopf, um Jason anzusehen. »Und wie!«

»Ich meine nicht das Feuer.« Seine Stimme war dunkel, als hätte die Flamme auf ihrer Hand sie mit ihrem Rauch gefärbt. Dabei sah er ihr tief in die Augen, als wollte er sie daran hindern, den Blick jemals wieder abzuwenden.

Sie wusste nicht, was zuerst geschah. Ob erst die Wärme auf ihrer Handfläche verschwand, Jason den Blickkontakt unterbrach oder sie die Schreie vernahm.

Ihr Kopf brauchte eine Sekunde, um klar zu werden. Jason stand bereits, als die Worte endlich Sinn ergaben, die von irgendwo zu ihnen drangen.

»Feuer!«

Jason sah zum Ende der Straße, wo panische Menschen aus einer Seitengasse gehetzt kamen.

Nur ein Stück weiter endete der gemäßigte Bereich, in dem sie sich befanden. Robin konnte die schimmernde Kuppel sehen, die sie umgab – und an die sich von außen dichter Rauch drängte. Im nächsten Moment gab es einen Knall wie von einer Explosion. Sie hätte schwören können zu sehen, wie die schützende Membran erzitterte.

Was habe ich getan?, schoss es Robin durch den Kopf.

Hatte sie, kaum dass ihre Gabe sich zeigte, bereits die Kontrolle verloren? War die kleine Flamme auf ihrer Hand nur ein Bruchteil von dem, was sie nicht weit entfernt an der Stadtgrenze entfesselt hatte?

»Ich verfluchter Idiot!« Jason sah sie an. Jede Sanftheit war aus seinen Augen verschwunden. Stattdessen lag ein silberner Glanz darin, der ihr hart und kalt entgegenleuchtete. »Du bleibst hier, ich kümmere mich darum.« Und schon lief er los, genau auf die flüchtenden Menschen zu.

Robin dachte jedoch nicht daran, abzuwarten. Dieses Chaos dort hinten war ihre Schuld, also musste sie sich an der Lösung beteiligen. Auch wenn sie keine Ahnung hatte, was eigentlich passiert war.

Außerdem verknotete es ihr die Eingeweide, zuzusehen, wie Jason ganz allein vorpreschte. Wenn ihm etwas zustieß … Niemals könnte sie sich das verzeihen.

Sie rannte ihm, so schnell sie ihre Beine trugen, hinterher und konnte trotzdem nicht mithalten. Noch dazu tauchte er jetzt in die Menschenmenge ein, und schon war er aus ihrem Sichtfeld verschwunden. Es war aber nicht nötig, seinem Weg zu folgen. Zum zweiten Mal hämmerte die Wucht einer Detonation in ihren Ohren. Sie musste nur diesem Geräusch folgen – oder dem Rauch, der sich weiterhin vor der Kuppel aufbäumte.

Zwei Straßen weiter wurde sie unfreiwillig gestoppt. Sie hatte die Stadtmauer erreicht.

Robin hatte erwartet, ein Stück davon in Schutt und Asche vorzufinden. Das hätte zu der Lautstärke der Explosionen gepasst. Sie hatte sogar die Hoffnung gehegt, dass es sich um einen Überfall von außen handelte. So etwas kam von Zeit zu Zeit vor …

Doch die Mauer war unversehrt. Was auch immer geschah, musste sich außerhalb der Stadtgrenze abspielen.

Menschen konnte sie hier keine mehr entdecken, weswegen sie Jason sofort bemerkte. Er stand vor der Mauer und suchte, der Kopfbewegung nach zu schließen, hektisch nach einem Weg, um auf die andere Seite zu kommen.

Plötzlich und ohne Vorwarnung explodierte er. Robin hielt mitten in der Bewegung inne und starrte auf die Stelle, an der er gestanden hatte. Glitzernde Kristalle schwebten in der Luft, die eben noch seine Konturen erahnen ließen. In der nächsten Sekunden schossen sie nach oben und über die Mauer hinweg.

Ihr Hirn kombinierte überraschend schnell und verhinderte damit, dass sie in einen Schockzustand verfiel. Er musste seine Gabe eingesetzt haben, um über die Mauer zu gelangen.

Verflucht, aber wie sollte sie ihm folgen? Selbst wenn es ihr theoretisch möglich war, sich selbst in nichts als heiße Luft zu verwandeln, so wie seine Gestalt gerade zu Metallspänen zerstoben war … Sie hatte keine Ahnung, wie man das anstellte!

Also musste sie auf das zurückgreifen, was sie bereits gelernt hatte. Auf das, was sie trainiert hatte: ihren Körper.

Sie hatte zwei Möglichkeiten: laufen, um eine Stelle zu finden, an der es einen Durchlass durch die Mauer gab. Oder klettern.

Von außen waren die Stadtgrenzen glatt verputzt, das hatte sie bei ihrem Eintreffen gesehen. Innen jedoch hatte man sich diese Mühe nicht gemacht.

Sie rannte zu der Mauer und betastete die Feldsteine, die zu ihrem Bau verwendet worden waren. Rein hypothetisch müsste es funktionieren. Blieb nur zu hoffen, dass ihre Kraft ausreichte.

Die Beine waren nicht das Problem, sich aus den Knien nach oben zu drücken, fiel ihr überraschend leicht. Es waren ihre Unterarme, die brannten wie mit Säure durchzogen, als sie oben ankam.

Sie hatte es unterschätzt, wie viel Arbeit es für die Muskeln bedeutete, sich mit den Fingern irgendwo festzukrallen. Eine Aktivität, der sie im Training bisher keine sonderliche Beachtung geschenkt hatte.

Als sie sich endlich auf die obere Kante der Mauer zog, waren die Schmerzen jedoch sofort vergessen. Eine Wand aus Hitze erwartete sie und dahinter ein wahres Inferno.

Außerhalb der Klimakuppel gab es ebenfalls eine Feldfläche, ähnlich dem Agrarstreifen, den sie bei ihrer Ankunft gesehen hatte. Was in der Hitze außerhalb angebaut wurde, war nicht mehr zu erkennen. Ein großes Stück davon war zerstört, stand lichterloh in Flammen. Der Feuerteppich umfasste ein Gebiet von mindestens zehn mal dreißig Metern und so sehr sich herbeieilende Einsatzkräfte auch bemühten, dieser Bereich war nicht mehr zu retten. Sie schienen das zu wissen und konzentrierten sich lediglich darauf, die weitere Ausbreitung zu verhindern.

Dabei wirkte es, als ob die Flammen sich vor allem auf die Grenze der gemäßigten Zone zubewegten. Sie drückten sich regelrecht gegen die Kuppel, welche die Stadt schützte, und in deren Oberfläche sich das Flackern des Feuers spiegelte.

Schweiß rann Robin über die Stirn und sie wischte sich darüber, ehe er ihre Augen erreichte. Dennoch war ihr kalt.

Sicher, in ihrer alten Heimat hatte sie es mehr als einmal erlebt, dass es auf einem trockenen Feld plötzlich zu zündeln begann. Aber dabei kam es niemals zu Explosionen.

Außerdem erschien ihr der Zufall zu groß – und auch das Ausmaß der Katastrophe. Das konnte ihr doch niemand erzählen, dass ein Brand unentdeckt geblieben war, bis er auf eine derartige Größe angeschwollen war.

Nein, sie war sich sicher: Hier war Magie am Werk. Ihre Magie.

Ihr Blick glitt über die Helfertrupps, die an den Rändern der Feuerfläche mittlerweile zugange waren. Irgendwo unter ihnen musste Jason sein. Aber sie konnte ihn nirgends entdecken.

Statt ihrer Augen verließ sie sich nun auf ihr Gefühl. Er war in der Nähe, das spürte sie. Suchend folgte sie dem Magnetismus, der ihre Aufmerksamkeit auf eine Stelle inmitten der Flammen lenkte.

Dort hatte sich ein Feuerwirbel gebildet. Wind stob durch die Glut und schickte sie zwei Meter gen Himmel, wo sie einen glitzernden Tanz vollführte.

Glitzernd, ja, nicht leuchtend.

Konnte das sein? Hatte sich Jason nicht wieder materialisiert, sondern war direkt in das Inferno hineingeflogen? Das war doch verrückt! Was hoffte er dort auszurichten?

Auch wenn sie keine Ahnung hatte, was sie tun sollte – der Drang, ihm zu helfen, war übermächtig.

Sie sah vor sich an der Mauer herab. Wie erwartet gab es hier keine Erhebungen, nur glatt verputzte Fläche. Sie würde springen müssen, doch in Anbetracht der Feuersbrunst würde dies das kleinste Problem werden.

Ohne weiter darüber nachzudenken, setzte sie sich an die Kante und ließ sich hinabgleiten. Ihre Arme rebellierten, als sie erneut die ganze Last ihres Körpers halten sollten. Zumindest konnte sie so die Höhe, aus der sie sich fallen lassen musste, deutlich minimieren.

Ihrem rechten Knöchel gefiel es trotzdem nicht, als sie schließlich losließ. Ein scharfer Schmerz schoss hinein, sie knickte um und fiel auf die Seite, kaum dass sie auf dem Boden auftraf.

Robin ignorierte ihn und kam in Windeseile auf die Füße. Hier unten war es noch mal deutlich heißer als dort oben, aber sie war nun auch keine fünf Meter mehr von dem Flammenfeld entfernt.

Okay, sie war da. Und nun?

Informationen rasten durch ihren Kopf. Ihr Hirn durchforstete alles, was sie bisher über die Baocun gelernt hatte, über die Art, wie sie kämpften.

Leider war das nicht viel. Ihr Training hatte sich bisher nur auf die Stärkung ihres Körpers beschränkt.

Und sie war nicht darauf gekommen, den anderen bei ihren Einheiten zuzuschauen. Wie dumm!

Was also wusste sie in der Theorie über ihre Gabe? Sie war die Inkarnation des Feuers … Machte sie das zu seiner Gebieterin? War sie immun dagegen? Das lag doch nahe, oder? Die kleine Flamme vorhin auf ihrer Hand hatte ihr schließlich auch nichts getan.

Sie straffte den Körper und ballte die Hände zu Fäusten. Dann ging sie einen Schritt auf die Flammen zu, die sich nun mehr als zuvor gegen die schützende Kuppel drückten. Es wirkte beinahe, als wollten sie zu ihr, als zöge Robin sie an.

Wenn dem so war, wenn sie das Feuer in Richtung Stadt zog, solange sie hier war, sollte sie es genauso von ihr fortführen können. Vorausgesetzt, es würde ihr nicht Haut und Muskeln von den Knochen brennen.

Es ist deine Schuld, dass dieses Feuer ausgebrochen ist, schalt sie sich selbst. *Also hast du alles zu unternehmen, um es zu beenden.*

Sie machte einen weiteren Schritt und noch einen.

Scheiße, war das heiß! Ihre Klamotten hätten ihr nass von Schweiß am Körper geklebt, würde nicht jeder Tropfen Flüssigkeit in der Hitze sofort verdunsten.

Ein Meter noch, dann würde sie die Kuppel durchschreiten, mitten in die Flammen hinein.

Robin zögerte. Der Drang zu leben war einfach zu groß … Alles in ihr sträubte sich, weiterzugehen.

Das Feuer jedoch schien nicht mehr länger auf sie warten zu wollen. Wind stob von hinten hinein und ließ die Flammen höher schlagen, bis die Kuppel nachgab. Der Schimmer erlosch von einer Sekunde auf die andere und wie eine Welle machte sich die Feuerwand bereit, über Robin zusammenzuschlagen.

Sie wollte sich umdrehen und weglaufen, obwohl sie sich der Mauer in ihrem Rücken nur allzu bewusst war.

Sie wollte die Arme heben, um die Flammen mit der ihr gegebenen Gabe zurückzudrängen, obwohl sie keine Ahnung hatte, wie sie bewusst auf ihre Macht zugreifen sollte.

Sie wollte sich zusammenkauern und hoffen, dass es einfach schnell vorbei war.

Doch nichts davon geschah. Ihr Körper bewegte sich keinen Millimeter, verharrte in purem Schock. Sie konnte nicht einmal blinzeln, während die nun meterhohe Flammenwand sich über ihr aufbaute.

Kurz war ihr, als würde sich ein riesiges Maul vor ihr öffnen. Flammen bildeten Zähne, Glut eine mächtige Zunge und höllenheißer Atem stieg aus dem tiefen Schlund, in den sie blickte.

Plötzlich bebte der Boden unter ihr und im nächsten Moment schob sich Dunkelheit zwischen sie und die Flammen. Kleine Steine stoben auf und zerkratzten ihr Gesicht und Arme, während sich vor ihr die Erde erhob. Ein Schild aus dunklem, festem Gestein schirmte sie ab, während die Feuerlawine rechts und links von ihr gegen die Mauer rollte. Sie richtete keinen Schaden an, denn in der Sekunde, als sie die Mauer erreichte, bildete sich eine schützende Schicht aus Eis darüber, die den ersten Ansturm abfing. Mehr noch, der Kontakt mit der kalten Fläche schien das Feuer abzuschrecken, sodass es sich zurückzog und aus Robins Blickfeld verschwand.

Sie stieß einen spitzen Schrei aus, als sich ein Gesicht aus dem Gestein vor ihr bildete.

»Keine Angst, Edward ist schon auf dem Weg. Er schafft dich hier weg.«

Die Stimme, die Gesichtszüge … Das war tatsächlich Mickael, der da mit ihr sprach.

Schon vernahm sie ein bekanntes Dröhnen – das gleiche Geräusch, das die Wände der Villa erzittern ließ, sobald Edward das Grundstück verließ oder heimkehrte.

Endlich kehrte ihre Stimme zurück, wenn auch nur für ein einziges Wort: »Jason!«

»Keine Sorge«, meinte der Erdbaocun vor ihr. »Der kommt klar.«

Wieder knirschte Gestein, dieses Mal hinter ihr.

Sie wirbelte herum und sah gerade noch, wie knorrige Ranken sich an der Mauer emporschoben, bevor die Steine nachgaben und einen Durchlass von gut einem Meter Breite freigaben.

Die blattlosen Ranken zogen sich zurück und kehrten dabei die verbliebenen Feldsteine zur Seite.

»Geh!«, rief Mickael hinter ihr, während Robin damit kämpfte, zu verstehen, was sie da sah.

Hinter dem Durchlass wartete Edward. Anders als seine Gefährten zeigte er sich in seiner menschlichen Gestalt und trotzdem war der Anblick alles andere als normal.

Er saß auf etwas, einer Maschine, die nichts anderes sein konnte als ein Motorrad. Diese gab es jedoch schon lange nicht mehr, nicht zuletzt da es nichts mehr gab, um die reliktgleichen Fahrzeuge anzutreiben.

Dem Dröhnen nach lief dieses Exemplar aber, und Edward machte ihr ein ganz deutliches Zeichen, sich hinter ihn auf den Sattel zu setzen.

»Geh, Robin!«, trieb nun auch Dimitris Stimme sie an, als ein Schneesturm an ihre vorbeizischte.

Wenn ihr Herz ihr die Flucht auch mit lautem Protest verbot, ihr Körper gehorchte. Er entließ sie aus der Schockstarre und lenkte sie auf zittrigen Beinen zu Edward hinüber.

15

Kaum hatte Robin ein Bein über den Sitz geschwungen, heulte die Maschine auf und das Motorrad zog an. Sie schaffte es gerade noch, ihre Arme um Edward zu schlingen, als dieser auch schon einlenkte und Gas gab.

Du fliehst?, schallte es anklagend in ihrem Inneren. *Lässt andere ausbaden, was du zu verantworten hast?*

»Dreh um«, flehte sie Edward an, wobei sie ihm regelrecht ins Ohr schreien musste. »Wir müssen den anderen helfen!« Ihre Stimme überschlug sich beinahe.

Er dachte nicht daran. »Als ob du irgendwas tun kannst«, knurrte er zurück.

Das konnte er doch nicht machen? Wieso zum Teufel war sie nur auf diese blöde Maschine gestiegen?

»Aber das ist meine Schuld, ich habe dieses Feuer gelegt. Vielleicht kann ich …«

»Überschätz dich mal nicht, Kleine. Das waren Klimatische, damit hattest du nichts zu tun.«

Sie drehte den Kopf, um zurück auf die Mauer zu schauen. Just da schob sich etwas, das wie eine riesige, brennende Hand aussah, durch die Öffnung. Sie meinte, lange Finger zu erkennen, die sich wie Peitschen bewegten. Aber da zog sich das Gebilde bereits zurück. Was hinter der Mauer geschah, konnte sie nicht erkennen. Und das machte sie wahnsinnig.

»Hör auf zu zappeln, verflucht«, brüllte Edward.

Erst, als sie sich wieder nach vorn drehte, bemerkte sie, wie das Motorrad bei ihrer Bewegung schlingerte.

»Du hältst dich jetzt fest und machst die gleichen Bewegungen wie ich. Ich hab keinen Bock, mich wegen dir auf die Schnauze zu legen.«

Ihr war klar, dass ihr Betteln keinen Sinn hatte. Sie verstärkte ihren Griff um seine Mitte. Tränen liefen ihr über die Wangen, wurden jedoch sofort vom Wind fortgewischt, den die rasante Fahrt ihr entgegenblies.

Edward riss den Lenker nach links, um in die Hauptstraße einzubiegen. Das Motorrad folgte und kippte dabei bedrohlich zur Seite.

Robins Muskeln spannten sich an. Ihre Vernunft schrie, sich dagegen zu lehnen. Irgendjemand musste doch verhindern, dass sie einfach umfielen. Aber auch jetzt handelte ihr Körper von allein und blieb, wo er war, als Schatten an Edwards Rücken gepresst. In der nächsten Sekunde richtete sich das Gefährt wieder auf und die wilde Fahrt ging weiter.

Edward hielt nicht an, nicht einmal, als sie die Stadttore passierten. Ein Wächter streckte ihnen mahnend die Hand entgegen, was den Holzbaocun nicht interessierte. Mit einem riskanten Schlängelmanöver umfuhr er den Mann und danach den Schlagbaum, nur um dahinter noch mehr Gas zu geben.

Sie mussten die Stadt auf der entgegengesetzten Seite zum Kampfgebiet verlassen haben. Dass die schützende Klimakuppel hier noch intakt war, beruhigte Robin etwas. Trotzdem vergrub sie das Gesicht in Edwards Nacken, von Schluchzern geschüttelt. Sie weinte nicht nur, sie heulte wie ein Schlosshund. Aus Angst um die anderen drei Baocun, aus Sorge um die Bewohner der Stadt, die weiterhin in Gefahr waren, und aus Wut auf sich selbst und ihre absolute Unfähigkeit zu helfen.

Als ein heftiger Ruck sie kurz abheben und anschließend schmerzhaft auf ihrem Steiß landen ließ, hob sie den Kopf. Edward lenkte das Gefährt mitten durch den Dschungel. Das war sicherlich nicht die Art von Straße, für die es geschaffen war, obwohl das grüne Dickicht sich vor ihnen zurückzuziehen schien, um ihnen eine einigermaßen befahrbare Passage zu schaffen.

Robin zweifelte nicht daran, dass Edward dies mit seiner Gabe bewerkstelligte. Mal um Mal hüpfte die Maschine über Unebenheiten. Sie konnte nur erahnen, wie anstrengend es für ihn sein musste, gleichzeitig das Fahrzeug und die Umgebung unter Kontrolle zu halten. Nur deshalb schwieg sie, auch wenn Millionen Gedanken sie quälten.

Schneller als sie es am Morgen hinter sich gelassen hatten, erreichten sie das Ende des Waldes und als Qi Manor in Sicht kam, verlangsamte Edward endlich ihre Fahrt.

Kiesel spritzten auf, als er seitlich rutschend in der Einfahrt zum Stehen kam. Das Dröhnen des Motors ebbte zu einem leisen Tuckern ab.

Edwards Atem ging stoßweise, wohingegen sich Robins im Laufe der Fahrt beruhigt hatte. Hastig ließ sie ihn los und rutschte vom Sitz. Sie erwartete, dass er sofort wieder aufbrechen würde, doch stattdessen schaltete er den Motor aus und stieg ebenfalls ab.

»Was machst du?«, brüllte sie ihn an, wobei ihre Stimme noch immer einen panischen Unterton hatte.

Wirklich gefangen hatte sie sich nicht. Wie auch, solange sie nicht wusste, wie der Kampf ausgegangen war. Wie es um die anderen stand.

Es war Quinns Stimme, die ihr antwortete. »Seine Arbeit ist getan. Er kann nichts gegen die Hitze ausrichten, das Holz ist zu leicht entflammbar. Sein Auftrag war lediglich, dich abzuholen.«

Robin wirbelte herum. Der Hausherr stand im Eingangsportal und nickte ihr höflich zu. Schon schob Edward sich an ihr vorbei und stieg die Treppen empor. Oben angekommen nahm er eine Flasche von Quinn entgegen, die er in einem Zug leerte. Eine weitere streckte der Master ihr entgegen, wobei er auch den zweiten Arm hob, als wollte er ihr den Platz an seiner Brust anbieten, um Trost zu finden.

Als ob das in dieser Situation angebracht war!

Sie brauchte keinen Trost, *sie* brauchte gar nichts. Aber die anderen, und zwar dringend Hilfe.

»Deine Freunde schweben in Lebensgefahr. Und du selbstgerechtes Arschloch versteckst dich hinter dem Job des Chauffeurs?« Sie ballte die Hände. Sie nahm immer zwei Stufen gleichzeitig, als sie die Treppe hinaufsprang.

Kaum hatte sie ihn erreicht, schlug sie Edward die Flasche aus der Hand. Es machte sie rasend, wie er in Ruhe seinen Durst stillte, während die anderen vielleicht um ihr Leben kämpften.

»Du bist doch genauso mächtig wie sie. Wieso gehst du nicht zurück und hilfst ihnen, verfluchte Scheiße?«

»Wieso hast du ihnen nicht geholfen?«, hielt er dagegen und bleckte mit einem fiesen Grinsen die Zähne.

»Weil ich es nicht kann!«

»Genau.« Er machte einen Schritt auf sie zu. Seine knurrende Stimme erinnerte an einen angriffsbereiten Hund, ebenso sein Gesichtsausdruck. »Du bist keine Hilfe, du bist das Problem.«

»Aber Kinder. Kinder!«, versuchte Quinn dazwischenzugehen. Er sprang um sie herum wie um einen Maibaum. »Ist denn nicht alles gut gegangen? Unser Küken ist wohlbehalten wieder im Nest und die Klimatischen vertrieben. Nicht mal der Stadt ist viel passiert. Kein Grund euch gegenseitig mit den Sandkastenschippen zu verprügeln.«

Seine Rede half nicht, dass sie sich beruhigte. Es fachte Robins Wut nur noch weiter an. »Dass wir heil hier angekommen sind, hat nichts zu sagen. Wir sind ja abgehauen«, fauchte sie in Quinns Richtung.

Quinn hob in gespielter Überraschung die Hand vor den Mund und machte ein entrüstetes Gesicht. »Oh, wir sind aber geladen.«

Ehe sie etwas erwidern konnte, packte Edward sie am Arm und zog sie dicht zu sich heran. »Reiß dich zusammen. Du vergisst, mit wem du da redest. Mich kannst du ja gern anpöbeln, ihn …«

»Oh, kommen wir ungelegen?«

Robin riss erst den Kopf herum, dann ihren Arm aus Edwards Griff.

»Dimitri«, keuchte sie.

Im nächsten Moment türmte sich die Erde neben ihm auf und auch Mickael materialisierte sich. Beide waren sie dreckig von Ruß und Schmutz. Dimitri hielt eine seiner Hände vor die Brust und Mickaels Bewegungen wirkten etwas steif, vor allem sein rechtes Bein. Ansonsten schienen sie unverletzt, als sie auf den Eingang zugingen.

Mindestens so schnell, wie sie vorhin hinaufgerannt war, sprang Robin die Stufen wieder hinab und erreichte gleichzeitig mit ihnen das Ende der Treppe. Sie warf sich den beiden entgegen und schlang die Arme um ihre Schultern. »Um Himmels willen, ihr lebt! Geht es euch gut?«

»So ziemlich. Dimitri hat's ein wenig übertrieben mit der Kälte.«

Der Wasserbaocun hielt seine Hand hoch. Die Fingerspitzen leuchteten bläulich.

»Und ich hab mich vielleicht etwas zu sehr reingehangen«, sprach Mickael weiter. »Könnte 'nen kleinen Kick gebrauchen. Du hast es nicht zufällig schon drauf, mir ein bisschen was von deiner Energie abzugeben?« Er sah Robin an. Sein Blick machte klar, dass er sie mit dieser Frage nur aufziehen wollte, doch ein Funken Ernsthaftigkeit lag dennoch darin.

Sie schüttelte den Kopf. »Es tut mir leid.« Damit meinte sie nicht nur ihre Unfähigkeit. »Wenn ich dieses Feld nicht angezündet hätte, dann …«

»Mir tut's leid.«

Jason!

Robin sah zwischen den Köpfen von Mickael und Dimitri hindurch. Etwa zwei Meter hinter ihnen stand jemand, ein menschlicher – eindeutig männlicher – Schemen, dessen Haut vollständig mit einer silbern glänzenden Schicht überzogen war. In der nächsten Sekunde schien diese abzublättern, löste sich von Armen, Hals, Gesicht und wurde von einem nicht spürbaren Wind davongetragen. Nur im Bereich seiner Kleidung wandelten sich die Splitter und Sporen zu dem weißen Hemd und der schwarzen Jeans, die er bei ihrem Besuch in der Stadt getragen hatte, die nun verrußt und zerschlissen waren.

Jason sah deutlich mitgenommener aus als die anderen beiden. Und das lag nicht nur an dem Dreck, der auch an ihm haftete. Er war noch blasser als sonst und selbst auf die Entfernung konnte Robin erkennen, wie er zitterte.

Sofort ließ sie von den anderen ab und ging zu ihm. Es war ihr egal, ob sie Zuschauer hatten. Sie musste dem Impuls nachgeben, der unendlichen Erleichterung, dass er in einem Stück zurückgekommen war.

Fünf Schritte nur und sie war bei ihm, schlang die Arme um seine Mitte und drückte ihre Wange an seine Brust.

Obwohl er gerade mitten in einer Feuersbrunst gekämpft hatte, war sein Körper eiskalt. Und er kam Robin härter vor, als es bei einem Menschen sonst der Fall war, nahezu eisern. Seine Gabe schien noch nicht wieder zur Ruhe gekommen zu sein, die Nachwirkungen des Kampfes um einiges schwerer als bei Dimitri und Mickael.

Jason zögerte, legte seine Arme schließlich ebenfalls um sie. »Alles okay, kleines Flämmchen? Ist Edward vernünftig gefahren?«, hörte sie seine Stimme leise an ihrem Ohr.

Ein leicht hysterisches Kichern entwich ihr. *Das* war gerade seine Sorge? »Er hat jedes Loch und jede Wurzel mitgenommen«, grummelte sie scherzhaft. Dann hob sie den Kopf. »Mir geht's gut«, sagte sie ernst. »Aber dir nicht.«

»Ganz normaler Zustand nach so einem Kampf.« Er löste eine Hand von ihrem Rücken, um ihr mit dem Zeigefinger sanft über die Wange zu streichen.

»Ich möchte ja nicht unhöflich sein und euch unterbrechen.«

Robin zuckte zusammen und Jason ließ seine Hand sinken, als Quinns Stimme direkt neben ihnen ertönte. »Trotzdem würde ich vorschlagen, wir gehen erst einmal hinein. Und während die Jungs sich erholen, erzählst du mir, was passiert ist.« Der Hausherr lächelte, wobei sich sogar Grübchen auf seinen Wangen zeigten. Er hakte sich bei Robin unter und führte sie von den Jungen weg.

Ihr Inneres sträubte sich dagegen, Jason allein zu lassen. Helfen konnte sie ihm jetzt allerdings auch nicht. Selbst wenn sie ihr Element beherrschen würde, könnte sie maximal Mickael zur Seite stehen, denn er war derjenige, der ihr im Zyklus folgte und dem sie ihre Kraft und Energie hätte schicken können. Es war also klüger, sich zu fügen.

In der Eingangshalle trennten sich ihre Wege. Robin hatte erwartet, die Jungs würden sich zurückziehen – in ihre Flügel, oder vielleicht in einen speziellen Bereich wie ein Krankenzimmer. Aber sie steuerten alle gemeinsam den Gang zur Trainingshalle an.

»Fühlst du dich in der Lage, zu meditieren?«, fragte Quinn, der wohl spürte, wie gern sie die vier begleitet hätte.

»Definitiv nein«, antwortete sie ehrlich, ohne den Blick von Jason abzuwenden.

»Dann kochen wir schon mal Kaffee. Wobei ich dir besser erst mal eine heiße Schokolade mache. Mit Schuss, versteht sich.«

Über eine Stunde verbrachte sie mit Quinn allein in der Küche. Sie kochten nicht nur Kaffee, sondern backten auch einen Kuchen. Sicher würde er niemals an das heranreichen, was Dimitri so zauberte. Dennoch schmeckte der Teig lecker, was wohl auch für das Endergebnis zutreffen würde.

Quinn redete nahezu ohne Unterlass. Dabei blieb er thematisch so weit von den Ereignissen in der Stadt entfernt, wie er nur konnte. Er erzählte ihr von früher, was die Jungs so angestellt hatten, als sie noch klein gewesen waren, und wie er auch mit ihnen jedes Mal in der Küche gelandet war, wenn irgendetwas schiefgegangen war.

»Süßes Gebäck kann die Energiezellen genauso aufladen wie eine gute Meditation«, schien sein Fazit zu sein.

Robin ging ihm zur Hand und hörte geduldig zu, als sie am Tisch nebeneinandersaßen und auf den Herd starrten, in dem ihre Kreation zu einem fertigen Kuchen heranreifte. Dass sie mittlerweile die dritte Tasse von dem schokoladigen Getränk in der Hand hielt, welches Quinn jedes Mal mit einem Schwapp einer durchsichtigen Flüssigkeit namens Rum versah, tat sein Übriges, dass sie sich langsam entspannte.

Der Kuchen fing gerade an, eine leichte Bräune zu entwickeln, als die anderen Baocun eintraten. Nacheinander, mit ernster Miene, aber offenbar ruhig und erholt, kamen sie in die Küche und setzten sich kommentarlos an den Tisch – genau so, wie auch ihre Gaben im Kreislauf angeordnet waren: Mickael und Jason rechts, Dimitri und Edward links. Die Stirnseiten blieben frei.

Robin, die eben noch vor dem Ofen gekniet hatte, erhob sich. Zu gern hätte sie sich neben Jason gesetzt. Schon aus Prinzip, aber auch, weil der Drang, ihm nah zu sein, überwältigend war. Na ja, und auch ein wenig des Alkohols in ihrer Blutbahn geschuldet. Er machte sie irgendwie rebellisch …

Mit Mühe zügelte sie sich, nicht zuletzt, weil Quinn seine Hand bereits auf die Lehne des für sie reservierten Stuhls legte und ihr zunickte. Wie es sich für ein braves Feuerelement gehörte, nahm sie zwischen Edward und Mickael Platz.

»Nun denn.« Quinn verteilte gefüllte Kaffeetassen an die Jungs. Dann zog er sich schwungvoll einen weiteren Stuhl heran und ließ sich seitlich darauf fallen, sodass sich die Lehne an seiner Linken befand. Er legte locker einen Arm darauf ab und überschlug die Beine. »Wer möchte Bericht erstatten?«

Jason richtete sich auf, aber Robin kam ihm zuvor. Quinn war sauer, das spürte sie. Als er mit ihr allein war, hatte er es zurückgehalten, jetzt jedoch war sein Gesicht verkniffen und angespannt. Etwas war heute schiefgelaufen und er wollte einen Schuldigen, keinen Bericht.

»Jason hat mich in eine gemäßigte Zone mitgenommen – auf meinen ausdrücklichen Wunsch. Dort hat sich plötzlich mein Element gezeigt, als kleine Flamme auf meiner Hand.« Sie hob eben jene von ihrem Schoß und starrte auf ihre Handfläche. »Sie geriet außer Kontrolle und hat das Feld vor der Stadt angezündet. *Ich* habe es angezündet.«

»Das glaubst du?« Es war Jason, dem diese Frage entwich.

Quinn hob nur die Hand, was ihn zum Schweigen brachte.

»Und was gedenkst du, ist die Konsequenz dieses Handelns?«

Robin atmete kurz durch, dann hob sie den Blick, um dem Hausherrn in die Augen zu sehen. Irrte sie sich oder spielte ein Schmunzeln um seine Lippen?

»Ich werde Qi Manor nicht mehr verlassen, bis ich meine Gabe vollständig unter Kontrolle habe. Vorausgesetzt … ich darf bleiben.« Die letzten Worte fielen ihr unglaublich schwer. Sie konnte sich gut vorstellen, dass Quinn ein zu großes Risiko in ihr sah und lieber nach einer Baocun suchte, die besser *funktionierte*. Aber sie wollte die nächsten Tage nicht in Ungewissheit verbringen, ob ihr Aufenthalt bald zu Ende sein würde oder nicht. Lieber sollte er sich direkt entscheiden.

»Hast du das immer noch nicht kapiert? Wir können die Stelle des Feuerelements nicht einfach neu besetzen, nur weil du dich zu blöd anstellst«, knurrte Edward.

»Na ja, doch«, warf Quinn mit einem süffisanten Lächeln ein. »Wir könnten sie töten und ihre Gabe so zur Reinkarnation zwingen.«

Robin glotzte ihn an, sprachlos vor Schreck. Darüber, wie ihre *Kündigung* ablaufen würde, hatte sie bisher gar nicht nachgedacht.

Quinn hielt ihrem überraschten Blick einen Moment stand, dann brach er in ein hohes Lachen aus.

»Gut, das hätten wir geklärt. Jason, nun berichte du.«

Geklärt? Nichts war geklärt! Er hatte ihr gerade mit Mord gedroht und anschließend darüber gelacht. Hieß das, diese Option war ausgeschlossen oder ein verlockender Gedanke?

»Es stimmt, wir waren in der Stadt. Und ja, Robins Gabe hat sich gezeigt.« Jasons sah Edward auf eine Weise an, als wäre es ihm plötzlich gar nicht mehr recht, dass dieser mithörte. »Unabhängig davon griffen während unseres Aufenthalts die Klimatischen *Hitze* und *Wind* an der östlichen Seite an. Ich habe sofort den Kampf aufgenommen und die anderen Baocun gerufen. Schließlich konnten wir die Klimatischen zurückdrängen.«

»Sie haben die Kuppel durchbrochen. Wie war das möglich?«, wollte Quinn wissen, jetzt wieder ernst.

»Wir vermuten«, ergriff Mickael das Wort, »dass sie ihre Kraft auf einen ganz bestimmten Punkt gebündelt haben. Sie wirkten nicht so unkoordiniert wie sonst.«

»Was meinst du damit?«, konnte Robin sich zu fragen nicht verkneifen, was ihr mal wieder einen bösen Blick von Edward einbrachte.

»Ganz einfach«, erklärte dieser daraufhin selbst. »Sie haben nicht bloß getobt und ihren Spaß gehabt wie sonst. Sie hatten ein ganz bestimmtes Ziel. Und welches das war, haben wir alle gesehen, als du entgegen Jasons Anweisungen in die Party geplatzt bist.«

Robin verzog fragend das Gesicht, sie konnte ihm nicht folgen.

»Ich glaube, sie haben Robins Kraft gespürt«, sprach er weiter, richtete sich dabei aber an Quinn. »Und versucht, das Feuer noch im Keim zu ersticken.«

Ihr klappte der Mund auf, schloss ihn jedoch, ohne etwas zu sagen.

»Unsere Gegenspieler haben bemerkt, dass wir wieder vollständig sind. Und um zu verhindern, dass wir die Welt ins Gleichgewicht rücken, wollten sie Robin ausschalten, solange sie noch können.«

Das klang tatsächlich logisch. Also hatte gar nicht sie das Feld angezündet, sondern tatsächlich die Klimatischen! Die anderen hatten recht!

Allerdings hatte der Angriff ihr gegolten, wodurch zumindest ein Teil der Schuld weiterhin auf ihren Schultern lastete. Wäre sie nicht dort gewesen …

»Es war absolut unvernünftig, was du gemacht hast.«

Robin zuckte zusammen. Doch Edwards scharfe Worte waren nicht gegen sie gerichtet. Mit auf dem Tisch abgestützten Händen blickte er seinen Bruder an, der ihm gegenübersaß.

Jason verschränkte die Arme vor der Brust. »Robins Training obliegt mir und somit auch die Entscheidung, wo und wie dieses stattfindet.«

Irgendwie versetzte ihr die Antwort einen Stich, obwohl ihr klar war, wie unklug es wäre, ihren Ausflug als etwas anderes zu bezeichnen, beispielsweise eine Verabredung. Das würde Edward sicher nur noch mehr auf die Palme bringen.

»Dass das ein Ende hat, ist dir sicher klar«, erwiderte dieser gerade. »Wir hatten eine Abmachung.«

»Natürlich.« Mehr sagte Jason nicht dazu.

»Könnten wir bitte zum Wesentlichen zurückkehren?« Quinn erhob sich in einer schwungvollen Bewegung. »Heute ist etwas sehr Entscheidendes passiert. Unsere kleine Robin hat endlich ihre Gabe entdeckt. Das ist doch eher ein Grund zum Feiern, oder?« Er ging zum Ofen und öffnete ihn. »Wer möchte ein Stück Kuchen?«

16

Dass es am nächsten Tag Edward war, der sie zum Training abholte, und nicht Jason, kam nicht überraschend.

Er hatte Jason gestern an den Deal erinnert, den sie zu Beginn von Robins Ausbildung eingegangen waren. Und der besagte klar, dass Edward übernahm, sobald sich Robins Gabe zeigte.

»Robin«, grüßte er knapp, als sie die Tür öffnete. Er trug wie immer seinen braunen Anzug, hatte aber auf das Jackett verzichtet. Wobei er nur mit Wams und hochgekrempelten Ärmeln fast noch einschüchternder wirkte.

Robin verdrehte die Augen. Wenn er damit irgendein Statement setzen wollte, à la Big Bad Wolf, war er bei ihr an der falschen Adresse.

Nun gut, sie hatte ähnliches im Sinn gehabt. Ausnahmsweise hatte auch sie auf Bequemlichkeit verzichtet, trug eine schwarze enganliegende Lederhose, eine rote Bluse und darüber eine Blazerweste, ebenfalls aus weichem schwarzen Leder. Wieso so etwas in ihrem Schrank war, wusste sie nicht. Aber jetzt zahlte es sich aus, denn ihr Auftritt, als sie aus dem Zimmer kam, verfehlte seine Wirkung bei Edward nicht. Sie sah es am Zucken seiner Braue und dem kurzen Weiten seiner Nasenlöcher.

»Dir ist schon klar, dass *ich* nicht vorhabe, dich schick zum Essen auszuführen«, meinte er abschätzig.

»Hätte ich das erwartet, hätte ich Krankheit vorgeschoben«, konterte sie.

Mit verschränkten Armen fixierten sie einander. Dann zuckte einer von Edwards Mundwinkeln und auch Robin konnte sich ein Grinsen nicht verkneifen. Wenn das nicht aufhörte, würde ihr Training wohl vorwiegend auf verbaler Ebene stattfinden.

Tatsächlich ging ihr Schlagabtausch weiter, bis sie die Trainingshalle erreichten. Es war kein Streit, kein Keifen und auch kein Angriff unter der Gürtellinie dabei. Es war eher ein Necken und Robin hatte das Gefühl, dass das Eis zwischen ihnen langsam zu tauen begann.

Er öffnete die Tür und sie betraten die Halle, die heute komplett frei von Trainingsgeräten war. »Dann zieh dich mal um. Ich warte hier und …«

»Danke, nicht nötig.« Wenn er auf den hässlichen Sportanzug verzichtete, würde sie es auch tun. Außerdem ließ ihre Kleidung genug Spielraum, das hatte sie mit diversen Yogaübungen bereits getestet.

Edward zuckte mit den Schultern. »Dann bin ich gespannt, wie gut du darin rennen kannst.«

Sie stöhnte genervt. »Ernsthaft? Fangen wir echt da an, wo wir aufgehört haben?«

»Pass mal auf, Schätzchen.« Er baute sich vor ihr auf und zog gleichzeitig die Mauer zwischen ihnen erneut nach oben. »Ich mach das hier nicht aus Spaß. Es gibt da so einiges, was ich lieber machen würde, als meine Zeit mit dir zu verbringen.«

»An deinem Motorrad rumschrauben, zum Beispiel?«

»An *einem* meiner Motorräder, ja.«

Für einen Moment vergaß Robin ihre abwehrende Haltung. Sie konnte nicht leugnen, wie aufregend die Fahrt auf der Höllenmaschine rückblickend gewesen war. »Kann ich sie mal sehen?«

Edward runzelte die Stirn. Er hatte wohl nicht damit gerechnet, Robin könnte sich für sein Hobby interessieren. Schnell fand er seine Fassung wieder und überging ihren Kommentar. »Ich will, dass du machst, was ich sage. Nur so funktioniert das hier.«

»Und ich will wissen, wozu ich es mache.« Sie bemühte sich, so wenig herausfordernd wie möglich zu klingen. Sie wollte, dass das hier funktionierte. Denn je eher sie ihre Gabe im Griff hatte, umso eher hätten diese Einheiten ihr Ende. »Hör zu, ich *will* doch lernen – selbst von dir. Aber das geht nur, wenn ich verstehe, warum ich gewisse Dinge tun soll.« Sie streckte ihm ihre Hand entgegen. »Pass auf: Ich mache bedingungslos das, was du sagst. Solange du mir plausibel erklärst, warum ich es tun soll. Abgemacht?«

Er schloss kurz die Augen, schlug dann aber ein. »Du bist echt anstrengend, weißt du das?«

»Eine meiner Spezialfähigkeiten.« Sie zwinkerte ihm zu. »Also – Jogging. Warum? Meine Kondition ist schon ziemlich gut geworden, ich brauch das nicht mehr.«

»Ich werde dir Zugriff auf meine Energie gewähren, während du läufst. Du kannst dich die nächsten zwei Stunden frei daran bedienen.«

»Ich soll zwei Stunden lang hier im Kreis rennen?« Ihr wurde jetzt schon schwindlig bei dieser Aussicht. »Wo ist der Eimer, in den ich kotzen kann?« Dass sie es sich, trotz des Ausdauertrainings mit Jason, nicht zutraute, so lange durchzuhalten, behielt sie für sich.

»Wie gesagt, zusätzlich zu deiner eigenen steht dir meine Energie zur Verfügung. Es sollte demnach theoretisch kein Problem sein.«

Seine Antwort passte eher zu ihren Gedanken als dem, was sie gesagt hatte. Standen ihr die Selbstzweifel auf die Stirn geschrieben?

»Allerdings werde nicht ich die Menge der Energie regulieren, sondern du selbst. Kleiner Tipp: Sei nicht zu gierig – wir wissen beide, was beim letzten Mal passiert ist.«

Robin schluckte. Ja, sie erinnerte sich noch zu gut an ihren letzten Lauf mit Edwards Unterstützung. Und an den Muskelkater des Todes, den sie danach gehabt hatte.

Sie öffnete bereits den Mund, da sprach er weiter. »Sollte es noch mal zu einer Situation wie gestern kommen, will ich, dass du auf dich selbst aufpassen kannst. Flucht, Verteidigung oder Angriff sind die Optionen, die du hast. Und in genau dieser Reihenfolge werde ich dich darauf vorbereiten. Also lauf, als wären die Klimatischen hinter dir her. Schaffst du das zu meiner Zufriedenheit – bedeutet, hältst du durch, und das in einem Tempo, in dem du ihnen wirklich entkommen könntest – können wir zum nächsten Punkt auf der Liste übergehen.«

Sie schluckte die Widerworte hinunter, ganz wie es ihre Abmachung verlangte. Denn um ehrlich zu sein, klang das nach keinem schlechten Plan.

Sie überlegte, ob sie doch noch in den Trainingsanzug wechseln sollte. Weniger Widerstand, weniger Schwitzen … Sie entschied sich dagegen. In Alltagskleidung zu trainierten war nicht verkehrt. Gestern hatte sie ein Sommerkleid getragen, in dem sie gut würde rennen können. Vorgestern hingegen einen dicken Parka, der es ihr definitiv schwerer machen würde.

Und schließlich ging es hier nicht darum, Edward etwas zu beweisen, so weit war sie mittlerweile. Sie machte das hier nicht für ihn, sie machte das für sich. Denn sie wollte nie wieder so hilflos sein wie gestern, wenn sie den Klimatischen gegenüberstand.

Edward hatte kein Erbarmen gezeigt und ihr nicht eine Pause gegönnt. Das Angebot, seine Energie zu nutzen, war nett gewesen. Robin hatte zu Beginn sogar befürchtet, das dadurch gewonnene Tempo könnte zu viel für ihren Körper werden. Trotzdem hatte sie nach dem Kick gesucht, den seine Energie ihr schon einmal gegeben hatte.

Zu ihrer Enttäuschung war es ihr aber schlichtweg nicht gelungen, seine Hilfe anzunehmen. Sie hatte durchgehalten, ja, obgleich sie in den letzten Runden mit dem Tempo einer Schnecke vorangekommen war. Der zusätzliche Push war aber ausgeblieben. Sie hatte keinen Zugang dazu gefunden.

Und nun stand sie seit mindestens zehn Minuten unter der Dusche. Obwohl Stehen nicht das richtige Wort war. Mit aller Mühe hielt sie sich auf den Beinen, musste sich sogar ab und zu an der Wand festhalten, um nicht zusammenzubrechen.

Dabei war es nicht nur die physische Erschöpfung, die an ihr nagte. Sie war frustriert, nein, unglaublich enttäuscht von sich selbst. Gestern hatte eine verfluchte Flamme auf ihrer Hand getanzt. Sie hatte ihre Gabe gespürt – äußerlich wie innerlich.

Und heute? Heute war nichts davon mehr da.

Edwards Aufmunterung nach der Einheit, dass es eben dauern würde, hatte es nicht besser gemacht. Im Gegenteil, seine Freundlichkeit war beinahe das Schlimmste.

Er sollte sich sein Mitleid sonst wohin stecken!

Erneut lehnte sie sich mit dem Rücken gegen die Fliesenwand. Sie fühlte sich schrecklich, vollkommen ausgelaugt.

Wo sollte das alles hinführen, wenn ihr Fortschritt im selben Tempo weiterging wie bisher? Es würde Jahre dauern, bis sie auch nur Flucht und Verteidigung beherrschte. Zum Kampf würde es wohl niemals kommen.

Robin hatte keine Ahnung, ob die feuchten Spuren auf ihrem erhitzten Gesicht Wasser oder Tränen waren. Sie fühlte sich leer und gleichzeitig so angefüllt von Emotionen, die herauswollten.

Sie presste die Lippen zusammen, um das wütende Brüllen zu unterdrücken, genauso die Lider, um das Brennen ihrer Augen zu bekämpfen. Sie wollte um sich schlagen, schlang stattdessen aber die Arme um ihren Körper. Sie brauchte Halt gegen diese Verzweiflung, die sie unbarmherzig in ihren Strudel zog.

Schon spürte sie, wie ihre Beine endgültig unter ihr nachgeben wollten.

Wie lange sie wohl in dieser Duschkabine hocken konnte, bis jemand ihr Fehlen bemerkte?

»Robin?«

Das ging schnell.

Aber warum musste es ausgerechnet Jason sein, der nach ihr sah?

Sie atmete noch einmal den Wasserdampf ein, der sich in ihrer Kabine gesammelt hatte, und versuchte, sich zu sammeln. Trotzdem zitterten ihre Finger, als sie das Wasser abdrehte.

»Ich bin hier.« Na, zumindest verriet ihre Stimme nicht, wie durcheinander sie war.

Sie schob ihre Hand nach draußen, griff nach dem Handtuch, das dort auf sie wartete, und schlang es sich um den Körper.

Als sie aus der Kabine trat, kam Jason gerade in den Duschbereich.

»Alles in Ordnung?«, wollte er wissen. »Edward hat mir vom Lauftraining erzählt.«

»Ach, keine große Nummer.« Sie winkte ab. Die Stimmung zwischen Edward und Jason war seit gestern ohnehin frostig, da wollte sie nicht noch Öl ins Feuer gießen.

»Meinst du, du schaffst eine kleine Extraeinheit?«

Innerlich stöhnte sie auf. Ihr war eher danach, sich auf den marmorgefliesten Boden zu legen, die Beine anzuziehen und den Daumen in den Mund zu stecken. Ob die anderen Erbarmen hätten, wenn sie sich einfach ihrem Nervenzusammenbruch überließ?

Erbarmen?, fragte ihre innere Stimme. *Wieso? Dass du dich verhältst wie ein kleines Kind?*

Touché, antwortete sie sich selbst trotzig. *Lass mich halt …*

Ungeachtet ihres inneren Dialogs und der Tatsache, dass ihr Körper keinen Schritt mehr gehen wollte, lächelte sie Jason weiterhin an und zuckte mit den Schultern. »Klar, warum nicht?«

Plötzlich rückte etwas anderes in ihren Fokus, das jeden Gedanken an ihre Gabe und alles was damit zusammenhing, verdrängte. Ihr Herz schlug schneller, als ihr bewusst wurde, dass sie nur in ein Handtuch gehüllt vor Jason stand.

Hastig raffte sie es am Rücken etwas fester. »Meinst du, ich darf mich noch anziehen?«, fragte sie mit einem schiefen Grinsen.

Der Scherz half nicht. Die Marienkäfer waren erwacht und wirbelten in ihrem Bauch herum. Sie vertrieben die Wut, die Enttäuschung, den Drang zu schreien.

Die Sehnsucht nach Halt hingegen blieb, wurde konkreter und drängte sie einen Schritt nach vorn.

»Wenn's nach mir ginge …« Jason erwiderte ihr Grinsen.

Doch dann färbten sich seine Wangen rot, und ihr wurde klar, dass er diesen Gedanken wohl gar nicht laut hatte aussprechen wollen.

Auch ihr stieg die Hitze in die Wangen, mehr, als es schon die Dusche bewirkt hatte. Denn plötzlich war er da, der unüberwindbare Drang, ihn zu küssen. Seine leicht geöffneten Lippen, die zu einem verlegenen Lächeln verzogen waren, lockten sie.

Sie wollte ihre Hände in seinen kurzen hellen Haaren vergraben, selbst wenn ihr dabei das Handtuch entglitt. Sie musste ihm nah sein. Nur bei ihm würde sie Kraft finden, Stärke. Gleichzeitig wusste sie, dass er ihre Schwäche akzeptieren würde. Sie nicht verurteilen, sondern auffangen würde.

Unwillkürlich machte sie einen weiteren Schritt auf ihn zu, dann einen weiteren, bis sie dicht vor ihm stand. Jason sah ihr nur in die Augen, regte sich keinen Millimeter. Die Röte auf seinen Wangen nahm zu und seine Iriden bekamen einen nahezu fiebrigen Glanz, ein Leuchten, in dem sich das gleiche Verlangen spiegelte, das sie in diesem Moment empfand.

Langsam, vorsichtig, reckte sie ihm den Kopf entgegen. Keine zehn Zentimeter trennten ihre Lippen mehr voneinander. Sie spürte bereits seinen Atem auf den ihren.

Komm mir nur ein Stück entgegen, flehte sie innerlich. *Gib mir nur ein kleines Zeichen, dass du das hier genauso sehr willst, wie ich …*

Sie bekam ihr Zeichen. Jedoch nicht so, wie sie gehofft hatte.

»Die anderen warten schon in der Trainingshalle.« Seine Stimme war rau, klang fast ein wenig atemlos. »Ich hab dir was Bequemes zum Anziehen mitgebracht.«

Sie hörte seine Worte, verstand sie aber nicht. Sein Blick hielt sie gefangen.

»Ich kann nicht«, wisperte sie. Selbst wenn sie zurücktreten und der Aufforderung hätte folgen wollen, ihr Körper hätte ihr nicht gehorcht.

»Okay«, war alles, was er erwiderte. Dann senkte er den Kopf und legte seine Lippen auf die ihren.

Der Kuss war sanft, mehr eine schüchterne Berührung. Zaghaft streckten die Marienkäfer ihre Fühler aus in eine Welt, die Robin nie zuvor betreten hatte.

Dann legte Jason einen Arm um ihre Mitte. Gerade rechtzeitig, um das Handtuch an seinem Platz zu halten, als sie es losließ, um ihrerseits die Hände an seine Wangen zu legen.

Ihre Lippen öffneten sich ein wenig, und nun konnte sie ihn nicht nur spüren, sondern auch schmecken. Nie zuvor hatte sie etwas Süßeres gekostet!

Er zog sie an sich und sie schmolz in seinen Armen wie flüssiges Metall. Vergessen waren die letzten Stunden, vergessen war der gestrige Kampf. Vergessen waren die Baocun. Es gab nur noch sie. Nur noch Jason und Robin.

Und Mickael.

17

»Kommt Robin oder sollen wir alleine loslegen?«, schallte seine Stimme durch den geöffneten Durchgang vom Dusch- zum Umkleidebereich.

Als wäre der Blitz zwischen sie gefahren, sprangen die beiden auseinander. Leider vergaß Robin, selbst wieder nach dem Handtuch zu greifen, sodass dieses zu Boden glitt, kaum dass sie von Jason weggetreten war. So stand sie vor ihm, splitternackt, mit geröteten Wangen und Lippen, und konnte sich abermals nicht rühren.

Auch Jason brauchte eine Sekunde, um zu begreifen, welches Bild sich ihm da offenbarte.

Mit geöffnetem Mund betrachtete er sie, ihren Körper.

»Perfekt«, hauchte er.

Dann übernahm zumindest *sein* Verstand erneut die Führung. Er bückte sich nicht nach dem Handtuch, sondern wirbelte herum und stürzte zur Tür, um hinauszuschlüpfen. Gerade rechtzeitig, um Mickael am Eintreten zu hindern.

»Sie braucht noch einen kleinen Moment. Aber sie kommt.«

Ob Mickael auch hörte, wie atemlos sein Bruder klang?

Die Verzögerung, mit der er ein gedehntes »Okay«, zurückgab, ließ darauf schließen.

Verdammt …

Auch Robins Hirn fand zu seiner Aktivität zurück. Zum Glück sparte es sich die Selbstgeißelung à la ›Was hast du getan?‹ für später auf und zog es vor, als Erstes ihre Blöße zu bedecken.

Schnell trocknete sie sich ab, rubbelte kurz über ihre Haare und schlüpfte dann in die Sachen, die ordentlich gefaltet für sie bereitlagen. Beinahe andächtig zog sie sich an, nur um sich noch ein bisschen Zeit zu erschleichen, bevor sie hinausging.

Gerade hatte sie ihren ersten Kuss erlebt, das musste erst mal verarbeitet werden. Ihr Inneres war derart in Aufruhr, dass es sie nicht gewundert hätte, wenn die Tunika in ihrer Hand in Flammen aufgegangen wäre …

Jason kam nicht zurück. Sie sah ihn erst wieder, als sie in die Trainingshalle trat. Er hatte bereits in dem Kreis Platz genommen, in dem auch die anderen vier saßen, so angeordnet, wie es den Baocun gebührte.

Ihre Kopfhaut fing an zu prickeln. Niemand von ihnen konnte mitbekommen haben, was in der Umkleide vorgefallen war. Trotzdem fühlte sie sich so, als könnte man es ihr von der Nasenspitze ablesen.

Die Tatsache, dass sogar Quinn anwesend war, machte es nicht besser. Für ihn war jeder in diesem Haus ein offenes Buch und so, wie er sie betrachtete, las er bereits die frischen Einträge in ihrem mentalen Tagebuch.

Ganz kurz nur sah sie zu Jason, der im Schneidersitz hockend den Boden vor sich fixierte.

Wenn sie nur wüsste, ob ein paar ihrer Marienkäfer nun auch in seinem Magen tanzten …

Er musste ihren Blick spüren, denn obwohl er das Kinn gesenkt hielt, richtete er seine Augen auf sie. Gleichzeitig hob sich einer seiner Mundwinkel.

Wenn auch winzig, war dies die Regung, die sie gebraucht hatte.

Das eben war kein Fehler gewesen und auch keine einseitige Sache. Es war gut.

Sie straffte den Rücken. »Zu welcher Party komme ich denn zu spät?«

Quinn schenkte ihr ein süffisantes Lächeln. Oh ja, er wusste genau, was sie so lange aufgehalten hatte. »Im Gegenteil, du kommst exakt richtig.« Einladend deutete er auf den freien Platz in der Runde, den Platz des Feuers. »Da deine Gabe sich zeigt, haben wir beschlossen, wieder gemeinsam zu meditieren.«

Ernsthaft?

Dafür wurde der wohl schönste Moment ihres Lebens unterbrochen?

Aber was sollte sie sagen: *Danke, ich verzichte. Ich würde lieber noch ein bisschen mit Jason rumknutschen*?

Sie merkte, wie ihre Wangen heiß wurden bei dem Gedanken. Also nickte sie nur hastig und nahm ihren Platz ein, bevor es jemandem auffallen konnte.

»Ich werde die heutige Meditation leiten«, erklärte Quinn, während Robin noch versuchte, eine annähernd bequeme Sitzposition zu finden. »Ihr konzentriert euch nur auf euch selbst. Ich werde die Verbindung zwischen euch herstellen. Solltet ihr eine fremde Energie spüren, lasst sie ein wie einen Freund. Oder einen Liebhaber. Alles vollkommen in Ordnung.« Er gab ein kleines Kichern von sich, das in ihre Richtung gerichtet war, wurde aber gleich wieder ernst. »Heißt sie willkommen, labt euch an ihr und lasst sie dann weiterziehen.«

Robin merkte, wie sich schon bei dem Gedanken an das elende Zwangs-Entspannen eine Art Abwehrschild in ihr hochfuhr. Sie war einfach nicht fürs Rumsitzen gemacht. Und so aufgewühlt, wie sie gerade war, würde es ihr noch schwerer fallen als sonst.

Quinn fing an, sie in beruhigendem Ton in die Entspannung zu führen und Robin schloss, wie alle anderen, die Lider.

Kaum getan, drifteten ihre Gedanken bereits ab. Sie sah Jason vor sich, hörte sein leises ›Okay‹, spürte beinahe seine Nähe.

Vielleicht war es gar nicht so schlecht. Sie wollte doch Zeit zum Verarbeiten. Jetzt hatte sie jede Menge davon. Sie musste nur ausblenden, dass sie nicht allein war.

Wärme flutete sie und obwohl ihr das Herz bei der Erinnerung genauso bis zum Hals schlug wie im Moment des Kusses, hatte sie das Gefühl, ruhiger zu werden.

Fast war es, als würde sie in einen Traum gleiten, während sie den wundervollen Augenblick noch einmal durchlebte, den sie mit Jason geteilt hatte.

Ihr war wirklich, als würde sie abermals vor der Dusche stehen, das Handtuch eng um sich geschlungen, den Blick auf Jasons Mund gerichtet. Dann seine weichen Lippen auf den ihren, ein Fenster zur Ewigkeit. Das Handtuch, das zu Boden fiel, dieses Mal jedoch nicht aufgrund von Mickaels Ruf, sondern weil Jason es einfach losgelassen hatte.

Was wäre geschehen, wenn …

Plötzlich veränderte sich das Bild um sie herum. Das Bad dehnte sich aus, die Fliesen der Wände, der Decke und des Bodens rückten in endlose Ferne. Und Jason mit ihnen. Sie streckte die Hand nach ihm aus, konnte ihn aber nicht aufhalten. Dafür bemerkte sie, dass sie keineswegs nackt war, sondern die zerschlissene Kleidung trug, mit der sie auf Qi Manor angekommen war.

Panisch drehte sich Robin um die eigene Achse. Egal in welche Richtung sie schaute, überall herrschte undurchdringliches Schwarz. Eine eisige Klaue legte sich um ihr wild pochendes Herz, als wollte sie ihm sagen, wie falsch es war, so schnell zu schlagen. Wie falsch die Dinge waren, die sie für Jason empfand.

Doch ihre Intuition sagte ihr, dass es hier um etwas anderes ging. Und kaum hatte dieser Verdacht gekeimt, hörte sie eine Stimme, die von überall gleichzeitig zu kommen, aber auch nur in ihrem Kopf zu sein schien.

»Es gibt keine Dunkelheit ohne Licht.«

Am liebsten hätte Robin die Augen geschlossen, um der Schwärze um sich herum eine logische Erklärung zu geben. Aber aus irgendeinem Grund konnte sie das nicht.

Also sah sie sich noch einmal um, versuchte ihre Umgebung mit mehr Ruhe zu betrachten. Und dann entdeckte sie tatsächlich etwas: Vier leuchtende Kugeln, alle in unterschiedlichen Farben: Gelb, Weiß, Blau und Grün. Sie schwebten ein ganzes Stück entfernt von ihr in sanften Wogen hin und her.

Sie wollte ein paar Schritte auf sie zu machen, doch ihre Beine bewegten sich nicht. Trotzdem kamen die Lichter näher, und aus den Kugeln formten sich Konturen, Umrisse, die menschlichen Körpern glichen. Robin konnte keine Gesichtszüge erkennen, nur anhand der Staturen erkannte sie, wen sie da vor sich hatte – die Baocun.

Erst jetzt bemerkte sie, dass auch von ihr selbst ein Leuchten ausging, rot wie das Feuer. Es war schwächer als bei den anderen, schien sich nur schüchtern unter ihrer Haut hervorzustehlen. Aber es war da.

Sollte sie es geschafft haben? War ihr die Meditation gelungen und stand sie nun kurz davor, sich mit den anderen zu verbinden? Wieder schlug ihr Herz schneller und sprengte die eiserne Fessel der Angst, die es erdrücken wollte. So unheimlich die Dunkelheit auch war, wenn die anderen ebenfalls hier waren, konnte sie nichts Schlechtes bedeuten.

Plötzlich spürte sie eine Präsenz hinter sich, eine weitere Energie, die nicht in diesen Kreis gehörte. Sie wollte sich umdrehen, doch abermals missachtete ihr Körper ihre Befehle.

Sollte das die Energie sein, von der Quinn gesprochen hatte?

Robin versuchte, sich von jeder Angst und jedem unheimlichen Gefühl zu befreien. Wie befohlen wollte sie einfach annehmen, was sich ihr da näherte. Aber je mehr sie es versuchte, desto größer wurde die innere Barriere, die sie davon trennte. Es kam ihre wie eine Warnung vor, sich nicht auf das einzulassen, was sie da bedrängte.

»Kluges Flämmchen«, ertönte die fremde Stimme erneut, dieses Mal nicht so körperlos wie zuvor. Der Sprecher befand sich eindeutig hinter ihr und Robin hätte schwören können, dass die Stimme zu Quinn gehörte.

In dieser Sekunde zischte etwas an ihr vorbei. Sie folgte dem etwas, das aussah wie ein Wirbel aus allen Farben, die Robin je gesehen hatte. Er schraubte sich ein Stück empor, zog Kreise über den Baocun wie ein Geier auf der Jagd.

Keiner der Jungs reagierte darauf. Sie standen lediglich da, die Köpfe gesenkt, die Arme kraftlos neben dem Körper. Fast wirkten sie wie Marionetten, deren aufrechte Haltung nur noch an einem einzelnen Faden hing.

Robin konzentrierte sich wieder auf den Wirbel. Es musste Quinn sein, das spürte sie einfach. Und plötzlich verstand sie es, erkannte das wahre Wesen, das sich in diesem Mann verbarg, und das zu beschreiben Mickael und Dimitri nur im Ansatz fähig gewesen waren.

Quinn war wirklich alles. Und ebenso nichts. Er war Ordnung und Chaos, Frieden und Krieg, Leben und Tod, Zukunft und Vergangenheit. Er war rechts und links, oben und unten, innen und außen. Und doch traf nichts davon wirklich zu. Er war unbeschreiblich …

Robin musste an die Nordlichter denken, die es vor Jahren noch im hohen Norden gegeben hatte. Quinns Erscheinung erinnerte sie an dieses Farbenspiel, das sie von Bildern kannte. Er war wunderschön, gleichzeitig flutete sie ein Gefühl der Angst, dessen Ursprung sie nicht verstand.

Dieser Ort hier … er war unheimlich. Aber wenn die anderen hier waren und Quinn über sie wachte, konnte nichts Bedrohliches lauern. Oder?

Sie ging auf die anderen zu und nahm, wie vorhin schon, ihren Platz im Zyklus der Fünf ein. Just als sie den Kopf senken wollte wie die anderen, um sich für die Energie bereit zu machen, die Quinn ihnen angekündigt hatte, kam Bewegung in die Übrigen. Langsam, als wären ihre schillernden Körper aus Wachs, wandten sie ihr die Gesichter zu und blickten sie aus leeren Augenhöhlen an.

Erneut stieg Unbehagen in ihr auf, schien ihr auf die Schulter zu klopfen, um ihre Aufmerksamkeit zu erlangen. Hier stimmte etwas nicht.

»Es ist Zeit«, dröhnte Quinn. »Die Zeit ist zu Ende.«

Robin konnte nicht widerstehen und sah zu dem Wirbel, von dem die Stimme gekommen war. Gerade sammelte er sich über der gelben Lichtgestalt. Er blieb gestaltlos, folgte in seiner Bewegung keinem erkennbaren Muster und dennoch löste er etwas in Robin aus.

In ihr formte sich der Vergleich mit einer Gewitterwolke, die sich jeden Moment sintflutartig entleeren würde, begleitet von Donner und Blitzen, die zum Töten gedacht waren.

Bevor sie auch nur geblinzelt hatte, schoss das Gebilde herab. Wie Regen und Nebel gleichzeitig stülpte es sich über die Silhouette, die sie Mickael zuordnete. Der Wirbel zog paradoxe Bahnen, wurde noch wilder und gleichsam ruhig.

Dann zerriss ein Schrei die Stille der Dunkelheit.

18

Robins Mund stand offen, doch der schmerzverzerrte Laut war nicht von ihr gekommen. Gelbe Lichtstrahlen durchbrachen den Wirbel wie lange Finger, die nach Halt suchten, während der Schrei in ein hohes Kreischen überging.

Mit einem Geräusch zerspringenden Glases verstummte es plötzlich und als der Wirbel wieder in die Höhe schoss, war der Platz der Erde leer.

Robin konnte nicht glauben, was geschehen war.

Quinn hatte Mickael keine Energie gegeben, er hatte ihn absorbiert, während der Erdbaocun die schlimmsten Qualen durchlitt. Einen Schrei wie diesen hatte sie noch nie gehört, nicht einmal gewusst, dass ein menschliches Wesen fähig zu so etwas war. Obwohl Mickael genau genommen auch kein Mensch war.

Ihr Blick raste zu den anderen im Kreis. Ihre Gesichter waren nach oben gerichtet. Dimitris Mund war weit aufgerissen, auch wenn kein Ton denselben verließ. Jason und Edward wirkten ruhig, wenngleich Robin nicht entging, dass Edward einen Schritt zurücktrat.

Quinns Energiegestalt schien das ebenfalls bemerkt zu haben. Er beendete die Runde, die er gerade über ihnen gedreht hatte, und stürzte abermals wie ein Raubvogel herab.

Anders als bei Mickael hüllte er Edward nicht einfach ein. Er ließ sich bis zum Boden herabsinken, direkt vor dessen Füße. Von dort schlängelte er sich um ihn, beginnend mit den Beinen, dann über den Rumpf und die Arme, zuletzt um den Kopf.

Zwischen den einzelnen Bahnen drang das grüne Strahlen des Holzelements hindurch, erst schwach, dann immer stärker.

Gleichzeitig zogen sich die Schlingen, die Quinn um Edward gezogen hatte, weiter zu, als wollte er jedes Quäntchen Energie aus dem Holzbaocun herauspressen.

Edward schrie nicht, er brüllte. Es war ein dunkler Ton, der bis in Robins Brust drang, und neben Schmerz eine unbändige Wut enthielt. Sie konnte es fühlen, wie es in ihr vibrierte.

Auch dann noch, als erneut das klirrende Geräusch ertönte und das grüne Leuchten neben ihr mit einem letzten Aufbäumen erstarb.

Endlich fand sie ihre Sprache wieder. »Was zur Hölle geht hier ab?«

Niemand antwortete, sie wusste nicht einmal, ob die anderen Energiekörper dazu fähig waren. Also richtete sie den Blick auf den Quinn-Wirbel über ihnen.

»Warum tust du das? Was soll das?«

»Du hast die Zeit des Chaos eingeleitet, kleines Flämmchen«, tönte es von oben herab. »Ich bringe sie in ihre Blüte.«

Er fixierte nun Dimitri, das konnte sie erkennen. Die Bahnen, die er über ihnen zog, konzentrierten sich mehr und mehr auf die blaue Lichtgestalt.

»Das ergibt keinen Sinn. Sie – wir – beschützen dich!«

Sie bekam keine Antwort. Stattdessen stoppte der Wirbel direkt vor dem Wasserbaocun.

»Nein!«, schrie Robin. »Rühr ihn nicht an!« Sie wollte nach vorn treten, losrennen, sich schützend vor den blauen Energiekörper werfen. Aber sie rührte sich nicht vom Fleck. So schnell sie ihre Beine auch bewegte, sie kam keinen Zentimeter voran.

Gefesselt an ihren Platz war sie zum Zusehen verdammt, als ein spitzer Stachel aus dem Wirbel hervorstach, mitten in Dimitris Brust.

Das blaue Wesen streckte einen Arm nach vorn. Die Bewegung wirkte eher, als wollte es den Wirbel berühren, denn eine Verteidigung. Doch selbst wenn Dimitri sich hätte wehren wollen, es war zu spät. Der Stachel wurde zurückgezogen und aus dem Loch, das er hinterließ, quoll helles blaues Licht wie Blut.

Dimitri riss den Mund auf und stieß ein Jaulen aus, das Robin an ein verletztes Tier erinnerte, welches elendig krepierte. Noch einmal schoss der Stachel vor, dann ein drittes, ein viertes Mal.

Loch um Loch stieß er in den Körper des Wasserbaocun, bis das austretende Strahlen so groß war, dass Robin geblendet den Kopf abwenden musste. Erst als das vertraute Klirren erklang und Dimitris Schreie verstummten, wusste sie, dass sein Kampf verloren war.

Nein, es war kein Kampf. Quinn hatte sich ihm nicht unter fairen Bedingungen gestellt, hatte ihm keine Chance zur Verteidigung gelassen. Er hatte das Vertrauen der Jungen ausgenutzt und sie hinterrücks gemeuchelt.

Alle, bis auf einen.

Abrupt sah sie wieder auf, blickte wie automatisch in Jasons Richtung. Er hatte ihr das Gesicht ebenfalls zugewandt. Seine Konturen waren jetzt klarer. Wären da nicht die leeren Augenhöhlen, hätte sie schwören können, sein wahres Antlitz vor sich zu haben.

»Jason, was können wir tun?«, schrie sie ihm entgegen. Wenn er menschlich aussah, war er vielleicht auch fähig zu sprechen. »Er wird uns umbringen, sollten wir nichts unternehmen«, versuchte sie es erneut, als er nicht antwortete. »Wir müssen uns wehren!«

»Keine Angst«, mischte sich Quinn ein, der wieder über ihnen kreiste. »Ich werde einen Boten brauchen. Einer von euch wird leben, um die Ankunft des Chaos in der Welt zu verkünden.«

Sie spürte es, noch bevor Jason sich regte – die Resignation, die plötzlich von ihm ausging, gemischt mit Wehmut, aber auch Entschlossenheit. Und mit Mut. Denn um sich für den Tod zu entscheiden, musste man mutig sein.

Er betrachtete sie noch einen Moment, dann schlossen sich seine Lider über die leeren Höhlen. Er reckte das Kinn dem Wirbel entgegen und nickte.

Robin gefror das Blut in den Adern. Jegliche Wärme wich aus ihrem Körper, als sie begriff, was er da tat.

Er wollte sich opfern, für sie.

Er bot sich selbst an, um ihr Leben zu retten.

Und Quinn akzeptierte das. »So sei es.«

»Nein. Jason, nein!« Hektisch huschte ihr Blick zwischen der weißen Lichtgestalt und dem Wirbel hin und her, der langsam, fast genüsslich, auf sein letztes Opfer zu schwebte.

Als würde er überlegen, wie er ihm den Garaus machen könnte, mit welcher schmerzhaften Attacke er den letzten Baocun beseitigen würde, der ihm noch im Weg stand.

»Warum tust du das?«, brüllte Robin.

Wieder wollte sie losrennen, doch jetzt war es, als hielten eisenharte Fesseln sie davon ab. Sie zerrte daran, wand sich, kämpfte gegen die unsichtbaren Ketten.

Ohne Erfolg.

Der Wirbel hatte Jason nun erreicht.

Er baute sich vor ihm auf, geformt wie eine Schlange, die ihr Opfer hypnotisiert. Jason hingegen öffnete den Mund und legte den Kopf in den Nacken.

Und als eine Art neblige Zunge aus dem Maul der Schlange hervortrat, wusste Robin, was Quinn vorhatte.

Das konnte doch nicht wahr sein. Sie konnte nicht einfach hier stehen und Jason beim Sterben zusehen! Sie war eine Baocun, verflucht. Sie war genauso mächtig wie die anderen!

Aber auch die anderen hatten sich nicht retten können.

Ja, weil sie es nicht versucht hatten. Sie waren Quinn hörig und seinen Befehlen gefolgt. Hatten ihre Pflicht erfüllt. Immerhin hatte er ihnen von Kindesbeinen an eingeimpft, dass dies ihre Aufgabe war – alles zu tun, was er verlangte.

Bei ihr jedoch war das anders. Sie besaß noch immer ihren freien Willen, ihre eigene Persönlichkeit, die sich achtzehn Jahre lang geformt hatte. Und sie würde nicht tatenlos bleiben und zusehen, wie der Mann, den sie liebte, einfach ausgelöscht wurde.

Teufel noch eins, ja! Was sie fühlte, was sie für Jason empfand, war Liebe. Nichts anderes hätte ihr Herz so in Flammen setzen können, als sie ihn geküsst hatte.

Mit einem Schlag wich die Kälte aus ihrem Leib, wurde verdrängt von einer allumfassenden Hitze. Angefangen in ihrer Brust, strömte es durch ihre Adern bis in die Zehen und Fingerspitzen. Robin riss den rechten Arm nach vorn und spürte, wie sie freikam. Wie was auch immer sie hielt, zersprang.

Sie hob die Hand vors Gesicht, kurzzeitig gebannt von dem, was sie sah. Da war keine Haut mehr, kein Fleisch, kein Körper. Die Finger, die sie zur Faust krümmte und wieder öffnete, bestanden aus nichts als rotglühendem Licht.

Sie sah es nicht nur, sie fühlte es, dass ihr ganzer Leib seine physische Form verlassen hatte. Sie bestand nur noch aus purer Energie.

Ihr Instinkt übernahm das Handeln. Sie ballte die Hand zur Faust und stieß damit nach vorn, in die Richtung, in der sich die neblige Schlange vor ihrem Opfer aufbäumte.

Es war, als würde sie auf eine unsichtbare Wand treffen, die sie aber nicht aufhielt, sondern sich mit ihr bewegte. Als würde sie die Luft verschieben, bewegte sich eine Druckwelle auf die Schlange zu, traf sie volle Breitseite und sorgte dafür, dass der Wirbel in feinste Sporen zerstob und sich verteilte, bis er gänzlich verschwunden war.

Einen Moment stand Robin so da, den Arm nach vorn gestreckt, keuchend. Nein, Letzteres bildete sie sich ein. Sie spürte zwar, wie viel Anstrengung sie diese Attacke gekostet hatte – atmen musste sie allerdings nicht. Sie fühlte keine Luft in ihren Lungen, keine Bewegung in ihrer Brust, kein Rauschen in ihren Adern. Da war nichts Körperliches mehr.

Als sie realisierte, dass sie Quinn geschlagen hatte, glitt ihr Blick zu Jason. Und dann nahm sie doch eine Regung in ihrem Inneren wahr. Die Marienkäfer hatten sie nicht verlassen. Sie jubilierten vor Erleichterung und Robin folgte ihrem Drängen und rannte zu Jason hinüber, um ihn in die Arme zu schließen.

Kurz bevor sie ihn erreichte, schoss vor ihr etwas aus dem Boden empor. Sie prallte gegen eine Wand und musste sofort an ihren ersten Tag auf Qi Manor denken, als Edward sie mit einer ähnlichen an der Flucht hatte hindern wollen.

Dieses Mal stürzte sie nicht, taumelte lediglich einen Schritt zurück. Und es waren auch keine hölzernen Planken, die sie aufgehalten hatten, sondern Quinn.

»Hast du wirklich gedacht, es wäre so leicht, Flämmchen?«, verhöhnte er sie.

Robin bereitete sich auf einen Angriff vor. Quinns Worte klangen nach Bestrafung, nach einer Demonstration seiner Macht. Dafür wollte sie gewappnet sein.

Aber er hatte es nicht auf sie abgesehen. War der Wirbel gerade noch flächig vor ihr gewesen, breitete er sich jetzt aus und legte sich wie eine Käseglocke über Jason. Kaum war das vollendet, zog sich diese auch schon zusammen.

Jason setzte sich weiterhin nicht zur Wehr. Er hockte sich nur auf den Boden, zog die Knie an den Bauch, machte sich klein. Zumindest würde das sein Ende hinauszögern, wenn er sich schon nicht verteidigte.

»Nein!« Robin war nicht bereit, das zu akzeptieren.

Mit einem Brüllen, das einem Kampfschrei glich, sprang sie vor und ballte erneut die Fäuste.

Hieb um Hieb hämmerte sie auf die Glocke ein, deren Oberfläche überraschend hart war, dafür dass sie nur aus Nebel zu bestehen schien. Funken flogen, wo ihre Schläge auftrafen, mehr passierte jedoch nicht.

Das Gebilde hielt stand. Quinn hielt stand. Übertrieben langsam schrumpfte er weiter zusammen. Es fehlte nicht mehr viel und er würde Jason erreichen.

Was zur Hölle konnte sie tun? Was konnte diese Kuppel zerbrechen, zersetzen, wegschmelzen?

Etwas, das sie in einem Physikbuch gelesen hatte, kam ihr in den Sinn. Stoffe besaßen drei Zustandsformen – fest, flüssig und gasförmig. Und in der Regel waren diese von der Temperatur abhängig. Wenn sie nur genug Hitze erzeugte, konnte sie Quinn vermutlich zurück in die Gasförmigkeit des Nebels zwingen.

Nicht eine Sekunde fragte sie sich, wie sie das anstellen sollte. Sie hob die Hände und warf sie mit einem Ruck nach vorn, als würde sie Wasser abschütteln wollen, das daran haftete.

Doch anstatt feuchter Tropfen flogen Feuerbälle nach vorn, einer aus jeder Hand. Beide trafen ihr Ziel, ohne dass Robin bewusst gezielt hätte.

Sie wiederholte die Bewegung Mal um Mal. Jeder Angriff erfolgte, als wüsste ihr Energiekörper genau, was er tat. Als hätte er es bereits millionenfach getan.

Mit jedem Mal steigerte sie das Tempo. Feuerball um Feuerball knallte auf die Kugel und zerstob dort in einer kleinen Explosion.

Und tatsächlich meinte Robin, zumindest eine Farbveränderung an den Stellen zu erkennen, an denen sie auftrafen. Aber es reichte nicht, um ein Loch in die Oberfläche zu sprengen.

Also ging sie zum nächsten über, das sie beherrschte – woher auch immer.

Sie streckte die Handflächen nach vorn.

Schon bei dieser Bewegung merkte sie, dass diese Attacke sie deutlich mehr an Kraft kosten würde als die zuvor. Ihre energetische Daseinsform begann zu zittern, ja regelrecht zu flackern. Sie fühlte es nicht nur, sie konnte es auf der Oberfläche ihrer Arme sehen. Wie bei einem Gewitter, bei dem unentwegt Blitze durch die Wolkendecke zuckten, flimmerte das rote Licht, aus dem sie bestand. Sie konnte nur hoffen, dass sie sich nicht überschätzte und standhalten würde, solange es nötig war.

Robin richtete ihre Aufmerksamkeit wieder nach vorn, als die Kuppel gerade Jasons gekrümmten Rücken erreichte.

Ein Knurren drang zu ihr herüber, angefüllt von einer Mischung aus Schmerz und Verzweiflung. Schon der Kontakt zu Quinn schien ihn zu verletzten, sie musste sich beeilen!

In Gedanken holte sie tief Luft. Ihre Nervenenden ertasteten eine fremde Energie in der Umgebung. Sie war anders als ihre eigene, und dennoch ähnelten sie sich.

Doch wo ihre eigene heiß war und nach Asche schmeckte, war diese klar, saftig und … holzig.

Edward, schoss es ihr durch den Kopf. Was auch immer Quinn ihm angetan hatte, ein Rest seiner Energie schien sich noch in ihrer Nähe zu befinden. Und er stellte sie ihr zur Verfügung, unterstützte sie damit, seinen Bruder zu retten.

Dankbar nahm sie die Hilfe an, saugte die Energie des Holzes in sich auf wie ein Schwamm. Das Flackern ihres Körpers hörte auf, das rote Strahlen nahm sogar noch zu.

Genau im richtigen Augenblick, bevor es zu viel wurde, bevor Edwards Energie drohte, sie zu überwältigen, ließ sie die ihre frei.

Gleißend helle Strahlen brachen aus ihren Handflächen hervor und schossen auf die Kuppel zu. Pures Feuer quoll mit ohrenbetäubendem Tosen aus Robins Händen, so heiß, als würde es direkt aus der Hölle kommen.

Sie spürte es, merkte, wie ihre Hände unter der hohen Temperatur vibrierten. Lange würde sie das nicht aushalten.

Das Gleiche galt jedoch für Quinn. Hatte er ihre Angriffe bisher ignoriert, sie gewähren lassen, zwang ihn ihr Feuerstrahl nun dazu, sich zu verteidigen.

Anstatt sich weiter um Jason zusammenzuziehen, schob er sich ihr entgegen, weg von der weißen Lichtgestalt, als wollte er sie zurückdrängen.

»Gut so«, brüllte sie ihm entgegen. »Konzentrier dich auf mich!«

Wieder überzog das Flimmern ihren Körper. Es kostete sie alle Energie, die sie hatte, den Strahl aufrecht zu erhalten. Was sie von Edward bekommen hatte, war längst erschöpft, sie zehrte nun von ihren eigenen Reserven, und auch diese ließen merklich nach.

Alles wurde zu viel: das tosende Zischen zu laut, das Strahlen zu hell, die Hitze zu groß.

Nur ihre Energie wurde immer weniger.

Quinn hatte sich gesammelt, stand nun wie eine Wand zwischen ihr und Jason. Dieser war außer Gefahr, zumindest für den Moment.

Doch sobald Robin aufgab, würde sich Quinn erneut auf den Metallbaocun stürzen – oder auf sie. Beides war sie nicht bereit in Kauf zu nehmen. Sie wollte ihn besiegen, koste es, was es wolle. Sie würde nicht zulassen, dass er die Welt ins Chaos stürzte.

Auch wenn es ihr das letzte bisschen Kraft entzog, steigerte sie den Druck auf Quinn, ließ den Flammenstrahl noch breiter, noch intensiver werden.

Quinn veränderte indes seine Form, bildete einen langen Schaft mit einer Verdickung am oberen Ende.

Eine Fliegenklatsche, erkannte Robin. *Er will mich zerquetschen wie ein lästiges Insekt!*

Sie richtete den Strahl auf das Viereck, das in derselben Sekunde auf sie niedergehen wollte. Es reichte aus, um den Schlag abzufangen, aber sie spürte die gewaltige Kraft, mit der er sie niederdrückte.

Doch sie war stärker. Eine Sekunde verging, dann begann das Gebilde vor ihr endlich zu schmelzen.

Ein Loch bildete sich dort, wo Robins Feuerstrahl die Schlagfläche traf, das schnell größer wurde. Sie bewegte die Hände, zog spiralförmig über Quinns Manifestation und zerstörte damit mehr und mehr von ihm, bis er seine Reste sammelte und sich zurückzog.

Mit einem lauten Aufschrei, mehr Wut als Schmerz, verschwand der Wirbel nach oben in der Dunkelheit, bis er nicht mehr zu sehen war.

Robin sackte keuchend in die Knie. Plötzlich konnte sie ihren physischer Körper wieder wahrnehmen, schmerzend und rebellierend, als hätte sie minutenlang den Atem angehalten.

Luft, dachte sie, *ich brauche Luft.*

Sie sah ihre Hände, den Ruß an ihren Armen.

Sie ertastete den Boden der Trainingshalle unter ihren Fingern und Knien.

Sie hörte, wie Jason ihren Namen rief.

Dann übergab sie sich.

Teil 3

Das Feuer

Der Zyklus der Fünf

Die Wandlungsphasen

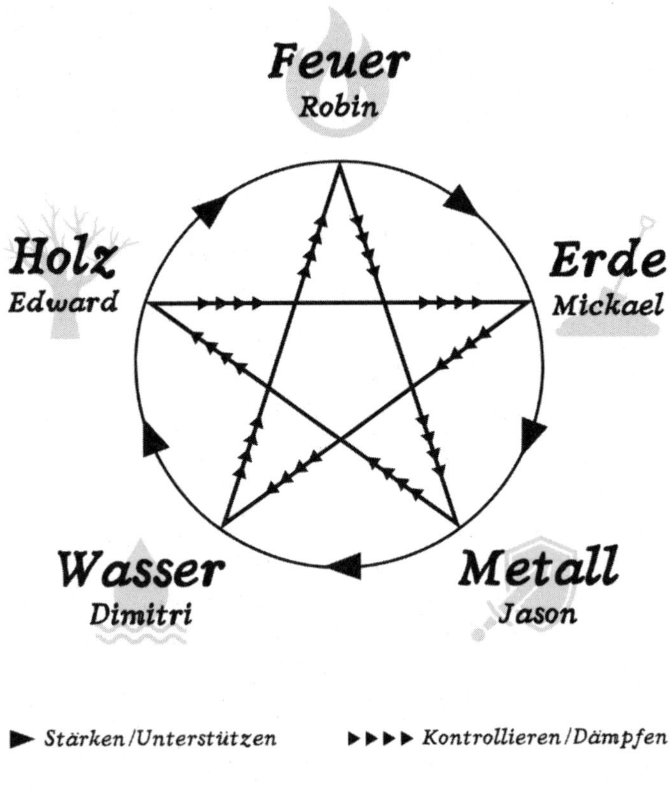

19

Sie zitterte am ganzen Leib. Es war ihr schleierhaft, wie sie es schaffte, sich auf allen vieren zu halten, woher die nötige Muskelspannung kam, dass sie nicht einfach zur Seite kippte. Funken tanzten vor ihren Augen, den Boden unter sich erkannte sie nur verschwommen. Aber es waren eindeutig die Dielen der Trainingshalle, auf denen sie kauerte.

Noch einmal würgte Robin, spuckte jedoch nur Galle aus. Dann krabbelte sie ein Stück nach hinten, um dem säuerlichen Geruch zu entkommen. Außerdem fürchtete sie, jede Sekunde zusammenzubrechen und dabei wollte sie nicht in ihrer eigenen Kotze landen.

Sie hörte ein Rascheln ganz in der Nähe, gefolgt von einem Aufschrei. »Robin!«

Jasons Stimme zu hören, war wie Balsam, mehr wert als jedes Glas Wasser, das man ihr jetzt hätte reichen können, obwohl ihre brennende Kehle nach Flüssigkeit gierte.

Nein, nicht nur ihre Kehle. Ihr ganzer Körper war wie ausgetrocknet und ihre Haut spannte, als hätte sie viel zu lange in der Sonne gestanden.

Dennoch rang ihr die Tatsache, dass der Metallbaocun überlebt hatte, ein Lächeln ab.

»Sitzen bleiben.«

Sofort froren ihre Gesichtszüge ein. Wo Jasons Stimme ihre geschundene Seele gestreichelt hatte, schnitt Quinns wie mit einem Messer hinein. »Sie muss selbst wieder auf die Beine kommen.«

Oh, wie gern sie das wollte! Aufstehen, nur um ihm von Neuem ihren Flammenstrahl entgegenzuschleudern. Schon tanzten kleine Flammen um ihre Finger …

Aber sie war am Ende und schon dieses kleine Aufbegehren ihres Feuers verlangte ihr alles ab. Wenn Quinn zum nächsten Schlag ansetzte, war es vorbei.

»Zurück in den Kreis. Unterstützt eure Schwester.«

So gern wollte Robin den Kopf heben, sehen, was die erneuten Geräusche verursachte. Schritte erklangen, die eindeutig nicht nur von einer einzelnen Person stammten. Kleiderrascheln wie zuvor aus Jasons Richtung, nur viel näher dieses Mal.

Mit aller Mühe wandte sie den Kopf nach rechts.

Wie konnte das sein? War es wirklich Edward, der sich da neben sie setzte? Der Mensch Edward, wenn auch blass und erschöpft?

Langsam und unter Anstrengung schaute sie zur anderen Seite. Dort hatte sich Mickael niedergelassen und legte gerade seine Hand auf ihre Schulter. Behutsam gab er Druck und Robin ließ sich auf ihre Fersen sinken.

Dann spürte sie auch Edwards Berührung an ihrem rechten Arm. Und nun, wo sie sich ein wenig aufgerichtet hatte, erfassten ihre Augen auch Dimitri und Jason, die ihre gegenübersaßen, zwischen sich die Pfütze ihres Erbrochenen.

Die Jungs fassten einander an den Händen und auch die ihren wurden ergriffen.

Doch ohne Mickaels Stütze an ihrer Schulter schaffte es Robin nicht, sich aufrecht zu halten. Sofort sackte sie in sich zusammen, nur um von einem weiteren Paar Hände aufgefangen zu werden.

Quinn hatte sich unbemerkt hinter sie gekauert, legte nun die Arme um ihren Oberkörper und presste sie an seinen eigenen. Sie wollte sich aus der Umklammerung lösen, brachte aber gerade mal ein Kopfschütteln zustande.

»Es ist okay, Robin«, drang Jasons Stimme beruhigend an ihr Ohr. »Du bist in Sicherheit. Niemand wird dir etwas tun.«

Wie konnte er das sagen? Er hatte selbst gesehen, wie dieses Monster seine Gefährten gemeuchelt hatte. Er wäre beinahe selbst draufgegangen, scheiße noch mal!

Und trotzdem waren die Jungs hier, hielten ihre Hände, starrten sie mit einer Intensität an, die ihr die Nackenhaare zu Berge stehen ließ.

Was auch immer vor sich ging, Robin fehlte die Kraft, dem auf den Grund zu gehen. Also ergab sie sich ihrem Schicksal, sank tiefer in Quinns Umarmung und gestattete ihren Lidern, sich endlich zu senken.

Doch anstatt in die Besinnungslosigkeit zu driften, fühlte sie ein Kribbeln in ihrer rechten Hand, dort wo ihre Finger Edwards berührten.

Sie kannte das, was dort um Einlass ersuchte, was sich ihr Linderung versprechend anbot. Nur zu gern nahm sie Edwards Energie entgegen, ließ sie in sich hinein, durch ihre Adern fließen und machte sie zu der ihren.

Holz wandelte sich zu Feuer. Nicht lodernd und vernichtend, sondern wärmend und kraftspendend. Es spülte den Ruß und die Asche fort, die ihr Inneres überdeckten, sie plötzlich zu ersticken drohten.

Und schließlich verließ sie all das Schlechte, der Abfall, die Trümmer der vergangenen Schlacht. Es floss einfach aus ihr heraus, aus ihren linken Fingern, und ging auf Mickael über.

Als dieser aufkeuchte, wollte Robin ihre Hand zurückziehen. Er hielt sie jedoch fest, hielt den Strom zwischen ihnen aufrecht.

Da merkte Robin, dass sie nicht nur Edward schmecken konnte in der Energie, die sie von ihm erhielt, sondern auch all die anderen. Die erfrischende Kühle von Dimitris Wasser, die Geschmeidigkeit von Jasons Metall, selbst die Weichheit von Mickaels Erde. Und am Ende sogar etwas Verbranntes, den letzten Rest ihres eigenen Feuers. Zum ersten Mal war sie wirklich Teil dieses Zirkels, verbunden mit den anderen in einem stetigen Fluss der Energie. Und es fühlte sich großartig an.

Minutenlang saßen sie so da und Robin merkte, wie sie langsam regenerierte, nicht mehr so ausgetrocknet war, wenn auch noch immer völlig entkräftet. Der Push, den Edward ihr sonst mit seiner Energie verpasste, blieb aus. Aber immerhin bekam sie die Kontrolle über ihren Körper zurück.

Quinn schien das zu merken, denn irgendwann ließ er sie los und erhob sich. Kaum hatte er das getan, ließen auch die Jungs ihre Hände los.

Der Energiestrom versiegte und hinterließ eine unangenehme Kälte in ihr, ein Gefühl der Verlassenheit, des Alleinseins.

Sie öffnete die Augen und sah die anderen an. »Ihr lebt.« Ihre Stimme war nur ein Flüstern und sie musste sich mit einer Hand am Boden abstützen, um nicht doch umzukippen.

Einer stillen Absprache folgend rückte Edward von ihr ab und Jason rutschte an ihre Seite. Er nahm sie in den Arm, und wieder spürte sie das Kribbeln der fremden Energie, an der sie sich bedienen konnte.

»Jason, das ist nicht richtig«, hörte sie Dimitris gedämpfte Stimme.

Obwohl ihr Kopf wie in Watte gepackt war, erkannte sie die Warnung darin.

»Das ist mir egal. Sie braucht das jetzt. Und sie hat es sich verdient.«

»Was ist passiert?«, wollte sie wissen, auch wenn sie nicht abschätzen konnte, ob ihr Hirn gerade fähig war, irgendwelche Informationen aufzunehmen, geschweige denn zu verarbeiten.

Quinn erschien in ihrem Sichtfeld. »Herzlichen Glückwunsch, kleines Flämmchen. Deine Kräfte sind nun vollständig erwacht.«

»Du …« Sie wollte zurückweichen, doch Jason hielt sie fest.

»Er hat nichts gemacht«, erklärte er leise. »Was du gesehen hast, ist nicht wirklich passiert. Es war nur eine Illusion, ein Trugbild auf energetischer Ebene.«

»Was?«

»Quinn hat gespürt, wie sehr wir bereits miteinander verbunden sind. Wie viel du für uns andere Baocun empfindest. Damit hat er dich herausgefordert. Er hat dich an der Stelle gepackt, die dem Feuer die empfindlichste ist – bei deinem Herzen.«

Wie viel du für uns andere Baocun empfindest. Nein, nicht für die anderen, nur für ihn. Und auch das wusste Quinn, sonst hätte er Jason niemals als Letzten übrig gelassen.

Mit fahrigen Bewegungen suchten ihre Finger seine Hand und umschlossen sie, als sie sie fanden.

»Wart ihr alle dort?«, wollte sie wissen. Ihre Stimme war zu einem einzigen Hauchen verkommen. »Habt ihr alles gesehen?«

»Nicht gesehen«, meinte Mickael, der seine Hand nun auf Jasons Oberschenkel legte. Sofort mischte sich in dessen Energie, an der Robin sich labte, ein Geschmack von Erde. »Nur gespürt.«

Etwas Feuchtes lief über Robins Wange, erst rechts, dann links. »Es tut mir leid«, meinte sie »Ich …«

Alle weiteren Worte, die sie hatte sagen wollen, gingen in einem zittrigen Schluchzen unter.

»Dir muss nichts leidtun. Du warst großartig!« Dimitri klang regelrecht euphorisch. »Du bist verflucht stark, Robin.«

»Ja, das ist sie«, bestätigte Quinn. »Ich bin sehr stolz auf dich, kleines Flämmchen. Und ich entschuldige mich, dass ich zu solch einem perfiden Spiel gezwungen war. Aber der Zweck heiligt die Mittel.«

Hinter Robins erneut geschlossenen Lidern zeigten sich die Bilder des vergangenen Kampfes und ein Schauer lief ihr über den Rücken, begleitet von einem Nachhall der unbeschreiblichen Angst, die sie verspürt hatte.

Vermutlich sollte sie glücklich sein, dass ihre Kräfte nun entfesselt waren. Dass sie sogar fähig war, sie zu kontrollieren. Doch sie konnten diesen einen Moment nicht verdrängen, als sie geglaubt hatte, Jason für immer zu verlieren.

»Ich möchte in mein Zimmer«, bat sie leise.

Allein aufzustehen, gelang ihr nicht, Jason musste ihr helfen. Und auch dann trugen ihre Beine sie nicht, gaben einfach unter ihr nach, sobald sie sie belasten wollte.

Kurzerhand griff Jason nach ihr und nahm sie auf die Arme.

»Gute Besserung«, hörte sie Mickael sagen. Und Edward, wie er meinte: »Ich geh lieber mit.«

»Nicht nötig«, brummte Jason.

Die Worte hallten in seinem Brustkorb nach, an den Robin sich schmiegte. Und sie war froh darüber, dass er Edward abgewiesen hatte. Sie merkte auch, wie wenig sie in ihr eigenes Zimmer wollte. Sie war genau da, wo sie sein sollte.

Sein Duft strömte ihr in die Nase, während er mit ihr durch die Gänge der Villa ging.

Seine Wärme umgab sie wie ein schützender Kokon. Und seine Energie streichelte ihre malträtierte Seele.

Irgendwann öffnete er umständlich eine Tür, da er sie nicht absetzen wollte, und wenig später lag sie in einem Bett.

Mit Mühe hob sie die Lider, die ihr unterwegs immer wieder zugefallen waren, bis sie den Kampf aufgegeben hatte. Ein weißer Baldachin spannte sich über ihr und auch die Decke, die Jason gerade über sie zog, war weiß. Das war nicht ihr Bett, in das er sie gebracht hatte.

»Ich hoffe, das ist okay«, sagte er entschuldigend.

Sie lächelte nur, zu einer wörtlichen Antwort war sie nicht fähig. Er blieb am Bettrand sitzen, strich ihr sanft über den Kopf. Doch das reichte ihr nicht. Sie wollte ihn bei sich haben, ihn berühren, ihm ganz nah sein.

Ihm das zu sagen, dafür war nicht mehr als ein einziger Blick nötig. Er sah ihr tief in die Augen, dann beugte er sich zu ihr und küsste sie.

War schon das erste Mal überwältigend gewesen, schien sie jetzt daran zu ersticken. Es raubte ihr jede Luft, füllte sie aber gleichzeitig mit etwas anderem, was sie viel dringender zum Leben brauchte – ihm. Es war, als würde er ein Stück von sich mit ihr teilen, und sie hätte schwören können, dass es andersrum genauso war.

Hier ging es nicht um Energie, nicht um die zyklische Verbindung zwischen ihnen. Es ging um einen jungen Mann und eine junge Frau, die sich ineinander verliebt hatten.

Viel zu schnell löste sich Jason wieder von ihr. »Ruh dich aus, schlaf ein bisschen.«

Als er sich erheben wollte, hielt sie ihn zurück. »Geh nicht weg.«

Sie versuchte, ein Stück zur Seite zu rutschen, um ihm zu signalisieren, was er stattdessen tun sollte. Doch so sehr sie sich bemühte, ihr Körper schaffte nicht den winzigsten Zentimeter.

Jason verstand dennoch. Er schmunzelte, dann kletterte er vorsichtig über sie hinweg und schmiegte sich an ihren Rücken. Er legte einen Arm um sie, und Robin verfluchte sowohl die Decke als auch die Kleidung an ihrem Leib, die nun alles waren, das sie noch voneinander trennte. Denn sie wollte nicht von ihm getrennt sein.

Als sie ihn gerade darum bitten wollte, zumindest zu ihr unter die Decke zu schlüpfen, übermannte sie der Schlaf, traumlos und dunkel, erhellt nur von einer einzigen Flamme: ihrer eigenen.

20

Das Erste, das sie wahrnahm, waren die sanften Klavierklänge, die an ihr Ohr drangen. Sie musste sich nicht umdrehen, um zu wissen, dass Jason nicht mehr neben ihr lag.

Vorsichtig horchte sie in ihren Körper, suchte nach dem vertrauten Schmerz der Überlastung, den sie schon kannte. Doch sie fühlte sich überraschenderweise gut, regelrecht fit.

Herrje, wie lange hatte sie geschlafen, um vollkommen regeneriert zu sein?

Nur ihr Hals schmerzte ein wenig, was nicht nur auf ihren Durst zurückzuführen war, sondern die Flüssigkeit, die ihn in der falschen Richtung durchquert hatte.

Ihre Gedanken glitten an den Gute-Nacht-Kuss, den Jason ihr gegeben hatte. Und zu dem Fakt, weder etwas getrunken noch ihre Zähne geputzt zu haben, nachdem sie sich auf den Boden der Trainingshalle entleert hatte.

Scham stieg in ihr auf und sie hoffte inständig, dass es für ihn genauso schön und nicht ekelig gewesen war. Denn abgesehen von diesem peinlichen Detail entlockte ihr die Erinnerung ein seliges Lächeln.

Sie blieb noch einen Moment liegen, kuschelte sich in die Laken und atmete seinen Duft ein, der sich darin verfangen hatte. Sie lauschte der Musik, eine ruhige, aber dennoch fröhliche Melodie, die sie zurück ins Traumland lockte.

Beinahe hätte sie nachgegeben, sah den Traum schon vor sich, in den sie sich verkriechen würde. Jason und sie, hier in diesem Bett, ohne störenden Stoff zwischen sich.

Als Letzteres sich bildhaft in ihre Gedanken schob, schreckte sie hoch. So etwas wollte sie sich nicht ausmalen. Solche Fantasien hatte man nicht!

Außerdem hatte sie keine Ahnung, was dann passieren würde. Immerhin war sie einem Jungen noch nie derart nahgekommen. Wieder etwas, das sie nur aus Büchern kannte.

Die Musik stoppte kurz, dann setzte ein neues Stück ein, eines das sie kannte: *Yesterday*. Allerdings spielte Jason es heute anders als beim letzten Mal, es klang irgendwie voller.

Dennoch verstand sie die Botschaft: Er spielte nicht nur für sich selbst, er spielte für sie. Und sie wollte neben ihm sitzen, anstatt hier allein im Bett zu liegen. Und ihn dabei vielleicht noch einmal küssen …

Sie richtete sich langsam auf. Auch dagegen schien ihr Körper nichts zu haben, genauso wenig gegen das Aufstehen und Laufen. Es ging ihr wirklich gut, nichts war von den Strapazen zurückgeblieben.

Mit einem dankbaren Lächeln griff sie nach dem Wasserglas, das Jason auf den Nachttisch gestellt hatte. Gierig trank sie, gurgelte ein wenig, um den schlechten Geschmack loszuwerden und stellte es schließlich halbwegs befriedigt zurück. Immerhin ein erster Schritt. Trotzdem sollte ihr nächster Weg sie ins Badezimmer führen!

Beinahe leichtfüßig ging sie zu der Tür, die das Schlafzimmer von der Lobby abgrenzte.

Als sie diese jedoch aufzog, blieb sie zögernd im Rahmen stehen.

Sie waren *alle* hier!

Edward fläzte in dem Sessel, auf dem sie manchmal las. Dimitri und Mickael standen vor dem entzündeten Kamin, Seite an Seite, den Blick auf die Flammen gerichtet. Und Jason saß nicht wie erwartet am Klavier, sondern auf einem Hocker neben dem Grammophon, auf dem eine Platte gleichmäßig ihre Runden drehte.

Und sie war sich sicher gewesen, irgendetwas von seinen Gefühlen in der Melodie zu erspüren. Wie dumm sie war!

Jason hob als Erster den Kopf, dann wandten sich auch die anderen ihr zu. Dimitri und Mickael lächelten im Einklang. Die anderen beiden aber blieben ernst, und Robin fiel auf, wie abgekämpft sie wirkten, wie erschöpft.

Peinlich berührt strich sie ihre Tunika glatt. »Komme ich zu spät zu einer Vollversammlung?«, wollte sie ihre Verlegenheit überspielen.

Dass die anderen sie dabei ertappten, wie sie aus Jasons Schlafzimmer kam, war ihr furchtbar unangenehm. Wieso hatte er das zugelassen? Hätten sie ihre kleine Zusammenkunft nicht in der Küche abhalten können, wie sonst auch?

Zu allem Überfluss erhob sich Jason nun. Ohne ein Wort kam er zu ihr hinüber, legte einen Arm um ihre Taille und eine Hand an ihre Wange. »Wie geht's dir?«

»Besser als dir, wenn ich deine Augenringe sehe.« Sie verzog mitleidig das Gesicht.

Dann huschte ihr Blick an ihm vorbei, zu den beiden Jungs am Kamin, die nun grinsten. So merkte sie zu spät, wie Jason den Kopf senkte und ihr einen kurzen Kuss auf die Lippen hauchte.

Stocksteif stand sie da und ließ ihn gewähren, vollkommen überrumpelt. Wie konnte er das tun, vor all den anderen? Und ohne ihr vorher die Gelegenheit zu geben, sich die Zähne zu putzen!

Sie hatte damit gerechnet, dass diese Sache zwischen ihnen erst mal ein Geheimnis blieb. Wenigstens so lange, bis sie beide definiert hatten, was diese Sache überhaupt war.

Nun, vielleicht hatte Jason das bereits. War es nicht ein Statement, was er gerade tat? Hieß das nicht, dass es ihm ernst war mit ihr? Dennoch konnte sie nicht mit diesem plötzlichen Outing umgehen.

Mit ihren widersprüchlichen Gefühlen ringend, ließ sie sich von ihm an der Hand zur Couch führen und setzte sich neben ihn.

»Alles klar bei dir, Robin?«, fragte Dimitri, als er auf ihrer anderen Seite Platz nahm.

Auch Mickael zog sich den Hocker heran, der neben dem Grammophon stand.

»Ihr geht's super, das merkt man doch«, murrte Edward und richtete sich im Sessel auf. »Vermutlich besser als uns.«

»Bevor du mich wieder angiftest«, bremste sie ihn, »habe ich da ein paar Fragen.«

»Bitte.« Mit einer gönnerhaften Handbewegung überließ er ihr das Wort.

»Wie lange war ich weggetreten?«

»Zwei Stunden.« Mickael antwortete und sie wandte ihm den Kopf zu.

»Nur?«

Er nickte. »Der Austausch zwischen uns hat richtig gut funktioniert, sodass du dich schnell aufladen konntest. Auch wenn du dich nicht ganz an die Regeln gehalten hast.«

»Langsam, langsam …« Sie griff sich an die Stirn. Nach und nach kamen die Bilder hoch, obgleich in umgekehrter Reihenfolge, was ihr das Verstehen nicht leichter machte. »Was genau ist da passiert? Quinn … Er hat euch angegriffen. Er hat euch getötet, aber …«

Dimitri schüttelte so energisch den Kopf, dass das ganze Sofa wackelte. »Quinn hat uns nichts getan. Na ja, außer uns etwas zu überrumpeln.«

»Der Kampf, den du bestritten hast, hat auf einer anderen Ebene stattgefunden«, setzte Mickael fort.

Robin hasste es, wenn die beiden in diesen Wechseldialog verfielen, versuchte aber angestrengt, ihren Erläuterungen zu folgen.

»Mit seinen Angriffen hat er uns quasi aus der Ebene rausgeschmissen, was für dich vermutlich so aussah, als ob wir uns aufgelöst hätten.«

»Ihr habt euch nicht aufgelöst«, unterbrach sie ihn forsch. »Ihr seid implodiert, auseinandergebrochen, zu tausend Teilen zerfallen. Und das unter furchtbaren Qualen, so wie ihr geschrien habt.«

Mickael fuhr sich mit der Hand durch das braune Haar. »Okay, sonderlich angenehm war das nicht, das geb ich zu. Aber auch nicht so schlimm, wie es gewirkt hat.«

Edward holte tief Luft. »Quinn wollte dich aus der Reserve locken. Keiner von uns ist so bescheuert, dass er nicht mitgekriegt hat, dass du dir deinen Liebling unter uns ausgesucht hast. Und du hast genauso reagiert, wie zu erwarten war.«

»Du hast gekämpft wie eine echte Baocun.« Mickael grinste sie an, Anerkennung und Stolz lagen in seiner Stimme.

Edward verschränkte die Arme. »Die Frage ist, kann sie es jetzt immer noch? Oder müssen wir Jason jedes Mal ein Messer an die Kehle halten, wenn wir sie im Einsatz brauchen?«

Dieser arrogante Arsch! Dem würde sie es zeigen.

Mit einem Schlag entzündeten sich alle Kerzen im Raum – und Jason hatte verdammt viele davon. Dabei starrte Robin Edward direkt ins Gesicht, verzog keine Miene.

»Mhhh«, machte er mit einem abschätzigen Grinsen. »Verstehe, du willst die Klimatischen auf ein romantisches Date einladen. Ich weiß allerdings nicht, wie uns das helfen … Hey!«

Während er sie verhöhnte, hatte Robin ihre rechte Hand erhoben, die Finger ihrer Linken waren noch immer mit Jasons verschränkt.

Wie schon in dem Café ließ sie eine kleine Flamme auf ihrer Handfläche tanzen, verpasste ihr eine kugelige Form und pustete sie Edward entgegen. Sie zielte direkt auf sein Gesicht, ließ den kleinen Feuerball aber einen Zentimeter vor seiner Nase zerplatzen, sodass nur ein paar Funken seine Haut berührten.

Zugegeben, sie war selbst überrascht, wie gut sie das Feuer mit einem Schlag beherrschte. Es war so einfach, als hätte sie ihr Leben lang nichts anderes getan. Und dabei war es nicht einmal anstrengend.

»Tolle Vorstellung, wirklich«, grummelte Edward.

»Hör auf, sie zu ärgern«, ermahnte Mickael ihn. »Wir sind ein Team, und sie hat klar bewiesen, dass sie nun ein vollwertiges Mitglied ist.«

»Von mir aus. Nur würdest du dich bitte in Zukunft an deiner eigenen Energie bedienen und nicht an unserer?«

Robin kniff die Augenbrauen zusammen. »Was meinst du?«

Sie sah zu Jason neben sich. Er lächelte sie an, dennoch entgingen ihr nicht die Schweißperlen, die ihm auf der Stirn standen.

»Es ist so«, setzte er zu einer Erklärung an, doch Robin hatte schon verstanden.

Vorsichtig sah sie zurück zu Edward. »Als ich gegen Quinn gekämpft habe, habe ich dich gespürt, obwohl er dich schon … Na ja, obwohl du bereits weg warst. Es war, als …«

Als würdest du in mich eindringen, hatte sie sagen wollen, aber das klang irgendwie falsch. Vor allem in Jasons Gegenwart.

»Ich hab dir Energie gegeben und du hast sie angenommen.« Edward nickte.

»Und hinterher«, Robin ließ den Blick durch die Runde schweifen. »Als wir im Kreis saßen, da war es nicht nur Edward, da wart ihr es irgendwie alle.«

»Wir haben den Zyklus geschlossen und unsere Energien gleichmäßig aufgeteilt«, bestätigte Dimitri.

Langsam ergab alles ein Bild. »Deswegen ging es mir gleich besser, deswegen habe ich keinen *Kater*.« Der Vergleich schien ihr passend.

Dann sah sie Jason an. Sie musste nichts sagen, er wusste auch so, woran sie dachte.

Edward war es, der es ihr dennoch erklärte. »Es ging dir besser, ja. Trotzdem noch nicht gut. Also hast du dich weiter bedient, auch nachdem wir den Kreis aufgelöst hatten. Ich hab dir nichts mehr gegeben, also hast du den Nächsten angezapft, mit dem du in direkter Verbindung stehst – unseren lieben Jason hier. Im Normalfall ist es deine Aufgabe, ihn zu dämpfen, wenn er es übertreibt. So wie Dimitri dich damals runtergefahren hat, als du weglaufen wolltest. Erinnerst du dich?«

Sie nickte, sah aber weiterhin Jason an.

»Dabei blockierst du quasi einen Teil seiner Kraft, sodass er weniger davon verbraucht. Du allerdings hast ihm einfach etwas davon abgezogen, um dich selbst damit zu stärken.«

»Das ist ein ziemlich starker Eingriff und eigentlich eine Richtung des Energieflusses, die wir nicht benutzen«, setzte Mickael fort. »Sie ist toxisch, sozusagen. Sie schadet.«

Dimitri räusperte sich. »Berührung verstärkt das Ganze noch«, sagte er mit einem Kopfnicken in Richtung ihrer verschränkten Hände.

Sofort zog Robin die ihre zurück, als hätte sie sich an Jason verbrannt. Sie zweifelte keine Sekunde an den Worten der anderen, schließlich hatte sie das Metall regelrecht auf der Zunge schmecken können. Auch jetzt nahm sie einen Hauch davon wahr.

»Oh, Scheiße«, stieß sie aus. »Das wollte ich nicht!«

»Schon gut«, besänftigte Jason sie. »War alles halb so schlimm. Eigentlich haben wir sogar mit so etwas gerechnet.«

Das sorgte nicht dafür, dass sie sich entspannte, im Gegenteil. Für einen kurzen Moment huschte eine fiese kleine Wolke durch ihren Geist, die ihre Zweifel schürte. Hatte Jason nur ihre Nähe gesucht, um ihr den Zugang zu seiner Energie zu öffnen – und auf diesem Weg ihre Fähigkeiten zu wecken?

Doch so schnell er kam, schüttelte sie den Gedanken wieder ab. Ihr Gefühl war stärker, lauter. Und es sagte ihr ganz klar, dass Jasons Kuss ehrlich gewesen war.

»Was passiert nun?«, wandte sie sich etwas gefasster an Edward, der sie mit gewohnt kühlem Blick musterte.

»Ganz einfach. Deine Schonzeit ist vorbei. Ab heute wirst du am ganz normalen Training teilnehmen, genau wie wir. Keine Sonderbehandlung mehr.« Er stand auf. »Du bist jetzt eine von uns, ein vollwertiges Mitglied dieser Runde. Ab jetzt fungieren wir als Einheit, in der jedes Mitglied gleichwertig ist. Keiner wird bevorzugt. Keiner wird weggestoßen.« Er streckte ihr die Hand entgegen.

War das tatsächlich ein Friedensangebot? Irgendetwas in seiner Stimme weckte Robins Argwohn, sie konnte es nur nicht greifen.

Dennoch erwiderte sie den Handschlag, wenngleich sie dabei sitzen blieb.

»Wir alle sind gleich wichtig«, fuhr er fort, während sie einander die Hände schüttelten. »Ein Team, *Brüder* und *Schwester*. Nicht mehr und nicht weniger.«

Und da begriff sie. *Alle gleich, keiner mehr wert als der andere, keine Sonderbehandlung …* Er hatte nicht sie und sich selbst gemeint, sondern sie und Jason.

»Ja klar, Edward, einer für alle und alle für einen.« Mickael strubbelte sich kurz durch die Haare. »Trotzdem kannst du nicht verbieten, dass sich …« Er suchte nach den richtigen Worten. »Dass sich zwischenmenschlich etwas entwickelt …«

»Unter uns gibt es keine Zwischen*mensch*lichkeit«, unterbrach Edward ihn. »Weil wir keine Menschen sind. Wir sind Baocun.«

»Das hat dich bisher doch auch nicht gestört«, murmelte Mickael, was ihm einen scharfen Blick von Edward einbrachte, der sich durch die Runde brannte und seinen finalen Strahl auf Robin richtete.

Edward beachtete diesen Einwurf nicht, ging zur Tür und war eine Sekunde später verschwunden.

Keiner der Verbliebenen sagte etwas. Dimitri und Mickael sahen einander an, schienen ein stummes Gespräch zu führen, das von Ratlosigkeit geprägt war. Robin hielt den Blick auf ihre Füße gerichtet, spürte aber, wie Jason sie von der Seite betrachtete.

Am Ende gingen auch Dimitri und Mickael, wobei Letzterer ihr bedeutete, sitzen zu bleiben, als sie sich ihnen anschließen wollte. Wortlos verließen die beiden den Raum und sie war mit Jason allein.

Sofort meldeten sich die Marienkäfer in ihrem Bauch und stupsten sie an, wenigstens nach Jasons Hand zu greifen, wenn sie ihn denn schon nicht gleich küsste. Stattdessen verschränkte sie die Finger in ihrem Schoß. Es war nicht Edwards Ermahnung, die sie davon abhielt. Es war eher die Angst, ihn abermals unbewusst anzuzapfen.

»Du warst großartig«, brach Jason schließlich das Schweigen. »Deine Energie war unglaublich stark.«

»Das war nicht meine, das war eure.«

Das Kitzeln der Käfer in ihrem Bauch verwandelte sich in ein nervöses Flattern. Unruhe ergriff Robin, als ihr das Geschehene erneut vor Augen trat. Das absolute Hoch beim Kuss mit Jason, der tiefe Fall während der Meditation. Dann wieder nach oben, getragen von den feurigen Schwingen ihres Elements. Und der nächste Absturz, als sie glaubte, Jason zu verlieren.

Die Euphorie des Sieges, die Leere des Energieverlusts, das himmlische Schweben, als Jason sie abermals küsste. Und nun die Ernüchterung, dass sie ihm weder nah sein durfte noch konnte.

Wie sollte ein Mensch mit diesem Auf und Ab klarkommen?

Du bist kein Mensch, du bist eine Baocun, säuselte Edwards Stimme in ihren Gedanken.

Sie stand auf und begann im Raum hin und her zu gehen. Jasons Blick folgte ihr, er schwieg jedoch und gab ihr den Moment, ihre Gedanken zu ordnen.

»Weißt du, was ich nicht verstehe?«, fragte sie schließlich. »Wieso macht Quinn das?«

Jason runzelte fragend die Stirn.

»Ich meine, erst sagt er mir, ich solle meinem Herzen folgen. Dann packt er mich auch noch genau da, bei meinen Gefühlen für dich. Lockt damit meine Kräfte hervor und bringt mir bei, sie einzusetzen. Und dann ordnet er an, dass genau diese Zuneigung inakzeptabel ist? Das ergibt keinen Sinn …«

»Diese Anordnung kommt nicht von Quinn – der freut sich umso mehr, je näher wir uns untereinander sind. Sie kommt von Edward«, korrigierte Jason ihren Gedankengang.

»Und wieso verlangt *er* das?«

»Ich kann nur vermuten. Vielleicht hat er Angst, allein zu bleiben. Das fünfte Rad am Wagen.«

»Hätten es nicht sechs Elemente sein können?«, grummelte sie, blieb stehen und sah Jason fragend an. »Wieso grinst du so?«

Er stand ebenfalls auf. »Ehrlich, du hast Gefühle für mich? Und ich hatte schon befürchtet, du würdest mich nur ausnutzen wollen, um mir die Energie abzusaugen.«

Sie verdrehte die Augen, konnte aber ein Lächeln nicht verbergen. »Idiot«, murmelte sie. Doch da war er schon bei ihr und schlang seine Arme um ihre Taille.

»Na los, kleiner Vampir, beiß zu und bediene dich an meinen Lebensgeistern«, neckte er sie und gab ihr einen Kuss auf die Wange.

Robin versteifte sich. »Was ist, wenn genau das passiert?«, flüsterte sie. »Wenn Edward das angeordnet hat, weil er fürchtet, ich würde dir schaden?«

Jason legte seine Stirn an ihre. »Seit du hier bist, ist alles anders. Nicht nur, dass ich mein inneres Gleichgewicht wiedererlangt habe, kaum dass du über die Schwelle dieses Hauses getreten bist. Deine Energie weist mich in meine Schranken, und ich brauche das.« Er sah sie mit einer Intensität an, die ihr die Hitze in die Wangen trieb. »Aber da ist mehr. Ich fühle Dinge, die ich nie zuvor gespürt habe. Deine Nähe schenkt mir Wärme. Deine Stimme ist die schönste Melodie der Welt. Dein Lächeln«, sein Blick senkte sich auf ihre Lippen, »es lässt meinen Atem stillstehen, während mein Herz davongaloppiert. Ich liebe die Jungs wie meine Brüder, ohne Zweifel. Aber was ich für dich empfinde, ist mehr, so viel mehr.«

Robin schluckte. Irgendwie ging ihr das gerade zu schnell. Und gleichzeitig saugte sie seine Worte auf wie ein Schwamm, das Gefühl, das in ihnen mitschwang. Und alles, was sie wollte, war, ihm zu sagen, dass es ihr genauso ging.

»Du kannst mir nicht schaden, Robin.« Auch seine Stimme war nun zu einem Flüstern verklungen. »Denn du bist das Beste, das mir je passiert ist.«

Er hielt inne, die Lippen nur einen Zentimeter von ihren entfernt. Doch es war Robin, die dieses letzte Stück überwand und ihren Mund stürmisch auf seinen presste.

21

Nachdem sie die Tür hinter sich geschlossen hatte, warf Robin einen kurzen Blick aus dem Fenster, besser gesagt auf ihre eigene Spiegelung darin.

Ihr Haar war strubbeliger als sonst und sie hatte den Gürtel ihrer Tunika vergessen anzulegen. Sie sah also genau nach der durchwachten Nacht aus, die sie hinter sich hatte.

Ein seliges Lächeln lag auf ihren Lippen, als sie den Westflügel hinter sich ließ. Sie hatte sich, wie wohl alle Mädchen, immer vor dieser Nacht gefürchtet, dieser ersten Nacht mit einem Jungen allein. Wahre Horrorgeschichten waren im Waisenhaus kursiert, von Männern, die sich einfach nahmen, was sie wollten. Ohne Rücksicht auf das lebendige Geschöpf unter ihnen, so sehr es auch zitterte und jammerte.

Jason war anders gewesen. Er hatte sie rücksichtsvoll behandelt, fast vorsichtig. Gut, er hatte auch gefürchtet, sie könnte sich von dem gestrigen Kampf noch nicht ganz erholt haben – eine Vermutung, die absolut nicht zutraf. Dank Edwards und seiner *Fürsorge* war sie wieder vollkommen fit. Es ging ihr vermutlich sogar besser als ihm.

Kurz überschatteten die Bilder von Quinns Attacken die romantische Erinnerung an letzte Nacht und ein Schauder lief Robin über den Rücken. Mickaels Kreischen, Edwards Brüllen, Dimitris Jaulen … Die Geräusche suchten sie so laut heim, als würde sie erneut neben den sterbenden Jungen stehen.

Sie bewegte den Kopf zu den Seiten, kreiste die Schultern und wackelte mit den Fingern. Schüttelte die negativen Bilder aus sich heraus.

Sie würde sich *den Morgen danach* nicht von ihnen verderben lassen.

Als hätten ihre Gedanken ihn heraufbeschworen, ihre Sicht ihn hingegen ausgeblendet, lief sie mit einem Mal direkt in Allister Quinn hinein.

Sie war so erschrocken, dass sie nicht den leisesten Ton von sich gab, lediglich zu einem kleinen Schritt zurück war sie fähig. Die Angst ergriff Besitz von ihr, lähmte jeden Muskel, verhinderte jede reflexhafte Reaktion, ob Flucht, Angriff oder Totstellen.

Was wollte er von ihr? Letzteres in die Tat umsetzen?

»Ich möchte nicht, dass deine Erweckung gestern zwischen uns steht. Du sollst mich nicht fürchten, mein Kind«, sagte er sanft, wobei er, die Hände hinter dem Rücken gefaltet, auf den Füßen vor und zurück wippte. »Und ich will dich wissen lassen, das, was immer auch hinter diesen Türen passiert«, er nickte mit dem Kinn über ihre Schulter zum Westflügel hin, »bleibt vermutlich niemandem verborgen. Aber es geht dennoch niemanden etwas an. Du bist das Feuer, du solltest immer deinem Herzen folgen.« Mitten in der Bewegung hielt er an, auf den Zehenspitzen balancierend. »Ich für meinen Teil finde diese Entwicklung entzückend.« Er machte einen kleinen Hüpfer wie eine Ballerina. Dabei drehte er sich um die eigene Achse und rauschte im Stechschritt davon, bevor Robin auch nur realisieren konnte, was da eben geschehen war.

Bestimmt zwei Minuten stand sie noch so da, starr, den Gang entlangstarrend, und ließ die Begegnung Revue passieren.

Hatte Quinn soeben Edwards Verbot ausgehebelt, ihr und Jason gar seinen Segen gegeben?

Er hatte sich erneut entschuldigt. War das sein Ziel, ihr zu beweisen, welch edle Absichten er hegte? Nun, tatsächlich war ihm dies ein Stück weit gelungen. Sein Zuspruch tat zumindest ziemlich gut.

Kopfschüttelnd ging sie weiter. Schon glitten ihre Gedanken zurück zum gestrigen Abend.

Lange hatten sie noch auf dem Sofa gesessen. Mal hatten sie geredet, mal hatten sie dem Grammophon gelauscht. Sie hatten ein Lieblingslied für Robin gefunden, mit dem schönen Titel ›Neverending Story‹, auch wenn Jason ihre Begeisterung dafür nicht ganz nachvollziehen konnte. Selbst jetzt summte sie leise die Melodie, die sich wie ein Wurm in ihrem Ohr festgesetzt hatte.

Irgendwann, als sie beide nurmehr gegen die Müdigkeit kämpften, um keine Sekunde mit dem anderen zu verpassen, waren sie ins Schlafzimmer gewechselt. Dort hatten sich ihre Lippen erneut gefunden und nicht mehr trennen wollen.

Geistesabwesend fuhr sie mit dem Zeigefinger über ihre Lippen. Bildete sie sich das nur ein oder waren sie tatsächlich etwas geschwollen?

Und dann, als sie eng an ihn gekuschelt da lag, den Kopf auf seiner starken Brust ruhend, war sie eingeschlafen.

Traumlos und viel zu schnell war die Nacht an ihr vorübergezogen und hatte mit einer wilden Kissenschlacht geendet, nachdem Jason sie geweckt hatte. Das Kissen war vollkommen verdient in seinem Gesicht gelandet, nachdem er – in verunglimpfender Tonlage – ihr neues Lieblingslied angestimmt hatte.

So viel gelacht wie in dieser halben Stunde hatte sie ihr ganzes Leben nicht. Und auch Jason war so gelöst gewesen wie noch nie.

Einige Küsse später war sie aufgebrochen, um sich vor dem Frühstück mit den anderen etwas frisch zu machen. Obgleich eine perfekte Nacht hinter ihr lag, war es vermutlich nicht förderlich, sollte man ihr das ansehen.

Im Südflügel angekommen, nahm sie eine kurze Dusche, rubbelte ihr Haar lediglich mit einem Handtuch trocken und schlüpfte in die schwarze Lederhose und den dunkelroten Pullover, was neben der Tunika zu ihrer Alltagskleidung geworden war.

Das Strahlen, das sie umgab, verschwand jedoch nicht. Sie konnte nur hoffen, dass die anderen es ihrer neu gewonnenen Energie zuschrieben.

Wie zu erwarten, war sie die Letzte, die in der Küche erschien. Alle saßen bereits auf ihrem angestammten Platz – bis auf Quinn, doch seine Abwesenheit war nichts Seltenes.

Nach einem Austausch gemischt klingender ›Guten Morgens‹ schaufelte sich Robin eine Ladung Pancakes auf den Teller, dazu einen wahren See aus Agavendicksaft.

Als sie saß und an ihrem ersten Bissen kaute, während immer noch alle schwiegen, ergriff sie das Wort.

»Wie geht's denn heute weiter? Was steht auf dem Plan?«

»Könntest du eventuell erst runterschlucken? Ab hundert Gramm wird's undeutlich …«, murrte Edward.

Der Rest der Truppe grinste, was schnell klarmachte, wie die Stimmungslage war. Und wer dafür die Verantwortung trug.

Sie schluckte hörbar. »Gern«, antwortete sie mit leerem Mund und schenkte Edward ein zuckersüßes Lächeln. »Alles, was dich glücklich macht.«

Innerlich schwor sie sich, die Beziehung zu Edward zu verbessern. Ewig konnten die Zickereien zwischen ihnen nicht weitergehen.

Das bedeutete nicht nur Stress für sie, sondern auch für alle anderen. Sie würde netter zu ihm sein, seine Spitzen unkommentiert hinnehmen und – als die Klügere von beiden – nachgeben, wenn es möglich war. Und sie würde gleich damit anfangen.

Gleich. Nach dem Frühstück.

Auch Edward kämpfte anscheinend mit dem Versuch, friedlicher zu sein. »Wie geht es dir heute?«, fragte er an sie gewandt. »Kräfte vollständig wiederhergestellt?«

Noch während er die letzten Worte sagte, spießte sie ein weiteres, großes Stück Teig auf ihre Gabel und schob es sich in dem Moment in den Mund, als sein Fragezeichen in der Luft verklang.

Genüsslich kauend sah sie ihn an. Sie kaute lange, intensiv, schluckte schließlich – und spülte mit einem Schluck Kaffee nach.

»Vollständig wiederhergestellt«, sagte sie dann. Mehr nicht.

Sie las die Gedanken förmlich von Edwards Stirn: *Und für diese Antwort habe ich ihr jetzt minutenlang beim Essen zugesehen?*

»Toll«, war jedoch alles, was er von sich gab.

Erneut kehrte Schweigen ein, das dieses Mal Jason mit einem Räuspern unterbrach.

»In der Regel trainieren wir miteinander, immer mit demjenigen, dessen Angriffe denen unserer direkten Feinde am ähnlichsten sind.«

»Direkte Feinde?«

»Jeder von uns ist gegen einen Klimatischen besonders ...«

»... effektiv, ja, das weiß ich«, beendete sie seinen Satz. »Bei dir ist es die *Trockenheit*, bei Dimitri *Kälte*, bei Mickael *Feuchte* und bei dir«, sie richtete den Blick auf Edward, »*Wind*.«

»Und bei dir Hitze, wie wir ja am Hochofen Erde gut erkennen können«, gab dieser zurück.

Damit hatte er einen Nerv bei Robin getroffen. Viel zu oft musste sie sich selbst daran erinnern, nicht schuld an den klimatischen

Problemen der Welt zu sein. Dass er nun in die gegenteilige Kerbe schlug, war einfach nicht fair.

Sie knallte beide Handflächen mit Wucht auf den Tisch. »Du Arsch«, entfuhr es ihr.

Edward zuckte nur mit den Schultern.

»Wir versuchen«, ging Jason in ruhigem Ton dazwischen, indem er mit seiner Erklärung fortfuhr, »im Training die Angriffe der Klimatischen zu imitieren. So attackiert Dimitri Mickael beispielsweise mit Wasserangriffen. Mickael wiederum bekämpft mich mit Staubattacken und so weiter. Wobei in Zukunft du mein Gegner sein wirst.«

Sofort sah sie ihn mit aufgerissenen Augen an. »Ich soll dich angreifen?« Das war das komplette Gegenteil von dem, was sie gestern getan hatte. Sie konnte nicht …

»Ach, hat Loverboy dir das heute Nacht nicht verraten?«, kam es zynisch von Edward.

Shit, er wusste, dass sie zusammen gewesen waren. Na gut, Angriff war die beste Verteidigung. »Eifersüchtig, oder was?«, zischte sie über den Tisch hinweg.

Dieses Mal schien sie bei ihm eine empfindliche Stelle getroffen zu haben, denn sein Gesicht wurde noch düsterer. »Auf dich?« Er schnaubte, zwang sich dann aber zu seinem überlegenen Grinsen. »Glaub mir, wenn ich auf Jason stehen würde, hätte ich ihn mir schon vor deinem Auftauchen geschnappt.«

»Ach Leute, kommt«, meldete sich nun Mickael zu Wort. »Das reicht jetzt.«

»Du bist mal ganz ruhig zu diesem Thema.«

Die Stimmung in der Küche schien sich immer mehr aufzuheizen. Robin spürte es, im übertragenen, aber auch im wörtlichen Sinne. Dimitri hingegen rieb sich über die Oberarme, als würde er frösteln.

Na klar, ihrer aller Energien kochten hoch und jeder nahm das auf seine eigene Weise wahr. Das war nicht gut, weder für jeden Einzelnen noch für die Dynamik zwischen ihnen.

In diesem Moment ging die Tür auf und Quinn kam herein. »Wundervollen Morgen, meine Kinderchen«, flötete er bestens gelaunt.

Robin zuckte bei seiner Stimme zusammen. Sie meinte weiterhin den leichten Hall darin zu hören, die sie in ihrer Vision gehabt hatte.

»Ich merke, die Stimmung ist bombig«, stellte Quinn fest. Er trat neben Mickael, faltete die Hände hinter dem Rücken und wippte auf den Füßen vor und zurück. »Schön, schön. Als Vater bin ich natürlich überglücklich, wenn meine Sprösslinge sich so gut verstehen. Dennoch muss ich dich entführen. Wir haben einen Termin, schon vergessen?« Er klopfte dem Jungen auf die Schulter, der sogleich aufsprang.

Er schien froh, die aufgeheizte Gruppe verlassen zu dürfen.

»Robin, du bist danach dran«, sagte Quinn mit einem schelmischen Lächeln. »Sei pünktlich, der Scharfrichter mag es nicht, wenn er warten muss.«

Einen Wimpernschlag schienen alle die Luft anzuhalten. Robin sank das Herz in die Hose.

Was bedeutete das? Würde Quinn sie nun täglich in diese Metaebene holen und foltern, nur damit ihre Kräfte wuchsen?

Dann jedoch brach dieser in schallendes Gelächter aus, in das vor allem Edward einstimmte. »Du schaust mich an, als wäre ich die Katze und du die Maus«, brachte er mühsam hervor.

»Kann nicht sein«, murmelte Robin. »Ich mag Katzen.«

»So?« Quinn war mit einem Schlag wieder ernst und strich sich mit zwei Fingern über das glattrasierte Kinn. »Gut zu wissen. Aber nun los.« Er packte Mickael bei den Schultern und schob ihn vor sich her aus der Küche.

Mit ihm verschwand ein wenig von der Anspannung, die schon die ganze Zeit geherrscht hatte. Vielleicht konnten sich die Übrigen nun normal weiter unterhalten.

Jason startete sogleich einen Versuch und setzte da an, wo er vorhin aufgehört hatte. »Ab jetzt bilden wir dich im Feindkontakt aus. Im Wechsel wirst du einen von uns als Partner haben, um deine Kräfte im direkten Kampf zu trainieren. Mann gegen Mann sozusagen.«

»Wohl eher Mann gegen Mädchen«, kam es schnippisch von Edward.

»Ich dachte, die Zeit der Sonderbehandlung ist vorbei. Warum sieht mein Training dann anders aus als eures, ohne einen Standardpartner?«, fragte sie ihn herausfordernd.

Sie hatte einen weiteren dummen Spruch erwartet, doch tatsächlich bekam sie eine plausible Antwort von Edward. »Die Hitze, die dein Gegner ist, zu imitieren, ist schwierig für uns Übrige. Außerdem musst du am Ende gegen alle Klimatischen bestehen. Deswegen haben wir beschlossen, abwechselnd mit dir zu trainieren.«

»Und so besonders ist das nicht«, pflichtete Jason bei. »Auch wir tauschen untereinander, je nach Lust und Laune.«

»Zusätzlich zu deinem Kampfpartner wird außerdem Dimitri dabei sein.«

»Geht das schon wieder los?«, knurrte Robin Edward an. »Ich brauche keinen Babysitter!«

»Es geht dabei nicht um dich, Robin.« Es war das Erste, was Dimitri sagte, abgesehen von seinem Morgengruß. »So wie du lernen musst, anzugreifen, muss ich lernen, dich im Notfall zu dämpfen. Das ist für mich genauso Neuland wie für dich.«

Sie wollte bereits rebellieren, als Jason ihre Hand nahm. »Als Baocun ist man kein Einzelkämpfer. Wir sind ein Team und stehen in symbiotischer Verbindung miteinander. Auch du wirst lernen müssen, mit uns zu interagieren.« Bevor dieser etwas sagen konnte, fügte er an Edward genannt hinzu: »Und zwar in einem Maß, das uns anderen hilft, nicht schadet.«

Robin verstand nicht nur, was er sagte, sie spürte es. Die Verlockung, nach der Energie zu greifen, die von Jasons Fingerspitzen an ihre Haut klopfte. Auch letzte Nacht war das immer wieder vorgekommen. Ja, sie würde wirklich lernen müssen, dem zu widerstehen.

Edward wurde noch deutlicher. »Wenn du dich nicht unter Kontrolle hast, kannst du uns alle in den Untergang schicken. Erinnere dich an den Kreis der Elemente, wie sie alle miteinander verbunden sind.« Er sagte es ohne jede Feindseligkeit, was Robin noch greifbarer machte, wie wichtig das war.

Vor ihrem inneren Auge sah sie es, die Verbindungslinien zu den anderen Elementen. Geben und Nehmen, so war es vorgesehen. Doch jede Bahn konnte umgekehrt werden, aus dem Geben ein Nehmen werden, bis …

Halt, ihr fiel etwas auf.

»Bisher ging es immer nur ums Nehmen. Aber wenn ich das richtig verstehe, bin ich auch diejenige, die Mickael stärken kann. Und theoretisch sollte ich Jasons Energie auch eindämmen können, ohne etwas davon abzuziehen.«

Jason nickte. »Auch das wird ein Bestandteil deiner weiteren Ausbildung.«

Robin hob eine Hand. »Kampf, Beherrschung, Interaktion«, zählte sie an ihren Fingern ab. »Noch was?«

»Gute Manieren?«, schlug Edward vor. Sein Tonfall war jedoch lockerer als vorher. Es war ein Scherz, kein Angriff, das spürte Robin. Also streckte sie ihm zur Antwort nur die Zunge heraus.

»Okay …« Sie sah auf die Uhr über dem Herd. Es war kurz vor neun. »Dann treffen wir uns in zwei Stunden in der Trainingshalle?«

»Wir können gleich gehen«, schlug Edward vor. »Dann kannst du uns ein bisschen zuschauen und wenn du willst, gleich mit einsteigen.«

Misstrauisch beäugte sie ihn. Bisher hatten die Jungs darauf bestanden, dass sie in ihrer energetischen Hochphase trainierte, und diese lag zwischen elf und drei.

Wollte Edward sie in eine Falle locken? Oder wirklich das Kriegsbeil begraben – zumindest vorerst?

»Keine schlechte Idee«, stimmte Jason zu, was Robin etwas entspannte. »Um elf musst du ohnehin bei Quinn antanzen.«

Und schon war es mit der Entspannung vorbei. »Warum?«, fragte sie und ärgerte sich, wie zittrig ihre Stimme klang. Die anderen mussten ja nicht unbedingt wissen, wie tief ihr die Geschehnisse von gestern noch in den Knochen steckten.

Edward entging es definitiv nicht. Das wölfische Grinsen kehrte zurück, er konnte es einfach nicht lassen. »Ich denke, das solltest du selbst herausfinden.«

22

Ihr Weg hatte sie nicht in die Trainingshalle geführt, sondern nach draußen, auf einen Platz, der Robin bisher entgangen – oder schlichtweg nicht da gewesen war.

Es war eine große, kreisrunde Fläche, deren Boden nicht mit Gras, sondern mit Schotter bedeckt war.

»Es gilt eins gegen eins. Wer den Kreis zuerst verlässt, hat verloren«, erklärte Dimitri. »Du und ich sind heute die Schiedsrichter.« Er deutete auf einen kleinen Turm neben dem Ring, auf dem mehrere Leute Platz finden konnten.

Sie folgte ihm, kletterte die Leiter hinauf und stellte sich an die Brüstung, während Dimitri sich auf einen der Hocker sinken ließ.

»Heute auf dem Programm: Metall gegen Holz«, erklärte er wie der Kommentator eines Fußballspiels. »Du gibst das Signal.«

Sie sah ihn fragend an.

»Na, das Startsignal. Zähl von drei runter, so laut, dass sie es hören. Und dann kann der Spaß beginnen.«

Ein aufgeregtes Kribbeln ergriff von ihr Besitz. Sie hatte die Jungs noch nie in Aktion gesehen – jedenfalls nicht in Situationen, in denen sie Zeit gehabt hatte, ihnen in Ruhe zuzuschauen.

Bisher war sie in solchen Momenten mehr damit beschäftigt gewesen, um ihr eigenes Leben zu bangen.

»Drei …«

Sie beobachtete, wie sich Edward und Jason im Ring aufstellten.

»Zwei …«

Die beiden nahmen Kampfposition ein.

»Eins …«

Die Luft schien sich zu verändern, als würden die beiden wie Magnete alle Holz- und Metallenergie in ihrer Umgebung anziehen.

»Los!«

Kaum dass sie den verbalen Startschuss gegeben hatte, vollzog sich eine Wandlung bei den Kontrahenten, ohne dass sie sich vom Fleck rührten.

»Wir haben mehrere Möglichkeiten, unsere Kräfte einzusetzen«, kommentierte Dimitri. Er klang wie ein Professor, der seiner Schülerin das Verhalten der Ratten im Laborkäfig erklärte, sachlich und distanziert. »Wir können unser Element nach außen tragen, unserer Aura eine physische Form geben. Jason hat dadurch seine Haut zu einem Metallpanzer transformiert, eine sehr effektive Verteidigung.«

Robin starrte gebannt auf Jasons silbrigweiße, glänzende Erscheinung. Gleichzeitig fiel ihr der Erdwall ein, den Mickael nicht nur erschaffen, sondern selbst gebildet hatte, als die Klimatischen die Stadt angegriffen hatten.

»Weiterhin können wir alles in unserer Umgebung nutzen, was von unserem Element durchflutet ist.« Dimitri deutete mit einer kreisförmigen Fingerbewegung auf den Bereich um Edward. Hunderte kleiner Risse hatten sich im Schotterbett gebildet, als wäre die Erde darunter von einem Maulwurf aufgestoßen worden.

»Aber Edward beherrscht nicht die Erde. Wie kann er …?«

»Warte es ab.«

Bisher hatte sich keiner der Kämpfenden bewegt. Sie verharrten in Lauerstellung, als würde niemand den ersten Schritt machen wollen. Doch dann griffen sie beinahe zur selben Zeit an.

Jason riss die Hand hoch. Kleine Partikel stiegen vom Boden auf, sammelten sich vor ihm in der Luft und formten sich zu spitzen Splittern, die er mit einer weiteren Armbewegung auf seinen Gegner schleuderte.

Edward machte eine ähnliche Geste, doch förderte er keine Geschosse zutage, sondern einen dicken Wurzelstrang, der sich schlangenartig erhob und dann nach vorn sauste.

Ein Surren erfüllte die Luft, ein Gemisch aus dem Peitschenschlag der Wurzel und dem Zischen der Splitter durch die Luft.

Während Jason zur Seite sprang, um dem Schlag auszuweichen, ließ Edward sich von seinem Element beschützen. Ein Netz aus kleinsten Wurzeln schoss empor, dort, wo Robin die aufgebrochene Erde vermutet hatte. Wie Finger griffen sie die metallenen Splitter aus der Luft und zogen sie in die Tiefe.

»Wow«, entfuhr es Robin leise.

»Jason bedient sich der Metallablagerungen, die in nahezu jeder Struktur zu finden sind. Edward der Pflanzenwelt, die selbst unter der dicksten Betonschicht noch ihre schlafenden Vertreter beherbergt. Der eine erschafft neu, der andere benutzt, was ihm angeboten wird.«

Nun setzte es Schlag auf Schlag, sodass Robin Mühe hatte, dem Geschehen zu folgen. Sie sah, wie Jason weitere Geschosse erschuf, mal lang und scharfkantig, mal kugelrund und stachelbewährt. Dann wieder schossen spitze Holzpfähle aus der Erde, genau dort, wo Jason stand, und zwangen ihn, mit schnellen Sprüngen auszuweichen.

Während sie im Wechsel einander angriffen und sich verteidigten, näherten sich die beiden einander immer mehr an. Robin konnte nicht sagen, ob bewusst oder aus Versehen.

Fasziniert beobachtete sie den Kampf. »Mal im Ernst, Edward hat doch keine Chance gegen Jason, oder? Ich meine, er trägt eine verfluchte Rüstung, wie will Edward da mit seinen Zahnstochern durchkommen?«

»Theoretisch hast du recht, allein aus dem Punkt, dass Jason einfach Edwards Kräfte dämpfen könnte, wenn er wollte. Aber das steht heute nicht auf dem Plan. Und im Kampf ist Edward nicht so unterlegen, wie du denkst.« Dimitri deutete auf eine Stelle innerhalb des Rings.

Auch dort wirkte der Schotter anders, lockerer. Und wie es aussah, hatten Edwards Angriffe das Ziel, Jason genau dorthin zu treiben.

Robin lehnte sich vor, als könnte sie das Geschehen damit besser im Auge behalten. Ihre Hände lagen auf der hölzernen Brüstung und umklammerten diese so fest, dass ihre Fingerknöchel weiß wurden.

Jason musste Edwards Katz-und-Maus-Spiel doch bemerken. Wenigstens die Botschaften, die sie ihm mit ihrem festen Blick schickte, mussten bei ihm ankommen!

Edward ließ nicht locker und feuerte eine Salve nach der anderen auf seinen Gegner, immer ein kleines Stück zu weit rechts, sodass Jason nach links ausweichen konnte.

Noch drei Schritte, noch zwei …

Kaum hatte Jason einen Fuß auf den aufgestoßenen Bereich gesetzt, schossen kleine Wurzeln daraus hervor. Nein, keine Wurzeln – Ranken. Und zwar solche der fiesen Art, mit nadelspitzen Dornen, die sich in allem verhakten, was sie erreichen konnten. Außer an derart glatten Oberflächen wie einer metallenen Rüstung.

Eine Millisekunde floss Erleichterung durch Robin hindurch. Dann plötzlich wuchsen die Ranken, ringelten sich an Jasons Beinen empor, umschlangen seinen Oberkörper – und hielten ihn tatsächlich fest. Er machte einen weiteren Schritt, stolperte, wurde aber von den Pflanzen aufrecht gehalten. Er riss seinen Körper nach rechts und links, immer wieder, schien sich sogar durch jede Gegenwehr fester in den Ranken zu verhaken. Mein Gott – täuschte sie sich, oder war das Blut an seinem rechten Oberarm?

Von einer Sekunde auf die andere war der Kampf gekippt. Und nun war es Edward, der eindeutig im Vorteil war. Selbst die Klingen, die Jason an den Unterarmen seiner Rüstung entstehen ließ, und mit denen er einige der Pflanzenstränge durchschnitt, schafften es nicht, ihn zu befreien.

Es war vorbei. Immer enger zogen sich die Dornenranken, immer straffer schnürten sie sich um den Leib des Metallbaocun. Jason reckte den Kopf gen Himmel, einen verbissenen Ausdruck im Gesicht. Er kämpfte mittlerweile nicht mehr gegen die Dornen, sondern nur noch gegen den Mangel an Atemluft, die ihm das Geflecht um seine Brust abschnürte.

Und ja, jetzt war Robin sicher: Es war Blut, welches an mehreren Stellen hervorquoll!

Sie nahm Dimitri neben sich erst wieder wahr, als dieser seine Hand auf ihre legte. »Nummer Drei unserer Kampfstrategien«, sagte er und tätschelte sie. »Werde dein Element.«

Die Ranken hatten sich mittlerweile enger und enger gezogen. Sie quetschen Jasons Körper derart, dass dieser regelrecht außer Form geriet. An allen möglichen Stellen quoll es silbrig grau hervor und … Nein, das konnte doch nicht möglich sein!

Erst als die Veränderung auch Jasons Kopf erreichte, verstand Robin, was sie da sah. Seine Gesichtszüge wurden weich, verloren jede Kontur und zerliefen, wie das Wachs einer brennenden Kerze.

Zäh, aber flüssig, lief das, was gerade noch ein junger Mann gewesen war, zwischen den Ranken herab und bildete eine Pfütze auf dem Boden, die sich zur Seite bewegte und in der nächsten Sekunde emporwuchs, um erneut die Form einer menschlichen Gestalt anzunehmen. Dabei behielt die Substanz aber ihre zähflüssige Konsistenz, was an kleinen Wellen erkennbar war, die über die Körperoberfläche glitten. Dass dies Jason sein sollte, war nun nicht mehr erkennbar.

Edward reagierte sofort. Das Rankengerüst, welches seinen Gegner gerade noch fixiert hatte, zerfiel zu Staub. Dafür warf sich der Holzbaocun mit einem lauten Aufschrei nach vorn und rammte die Hände in den Boden.

Robin kniff kurz die Augen zusammen. Die Kraft, mit der er diese Bewegung ausführte, musste ihm die Arme brechen, wenn sie auftrafen.

Doch Edwards Körper hielt stand, was nicht zuletzt daran liegen mochte, dass seine Arme nicht mehr menschlich waren. Ab den Schultergelenken hatten sie sich zu dicken Wurzelsträngen verwandelt, die zu pulsieren schienen. Was Edward da tat, konnte Robin nicht sagen, nur dass es ihn enorm anstrengte. Schweiß stand auf seiner Stirn und die Anspannung seiner Kiefermuskeln war bis hier oben sichtbar.

Gerade als sie Dimitri fragen wollte, was er da machte, wölbten sich kleine Erdhaufen um Jason herum auf. Erst glaubte Robin, mehrere Bäume würden blitzschnell um den metallischen Schemen herum wachsen. Nur bildeten sich keine Kronen an ihren oberen Enden, und die Stämme waren viel zu dick, so als ständen sie bereits Hunderte von Jahren hier.

Dann vereinten sie sich am Boden, während sie weiter in die Höhe stiegen, als wären jeweils fünf von ihnen aus demselben Sockel entsprungen. Höher und höher schoben sich die beiden Gebilde, bis

Robin ihre Form endlich deuten konnte. Zwei riesenhafte Hände waren dem Boden entwachsen, überzogen mit knorriger Rinde und Fingern, die sich knarzend bewegten.

Als würden sie nach einer Fliege schnappen, klappten die hölzernen Handflächen aufeinander zu und knallten schließlich mit einem ohrenbetäubenden Dröhnen aneinander. Doch kurz zuvor veränderte sich die Metallgestalt in ihrer Mitte und wich nach oben aus, flog einfach davon.

Jason war zu einem Vogel geworden. Nein, einer Fledermaus. Oder eher einem Drachen? Zumindest erreichte seine Größe langsam die von Letzterem, während die Hände ihm zu folgen versuchten und immer wieder nach ihm griffen. Ein Kreischen riss an Robins Trommelfell, als das Gewächs tatsächlich einen Flügel des Metallseglers zu packen bekam.

Direkt darauf folgte ein dunkles Dröhnen, das sie mehr spürte als hörte.

Sie sah zu Edward, doch dieser war verschwunden. Nur ein mannsgroßes Loch war noch an der Stelle, an der er gestanden und seine Hände im Boden versenkt hatte.

War er gänzlich darin verschwunden? War er selbst nun der riesenhafte Baum, der sich inmitten des Kampfzirkels gen Himmel schraubte, mit einem Stamm von bestimmt einem Dutzend Meter Durchmesser?

Die Hände an seinem oberen Ende hatten sich aufgelöst, waren herausgewachsen und mehreren dicken Ästen gewichen, die wiederum in handähnlichen Verzweigungen endeten.

Der Metallsegler hatte sich indes befreit und ebenfalls noch mal an Größe zugenommen. Als er in einem waghalsigen Manöver durch die Baumkrone flog, ahnte Robin auch, wie er seinem Angreifer entkommen war. Seine Schwingen schienen rasiermesserscharf, so viele Äste wie er von dem Riesenbaum abtrennte, wo er ihn damit streifte.

Jedes Mal lief ein Zittern durch den ganzen Baum, begleitet von einem dröhnenden Knarzen. Nur wuchsen für jeden verlorenen Trieb gleich mehrere nach, bis ein besonders Großer das metallene Tier am Rumpf zu fassen bekam.

Jason kreischte abermals, ein heller, schmerzerfüllter Vogellaut, der dafür sorgte, dass sich Robins Eingeweide zusammenzogen.

Schon merkte sie, wie die mittlerweile vertraute Hitze in ihr aufstieg.

Instinktiv trat sie einen Schritt von der Brüstung weg, nahm ihre Hände vor den Körper und ließ um jede einen Feuerball entstehen. Es geschah wie von allein, sie musste weder denken noch aktiv handeln. Ihr Element wusste allein, was zu tun war.

»Tu das nicht«, brach Dimitris Stimme in ihre Gedanken ein, die absolut und vollständig von der Sorge um Jason beherrscht wurden.

Sie hörte ihn nur schwach, wie aus weiter Ferne. Erst als er seine Worte mit mehr Dringlichkeit wiederholte, verstand sie auch deren Inhalt.

»Das ist genau der Grund, warum es dieses Training ist, bei dem du als Erstes zusehen solltest.«

Nun spürte sie auch seine Hand auf ihrem Rücken, kühl und irgendwie beruhigend. Seine Berührung schien den Feuersturm, der in ihr tobte, zu verlangsamen, zu bremsen, zu blockieren.

»Stell dir vor, wir wären in einem echten Kampf gegen die Klimatischen. Dann wärst du mit ihnen beschäftigt, wärst dabei, deine Arbeit zu machen. Es bliebe keine Zeit, dich um einen von uns zu kümmern. Deine Konzentration darf nicht bei uns liegen, erst recht nicht bei einem Einzelnen, nur bei dir selbst. Oder hat es dich in irgendeiner Weise zum Eingreifen animiert, als Jason Edward verletzt hat?«

Robin blinzelte. »Heißt das, dass wir einander nicht helfen, sollten wir in Gefahr sein?«

»Doch, natürlich. Aber Jason ist nicht in Gefahr. Edward würde ihm niemals schwerwiegende Schäden zufügen.«

Langsam ließ sie die Hände sinken. Die Feuerbälle erloschen. Sie hatte verstanden, was er meinte, auch wenn es ihrem Herzen schwerfiel, danach zu handeln.

Sie brauchte nur nach oben in die riesige Baumkrone zu blicken, wo Jason gerade durchgeschüttelt wurde wie von einem Erdbeben. Dennoch schaffte sie es, ihren inneren Vulkan unter Kontrolle zu halten, die sinnbildliche Lava am Ausbrechen zu hindern.

Oder war das gar nicht sie?

Noch immer spürte sie die Kälte von Dimitris Hand auf dem Rücken, die er längst fortgenommen hatte.

»Hast du mich gerade gedämpft?«, fragte sie leicht entrüstet und wandte sich dem Jungen neben ihr zu.

Dieser grinste verschmitzt. »Ich hätte nicht gedacht, dass ich es direkt hinbekommen würde. Und zwar ohne dich wieder ins Koma zu befördern.«

»Ach, das hättest du also in Kauf genommen?« Ein wenig sauer war sie schon, erwiderte sein Lächeln aber.

Es war ja gut gegangen. Und er brauchte dieses Training genauso wie sie das ihre.

»AUS«!«, drang plötzlich ein lauter Ruf zu ihnen hinauf.

Es war fast ein Wunder, dass er nicht im Ächzen des Baumes und Kreischen des Vogels untergegangen war.

Unisono wandten sie ihre Köpfe in Richtung des Lautes.

Auch Edward, der Jason noch immer gepackt hielt und in weiten Bögen hin und her geschwungen hatte, verharrte in der Bewegung. Genauso wie Jason mit seiner Gegenwehr innehielt.

»Jason hat gewonnen.« Es war Mickael, der am Rand des Kampfringes aufgetaucht war und ihnen den Sieger verkündete.

Er hatte die Hände trichterförmig an den Mund gelegt, trotzdem glaubte Robin, dass das Echo in seiner Stimme einen elementarischen Ursprung hatte.

Bevor jemand reagierte, stampfte Mickael mit dem Fuß auf. Die Erde bebte grollend. Der Turm, auf dem Robin und Dimitri standen, zitterte, und für einen kurzen Moment fürchtete sie, er würde zusammenbrechen.

Doch er hielt. Dafür klaffte der Boden neben Mickael auf. Ein Riss von etwa zwei Metern Länge und einem halben Meter Breite entstand, mit einer Tiefe, die von Robins Position aus nur zu erahnen war.

Ein weiteres Mal stampfte Mickael auf. Große Gesteinsbrocken flogen aus der Spalte nach oben, verharrten aber in der Luft, direkt nachdem sie das Erdbett verlassen hatten. Und mit ihnen war noch etwas anderes zutage gekommen.

Eine armdicke Wurzel, deren Ende zuckte und zitterte, als würde es ihr gar nicht gefallen, dass man sie aus dem schützenden Erdreich gerissen hatte.

Kaum hatten alle diesen Beweis gesehen, zog sie sich zurück und schrumpfte in sich zusammen – genau wie die beiden Kämpfenden innerhalb des Rings.

Es war faszinierend, wie der Baum zu vertrocknen schien, seine Äste und Zweige zu Staub zerfielen und immer größere Teile des Stammes in sich zusammenbrachen, bis nur noch ein Bruchteil davon stand, dessen Form grob an die eines Mannes erinnerte. Das Gebilde schüttelte sich, Späne fielen von ihm ab – und alles, was zurückblieb, war Edward.

Jasons Rückverwandlung verlief weniger spektakulär.

Der Metallsegler zog zwei weitere Kreise über dem Ring, nachdem der Baum ihn freigegeben hatte. Dann landete er ein Stück entfernt des Stammes, zerfloss zu der Pfütze, aus der er gewachsen war, und nahm schließlich wieder menschliche Form an.

Die letzten Reste des Metalls platzten von ihm ab, ähnlich wie die Späne von Edward, und zurück war der Mensch.

Gemeinsam verließen Dimitri und Robin ihren Beobachtungsposten und gingen zu den Jungs hinunter, zu denen sich auch Mickael gesellte.

Als sie näher kamen, erkannte Robin, dass ihre Sorgen nicht ganz unberechtigt gewesen waren.

Edwards Hemd und Hose waren an vielen Stellen zerfetzt und an einigen blutgetränkt. Im Gesicht, auf der freiliegenden Brust und an den Unterarmen waren unzählige kleine Schnitte zu sehen.

»Deine Rinde war schon mal fester, mein Freund«, meinte Jason, der es ebenfalls sah, und klopfte dem Bruder auf die Schulter. Mit der linken Hand, wie Robin auffiel.

Das war ungewöhnlich, Jason war Rechtshänder …

Argwöhnisch betrachtete sie seinen rechten Arm, den er vor dem Bauch angewinkelt hatte. Seine Hand sah merkwürdig aus, irgendwie geschwollen.

Als sie bei ihnen waren, wäre sie Jason am liebsten um den Hals gefallen. Auch wenn sie rational wusste, dass er in keiner echten Gefahr gewesen war, hatte sie eine beschissene Angst um ihn gehabt.

Sie wollte ihn festhalten, ihn küssen und nie wieder loslassen.

Doch sie war sich der Anwesenheit der anderen sehr bewusst, weswegen sie sich damit begnügte, seine Hand zu begutachten.

»Das war wirklich krass«, meinte sie an Edward gerichtet, um ihm zu demonstrieren, dass ihre Aufmerksamkeit ihnen beiden galt.

Aber selbst während sie ihn ansah, waren ihre Finger konzentriert dabei, Jasons Verletzung zu betasten. Sie musste kein Arzt sein, um den Bruch in seinem Unterarm fühlen zu können. Erschrocken riss sie den Kopf zu ihm herum.

»Keine Sorge. Alle Knochen sitzen, wo sie sollen. In ein paar Minuten ist das verheilt.« Das Augenrollen war regelrecht in Edwards Worten hörbar.

Wieder sah sie zu ihm und konnte sich nicht bremsen, ihm gegen den Oberarm zu boxen. »Du hast ihm den Arm gebrochen!«

»Aber dich über meine schwächelnde Rinde lustig machen«, meinte dieser an Jason gewandt, als hätte er ihren Schlag gar nicht gespürt.

»Du hast verloren, da nehm ich das gern in Kauf«, antwortete dieser und die beiden grinsten sich an.

Robin sah sich indes um, betrachtete die zerstörte Fläche. Edwards Wurzeln hatten die Erde vollkommen zerfurcht. Außerdem war sie mit etwas Schillerndem überzogen, vermutlich die Metallreste von Jasons Geschossen.

»Gehen eure Übungsstunden immer so rabiat zu?«, fragte sie und wandte sich damit erneut an Jason. Ein weiteres Mal fuhren ihre Finger über sein Handgelenk, das sich tatsächlich schon etwas weniger aufgedunsen anfühlte.

Er bewegte seine Finger, als wollte er ihr beweisen, dass alles in Ordnung war. »Nein«, sagte er mit einem Hauch von Belustigung in der Stimme. »Ich glaube, wir wollten einfach nur ein bisschen angeben, wenn schon mal weibliches Publikum dabei ist.«

»Aber gegen die Klimatischen geht es so zu. So und noch härter. Denen ist es nämlich egal, ob ihnen ein Mädchen gegenübersteht.« Edwards Tonfall war spöttisch und brachte Robin sofort wieder auf die Palme.

»Kannst du endlich aufhören, auf meinem Geschlecht herumzureiten?«

»Muss ich nicht, das macht Jason vermutlich.«

Das reichte!

Bevor sie darüber nachdenken konnte, holte sie aus. Etwas flog durch die Luft und im nächsten Moment wurde Edward nach hinten geschleudert.

Er hielt sich auf den Beinen, wurde aber ein ganzes Stück zurückgeschoben, weg von ihr und Jason. Und hätte er nicht geistesgegenwärtig einen schlanken Baum erschaffen, der ihn mit mehreren Ästen auffing, wäre er wohl tatsächlich auf dem Rücken gelandet.

Erschrocken über sich selbst presste Robin eine Hand auf den Mund. Er hatte sie beleidigt, und sie hatte ihm eine Ohrfeige verpassen wollen, die längst überfällig war. Stattdessen hatte sie ihm einen Feuerball entgegengeschleudert, oder zumindest etwas in der Art.

Nun blickten alle auf Edwards Brust, auf der ein runder, roter Fleck zu sehen war. Er selbst schien der Einzige zu sein, den Robins Ausbruch unbeeindruckt ließ.

»Nichts als heiße Luft.« Er strich darüber, als würde er sein Hemd glätten. »War ja klar.«

Am liebsten wäre sie vor Erleichterung zusammengesackt.

Sie hatte ihn nicht verletzt, Gott sei Dank! Dennoch hatte sie einen ihrer Gefährten angegriffen – etwas, wovor Quinn sie ausdrücklich gewarnt, es ihnen untersagt hatte.

Man richtet seine Kräfte nicht gegen einen Bruder …

Sie hatte die Kontrolle verloren, nicht nur über ihre Worte, sondern über ihr Handeln. Dafür hätte sie sich am liebsten selbst geohrfeigt und sich gleichzeitig bei Edward, ja bei ihnen allen, entschuldigt.

Aber als sie in seine Augen sah, in denen noch immer der Spott stand, schluckte sie die Entschuldigung herunter, die ihr auf der Zunge lag. Er verdiente es nicht, ihre wahren Gefühle zu kennen.

»Reiß dich endlich zusammen«, knurrte sie. »Sonst bekommst du das nächste Mal wirklich zu spüren, was ich kann.«

Er trat zu ihr, stellte sich dicht vor sie. »Warum zeigst du es mir nicht gleich? Wie wär's, dein erster Übungskampf – gegen mich?«

Sie öffnete bereits den Mund, um ihm ein unbedachtes »Kannst du haben« entgegenzuspucken. Davon konnte sie nicht einmal Jasons Hand abhalten, die jetzt auf ihrem unteren Rücken lag.

Wohl aber Mickael. »Geht nicht, du hast jetzt eine Audienz bei Quinn. Missionsbesprechung.«

Einen Moment noch sahen sie sich in die Augen, zwischen denen vermutlich Blitze zuckten, so geladen wie die Atmosphäre schien.

Schließlich hob Edward kurz die Schultern. »Gut, dann eben später.«

»Ich freu mich drauf«, gab sie zurück.

Sie sah dem Holzbaocun nach, wie er in Richtung Villa davonschlenderte. Einerseits war sie unglaublich erleichtert, noch einmal davongekommen zu sein. Sobald sie an den Kampf zwischen Jason und Edward dachte, an Jasons gebrochenes Handgelenk, wollte sie sich nicht ausmalen, wie *sie* nach einer solchen Auseinandersetzung aussehen würde.

Andererseits saß Teufelchen Neid auf ihrer Schulter. Zu gern wäre sie mitgegangen, um endlich auch einmal an einer dieser Missionsbesprechungen teilzunehmen, von denen sie die anderen – wie von allem, was die Konfrontation mit den Klimatischen betraf – weiterhin fernhielten.

Ob sie es riskieren konnte, hinterherzuschleichen und zu lauschen?

Als ob das möglich wäre, in einem Haus, in dem sich alle gegenseitig wie Trüffelschweine spüren konnten …

Dimitri riss sie aus ihren Gedanken. »Ich schätze, es wird Zeit für eine Stärkung. Ich habe Tortellini für das Mittagessen vorbereitet.«

23

Während die anderen sich direkt in die Küche verzogen, ließ sich Robin unter einem Vorwand etwas zurückfallen. Anders als verkündet, ging sie jedoch nicht in ihren Flügel, sondern lungerte scheinbar planlos in der Eingangshalle herum.

Ihr Ziel war es, Edward abzupassen. Ihn mit Fragen zu löchern über seine Mission, ihn soweit zu reizen, dass er sie eventuell sogar mitnahm – nur schon, um sie vor den Klimatischen vorzuführen.

Ihr war klar, wie dumm das war. Sie war in keiner Weise bereit, gegen ihre angestammten Gegner zu bestehen. Dennoch wollte sie endlich mehr sehen von dem, worüber sie bisher nur vage Aussagen bekommen hatte – abgesehen von der Tagebuchseite des früheren Erdbaocuns.

Es verging eine ganze Weile, in der sie unruhig auf und ab schritt, bei jedem Geräusch zu einer Vase sprang und sie geraderückte oder einen vermeintlichen Fleck auf dem Boden fortwischte. Nur um den Anschein zu erwecken, zufällig hier zu sein, falls jemand käme.

Als tatsächlich jemand kam, geschah dies so plötzlich, dass Robin in einer Kehrtwende beinahe in die Person hineinlief.

»Master Quinn«, stieß sie keuchend hervor.

Himmel, wie sie es hasste, wenn er so lautlos auftauchte!

Wie so oft trug er das seltsam schiefe Grinsen im Gesicht, das genauso warm wie mysteriös wirkte. »Er ist bereits aufgebrochen, Liebes.«

Robin schoss die Hitze in die Wangen, so ertappt fühlte sie sich. »Ich wollte … Ich habe nicht … Ich …«

Quinn kicherte. »Das braucht dir nicht unangenehm sein. Ich kann dich verstehen, mein Kind. Seit Monaten bist du hier, hörst stets und ständig, welchen Gegnern dich zu stellen dein Schicksal ist und wie stark und gefährlich diese sind. Sicher hat ihre kleine Machtdemonstration, der du bei deinem Stadtausflug beiwohnen durftest, ihre Existenz und ihre bösartigen Absichten eindeutig bewiesen. Und dennoch fällt es dir schwer, einzuschätzen, was dich erwartet.«

Sie starrte ihn mit offenem Mund an. Ohne auch nur je ein Wort mit ihm darüber gewechselt zu haben, hatte er ihre Beweggründe perfekt zusammengefasst.

Er faltete in einem Ausdruck der Verzückung die Hände vor dem Gesicht. »Ich bewundere diesen Entdeckermut!«

»Ähm …« Sie stieß ein unsicheres Lachen aus. »Danke?«

»Und ich finde, er sollte belohnt werden.« Mit einer schwungvollen Bewegung umrundete er sie und legte ihr die Hände auf die Schultern, kaum dass er hinter ihr stand.

Die Welt geriet ins Schwanken, drehte sich mit einer Geschwindigkeit, die Robins Magen gar nicht gefiel. Übelkeit stieg in ihr hoch und sie presste die Lider zusammen.

»Willkommen in Schlüsselburg«, raunte Quinn an ihrem Ohr und brachte sie dazu, die Augen wieder zu öffnen.

Tatsächlich standen sie nicht mehr in der Eingangshalle der Villa, sondern auf einem kleinen, mit Pflastersteinen ausgelegten Platz inmitten eines Dorfes.

Zumindest musste dies vor nicht allzu langer Zeit ein belebtes Dorf gewesen sein, ein Städtchen gar. Heute war es nur noch ein Schatten seiner selbst, mit lädierten Gebäuden zwischen eingestürzten Ruinen, in deren Schatten Waschbären und streunende Hunde umherhuschten.

Dennoch war es nicht unbewohnt, das sah sie an schemenhaften Bewegungen in den dunklen Fensterlücken. Aber vor allem hörte sie es an immer wieder aufkommenden Geräuschen aus den heruntergekommenen Häusern. Leises Flüstern und unterdrücktes Stöhnen drangen an ihre Ohren.

»Was zum Teufel ist hier passiert?« Robin kannte genügend Orte, die von Armut gezeichnet waren, aber das hier wirkte eher wie ein Kriegsgebiet.

»Vor einigen Tagen hat hier ein Orkan gewütet«, erklärte Quinn, als sie ihn fragend ansah. »Du erinnerst dich, dass ich Edward und Mickael ausgeschickt habe?«

Sie nickte benommen. Jason hatte ihr davon berichtet, natürlich wieder in einer schöngemalten, abgeschwächten Variante. Die unzähligen blauen Flecken und Platzwunden, mit denen die beiden zurückgekommen waren, hatte er allerdings nicht *wegreden* können.

»Der Wind und die Feuchte haben sich hier ausgetobt und große Teile dieser Siedlung zerstört«, fuhr Quinn fort. »Stürmische Angelegenheit, aber die Baocun konnten siegreich hervorgehen und die Klimatischen vertreiben.«

In diesem Moment kam eine Frau aus einem der Hauseingänge. Sie lief gebückt, mit kleinen Schritten, und stützte sich beim Gehen an der Hauswand ab. Als sie die Straßenseite wechselte, lahmte sie regelrecht, stolperte und prallte schließlich gegen die Mauer des gegenüberliegenden Hauses. Ächzend schob sie sich daran entlang, bis sie eine offen stehende Tür erreichte und in dem Gebäude verschwand.

»Mama«, tönte es plötzlich von dort, woher sie gekommen war.

Ein kleiner Junge war in der Hausöffnung aufgetaucht und blickte der Frau hinterher. Er krabbelte auf allen vieren, obwohl er eigentlich alt genug war, um auf zwei Beinen zu gehen.

Selbst von weitem konnte Robin die Tränenspuren auf dem dreckigen Gesichtchen erkennen. Das Schluchzen, das der Kleine ausstieß, ging ihr durch Mark und Bein.

Die Frau erschien abermals auf der gegenüberliegenden Straßenseite. »Alles gut, Alexander, Mama kommt schon.« Sie hielt nun einen kleinen Beutel an die Brust gepresst und ging ihren Weg zurück, nicht weniger langsam als zuvor, bis sie mit dem Jungen wieder in ihrem Haus verschwunden war.

Wortlos hatte Robin den Vorgang beobachtet, der bestimmt zehn Minuten in Anspruch genommen hatte. Zehn Minuten für einen Weg, für den Robin selbst vermutlich nicht einmal eine benötigt hätte …

»Was hat sie?«, fragte sie tonlos an Quinn gewandt.

»Nicht immer reicht es, die Klimatischen zu vertreiben. War ihr Wirken zu stark, hinterlassen sie Spuren bei Mensch und Land. Spuren, die über bloße Zerstörung hinausgehen. Diese zu verhindern oder zu beseitigen, ist ebenfalls Aufgabe der Baocun.« Er dirigierte sie mit leichten Druck an ihrem Rücken vorwärts.

Gemeinsam liefen sie die Straße entlang, begleitet von den Geräuschen leidender Menschen, die aus fast jedem Fenster der noch bewohnbaren Häuser drangen.

»Der Wind hat sich in ihren Gliedern eingenistet, lässt ihre Gelenke schmerzen, lähmt ihre Beweglichkeit.« Quinn deutete auf eine Lücke zwischen zwei Gebäuden, wo ein Mann auf dem Boden hockte.

Er hatte ihnen das Gesicht zugewandt, schien sie aber dennoch nicht wahrzunehmen.

Mit leerem Blick stierte er vor sich hin, in der Hand einen Krug haltend, den er vermutlich mit Wasser hatte füllen wollen.

»Und er lähmt ihren Verstand, stielt ihren Antrieb und ihren Willen. Die Menschen hier sind kaum mehr fähig, ihren Alltag zu bewältigen.«

»Dann müssen wir ihnen helfen«, sagte Robin und lenkte ihre Schritte dem Mann in der Gasse entgegen.

Doch Quinn hielt sie weiterhin an den Schultern und ließ nicht zu, dass sie diesem Impuls folgte. »Das müssen wir, aber es ist nicht deine Aufgabe.«

»Aber ich bin ein Baocun.« Nur mit Mühe konnte sie den Fluch zurückhalten, der diesen Satz eigentlich begleiten wollte.

»Aber nicht der Richtige.« Nun deutete er nach vorne ans Ende der Straße und des Dorfes.

Hatte Edward schon die ganze Zeit dort gestanden? Robin hatte ihn nicht bemerkt. Mit mürrischem Blick sah er zu ihnen, was sie sofort zum Stehenbleiben veranlasste.

Er konnte doch nicht schon wieder sauer auf sie sein. Schließlich war sie nicht eigenmächtig gekommen, Quinn persönlich hatte sie hergebracht.

»Er kann uns nicht sehen«, beruhigte der Master sie. »Maximal spüren. Aber ich denke, er streckt seine Fühler gerade nach anderen Energien aus als den unseren. Er hat Mist gebaut bei seiner letzten Mission hier, hätte merken müssen, dass der Wind seinen brausenden Stempel an diesem Ort hinterlassen hat. Nun muss er das geradebiegen.«

Quinn führte sie noch etwas näher, sodass sie Edwards Miene besser erkennen konnte. Jetzt sah sie, dass er nicht sie fixierte, sondern seine Pupillen unstet hin und her sprangen, als würde er etwas suchen. Mal blieben sie an einem Gebäude hängen, mal an einem der streunenden Tiere, dann wieder verlor sich sein Blick in der Ferne.

Plötzlich ging ein Ruck durch seinen Körper. Er hob die geballten Fäuste, ließ sich auf die Knie fallen und rammte sie in den Boden, ganz ähnlich wie vorhin bei dem Trainingskampf gegen Jason.

Robin sah sich um, hielt Ausschau nach der Stelle, an der die Wurzeln hervorbrechen würden, wobei sie vor allem wissen wollte, was sein Ziel war. Aber nichts geschah. Keine Risse in der Erde, keine sich hebenden Pflastersteine, kein Beben und keine vibrierenden Gemäuer. Und trotzdem spürte Robin, dass irgendetwas geschah. Dass sich etwas unter ihr und der Siedlung ausbreitete wie ein Nervengeflecht.

Ein Stöhnen erklang und weckte in Robin erneute Sorge um die Bewohner. Aber es war Edward, der den kehlige Laut ausgestoßen hatte. Das merkte sie jedoch erst, als ein zweiter folgte.

Er hatte die Augen zusammengekniffen, zog nun das Kinn zur Brust und knurrte wie ein verletztes Tier.

»Er hat Schmerzen«, stieß Robin hervor und wollte zu ihm laufen, abermals aufgehalten von Quinns festem Griff. »Wir müssen ihm doch helfen!«

»Wie gesagt, er hat einen Fehler gemacht, den er jetzt ausbaden muss«, erklärte der Hausherr. »Aber falls es dich beruhigt, ich werde mich um ihn kümmern, wenn er zurück in der Villa ist.«

»Aber was passiert da?«

Edward krümmte sich jetzt und riss den Kopf nach rechts und links. Es wirkte, als könnte er sich nur unter Aufbringung größter Kraft davon abhalten, die Hände aus dem Boden zu ziehen, was ihm Erleichterung verschaffen, aber auch sein Wirken unterbrechen würde.

»Er reinigt diesen Ort. Zieht die Energie des Windes aus den Bewohnern und der Umgebung und nimmt sie in sich auf. Der Eindruck täuscht allerdings.«

»Es tut ihm nicht weh?«, fragte Robin hoffnungsvoll.

Quinn kicherte. »Oh, doch – und zwar viel mehr, als es den Anschein hat. Du hast die Frau und das Kind gesehen, stell dir vor wie es sein muss, wenn sich deren Beschwerden zu Dutzend in einem einzelnen Körper potenzieren.«

Am liebsten wäre Robin herumgefahren und hätte ihm die Meinung gegeigt, was daran bitte so lustig war. Doch sie konnte das Gesicht nicht von Edward abwenden, der am Ende der Straße kauerte und nahezu stumm seine Qualen ertrug.

Er tat ihr so leid!

»Ich habe dich aber nicht hergeführt, um Mitleid für deinen Bruder zu wecken«, meinte Quinn, als hätte er wieder einmal ihre Gedanken gelesen. »Du sollst sehen, auf welche Weise sich das Treiben der Klimatischen äußern kann. Sie bringen Zerstörung, wie du es in der Stadt miterlebt hast. Sie machen die Menschen krank, wie du hier siehst. Und sie verändern ihr Wesen, wie du es als junges Mädchen mehrfach erlebt hast.«

Nun wandte sie ihm doch den Kopf zu. Er sprach eindeutig von dem, was sie im Traum gesehen hatte, kurz nachdem sie in Qi Manor eingezogen war.

Sollte er tatsächlich dabei gewesen sein, als sie diese Erinnerung so lebendig durchlebt hatte?

Er schenkte ihr ein belustigtes Zwinkern, wurde aber gleich wieder ernst. »Spürst du es?«

Bisher hatte sie keine Zeit gehabt, sich auf ihre Empfindungen zu konzentrieren, und auch jetzt wollte sie lieber Edward helfen, als wahrzunehmen, was sich in ihrem Umfeld tat. Trotzdem gehorchte sie, so schwer es ihr fiel und ohne genau zu wissen, warum.

Erst war da nichts, nur ihr eigener Körper, ihr Herzschlag, ihr fließender Atem, beides zugegeben etwas zu hektisch. Dann entdeckte sie ihr inneres Flämmchen, das im Gegensatz dazu ruhig und rhythmisch vor sich hin tanzte.

Sie lenkte ihre Sinne weiter, verließ ihr eigenes Selbst und tastete sich voran, bis sie entdeckte, auf was Quinn sie stoßen wollte.

Der Geschmack von Holzspänen breitete sich in ihrem Mund aus. Gleichzeitig zitterten die Härchen auf ihren Armen und stellten sich auf ihrem Rücken auf, als würde eine kalte Brise über ihre Haut streifen.

»Nur fühlen, nicht öffnen«, mahnte der Master, als sich ihre Muskeln im Nacken bereits verspannten.

Schon folgte ein Ziehen in ihren Schultergelenken, gefolgt von einem Krampf in ihrer linken Wade.

»Ach, so ist das«, kam es plötzlich von Quinn. »Er ist zurück.«

Ein ohrenbetäubendes Rauschen erhob sich um sie herum. Die Brise, die Robin gerade noch gekitzelt hatte, schwoll an, zog ihr regelrecht an der Kleidung und an den Haaren.

Sie sah auf, hinüber zu Edward, der ebenfalls den Blick gehoben hatte und die Gegend absuchte.

Im nächsten Augenblick rauschte etwas an Robin vorbei, dass sie nicht sehen, jedoch sehr genau spüren konnte.

Auch Edward nahm es wahr, reagierte aber zu langsam. Von einer unsichtbaren Kraft erfasst wurde er nach hinten geschleudert, flog mehrere Meter durch die Luft und kam so hart auf, dass sein Körper sich leicht in den Untergrund drückte.

Ihm blieb nicht die Zeit, auch nur den Kopf zu heben, da wurde er erneut gepackt, nach oben geschleudert und wie eine unliebsame Puppe zum zweiten Mal auf den Boden gedonnert.

»Edward!«, schrie Robin und riss sich in dem Moment von Quinn los, als der Holzbaocun zum dritten Mal in die Luft gezerrt wurde.

Die Welt um sie flimmerte, verschwamm, löste sich auf. Und eh sie sich's versah, stand sie wieder in der Eingangshalle von Qi Manor.

Der Hausherr stand vor ihr und sah sie tadelnd an. »Du hättest die Verbindung nicht unterbrechen dürfen.«

»Was?«, keuchte sie atemlos. Panik hatte sie ergriffen, die Sorge um Edward krallte sich in ihre Eingeweide.

»Nur der Kontakt zwischen uns hat es mir ermöglicht, dir die Sicht auf deinen Bruder zuteilwerden zu lassen.«

Sie fuhr sich mit den Händen über das Gesicht. »Völlig egal, wie das funktioniert hat. Wir müssen ihm helfen!« Sie drehte sich um ihre eigene Achse, schaute mal zur Treppe, mal zu den abgehenden Korridoren, während sie nach den anderen rief. »Jason! Mickael! Dimitri!«

Bestimmt waren sie beim Essen. Sie stürzte los, fiel fast über ihre eigenen Füße und hatte den Gang zur Küche fast erreicht, als sie hörte, wie die Haustür geöffnet wurde.

»Willkommen zurück, mein Sohn. Wie war dein Ausflug?«

Sie wirbelte herum. Tatsächlich – da stand Edward, kam aufrecht und ohne den Anschein ernsterer Verletzungen in die Villa spaziert.

»Du hättest mich ruhig warnen können, dass der Wind noch in der Gegend war«, meinte der Holzbaocun und klopfte sich lässig den Staub vom Hemd. Dabei zuckte er etwas zusammen, ein kleines Anzeichen, dass seine Mission doch nicht spurlos an ihm vorübergegangen war.

Robin stand der Mund offen. Sie war unfähig, etwas zu sagen.

Sekunden zuvor hatte sie gesehen, wie er mehrmals von etwas, vermutlich einem Klimatischen, angegriffen worden war. Zuvor hatte er sich vor Schmerzen gekrümmt. Und nun stand er dort und tat, als wäre nichts gewesen.

Wie konnte er so schnell entkommen sein, wie konnte es ihm so gut gehen?

»Der Klimatische war nicht in der Nähe, als ich dich losgeschickt habe. Du hast ihn wohl zurückgelockt, als du seine Arbeit sabotiert hast.« Quinn zuckte lapidar mit den Schultern.

»Wie auch immer«, erwiderte Edward ebenso lässig. »Er hat sich verzogen. Und seine Hinterlassenschaften habe ich auch beseitigt.«

»Wunderbar.« Quinn klatschte in die Hände. »Was machen die Gelenke?«

Der Holzbaocun dehnte seine Nackenmuskeln mit einer übertriebenen Kopfbewegung. »Alles ein wenig steif, würde ich sagen.«

Der Hausherr nickte und legte ihm einen Arm um die Schultern. »Na dann komm mal mit. Meine Liege ist zufällig gerade frei.«

Robin sah ihnen nach, wobei ihr nicht entging, dass Edwards Gang nach wenigen Schritten immer schleppender wurde.

Er hatte sehr wohl Blessuren davongetragen, wenngleich diese nicht so offensichtlich waren, wie es manch anderes Mal bei den Jungs der Fall gewesen war. Er wollte sich vor ihr nur nicht die Blöße geben.

»Oh, und Liebchen«, riss Quinn sie aus ihrer Beobachtung, als er noch mal zu ihr zurücksah. »Unser kleiner *Austausch* gerade bleibt bitte unter uns.« Er zwinkerte ihr zu, dann waren er und Edward auch schon in einem der Korridore verschwunden.

Robin blieb allein zurück, völlig überfordert mit dem, was sie gerade gesehen hatte.

So sah er also aus, der Alltag, das routinierte Vorgehen gegen die Klimatischen. Ganz abgesehen von deren Einfluss auf die Menschheit, den Robin eindeutig unterschätzt hatte.

Wie gern hätte sie mit Jason darüber gesprochen. Doch so sehr sie es wollte, wusste sie genau, dass sie es nicht konnte. Nicht nachdem Quinn es ihr untersagt hatte.

24

Den Rest des Tages hatte sie viel Zeit zum Nachdenken, denn sie bekam weder die Jungs noch Quinn zu Gesicht. Erst beim Abendessen saßen sie wieder beieinander.

Edward ging es blendend und er sprach mit keiner Silbe an, was sein heutiger Auftrag gewesen war. Das lag zum einen daran, dass sie fast nie über ihre Missionen redeten, hauptsächlich war es aber wohl, weil er hätte einen Fehler eingestehen müssen. Schließlich war sein erneuter Einsatz in diesem Gebiet nur nötig gewesen, weil er beim ersten Mal geschlampt hatte.

Bis in die Nacht hinein grübelte sie und bemühte sich, alle Puzzleteile, die sie nun kannte, zu einem Ganzen zu vereinen. Und kam zu dem Schluss, dass die Klimatischen echt gefährlich waren. Für die Baocun, aber auch für die Menschen.

Applaus, Robin, Applaus …

Hinzu kam die Frage, ob sie jemals fähig sein würde, sich ihnen genauso effektiv in den Weg zu stellen, wie die anderen Baocun es taten. Seit Jahren, wenn sie an ihren Traum dachte, der tatsächlich eine Erinnerung gewesen sein musste.

Ob sie den Klimatischen noch öfter begegnet war als dieses eine Aufeinandertreffen damals, in der Küche des Waisenhauses? Vermutlich, sie hatte schließlich einiges an Katastrophen erlebt – ob menschlichem Verhalten oder der Natur geschuldet.

Irgendwann schlief sie über all dem Nachdenken ein, traumlos. Und dafür war sie dankbar.

Als es am nächsten Morgen klopfte, hatte Robin bereits eine Stunde damit verbracht, sich selbst zu motivieren. Nun würde es ernst werden – ein Trainingskampf gegen Edward stand bevor.

Doch schon als sie die Tür öffnete und seinen verkniffenen Gesichtsausdruck sah, wusste sie, dass irgendetwas diese Pläne durchkreuzt hatte.

»Unser Training muss warten. Quinn will dich sehen.« Kaum gesagt, zog er ab, ließ sie allein mit einem noch schlechteren Bauchgefühl zurück.

Wieder begann ihr Kopf zu rattern, als sie sich durch das Labyrinth der Villa schlängelte. Erst fragte sie sich, ob er über das gestern Erlebte mit ihr sprechen wollte. Aber warum hatte er das nicht gestern getan?

Dann schweiften ihre Gedanken weiter zurück, zu der Meditation vor einigen Tagen. Ging es darum?

Als sie nach einigen falsch abgebogenen Gängen endlich den langen Korridor entlangschritt, der sie zu Quinns Arbeitszimmer bringen würde, lag eine Gänsehaut in ihrem Nacken.

So sehr sie daran glauben wollte, dass er lediglich ihr Element hatte hervorlocken wollen, war da ein kleiner Teil in ihr, der das anzweifelte. Der den Ernst der Situation gespürt hatte, die Gefahr, die von ihrem ›Master‹ ausging.

Aber war nicht genau das Sinn und Zweck gewesen, raunte ihr die Vernunft zu.

Schon, doch nicht, dass Quinn derartige Freude daran empfand, hielt ihr Bauchgefühl dagegen.

»Schluss damit«, ermahnte sie sich, als die lederbezogene Tür in Sicht kam. »Alles, was er tut, ergibt einen Sinn und dient dem Erhalt des Gleichgewichts. Wer zum Teufel bin ich, ihn infrage zu stellen? Er ist auf unseren Schutz angewiesen, wieso sollte er uns da Böses wollen?«

»Wer will euch Böses?«

Abrupt blieb sie stehen.

Quinn stand in der geöffneten Tür – wann war er dort aufgetaucht?

Hitze stieg ihr in die Wangen, als ihr klar wurde, dass er ihr Selbstgespräch gehört haben musste. Nur wie viel davon?

Er machte keinen beleidigten Eindruck, wie er dort stand, die Hände vor dem Bauch gefaltet und den ruhigen Blick auf sie gerichtet. Demnach hatte er wohl nicht mitbekommen, dass sie über ihn gesprochen hatte.

»Ich habe mich *überraschenderweise* mit Edward gestritten«, sagte sie schnell.

Das klang doch plausibel, oder? Schließlich stritten sie fast immer.

Quinn seufzte. »Keine einfache Zeit für euch … Nein, das ist sie nicht. Zu viele Spannungen, zu viele«, er musterte sie, »Emotionen.«

Sie blieb vor ihm stehen und senkte den Kopf. Dabei stellten sich ihr die Härchen im Nacken auf bei dem Gedanken, ihm ebenjenen gerade schutzlos zu präsentieren.

Idiotisch – als ob er jeden Moment mit einer Axt auf sie losgehen würde.

Heilige Scheiße, hör auf so zu denken!, maßregelte sie sich selbst in Gedanken. *Warum sollte er dich angreifen?*

Sie musste diese Scheu vor ihm dringend wieder ablegen.

»Robin, ich möchte mich noch mal in aller Form bei dir entschuldigen.«

Überrascht sah sie zu ihm auf, erneut begleitet von der Frage, ob er ihre Gedanken lesen konnte.

Mit einer Armbewegung bat er sie hinein und sie folgte der Aufforderung.

»Was ich gestern getan habe«, fuhr er fort, als sie sich auf die Sitzgruppe gesetzt hatten. »Das war nicht schön, für niemanden von uns. Und ich möchte, dass du weißt, dass ich nicht zu dieser Methode gegriffen hätte, wenn ich eine andere Möglichkeit gesehen hätte.«

Sein zerknirschter Ausdruck, der entrückte, wehmütige Blick. Da saß gerade nicht der Hausherr von Qi Manor vor ihr, und erst recht kein überirdisches Wesen, das über das Gleichgewicht auf Erden gebot. Da saß einfach nur ein Mann, der etwas getan hatte, das nicht seiner Natur entsprach. Es tat ihm von tiefstem Herzen leid.

Reue fand sie dennoch nicht in seinem Blick, aber das verstand sie. Immerhin hatte er sein Ziel damit erreicht. Schlimmer wäre es wohl gewesen, wäre sein Experiment fehlgeschlagen.

»Nicht immer heiligt der Zweck die Mittel«, fuhr er fort, scheinbar demselben Gedankengang folgend wie sie. »Doch in diesem Fall kann ich mich mit dem Getanen arrangieren, wenn ich das Ergebnis betrachte.«

Sie konnte nicht anders, sie musste lächeln.

Er hatte ja recht. Und wo sie ihm jetzt so gegenübersaß, begannen die Bilder in ihrem Kopf tatsächlich langsam zu verblassen.

Wider Erwarten tat es ihr gut, bei ihm zu sein, was nicht nur an seiner Entschuldigung lag, sondern an seinem Auftreten.

Er war heute die ruhigere Version von sich selbst, nicht so überdreht und aufdringlich. Er war ausgeglichen.

Ob das daran lag, dass ihre Kräfte erwacht waren? Dass das Fundament, auf dem die irdische Ordnung ruhte, nun wieder aus fünf Säulen, aus fünf Baocun bestand?

Falls ja, würde das heißen, er wäre nun öfter so.

Ein schöner Gedanke ...

Denn nicht zum ersten Mal wallte in Robin ein Gefühl der Zuneigung zu dem Hausherrn auf, wenn er so war wie jetzt. Er hatte dann etwas Väterliches, fast sogar Mütterliches, sobald er sie mit einem derart warmen Blick betrachtete, wie er gerade in seinen Augen lag.

»Ich habe dich aus einem besonderen Grund hergebeten.« Quinn räusperte sich, als ob er gleich etwas Unangenehmes zu sagen hätte. »Wir werden ab jetzt etwas mehr Zeit miteinander verbringen. Ich hoffe, das ist in Ordnung.« Er schenkte ihr ein herzliches, beinahe entschuldigendes Lächeln.

»Das ist schön«, erwiderte sie sofort, vielleicht etwas zu hastig. Aber die Aussicht darauf freute sie wirklich. »Also, ja, völlig okay.« Dann runzelte sie die Stirn. »Darf ich wissen, warum?« Dass er sie einfach in seiner Nähe haben wollte, war zwar ein toller Gedanke, nur sicher nicht der wahre Grund.

Innerlich schüttelte sie über sich selbst den Kopf. Noch vor wenigen Minuten wäre sie im Gang am liebsten umgekehrt, hätte sich eher einem mehrstündigen Dauerlauf gestellt als Master Quinn. Und jetzt saß sie völlig entspannt hier und freute sich darauf, mehr Zeit mit ihm verbringen zu können. Er hatte aber auch eine Ausstrahlung ...

»Ich werde dich täglich einer Akupunktur unterziehen«, riss er sie aus ihren Gedanken. »Diese *Zuwendung* schenke ich jedem von euch«, fügte er schnell an, als er ihren erschrockenen Ausdruck bemerkte. »Es dient dazu, euer Chi zu stabilisieren und euren eigenen

Kreislauf aufrechtzuerhalten. Es ist wichtig, dass euer Element stark in euch ist, dennoch muss es im Einklang mit eurem Körper bleiben, der seinem ganz eigenen Zyklus unterliegt.«

Robin überlegte kurz, was sie über diese Behandlungstechnik wusste. Eigentlich nur, dass einem dabei an bestimmten Punkten Nadeln in die Haut gestochen wurden. Alles andere hatte sie überblättert, wenn es in den Büchern zur Sprache gekommen war, weil sie es für unwichtig gehalten hatte.

Quinn deutete auf eine Liege im hinteren Teil des Raumes, die anscheinend extra für die Behandlung aufgestellt worden war. »Keine Angst, es wird nicht wehtun. Höchstens ein bisschen piksen.« Er zwinkerte ihr zu.

Sie erhob sich und wischte sich die Hände nervös an ihrer Hose ab. Es war nicht wirklich Angst, die sie verspürte. Noch einmal würde Quinn so ein Ding wie in der Trainingshalle nicht abziehen. Sie war eher aufgeregt, was gleich passieren würde. Ob überhaupt etwas passierte oder ob sie abermals an einer Herausforderung scheitern würde.

»Bitte zieh dich bis auf die Unterwäsche aus«, meinte Quinn. Er trat beiseite, zog eine Schublade aus einer Kommode und holte ein paar eingepackte Nadeln hervor. »Ich denke, wir beginnen mit der dünnsten Variante.«

Sie hatte keine Bedenken, sich vor Quinn zu entkleiden. Anders als bei den Jungs, bei denen sie definitiv Scham verspürt hätte, war es vor ihm eher wie vor den Augen eines Vaters. Unbedeutend.

So saß sie wenige Sekunden später auf dem Rand der Liege und sah den Mann mit erwartungsvollem Blick an.

»Etwas kühl hier drinnen, findest du nicht?« Er deutete auf den Kamin, indem systematisch Holzscheite aufgestellt waren. »Wenn du bitte so freundlich wärst?«

Ohne darüber nachzudenken, hob sie die linke Hand, ließ eine kleine Flamme darauf tanzen und warf sie in Richtung Kamin, wo sie sich sofort auf das angebotene Futter stürzte.

Quinn lächelte zufrieden, wobei die Flamme noch immer in seinen Iriden tanzte. »Sehr schön, sehr schön.« Er kicherte, während ihr die Röte ins Gesicht schoss, als ihr bewusst wurde, dass er sie gerade getestet hatte. »Und nun leg dich bitte hin, auf den Rücken.«

Kaum war sie seiner Aufforderung gefolgt, legte er die Hände an ihre nackten Füße und schloss die Lider. »Du kannst jederzeit sprechen, wenn du das Bedürfnis hast«, erklärte er. Sein Tonfall war noch ruhiger geworden, beinahe monoton, was eine entspannende Wirkung auf Robin hatte. »Es kann durchaus sein, dass du Dinge spürst, die dich irritieren. Vielleicht tauchen Bilder auf, vielleicht bekommst du einen seltsamen Geschmack. Wann immer du Beistand brauchst, ich bin hier.«

Er ging seitlich an der Liege entlang, ließ dabei seine Hände über ihrem Körper schweben. Dabei verharrte er an einigen Stellen, dort, wo die Chakren saßen, von denen sie ebenfalls gelesen hatte.

Eine angenehme Wärme flutete Robins Brust, ihre Arme und Beine. Wobei sie nicht wusste, ob diese von dem prasselnden Feuer herrührte oder von Quinn.

»Ich werde jetzt einige Nadeln einführen.« Seine Hände lagen nun an ihrem Kopf. »Wann wir sie wieder entfernen, entscheidet dein Körper selbst. Er wird darüber Zugang zu kosmischer Energie erhalten und die Nadeln erst loslassen, wenn er genug hat.«

Er verschwand aus ihrem Blickfeld, ein Rascheln ertönte von sich öffnenden Blistern und dann stand er erneut neben ihr.

»Schließ die Augen, mein Kind.«

Sie tat, wie ihr geheißen. Schon folgte der erste Stich an ihrem Unterarm.

Sofort machte sich ein eigenartiges Kribbeln breit, ein ähnliches Gefühl wie von einem Kratzer, der heilte.

Weitere Nadeln folgten und Robin wartete, was geschehen würde. Sie wartete, lauschte in sich hinein, wie sie es bei der Meditation gelernt hatte … wartete … und wartete … Bis sie schließlich einschlief.

Als sie erwachte, fühlte sich ihr Kopf an wie in Watte gepackt. Wie fremdgesteuert richtete sie sich auf und sah sich um.

Eigentlich hätte sie überrascht sein müssen. Statt auf bücherbeladene Regalwände und einen chaotischen Schreibtisch blickte sie auf eine grüne Wiese und ein Häuschen aus Feldsteinen, daneben eine ganze Plantage von Apfel- und Birnenbäumen. Rauch kräuselte sich aus dem Kaminschacht und vor der angelehnten Eingangstür liefen vier Gänse schnatternd umher. Eine Katze lag auf dem Stapel Brennholz.

Alles in allem ein Bild, das idyllischer nicht hätte sein können.

Sie saß auf einer kleinen Bank, nicht mehr als ein Brett und zwei Holzklötze, die neben einer Schaukel aufgestellt waren. Verwirrt erhob sie sich und hielt auf das Häuschen zu, das sie beinah magisch anzog.

Sie wusste weder wie sie hierhergekommen noch warum sie hier war. Doch das störte sie nicht. Sie folgte einfach der Energie, die sie lockte und ihr suggerierte, dass alles normal war.

Ehe sie die Tür erreichte, blinzelte sie und stand plötzlich im Zentrum des Hauses, dem Wohnzimmer.

Auf dem Boden zwischen Kamin und Sofa lag ein Teppich, auf dem Straßen und Häuser abgedruckt waren. Darauf saß ein kleines Kind, ein Mädchen, wie sie instinktiv wusste. Die Kleine, nicht älter als zwei, spielte mit ihren Holzautos, wobei sie abwechselnd brummte und quietschte. Völlige Zufriedenheit ging von ihr aus, wahre Glückseligkeit.

Aber Robin spürte mehr als das, eine Art mächtige Aura, die das Kind umgab. Nur mit Mühe konnte sie sich zurückhalten, über den roten Haarschopf zu streichen und von ihrer Energie zu kosten.

Stattdessen wandte sie sich ab und betrachtete die Frau, die auf dem Sofa saß und strickte. Das Gebilde in ihren Händen würde einmal eine Mütze werden, für einen Winter, der noch weit entfernt war. Ab und an sah sie auf, mal zum Kamin, mal zu dem Mädchen vor sich.

Doch nichts geschah, was ihr Eingreifen erfordert hätte.

Robin ging neben ihr in die Knie und blickte von unten in das Gesicht der Frau, sah in rehbraune Augen, die den ihren so sehr ähnelten.

»Mama?«, wisperte sie.

Die Frau reagierte nicht, schien den fremden Eindringling überhaupt nicht wahrzunehmen, selbst als Robin ihr eine Hand auf das Knie legte.

Als sie abrupt aufstand, zuckte Robin zurück und landete auf dem Hintern, direkt neben dem Mädchen. Dieses hob den Kopf und starrte sie an – nicht die Mutter, sondern Robin.

»Heiß«, murmelte die Kleine, während sie die zarte Hand nach ihr ausstreckte.

»Oh, möchtest du nicht, dass ich nachlege?« Die Frau hatte sich gerade zu einem Korb gebückt, um weiteres Holz in den Kamin zu legen.

Die Kleine schüttelte den Kopf. »Heiß«, wiederholte sie, lenkte ihre Hand nun aber von Robin weg in Richtung Tür.

Diese wurde im selben Moment aufgerissen.

»Eliza!« Ein Mann stürzte herein, großgewachsen und den Kopf voller roter, kurzer Locken. »Eliza«, rief er erneut und stolperte zu der Frau. »Wir müssen verschwinden.«

In einer fließenden Bewegung richtete sich die Frau auf und hob gleichzeitig das Mädchen auf ihre Arme. Sie wirkte erschrocken, aber nicht überrascht. Als hätte sie gewusst, dass dieser Tag kommen würde.

Die Kleine hingegen fing sofort an zu weinen. Sie verstand die plötzliche Hektik nicht.

»Komm her, Robin«, meinte der Vater und streckte die Arme aus.

Robin, die noch immer auf dem Boden saß, sprang in die Höhe.

Konnte er sie sehen, so wie das Mädchen es konnte?

Erst, als die Mutter ihm die Kleine gab, verstand sie, dass nicht sie gemeint gewesen war.

»Komm zu Papa«, meinte er, kaum dass sich seine Hände um den Rumpf des Kindes geschlossen hatten. »Dann kann Mama deine Spielsachen holen.« Er setzte sich das Kind auf die Hüfte und schaukelte es, während die Kleine ihr Gesicht schluchzend an seine Brust schmiegte.

Dabei ging er ans Fenster. Der Blick, den er nach draußen warf, passte jedoch nicht zu den beruhigenden Lauten, die er dem Kind ins Ohr säuselte.

Robin trat hinter ihn und sah über seine Schulter hinweg ebenfalls hinaus.

Das Bild von idyllischem Grün, in dem sie erwacht war, war bis auf einen kleinen Streifen vor dem Haus völlig zerstört. Die Obstplantage und die Wiese waren verschwunden und einem Inferno gewichen. Der Boden bestand nur noch aus zerklüftetem Fels. Die wenigen Bäume, die sie erkennen konnte, brannten lichterloh, mit Flammen, die auf magische Weise dem tosenden Regen trotzten, der auf sie niederprasselte. Rund um das Haus wuchs ein Ring aus dornigem Gestrüpp, der wie eine Grenze zwischen dem restlichen grünem Gras und dem Inferno dahinter wirkte. Und diese Grenze rückte immer näher.

Direkt hinter den Dornen konnte sie jetzt Gestalten ausmachen. Abstrus, skurril, wie Karikaturen wirkten sie. Und doch erkannte Robin sofort, wer oder was sich da auf das Haus zubewegte: die Klimatischen. Sie konnte alle Sechs zuordnen, groß wie Bäume und breit wie Kutschen.

Blitze zuckten über den Himmel und ein markerschütterndes Donnergrollen sorgte dafür, dass Robin die Lider zusammenpresste.

Als sie die Augen wieder öffnete, war sie da. Ein unglaublicher Wind warf sich gegen die steinernen Wände des Häuschens. Wasserfallartige Regengüssen drückten gegen die Fenster.

Gleichzeitig trocknete die Luft aus und löste in Robin das Gefühl aus, puren Staub einzuatmen. Außerdem wurde es kalt, so kalt, dass Eisblumen an der Innenseite der Fensterscheiben wuchsen.

Zu spät für eine Flucht, schoss es Robin durch den Kopf. Sie waren nicht nur vor dem Haus, sie waren bereits drin.

Das war auch dem Mann klar. »Eliza!«, brüllte er aus voller Kehle.

Doch statt der Mutter trat ein Mann aus dem angrenzenden Zimmer. »Guten Abend, Dunkan.«

Robin runzelte die Stirn. Alles an diesem Mann wirkte irgendwie … verzerrt. Die Silhouette, die Stimme, die Art sich zu bewegen. Er kam ihr bekannt vor und dennoch konnte sie nicht erkennen, um wen es sich handelte.

Ihr Blick schwang wieder zu dem Mann mit dem Kind auf dem Arm. Sollte dieses Mädchen wirklich sie selbst sein, war das alles hier eine Erinnerung. Und dass die Kleine das Gesicht im Pullover ihres Vaters verbarg, mochte auch die Lücke erklären, welche die Identität des Fremden betraf. Sie hatte ihn niemals wirklich gesehen. Alles, was sie beobachtete, war ein Konstrukt ihres Gehirns, das aus dem Gehörten etwas Visuelles erschuf.

»Ihr habt gesagt, wir hätten noch Zeit«, fuhr Dunkan den Mann an. »Und dass wir weiterhin Anrecht hätten, sie zu sehen, wann immer wir wollen. Das hier fühlt sich nicht nach der versprochenen langsamen Trennung an!«

Noch während er sprach, stoben Flammenzungen aus dem Kamin. Ein Wesen löste sich daraus, der Form und Größe nach einem Löwen sehr ähnlich. Er gab ein knurrendes Zischen von sich, schüttelte die brennende Mähne und zog die Lefzen hoch, die statt Zähnen einen feurigen Schlund enthüllten.

Die Hitze war eingetroffen.

Der Fremde machte eine Handbewegung, die den Feuerlöwen dazu brachte, sich neben ihn zu setzen, ganz wie eine brave Hauskatze.

»Die Lage hat sich etwas geändert. Es ist Zeit, Lebewohl zu sagen.«

Konnte es sein? War dieser Mann etwa Ruben, die frühere Inkarnation des Feuers, die ihren Nachfolger holen kam – oder Schlimmeres?

»Bitte, wir …«

Ein greller Schrei unterbrach Dunkans Flehen und sein wie auch Robins Kopf ruckten zu der Tür herum, hinter der Eliza sich aufhielt.

Ein weiteres Katzenwesen trat hervor, welches in keiner Wiese dem aus Feuer glich. Es bestand nur aus Haut, die sich ausgetrocknet über die Knochen spannte, teilweise so dünn, dass Löcher darin klafften. Die Ohren waren Fetzen, der Schwanz eine dürre Rute und die Augenhöhlen leer.

Schlimmer jedoch war das, was das Tier zwischen seinen Zähnen hielt. Es schleppte einen leblosen Körper mit sich, der nicht weniger ausgemergelt war als das Wesen selbst. Nur die Kleidung und das spröde rote Haar ließen erkennen, um wen es sich dabei handelte. Sonst war nichts mehr übrig von Eliza, die nun einer Jahrhunderte alten Mumie glich.

Dunkan stieß einen Laut aus, der aus purer Verzweiflung zu bestehen schien.

Aber anstatt zu seiner Frau zu eilen, blieb er, wo er war. Er presste das Kind enger an sich und schirmte es ab, ersparte ihm das Trauma, diese so sehen zu müssen.

Leider zu spät, wie Robin realisierte. Der Mann war zwar noch immer verzerrt und unkenntlich – das Wesen und ihre tote Mutter konnte sie klar erkennen. Also hatte auch die Kleine sie gesehen.

Robin riss den Mund auf, wollte Brüllen beim Anblick des toten Körpers, wollte nach vorn springen und ihn der Schreckensgestalt entreißen. Sie wollte ihre Mutter retten, obgleich sie wusste, dass es dafür zu spät war. Jahre zu spät.

Wenn überhaupt, waren es Vater und Tochter, denen sie beistehen konnte. Sie war eine Baocun, es war ihre Aufgabe, gegen diese Bestien zu kämpfen und die Menschen vor ihnen zu beschützen. Vermutlich war sie genau deswegen hier.

Um zu verhindern, dass dieses Kind nicht nur Mutter, sondern auch Vater verlor. Dass sie selbst zur Waise wurde.

Wie paradox das war, wie unmöglich, kam ihr nicht in den Sinn. Sie mochte viel Macht haben, doch die Vergangenheit zu verändern gehörte nicht dazu. Somit war sie verdammt, reglos zu verharren, so sehr sie auch dagegen kämpfte.

Ohne die Chance, einzugreifen, wurde sie Zeuge, wie der Fremde den Arm hob. Dann sprang der feurige Löwe auch schon nach vorn.

25

Mit einem lauten Keuchen, als hätte sie minutenlang die Luft angehalten, riss Robin die Augen auf. Sie wollte aufspringen, doch warme Hände hielten sie mit leichtem Druck auf der Liege.

»Hey, Liebchen, was ist denn los?«

Ihr Blick flog hektisch hin und her. Es dauerte einen Moment, bis sie scharf sehen konnte, und einen weiteren, bis sie begriff, wo sie war. Derweil glaubte sie, ihr Herz würde in ihrer Brust explodieren, unfähig dem schnellen Schlag standzuhalten.

Erst als sie in Quinns Gesicht sah, hörte sie auf, sich gegen seinen Griff zu wehren.

»Was ist passiert?«, fragte sie. »Wo bin ich? Wo war ich?«

»In meinem Büro. In Qi Manor. In Sicherheit.«

Sie spürte, wie ihr die Tränen sturzbachartig über die Wangen liefen. Als sie eine Hand hob, um darüber zu wischen, hielt Quinn sie fest. Er zog eine Nadel aus einem der Punkte im Gesicht. Dann ließ er sie gewähren.

Fahrig strich sie sich die Tränenspuren fort, was nichts brachte, da immer neue flossen.

Sie konnte einfach nicht aufhören, zu weinen.

Also presste sie die Handteller auf die geschlossenen Lider, in der Hoffnung, den Strom so aufzuhalten.

»Ich habe meine Eltern gesehen«, schluchzte sie irgendwann.

Quinn, der ihr die ganze Zeit liebevoll über die Schulter gestreichelt hatte, während er die restlichen Nadeln entfernt hatte, half ihr, sich aufzusetzen. Schweigend reichte er ihr ein Taschentuch.

»Ich habe sie sterben sehen.« Ein weiteres Schluchzen. »Und ich konnte nichts tun.«

»Du warst ein Kind, fast noch ein Baby.« Quinn sagte das, als wäre damit jede Schuld getilgt.

Doch es rechtfertigte nicht, dass sie diese zweite Chance, einzugreifen, die sie gerade eben gehabt hatte, nicht genutzt hatte.

»Die Eröffnung blockierter Energiekanäle kann so einiges bewirken«, erklärte Quinn und erhob sich. »Versteckte Emotionen freisetzen, genauso wie verborgene Erinnerungen.«

War es das? Eine Erinnerung? Es hatte sich so echt angefühlt …

Nein, hatte es nicht, gestand sie sich ein. Von Anfang an hatte sie gespürt, dass sie lediglich Zuschauerin war. Nicht umsonst hatte ihre Mutter nicht reagiert, als sie sie angesprochen hatte …

»Eliza …«, wisperte sie. »Ich kannte bis heute nicht einmal ihren Namen.«

»Was weißt du noch von der Zeit vor dem Unfall?«

Robins Kopf ruckte hoch. »Der Brand war kein Unfall!« Sie sagte das harscher, als sie beabsichtigt hatte. »Es waren die Klimatischen, ich habe es gesehen. Sie haben meine Eltern angegriffen und …«

»Robin, mein Herz. Beruhige dich!« Quinn trat vor sie, ergriff ihre Hände und hielt sie fest. »Atme … ein … und … aus … Ja, so ist es gut …«

Sie folgte dem Rhythmus, den er vorgab, und langsam beruhigte sich ihr Körper. Ihr Geist hingegen rotierte immer wieder um die Frage, was damals geschehen war – und warum.

»Möchtest du mir erzählen, was du gesehen hast?« Quinn neigte leicht den Kopf, um ihren Blick einzufangen.

Kurz zögerte sie. Dann entschied sie, dass es hilfreich wäre, ihn an der Erinnerung teilhaben zu lassen. Es wäre gut, sich das Gesehene von der Seele zu reden. Außerdem konnte er ihr vielleicht helfen, mehr über die Hintergründe zu erfahren.

Quinn wirkte während ihres Berichts angespannt. Auch wenn er das Kernstück der Welt war, schien er nicht alles zu wissen, was in ihr passierte.

Wie Robins Eltern zu Tode gekommen waren, war offenbar etwas Neues für ihn. Er war aufgestanden und lief hin und her, als könnte er ihre Geschichte nur ertragen, wenn er sich bewegte.

»Dieser Mann, er hat die Klimatischen kontrolliert«, schloss sie schließlich, als sie bei dem Angriff des Feuerlöwen angekommen war. »Er hat die Hitze auf meinen Vater gehetzt.«

»Das ist unmöglich.« Quinn wedelte mit der Hand durch die Luft, als wollte er eine Fliege verscheuchen. »Es gibt niemanden, der dazu fähig ist.«

»Ich weiß, was ich gesehen habe«, knurrte sie. »Er hat ihnen Befehle gegeben. Eindeutig!«

»Hast du eine Ahnung, wer es war? Du hast ihn gesehen, oder?«

Robin seufzte. »Ich sagte doch schon – er war irgendwie verschwommen, unscharf. Es war fast, als könnte ich nur seine Präsenz wahrnehmen, als hätte er kein festes Antlitz.« Nach kurzem Zögern und etwas leiser fügte sie hinzu: »Ich weiß nur, dass er schlecht war. Verdorben. Das pure Böse …«

Wieder wischte er ihren Kommentar mit einer Handbewegung fort. »Unsinn. Niemand ist durch und durch böse. Alles hat zwei Seiten. Sicherlich hatte er Gründe …«

Sie unterbrach ihn mit einem Schnauben. »Bullshit! Welche Gründe kann es geben, einem Kind die Eltern zu nehmen, und das auf derart bestialische Weise?«

»Welchen Grund kann es geben, das Kind am Leben zu lassen?«, hielt er dagegen.

Robin stutzte. Das war eine berechtigte Frage. Sie war davon ausgegangen, sie wäre das eigentliche Ziel des Angriffs gewesen. Dass der Fremde sie hatte töten wollen, um die zukünftige Inkarnation des Feuers vor ihrer Erweckung zu vernichten. Doch sie lebte. Wie war sie ihm entkommen?

Sie fasste sich an die Stirn, rieb sich die Schläfen. Wenn sie sich nur erinnern könnte …

Ein Gedanke erfasste sie. »Können Sie mich noch einmal akupunktieren? Vielleicht kommen weitere Bruchstücke zurück.«

Quinn schüttelte vehement den Kopf. »Heute nicht. Das würde dein Körper nicht verkraften.«

Sie wollte schon widersprechen, dass sie selbst wüsste, was sie auszuhalten imstande wäre. Schließlich presste sie ergeben die Lippen aufeinander.

Er hatte recht, das spürte sie. Jetzt, da sie sich beruhigte, schlich sich eine Erschöpfung in ihre Glieder wie nach einem harten Muskeltraining.

Sie zuckte zusammen, als Quinn in die Hände klatschte. Er griff nach ihrem Arm und für eine Sekunde befürchtete sie, ihre Beine würden sie nicht tragen, als er sie auf die Füße zog.

»Kommt mit, Liebchen. Ich möchte dir etwas zeigen.« Ohne jede Erklärung warf er ihr einen flauschigen Bademantel über. Dann zerrte er sie mit sich, hinaus aus dem Büro, den langen Gang entlang und irgendwann hinaus aus der Villa.

Robin ließ sich ohne Widerworte führen. In ihrem Kopf stoben die Gedanken hin und her, ohne dass sie einen davon zu fassen bekam. In ihrer Brust tobte ein Sturm von Gefühlen. Sie war wütend auf diesen Fremden, aber auch auf ihre eigene Unfähigkeit, einzugreifen.

Gleichzeitig schloss eine ungekannte Trauer die eisige Hand um ihr Herz. Nie zuvor hatte sie ihre Eltern so sehr vermisst wie in diesem Moment. Nie zuvor hatte sie ihr Tod so sehr geschmerzt. Und dabei konnte sie nicht einmal sagen, warum.

Weil sie nun ihre Gesichter kannte? Oder weil sie wusste, dass ihr Tod kein Unfall, sondern Mord gewesen war?

Zweiteres lag schwer wie Wackersteine in ihrem Magen. Der Fremde hatte *sie* gewollt, nur deshalb hatten ihre Eltern sterben müssen. Es war *ihre* Schuld …

»Wir sind da«, riss Quinn sie aus ihren Gedanken. Als er sie anblickte, verzog er das Gesicht zu einer Schnute. »Ach Mädchen, hör auf, Tränen für etwas zu vergießen, das so lange her ist.«

Fahrig wischte sich Robin über die Wangen. Sie hatte gar nicht gemerkt, wie immer noch Tränen über ihre Wangen liefen.

»Erfreue dich an dem, was du jetzt hast. Was dir die Gegenwart zu bieten hat.« Er machte eine einladende Geste zu einem hoch gewachsenen Busch, der sich an die rückwärtige Hauswand der Villa schmiegte.

Sie zog abermals die Nase hoch und betrachtete den Strauch mit gerunzelter Stirn.

Was zum Geier wollte Quinn ihr zeigen?

Plötzlich bewegten sich die Blätter knapp über dem Boden. Ein leises Rascheln erklang, gefolgt von einem hellen Laut, den nichts besser beschrieb als das Wort ›niedlich‹.

Robin trat näher und schob vorsichtig einige Äste beiseite. Wieder erklang das putzige Quieken und schon sah sie, was diesen Laut verursachte. Ein Kätzchen, orange wie die aufgehende Sonne, lugte zwischen den Blättern hervor.

Robins Hand zuckte zurück, als ihr bewusst wurde, dass dieses Tier genauso aussah wie die Katze, die auf dem Holzstapel vor ihrem Elternhaus gelegen hatte – nur handelte es sich hier um ein Kitten statt eines ausgewachsenen Exemplars.

Es raschelte und quiekte erneut, dann kam das kleine Wesen aus seinem Versteck getapst. Mit schief gelegtem Kopf betrachtete es Robins Hand, die noch immer knapp über dem Boden schwebte, ging darauf zu und schnüffelte an ihrem Zeigefinger.

Robin ließ es zu. Der Anblick dieses putzigen Kerlchens drängte die Verbindung zu ihrer Vergangenheit etwas in den Hintergrund.

Sie drehte ihre Hand, sodass der Kleine auch ihre Handfläche beschnuppern konnte.

Schon stahl sich ein Lächeln auf ihre Züge. Der Kater stupste sie mit der Nase an, dann leckte er über ihre Fingerkuppen und aus dem Lächeln wurde ein Kichern, das aus der Tiefe ihres Herzens kam.

Sanft strich Robin durch das weiche Fell und über den kleinen Kopf, was mit einem leisen Schnurren belohnt wurde. Sie fuhr über den Rücken des Kitten, kraulte die Flanken und fuhr über den Bauch, als sich das Tier auf die Seite fallen ließ.

»Au!« Ruckartig zog sie die Hand zurück, nachdem der Kater aus heiterem Himmel seine Krallen hineingeschlagen hatte.

Der Kleine sprang ebenfalls auf, machte einen Buckel und fauchte. Mit buschigem Schwanz hüpfte er zurück, drehte ihr die Seite zu und funkelte sie giftig an.

Quinn schnalzte mit der Zunge. »Was für ein böses Kätzchen. Böse, durch und durch.«

Robin, die Lippen saugend auf den Kratzer an ihrem Handrücken gedrückt, sah zu Quinn auf. »Ach Quatsch. Vermutlich hab ich ihn nur an einer Stelle gestreichelt, die ihm nicht gefallen hat.«

»Korrigiere mich – aber es ist doch böse, jemanden zu verletzen, nur weil einem etwas nicht gefällt, oder?« Quinn verschränkte die Hände hinter dem Rücken. In seinem Blick lag etwas Tückisches, als wollte er Robin in eine Falle locken.

»Vermutlich wollte er sich nur verteidigen. Wer weiß, welche Erfahrungen er schon mit Menschen gemacht hat.« Langsam streckte sie erneut die Hand aus. »Nicht wahr, du wolltest mir nicht wehtun. Du hast nur Angst bekommen. Aber es ist alles gut, du brauchst dich nicht zu fürchten.«

Ihre beruhigende Stimme wirkte. Das Kitten gab seine abwehrende Haltung auf und kam erneut näher.

»Also nicht böse durch und durch?«

Was hätte Quinn nur mit diesem …

Plötzlich Begriff Robin, worauf er hinauswollte. »Sie können dieses kleine Kätzchen doch nicht mit dem Typen vergleichen, der meine Eltern ermordet hat?«

Wenn das Katerchen nicht gerade wieder begonnen hätte, seinen Kopf an ihrer Hand zu reiben, wäre sie vermutlich aufgesprungen. So blieb sie hocken und sah den Master nur abschätzig von unten herauf an.

Dieser grinste, zog eine Braue nach oben und verschränkte die Arme.

»Nun, betrachten wir nur den Moment, als der Kater dich angegriffen hat. Nur diesen Ausschnitt …«

»Es ist aber nicht nur ein Ausschnitt. Er hat mich doch nur gekratzt, weil …« Sie verstummte. Langsam begriff sie, worauf er hinauswollte.

»Niemand begeht eine böse Tat, weil er etwas Böses tun will. Niemand zieht in die Welt und sagt sich: ›Ich bin jetzt ein Bösewicht‹. Dieser kleine Kater genauso wenig wie der Fremde in deiner Erinnerung. Der Kater hatte einen Grund für sein Verhalten, so wie dieser Mann vermutlich auch.«

»Heißt das, wir müssen herausfinden, warum er das getan hat? Sorry, seine Beweggründe sind mir herzlich egal. Er hat meine Eltern ermordet.« Trotz der inneren Aufregung, die sie einmal mehr ergriff, blieb Robins Stimme ruhig. Sie wollte das Kätzchen, das mittlerweile Vertrauen gefasst hatte und mit ihrem Knie schmuste, nicht noch einmal erschrecken.

»Ich möchte lediglich, dass du kein vorschnelles Urteil triffst. Nicht über diesen Fremden, nicht über die Katze, nicht über irgendeinen der Bewohner von Qi Manor.« Quinn wandte sich ab. »Sie alle haben ihre Gründe für ihr Tun. Und nicht selten steckt eine gute Absicht hinter einer nicht so guten Tat. Wie, als ich dir den Angriff auf deine Brüder vorgegaukelt habe.«

Vorgegaukelt, pfff. Er hatte sie angegriffen und er hatte ihnen wehgetan.

Aber ja, sie verstand, was er meinte. Am Ende hatte er es getan, um ihr zu helfen. Und die Jungs hatten mitgemacht. Auch wenn es dumm erschien, sich freiwillig foltern zu lassen, war es eine durchaus intelligente Taktik gewesen.

Gegensätze schienen sich tatsächlich überall zu verstecken …

»Warum muss das Leben eigentlich immer so kompliziert sein?«, fragte sie mehr sich selbst, doch der kleine Kater schaute sie an, als hätte er ihre Worte genau verstanden.

Er blinzelte, dann stellte er sich mit den Vorderpfoten auf ihr Knie und maunzte.

»Du hast es bisher vermutlich auch nicht leicht gehabt, wie?« Mit dem nächsten Blinzeln des Katerchen fasste sie einen Entschluss. »Ist es okay, wenn ich den kleinen Kerl behalte?«, rief sie Quinn nach, der sich schon einige Schritte entfernt hatte.

»Was immer du willst, mein Flämmchen«, antwortete er, ohne sich umzusehen.

26

Sie hatte den kleinen Kater mit in den Südflügel genommen. Dort schlief er nun auf einem der Sessel, während Robin daneben hockte und Bahn um Bahn gedankenverloren durch das weiche Fell streichelte.

Sie dachte darüber nach, dass sie noch einiges mehr benötigen würde, wenn das Kerlchen dauerhaft bei ihr bleiben sollte. Und er würde einen Namen brauchen …

Doch so sehr sie sich auch auf diese Frage konzentrieren wollte, immer wieder driftete sie zu der Erinnerung ab, die sich im Laufe der Akupunktur gezeigt hatte. Sie sah das Haus, sah ihre Eltern, sah die Klimatischen …

Gnädigerweise gelang es ihr, sich immer vor dem Erscheinen der Trockenheit – und der Leiche von Eliza – erneut dem Kätzchen zuzuwenden. Mal weil es sich bewegte, mal weil es schnarchte, aber es holte sie stets im richtigen Moment in die Realität zurück.

Sie wusste nicht, wie lange sie so dagesessen hatte, als es irgendwann an der Tür klopfte.

Kurz hoffte Robin, es würde Jason sein, der nach ihr sah. Die Vorstellung, ihn bei sich zu haben, tat gut.

Aber noch während sich auf ihr »Herein« hin die Tür öffnete, spürte sie bereits, dass jemand anderes sie besuchte.

»Hey kleiner Feuerteufel, alles klar bei dir?«, grüßte Mickael, als er den Kopf hereinsteckte. Kaum dass er sie sah, erstarb das Grinsen auf seinem Gesicht. »Also hab ich mir die dunkle Trübsalswolke rund um den Südflügel doch nicht eingebildet«, meinte er und kam mit großen Schritten zu ihr. Als sein Blick auf den Sessel fiel, lächelte er erneut. »Und die neue Präsenz.«

Auch Robin schaffte es, ihre Mundwinkel zu heben. »Meinst du, Präsenz ist ein guter Name für ihn?«

Nachdenklich legte Mickael einen Finger an die Lippen. »Hmm, auf jeden Fall eigenwillig. Wie wäre es mit Aro?«

Robin sah ihn überrascht an, dann den Kater. »Ja, irgendwie passend. Wie kommst du darauf?«

»Die Maori bezeichnen die *Gegenwart* oder *Anwesenheit* mit Aroaro«, erklärte er schulterzuckend. »Wo hast du ihn her?«

»Quinn hat ihn mir … geschenkt.«

Mickael stieß einen erstaunten Pfiff aus, was Aros Kopf hochschnellen ließ. »Wow, herzlichen Glückwunsch. Er hat noch nie Haustiere erlaubt.«

Beruhigend massierten Robins Finger das kleine Ohr des Katers, was ihn schnell wieder entspannte.

»Wir haben uns gewundert«, setzte Mickael zögernd an, »dass du nach deiner Sitzung mit Quinn nicht zum Training gekommen bist. Aber wenn du jetzt eine Mama bist, ist das ja nachvollziehbar.«

Unbewusst zuckte Robin bei dem Wort Mama zusammen.

Sofort hatte sie das Bild des vertrockneten Körpers vor Augen, obwohl ihr das der strickenden Frau viel lieber gewesen wäre.

Mickael bemerkte es. »Hey, alles okay?«

Sie atmete tief durch.

Ein letztes Mal ging sie im Kopf durch, was sie erfahren hatte, dann traf sie eine Entscheidung. »Nein«, antwortete sie mit überraschend fester Stimme. »Kannst du die anderen zusammentrommeln? Ich muss mit euch reden.«

Wenig später saßen sie gemeinsam in der Küche. Jason hatte sie wortlos in den Arm genommen, als er ihren ernsten Gesichtsausdruck gesehen hatte, und hielt auch jetzt noch ihre Hand, nachdem sie ihnen von dem Überfall auf ihre Eltern berichtet hatte. Dimitri und Mickael saßen ihnen gegenüber, während Aro auf dem Tisch hockte und Milch aus einer Schüssel schleckte, an dem Platz, wo sonst Edward saß.

Sie selbst hatte Mickael gebeten, den Holzbaocun außen vor zu lassen. Er hatte das nicht gutgeheißen, war ihrem Wunsch jedoch gefolgt.

»Ich kann mir nicht helfen«, schloss sie ihre Erzählung. »Ich bin mir ziemlich sicher, dass dieser Fremde die Klimatischen kontrolliert hat.«

»Das ist nicht möglich«, meinte Dimitri und strich sich mit den Fingern über das bartlose Kinn. »Niemand kann sie kontrollieren. Nicht einmal wir.«

»Seid ihr euch da so sicher?« Robin warf einen skeptischen Blick in die Runde. Sie hatte sich bisher gesträubt, ihren Verdacht auch nur gedanklich zu verfolgen. Doch es war wichtig, mit den anderen darüber zu sprechen. »Das Feuerwesen, das meinen Vater bedroht hat – ich bin mir nicht sicher, ob es ein Klimatischer war. Und der Mann, der es auf ihn gehetzt hat, kam mir ebenfalls bekannt vor. Nicht, was ich gesehen habe, sondern was ich gespürt habe. Seine Energie war stark.« Sie zögerte, als sie die kritische Musterung der anderen bemerkte. Dennoch fuhr sie fort. »So stark wie unsere. Ich glaube, es hat sich bei ihm um einen Baocun gehandelt. Haltet ihr es für möglich …«

»Dass die frühere Inkarnation des Feuers ihren Nachfolger töten wollte?« Mickael klappte der Mund auf.

»Robin, bei aller Ehre … Das ist verrückt.« Auch Dimitri schüttelte entsetzt den Kopf. »Warum …«

»Mein Vater kannte ihn«, unterbrach sie ihn. »Er sprach von ›mehr Zeit‹, die sie eigentlich hätten haben sollen. Und schließlich hat er mich nicht getötet, er hat mich lediglich versteckt, damit Quinn mich nicht finden konnte.«

»Selbst das ist abwegig«, meinte nun auch Jason. »Es ergibt keinen Sinn. Soweit ich mich erinnere, hat Ruben sogar nach dir gesucht, obwohl Quinn allein dazu fähig ist, die Nachfolger aufzuspüren.«

»Entschuldige, das untermauert meine Theorie eher, als dass es sie entkräftet. Er hat nicht gesucht, er hat dafür gesorgt, dass ich verschwunden bleibe!«

»Aber warum?« Dimitri stützte die Ellbogen auf den Tisch und betrachtete sie eindringlich. »Warum sollte er das tun? Er hat die Klimatischen bekämpft, nicht kontrolliert.«

»Vielleicht hat er eine Bedrohung in mir gesehen? Schließlich bedeutete mein Auftauchen, dass er bald sterben würde. Womöglich wollte er das verhindern.«

»So funktioniert das nicht. Einmal eingeleitet kann der Wechsel nicht mehr verhindert werden«, erklärte Mickael, und Jason ergänzte: »Das ist den Baocun ihr Leben lang bewusst. Wir haben das akzeptiert, alle.«

»Ich nicht«, murmelte sie so leise, dass nur er sie hörte. Lauter sagte sie: »Woher wollt ihr wissen, dass es bei Ruben so war? Vielleicht hatte er keinen Bock mehr auf diesen Mist und wollte sein Schicksal selbst in die Hand nehmen? Den Zyklus durchbrechen, oder sogar zerbrechen? Wer von euch kann sich schon wirklich an ihn erinnern?«

»Wir haben ihn alle gekannt«, hielt Mickael dagegen. »Er war ein guter Mensch.«

»Habt ihr ihn kämpfen sehen?«, wollte sie wissen.

»Nein«, kam es zögerlich zurück. »Nur …«

Sie ließ Mickael nicht ausreden. »Ihr wart Kinder. Ihr hättet es niemals erkannt, wenn einer der Amtierenden sich gegen den Kreislauf gestellt hätte. Aber genau danach sieht es aus. Einer der Baocun hat sich damals abgewandt.« Sie atmete tief durch, ehe sie auch noch die letzte Bombe platzen ließ. »Und ich glaube, dass das auch heute der Fall ist.«

Mickael legte die Stirn in tiefe Falten. »Jetzt reicht es, Robin.« Er hatte sofort begriffen, wen sie damit meinte. »Ich weiß ja, dass du nicht besonders gut mit Edward auskommst, aber diese Anschuldigung ist absurd. Wir haben unser ganzes Leben hier verbracht. Wir kannten die vorherigen Inkarnationen. Und wir kennen einander. Jeder, der hier lebt und wirkt, ist dem Kreislauf gegenüber absolut loyal, ist Quinn gegenüber absolut loyal.«

Robin hob entschuldigend die Hände. »Es wäre doch möglich …«

»Nein!« Nun war es Dimitri, der sie unterbrach. Er sprang auf, stützte sich aber mit den Händen auf dem Tisch ab, um Robin weiterhin anzusehen. »Nein.« Das zweite Wort sprach er ruhiger aus. Dennoch zuckte sie zusammen, als der Stuhl hinter ihm polternd zu Boden fiel.

Der Wasserbaocun atmete schwer, als müsste er sich beherrschen, nicht zu explodieren. So kannte sie den schmächtigen Blonden nicht. Seit sie ihm das erste Mal begegnet war, war er immer der Ruhige, Besonnene, Rationale gewesen. Ihre Anschuldigung musste ihn schwer getroffen haben.

»Wir sind ein Team«, erklärte er, nach wie vor mit seinen Emotionen ringend. »Einer für alle, alle für einen. Ich möchte nie wieder hören, dass du einem von uns schlechte Absichten unterstellst.«

Für einen kurzen Moment herrschte Stille in der Küche. Robin hätte gern weggesehen, doch Dimitris Blick fesselte den ihren regelrecht. So gern wollte sie ihm glauben, aber die Zweifel nagten an ihren Eingeweiden wie Mäuse an einem Stück Käse.

»Er hat recht«, durchbrach Jason das Schweigen. Erst jetzt, als er den Druck verstärkte, nahm sie seine Hand in ihrer wieder wahr. »Einander zu misstrauen, ist der erste Schritt zum Untergang.« Als niemand reagierte, fügte er an Robin gewandt hinzu: »Wir bezweifeln nicht, was du in deiner Vision gesehen hast. Aber es ist ausgeschlossen, dass es sich bei dem Fremden um einen Baocun gehandelt hat. Und Edward hat damit erst recht nichts zu tun.« Seine Hand wanderte ihren Arm entlang und blieb auf ihrer Schulter liegen. »Er war damals selbst noch ein Kind.«

Sie wusste nicht, was sie dazu sagen sollte. Also nickte sie. Sowohl Jason als auch Dimitri hatten sicher recht.

Dennoch blieb die Frage, wer außer ihnen fähig sein sollte, den Klimatischen Befehle zu erteilen, denn nichts anderes hatte der Mörder ihrer Eltern getan.

Die unterkühlte Stimmung in der Küche war an diesem Abend nicht mehr verschwunden. Als Edward zum Abendessen zu ihnen stieß, waren sie zwar alle um eine gewisse Lockerheit bemüht, doch wirklich gelingen wollte das nicht.

Schließlich hatte sich Robin dazu durchgerungen, auch ihm von ihrer Erinnerung zu erzählen, wenngleich um einiges nüchterner als vor den anderen, und ohne ihren Verdacht, um wen es sich bei dem Fremden handeln konnte.

Er machte sich weit weniger Gedanken darum, tat es sogar als Traum ab und nicht als Vision oder Ähnliches – geschuldet Robins lebhafter Fantasie, ihrem weiblichen Hang zum Drama und ihrem Geltungsbedürfnis.

Als er Letzteres sagte, wäre sie ihm beinahe an die Gurgel gesprungen. Lediglich Mickaels deeskalierendem Eingreifen und Jasons schneller Verabschiedung von der Runde hatten Schlimmeres verhindert.

Nun stand sie mit Jason vor dem Südflügel und öffnete die Tür einen Spalt, um Aro einzulassen. Der Kater schien bereits genau zu wissen, wo er in Zukunft wohnen würde.

»Meinst du nicht, es wäre besser, ihn nach draußen zu lassen?«, kommentierte Jason zweifelnd, aber Robin schüttelte den Kopf.

»Ich lasse eines der Fenster angelehnt, dann kann er raus, wenn er will. Edward wollte dafür sorgen, dass direkt vor meinem Fenster ein Baum steht, an dem er hinunterklettern kann.«

Jason lächelte. »Nett von ihm.«

Sie wusste, was er eigentlich sagen wollte: »Siehst du, das würde er doch nicht machen, wenn er ein Problem mit dir hätte.«

Das eine hatte in ihren Augen nichts mit dem anderen zu tun.

Allerdings wollte sie sich gerade auch nicht damit beschäftigen. Sie fühlte sich ausgelaugt, der Tag war zu fordernd gewesen. Erst der Adrenalinschub, als sie dem Kampf von Holz und Metall beigewohnt hatte. Dann die Akupunktur, die sie mit Sicherheit schon ohne den Flashback ausgelaugt hätte. Und schließlich der Streit mit Dimitri und dem folgenden, einfach nur anstrengenden Abend. Sie war durch, der Tag konnte weg.

Doch als sie sich Jason zuwandte, um sich zu verabschieden, erwachten die Marienkäfer in ihrem Magen zu dem bereits vertrauten Tanz und vertrieben all die unguten Gefühle, die sich dort einnisten wollten.

Jason legte seine Arme um ihre Taille und zog sie an sich. »Du sollst dir in diesem Haus nicht ungewollt vorkommen«, meinte er leise und legte seine Stirn an ihre. »Niemand hier will dir etwas Böses, okay? Wenn du Edward schon nicht vertrauen kannst, dann wenigstens mir.«

Sie schluckte. Wäre das nur so leicht!

Als er ihr Zögern bemerkte, fuhr er fort: »Versteh mich nicht falsch. Ich will nicht, dass du vergisst, was du gesehen hast. Wir werden herausfinden, was damals passiert ist, da kannst du auf mich zählen. Aber bitte …«, er schloss die Augen, um die Dringlichkeit seiner Worte zu unterstreichen, »zweifle nicht an den Baocun. Ich würde für jeden der anderen die Hand ins Feuer legen.«

Dann pass auf, dass du dich nicht verbrennst. Sie schluckte die Worte hinunter, die ihr auf der Zunge lagen.

»Lass uns nicht mehr darüber reden, okay?«, meinte sie stattdessen.

Tatsächlich stand ihr der Sinn eher nach Ablenkung. Sie brauchte Ruhe – und sie wusste genau, wo sie diese finden würde.

Sanft löste sie sich aus seiner Umarmung und öffnete die Tür.

Lockend blickte sie über die Schulter zu ihm. »Ich hoffe, es stört dich nicht, bei offenem Fenster zu schlafen?«

27

»Na, bereit für deine erste richtige Stunde?« Mit diesen Worten fing Edward sie am nächsten Morgen bereits in der Eingangshalle ab, der Ort, den sie gefühlt jedes Mal durchqueren mussten, sobald sie in der Villa von einem Bereich in einen anderen wollten.

Obwohl sie ihre verschränkten Hände sofort gelöst hatten, als sie jemanden in der Halle hatten stehen sehen, verkniff Edward angesäuert das Gesicht. Natürlich zog er die richtigen Schlüsse. Selbst wenn sie mit zwei Metern Abstand gelaufen wären, hätte er das – schließlich kamen sie beide aus Richtung des Südflügels.

»Bitte um die Erlaubnis, erst frühstücken zu dürfen, Sir«, erwiderte sie säuerlich und hoffte, einfach schnell an ihm vorbeizukommen, bevor er sich zur nächsten Standpauke aufblies. Oder zu Schlimmerem …

Obgleich Jason ihr in der letzten Nacht, in der sie ständig aus wirren Träumen aufgeschreckt war, immer wieder garantiert hatte, dass sie in dieser Villa in Sicherheit sei, konnte sie ihren Verdacht nach wie vor nicht abschütteln. Sie würde auf der Hut sein, bis sie sich Klarheit über Edwards Absichten ihr gegenüber verschafft hatte.

Allerdings würde er sich nicht an ihr vergreifen, solange einer der anderen Baocun in der Nähe war. Nicht einmal im Ton, wie sich jetzt zeigte. Dieser war nüchtern und ruhig, trotzdem mahlten seine Kiefer, bevor er zu sprechen begann.

»Ich würde dein Training gern abhalten, bevor du in deine Hochphase kommst. Du sollst von Anfang an lernen, deine Kräfte auch dann zu nutzen, wenn dein Element dir nicht die besten Voraussetzungen für einen Kampf bietet.«

Das klang vernünftig, auch wenn sie das ihm gegenüber nicht zugeben würde. »In Ordnung. Gegen wen soll ich antreten?«

Die Frage war eigentlich rhetorischer Art. Er würde es sich nicht nehmen lassen, weiterhin den Lehrer zu spielen. So war schließlich der Deal gewesen.

Aber er überraschte sie. »Kein Kampf. Wir haben uns gemeinsam etwas für dich überlegt. Komm mit.«

Irritiert hob sie den Kopf und suchte Jasons Blick, als Edward sich der Eingangstür zuwandte. Ohne Frage, er hatte gewusst, dass sie erwartet werden würden. Deswegen hatte er auch darauf bestanden, den Kater in ihrem Flügel zu lassen. Und er wusste auch, was auf sie zukam.

Ihr blieb jedoch keine Zeit, nachzuhaken. »Kommst du?«, forderte Edward sie auf, sichtlich bemüht, sich eine gewisse ungeduldige Gereiztheit nicht anmerken zu lassen.

Zumindest blieb Jason an ihrer Seite, was ihre aufkeimende Nervosität etwas im Zaum hielt.

Dennoch legte sich ein unbehagliches Kribbeln in ihren Nacken, als sie Edward nach draußen folgten.

Er führte sie um die Villa herum, um mehrere Ecken. Jeden Moment, so glaubte Robin, würden sie auf den Baum stoßen, der zu ihren Fenstern hinaufreichte.

Stattdessen erstreckte sich etwas vollkommen anderes vor ihr, als sie um die nächste Ecke bogen. Dort stand lediglich ein Häuschen, nein, vielmehr ein Verschlag. Ein Viereck aus Backsteinen, gerade groß genug, um aufrecht darin zu stehen, fensterlos und mit einer schmalen Tür.

»Seit wann steht hier ein Plumpsklo?«, fragte sie verblüfft.

Ihre Augen weiteten sich noch mehr, als die Tür sich öffnete und Dimitri und Mickael herausstolperten. Mickael hatte die Arme um Dimitri geschlungen, vermutlich hätten sie sonst gar nicht zu zweit hineingepasst.

Beide kicherten.

»Wurde aber auch Zeit, dass ihr hier auftaucht. Es wurde langsam echt stickig da drin.« Mickaels Wangen glühten, als er Robin anstrahlte.

Sie konnte nicht anders, als das Grinsen zu erwidern, vor allem da Dimitri sie genauso offen und freundlich anlächelte. Die schlechte Stimmung von gestern schien verflogen.

Mickael verneigte sich und deutete auf den kleinen Verschlag. »Darf ich bitten, werte Lady?«

»Ähm … nein?« Leicht angewidert verzog sie das Gesicht. »Warum sollte ich da reingehen? Wer weiß, was ihr da angestellt habt?«

Bildete sie es sich ein oder wurden Mickaels Wangen noch einen Touch röter? »Keiner hat gepupst, ich schwöre!«, sagte er schnell.

Eine Sekunde Stille folgte, dann brachen alle vier Jungs in schallendes Gelächter aus.

Robin konnte nur mit dem Kopf schütteln. Was fanden Männer an Pupsen nur immer so witzig – selbst an welchen, die es gar nicht gegeben hatte. Angeblich …

Edward fasste sich als Erstes wieder. »Bevor du dich uns im Eins zu Eins stellst, sollst du dich gegen unsere Fähigkeiten behaupten. Nennen wir es eine kleine Prüfung, einen Abschlusstest, bevor du in die nächste Klassenstufe darfst.«

»Und damit der Überraschungseffekt auch voll reinkickt, startest du aus dieser Kabine heraus.« Wieder deutete Mickael auf die offene Tür.

Robin zog die Brauen zusammen. »Ich denke, ich habe mich bewiesen. Immerhin habe ich gegen Quinn gewonnen, da sollte ein Kampf mit jedem von euch kein Problem darstellen.«

»Gegen Quinn gewonnen …« Edward stieß ein abfälliges Lachen aus. »Du hast deine Kräfte gezeigt, mehr nicht.«

Sie wandte sich ihm zu. »Hast du nicht gesagt, es gibt keine Sonderbehandlung mehr?«

Er zuckte mit den Schultern. »Wenn's nach mir ginge, wäre ich gerade dabei, dich im Ring flachzulegen. Obwohl, vermutlich hat das schon ein anderer getan.«

Nun war es an ihr, rot zu werden, trotz dass er mit seiner Vermutung völlig danebenlag. Obwohl Jason die Nacht bei ihr verbracht hatte, waren sie sich nicht näher gekommen als bisher. Selbst ihren Schlafanzug hatte sie im Bad angezogen, auch wenn dieser nur aus einem dünnen Hemdchen und einem Slip bestanden hatte.

Das Glühen in ihrem Gesicht verstärkte sich noch, als sie an Jasons Blick dachte, als sie so zu ihm ins Bett gekrabbelt war. Er selbst hatte ebenfalls nicht mehr als Boxershorts getragen, und trotzdem war nichts passiert, außer dass er sich zum Einschlafen von hinten an sie geschmiegt hatte.

Gut, nicht einmal dem Drang nachgegeben zu haben, seine nackte Brust zu berühren, über diese verlockenden Muskeln zu streichen, ärgerte sie mittlerweile schon, aber …

Eine Berührung an ihrem Rücken holte sie in die Gegenwart zurück. Da es Jasons Hand war, die zärtlich darüberfuhr, sorgte die Geste allerdings nicht dafür, ihre Gedanken zu klären.

Das schafften erst seine Worte. »Es erwarten dich drei Hindernisse. Schließt du sie alle erfolgreich ab, bist du bereit, zu kämpfen.

Und keine Angst, wir sind die ganze Zeit da und sehen zu. Dir kann nichts passieren.«

»Die heiligen drei Prüfungen, wie einfallsreich«, meinte sie abfällig, wobei sie nur versuchte, ihre Nervosität zu überspielen.

Jason zog seine Hand zurück und trat zwei Schritte von ihr fort. Dann nickte auch er in Richtung des Verschlags.

Sie seufzte. Es würde nichts bringen, sich dagegenzustellen. Eigentlich war es ja ganz niedlich, dass die anderen sie noch etwas schonen wollten. Beim Gedanken an das Spektakel, das Edward und Jason gestern veranstaltet hatten, fühlte sie sich nicht wirklich bereit für ein Eins zu Eins.

Andererseits würde sie ein Parcours, oder was auch immer sie gleich erwartete, auch nicht weiterbringen. Sie musste endlich Kampferfahrung sammeln, wenn sie irgendwann ihre Aufgabe erfüllen sollte, den Klimatischen in den Hintern zu treten.

Oh, wie sehr sie darauf brannte! Erst recht, nachdem sie nun wusste, dass diese für den Tod ihrer Eltern verantwortlich waren. Und stand sie ihnen erst einmal gegenüber, ergab sich vielleicht sogar die Möglichkeit, mehr über den Fremden herauszufinden. Aber dazu musste sie kämpfen können und keine vermaledeiten Tests absolvieren.

Eventuell wäre es eine Option, Quinn um seine Unterstützung zu bitten. Wenn er die anderen anwies, diese Spielchen zu lassen, würden sie es tun. Aber ehe sie ihn gefunden und überzeugt hatte … Da konnte sie sich auch dem kleinen Test stellen, vermutlich würde das schneller gehen.

»Also schön«, gab sie sich geschlagen. »Lasset die Spiele beginnen.« Sie sah die Jungs nacheinander an, dann ging sie an Mickael vorbei und betrat den Verschlag.

Kaum hatte sich die Tür hinter ihr geschlossen, spürte sie ein leichtes Vibrieren unter den Füßen, das sich auf die Luft um sie herum übertrug. Ein Gefühl von elektrischer Ladung umgab sie und sie hätte schwören können, es obendrein knistern zu hören. Ganz deutlich nahm sie die Veränderung wahr, welche die Energie um sie herum durchlief.

Robin schloss die Augen und versuchte, wahrzunehmen, wessen Energie sich da gerade austobte. Die Backsteine des Verschlags schirmten sie ab, doch als sie sich weiter konzentrierte, meinte sie eine gewisse Kälte wahrzunehmen, gepaart mit einer hölzernen Steifheit.

Sie schmunzelte. Sie würde es also zuerst mit Wasser und Holz zu tun bekommen. Ein cleverer Zug, dass sich diese beiden zusammentaten. Während das eine Element ihrem Feuer nahezu schutzlos ausgeliefert war, ja ihm eher Futter lieferte, war das andere absolut tödlich für jede Flamme.

Zu dem energetischen Kribbeln gesellte sich nun noch ein Prickeln, das langsam über ihre Haut kroch. Es war fast, als würde ihr Element sich in ihrem Inneren bereits darauf vorbereiten, gleich in den Actionmodus überzugehen.

Plötzlich ebbte die elektrische Spannung in der Luft ab. Eine Sekunde später schwang die Tür auf.

Sofort ging Robin in Angriffsposition und hob die Arme, um sich verteidigen zu können, falls sie direkt angegriffen wurde. Als nichts geschah, lugte sie nach draußen – und hätte beinahe gelacht.

Vor dem Verschlag hatte sich ein See gebildet. Robin schätze seinen Durchmesser auf ungefähr fünfzig Meter. Gegenüber auf der anderen Seite erwartete sie eine ebene Fläche aus blankem, grob behauenen Stein, auf die ein weiterer See folgte. Und dahinter, wohl das Ziel dieses Parcours, erblickte sie ein Häuschen, nahezu identisch mit dem, aus dem sie gerade trat.

Sie glaubte sogar, dort eine Person zu erkennen – Quinn vielleicht?

Ein Schauder lief über ihren Rücken. Hoffentlich musste sie es nicht erneut mit ihm aufnehmen. Ihr war selbst klar, dass sie vorhin Edward gegenüber zu dick aufgetragen hatte. Sie hatte den Kampf gegen Quinn lediglich überlebt – von gewinnen war sie weit entfernt gewesen.

»Du musst lediglich auf die andere Seite kommen«, drang Edwards strenger Ruf zu ihr herüber. »Sobald sich die Tür am Zielpunkt hinter dir schließt, hast du bestanden.«

Robin wandte den Kopf nach links und entdeckte die Jungs aufgereiht am Ufer. Ihre Mienen waren ernst, wobei jeder noch einen Funken einer anderen Emotion zeigte. Jasons Blick schenkte ihr Zuversicht, Mickael hingegen wirkte besorgt und Dimitri angestrengt. Edward, natürlich, trug eine gewisse Überheblichkeit zur Schau.

»Bloß ans andere Ende kommen ... Sollte ja kein Problem sein«, sprach sie sich selbst Mut zu und schaute wieder nach vorn.

Sie wollte schon losstürzen und Hals über Kopf in den See springen, hielt sich aber zurück. Nur schwimmen und rennen würde sicher nicht ausreichen, um zu dem anderen Verschlag zu gelangen. Sie hatte es hier mit den Inkarnationen von Wasser, Holz, Metall und Erde zu tun. Erster hatte den See beigesteuert, Letzter das Steinfeld. Die Elemente der anderen lagen hingegen im Verborgenen. Sie musste auf der Hut sein.

Während sie die Strecke vor sich mit mehr Ruhe betrachtete, bemerkte sie die großen grünen Blätter, die auf der Wasseroberfläche trieben. Seerosen – sicherlich Edwards Werk.

Aber wo war Jasons Beitrag? Er hatte von drei Hindernissen gesprochen – See, Steinfläche, See ...

Wo also versteckte sich das Metall?

Egal, das würde sie früh genug erfahren. Sie beschloss, sich Abschnitt um Abschnitt zu widmen.

Ihr Plan, einfach auf die andere Seite zu schwimmen, würde wohl nicht funktionieren. Sie erkannte jetzt, dass sich die Seerosenblätter immer wieder berührten, und zwar genau so, dass sich nirgends eine Lücke dazwischen auftat. Sie waren eindeutig geschaffen, um sie zum Tauchen zu zwingen. Denn unter Wasser, das war ihr klar, war ihre Kraft des Feuers absolut nutzlos.

Nur war Robin nicht der Typ, sich zu irgendetwas zwingen zu lassen. Sie schmunzelte. Wozu hatte sie die letzten Wochen, Monate, so hart trainiert? Nicht um zu paddeln wie ein nasser Hund, sondern um zu Springen wie ein Frosch.

Sie ging ein Stück nach rechts, bis sie ein Seerosenblatt erreichte, das nur einen guten Meter vom Ufer entfernt begann. Sie drehte sich um, um Anlauf zu nehmen, und registrierte erst jetzt, dass von der Villa weit und breit nichts mehr zu sehen war. Wiese zog sich, soweit das Auge reichte, in jede Himmelsrichtung.

Sie würde die Jungs später fragen, wie sie das gemacht hatten. Jetzt hieß es: Konzentration.

Wenn sie den ersten Sprung gewagt hatte, musste sie hundert Prozent fokussiert bleiben. Der Lauf über die Blätter dürfte zwar kein Problem werden, doch die karge Fläche dahinter bereitete ihr ein flaues Gefühl im Magen. Es wirkte zu einfach, sie zu überqueren.

Sie sammelte alle Kraft in sich und öffnete ihre inneren Bahnen, um jederzeit auch auf ihre elementare Energie zugreifen zu können, sollte es nötig werden.

Dann lief sie und stieß sich so nah wie möglich an der Uferkante ab.

Ihr Sprung brachte sie weiter, als sie selbst erwartet hatte, sodass sie im Zentrum des Blattes landete. Kurz schwankte der grüne Boden unter ihr, aber er trug ihr Gewicht.

Erleichtert stieß sie den angehaltenen Atem aus. Zugegeben, an diesem Punkt hatte sie etwas gezweifelt, lediglich den Gedanken fortgeschoben.

Vorsichtig tastete sie sich mit den Füßen vor und prüfte, wie weit an den Rand sie sich bewegen konnte. Tatsächlich war die Spannung des Blattes – oder der Wasseroberfläche – groß genug, dass sie drei Blätter überqueren konnte, als wären sie eine Brücke.

Erst das vierte war am Rand so weich, dass sie nur mit einem erneuten Sprung weiterkommen würde, wenn auch nur ein kurzer nötig war.

Sie spannte sich abermals an, drückte sich ab und – verlor den Boden unter den Füßen.

Noch während ihr Körper haltlos nach unten sackte, begriff sie ihren Fehler. Das Blatt hatte ihr Gewicht getragen. Dem Druck, den ihre Füße beim Absprung ausüben wollten, hatte es hingegen nicht standgehalten.

Sie stieß ein hohes Quieken aus, durch ihren Kopf zog das Wort *Scheiße*, dann war sie auch schon komplett unter Wasser.

Sofort begann sie mit den Beinen zu strampeln, kämpfte mit sich und dem zusätzlichen Gewicht ihrer vollgesogenen Kleidung, um an die Oberfläche zurückzukommen. Dass sie wieder auf eines der Blätter klettern konnte, bezweifelte sie, doch sie wollte sich zumindest orientieren, in welche Richtung sie schwimmen musste – und ihre Lungen mit einer extra Portion Sauerstoff füllen. Durch ihren Aufschrei hatte sie nämlich alles hinausgepustet, anstatt noch mal tief Luft zu holen.

Ihre Fingerspitzen berührten bereits die Grenze zum Tageslicht, als sie plötzlich abermals nach unten sackte.

Etwas hatte sie gepackt und zurückgerissen, sie spürte es an ihrem rechten Knöchel. Sofort wurde der Schlag ihrer Beine stärker.

Als sich dabei jedoch die Wasseroberfläche weiter entfernte, anstatt näher zu kommen, stieg Panik in Robin auf. Schon jetzt brannte es in ihrer Brust und ihr Herz bemühte sich mit steigendem Tempo, ihren Körper mit dem verbliebenen Sauerstoff zu versorgen.

Nur mit Mühe konnte sie verhindern, den Mund zu öffnen, der so sehr danach gierte, ihre Lungen mit irgendetwas zu füllen.

Sie trat und zerrte im Wechsel, aber was immer sie festhielt, zog sie unermüdlich in die Tiefe.

Dunkelheit umfing sie, doch nicht jene einer erlösenden Ohnmacht. Diese hier war viel realer und beängstigender.

Ob sie bereits derart tief war oder ob sich die Seerosenblätter über ihr zu einem undurchdringlichen Teppich vereint hatten, konnte sie nicht sagen. Sie wusste nur, dass mit einem Mal alles Licht verschwand und mit ihm ihre letzte Orientierung.

In ihrem Kopf rauschte es, während um sie herum absolute Stille herrschte. Stille und Dunkelheit.

Gib auf, wisperte eine Stimme in ihrem Inneren. *Sie werden dich nicht sterben lassen, warum also wehrst du dich?*

Kämpfe, flüsterte eine andere. *Zeig ihnen, was in dir steckt.*

Für einen Moment wusste Robin nicht, welcher von beiden sie vertrauen, welcher sie folgen sollte.

Der, die sie weiter hinab lockte, mit dem Versprechen, ihr würde ohnehin nichts passieren. Oder der, die sie antrieb, sich zu wehren, so aussichtslos es auch war.

Dann begriff sie, dass beide die Wahrheit sprachen. Dies hier war eine Prüfung, ausgestaltet von den anderen Baocun. Sie würden sie in keine Situation bringen, in der ihr Leben ernsthaft in Gefahr war, würden sie nicht vor ein Problem stellen, das unlösbar war. Und aufgeben kam nicht infrage.

Die Lektionen, die Dimitri ihr am Vortag mitgegeben hatte, kamen ihr in den Sinn.

»Wir haben mehrere Möglichkeiten, unsere Kräfte einzusetzen«, hatte er ihr erklärt. Wie in einem Sturm wirbelten diese Möglichkeiten nun durch ihren Geist.

Der eigenen Aura eine physische Form verleihen …

Robin spürte, wie das Brennen ihrer Lungen zu einem tobenden Feuer wurde. Sie drängte es nach außen, schickte es durch jede Pore ihrer Haut und ließ es frei. Mehr noch als Luft wünschte sie sich ein Licht in dieser allumfassenden Dunkelheit. Und wenn es keine andere Quelle gab, würde sie eben selbst die Fackel sein, die ihr den Weg wies.

Aber sie wurde enttäuscht, was hatte sie auch erwartet. Sie war umgeben von Wasser, dem größten Feind für ihr eigenes Element. Nicht ein Funken, nicht das kleinste Glimmen entstand auf ihrer Haut.

Dennoch veränderte sich etwas, das spürte sie. Ein sanftes Prickeln um sie herum, als würden dicke Regentropfen auf sie niederprasseln. Tropfen, die keiner Physik zu folgen schienen, denn sie bewegten sich nicht in eine Richtung, sondern streiften in unterschiedlichsten Bewegungsmustern an ihr vorbei, prallten auf und wieder ab, drückten sich gegen sie.

Und plötzlich war sie frei. Sie hatte keine Ahnung, wieso, doch was immer ihr Fußgelenk umschlungen hatte, war fort. Die Fessel, die sie unerbittlich in die Schwärze gezogen hatte, war verschwunden.

Der Erleichterung folgte die nächste Panikwelle. Anstatt weiter zu sinken, stand sie nun still, schwebte schwerelos in der Dunkelheit, ohne zu wissen, in welcher Richtung die rettende Oberfläche lag.

Als einige Lichtpunkte in ihrem Sichtfeld aufflackerten, keimte Hoffnung in ihr.

Konnte es sein, dass sie von selbst nach oben getrieben war? Mit aller Kraft, die ihr blieb, strampelte sie auf die hellen Flecken zu. Sie wurden zahlreicher, wenn auch nicht größer, und der wirre Tanz, den sie vollführten, wirkte auf Robin wie das Winken von Fingern, die die Sonne ihr entgegenstreckte.

Obwohl sie ihrer Rettung näher kam, wurde der Drang, einzuatmen, immer größer.

Robin schloss kurz die Augen – und hielt inne. Die Lichtpunkte, der tanzende Sonnenreigen, verschwanden nicht. Im Gegenteil, jetzt, da ihr das Wasser nicht mehr die Linse trübte, wurden sie noch klarer. Und ihre Beine … Warum bewegten sie sich so langsam? Warum fiel ihr jeder Schlag so schwer, als würde sie Sand statt Wasser beiseiteschieben wollen? Und war es schon die ganze Zeit so kalt gewesen?

Ich habe keine Energie mehr, schoss es ihr durch den Kopf. *Keinen Sauerstoff, keine Kraft …*

Sie schlug noch einmal mit den Beinen, dann verharrte sie erneut in schwereloser Starre. Sie wollte die Lider heben, um nachzuschauen, ob sie nicht doch ein Ziel fand, auf das sie zuhalten konnte. Es gelang ihr nicht, sie waren einfach zu schwer.

Gerade als sie dem Drängen nachgeben und den Mund öffnen wollte, um ihre Lungen zu füllen, kitzelte etwas ihre Nervenenden. Die fremde und gleichsam so vertraute Energie dockte an der ihren an und strömte in ihre leeren Kanäle.

Robin nahm sie an, als wäre sie die Luft, die sie so dringend benötigte. Es war, als hätte jemand das Wasser, in dem sie trieb, unter Strom gesetzt und ihr einen Kick verpasst. Und dieser jemand schmeckte nach Metall.

Robin riss die Augen auf, ungeachtet des Brennens, das diese sofort überfiel. Intuitiv überließ sie es ihrem Körper, was er mit der Kraft, die sie plötzlich durchflutete, anfangen wollte.

Sie streckte die Beine und drückte die Knie durch, spannte die Arme mit fußwärts gerichteten Handflächen an. In der nächsten Sekunde wurde sie nach oben katapultiert, als die Energie aus ihren Fingern strömte.

Sie spürte, wie das Wasser an ihrer Haut entlangperlte und konnte sogar die Luftblasen sehen, die an ihr vorüberzogen, als endlich wieder Tageslicht zu ihr herabreichte.

Eine weitere Sekunde und sie durchbrach die Oberfläche des Sees. Einen Moment hielt die Schwerelosigkeit an, die sie unter Wasser so geängstigt hatte. Dann landete sie mit einem dumpfen Platschen auf dem Steinboden am Ufer des Sees.

Ihr Verstand war nicht fähig, zu entscheiden, was am dringendsten war. Luft holen, Husten, Keuchen vor Schmerz – alles schien gleichzeitig zu passieren. Nur der Schrei, den sie zu gern ausgestoßen hätte, blieb ihr in der Kehle stecken.

Sie hatte es tatsächlich geschafft, sie war dem tödlichen Nass entkommen, wenngleich sie nicht wusste wie.

Sie drehte sich auf den Rücken und streckte Arme und Beine von sich. »Pause«, keuchte sie. »Ich brauche eine Pause.«

Doch an dem tiefen Grollen, welches sie plötzlich von oberhalb ihres Kopfes hörte, erkannte sie, dass ihr diese nicht vergönnt war.

Mehr aus Instinkt als aus bewusster Entscheidung warf sie sich nach rechts und rollte um sich selbst, blieb schließlich auf dem Bauch liegen. Als sie den Blick auf die Stelle richtete, von der sie gekommen war, kraterte dort ein Loch im Gestein.

Wieder rumpelte es.

Sie musste hurtig wieder auf die Füße kommen!

Dass dies hier eine Prüfung war, hatte sie längst verdrängt. Nun kämpfte sie ums nackte Überleben.

Sie sprang hoch, so schnell ihre gematerten Muskeln es zuließen. Denn, oh ja, sie spürte genau, wie anstrengend ihr kleiner Schwimmausflug gewesen war.

Kaum stand sie, lief sie auch schon los. Doch keine zwei Schritte weiter stolperte sie über eine Felskante, die Sekunden zuvor, so schwor sie, noch nicht dagewesen war.

Ein kleiner Blick zurück zeigte ihr, dass der Boden hinter ihr aufgeklafft war. Ein etwa ein Meter langer Riss zog sich hinter ihr durchs Gestein, genau an der Stelle, von der sie sich gerade mühsam erhoben hatte.

Verfluchte Scheiße, wenn sie nicht bald Gas gab, würde der Boden sie verschlingen. Sie spürte bereits die nächste Vibration unter den Füßen.

Kurz orientierte sie sich, bis ihr Blick den kleinen Verschlag entdeckte, der ihren Zielpunkt markierte. Sie stutzte. Die Person, die sie schon zu Beginn der Prüfung davor hatte erkennen können, war näher gekommen. Sie hatte den See ebenfalls hinter sich gelassen, und auch um sie herum begann der Steinboden aufzubrechen.

Irritierender fand Robin jedoch, wie bekannt ihr die Person vorkam. Sie machte zwei Schritte, und als die Person ebenfalls ansetzte, ihr entgegenzulaufen, erkannte Robin, um wen es sich handelte.

Aber das war nicht möglich.

Eliza – ihre Mutter – war tot!

Sie konnte nicht real sein, so viel wusste Robin. Einer der Jungs spielte ein perfides Spiel mit ihr. Nein, vermutlich steckte sogar Quinn persönlich dahinter. Dass er sie gern an ihre emotionalen Grenzen trieb, um sie zu fordern, wusste sie ja bereits.

Für sie bedeutete das nur, dass sie sich nicht von dieser Figur ablenken lassen durfte.

Das würde jedoch nicht einfach werden, denn sofort brandete in Robin der Drang auf, sie beschützen und retten zu wollen. Aber sie war nur eine Illusion, sie konnte nicht real sein. Der Zeitpunkt, wo sie Eliza hätte helfen können, lag lange zurück, so schmerzhaft das auch war.

Also konzentrierte Robin sich wieder auf ihre Umgebung und verdrängte den Gedanken an ihre Mutter.

Gerade noch rechtzeitig, denn in dieser Sekunde brach das Gestein unter ihr auseinander.

Im letzten Moment drückte sie sich von einem bereits wegbrechenden Stück Stein ab, sprang und fiel mehr, als dass sie landete, auf die verbliebene feste Kante. Gut, wenn das alles war, was sie auf diesem Abschnitt erwartete …

28

Sie rappelte sich hektisch auf und rannte los. Woher sie die Energie dafür nahm, wo ihre Muskeln doch so schmerzhaft zogen und pochten, wusste sie selbst nicht. Sie war einfach da – vermutlich ausgelöst durch den größten Adrenalinschub ihres Lebens.

Plötzlich kehrte auch das Feuer in ihre Blutbahn zurück, von dem sie geglaubt hatte, alles davon im See von sich gestoßen zu haben. Allerdings erwärmte sich nicht nur ihr Inneres. Auch unter ihren Füßen wurde es heiß, so sehr, dass es ihr die Sohlen von den Schuhen schmolz. Drei, vier Schritte später berührten ihre nackten Füße den Boden. Überrascht blickte sie nach unten, als sie spürte, wie weich das Gestein war, wie nachgiebig. Das war nicht normal, genauso wie der rötliche Schimmer, den es ausstrahlte.

»Scheiße, Scheiße, Scheiße.« Obwohl ihre Stimme leise war, klingelte sie ihr in den eigenen Ohren, so schrill war sie.

Sie begann zu hüpfen, obgleich sie nicht das Gefühl hatte, sich zu verbrennen. Vielmehr merkte sie, je länger sie ein Bein belastete, desto tiefer sank sie in die schmelzende Masse unter sich ein. Erst nur die Fußsohle, dann bis zum Knöchel und nach wenigen Schritten bis zur Hälfte der Wade.

Als ihr rechtes Bein bis zum Knie in der zähen Lava steckte, schaffte sie es kaum mehr, es wieder herauszuziehen. Und noch immer lag ein ganzes Stück Weg vor ihr, bis zu dem Verschlag.

Sehnsüchtig sah sie zu ihrem Ziel und dabei unweigerlich auch zu der Fata Morgana ihrer Mutter. Sie war gar nicht mehr weit entfernt, vielleicht fünfzehn Meter, und genau wie Robin selbst, steckte sie knietief in der Lava fest, zappelte und wand sich, um weiterzukommen.

Eine schreckliche Gewissheit nistete sich in Robins Kopf ein: Sie würde es nicht schaffen, nicht so! Betrachtete sie ihr bisheriges Vorankommen, würde sie in spätestens fünf Schritten bis zum Bauchnabel in der Lava stecken und ein Weitergehen wäre unmöglich.

Ihr Blick schnellte umher, suchte nach irgendetwas, mit dem sie sich aus diesem Schmelztiegel, zu dem die gesamte Fläche geworden war, herausziehen konnte.

Oder gab es vielleicht eine rettende kleine Insel aus festem Gestein, die ihr Sicherheit bot? Kleine Trittflächen, so wie die Seerosenblätter es auf dem Wasser gewesen waren?

Nein, da war nichts. Aber …

Wir können alles in unserer Umgebung nutzen, was von unserem Element durchflutet ist, schoss ihr Dimitris Ausführung in den Sinn.

Dieses flüssige Gestein musste mindestens fünfhundert Grad heiß sein, es bestand praktisch aus flüssigem Feuer. Wenn sie das richtig interpretierte, sollte es ihr möglich sein, es zu beeinflussen.

Wie schon zuvor im Wasser trieb sie die Hitze aus ihrem Inneren heraus und kanalisierte sie vor sich. Eine Schneise, mehr brauchte sie nicht, nur einen schmalen Gang …

Aber so sehr sie sich abmühte, so sehr sie sich konzentrierte, der Weg blieb versperrt. Mehr noch, sie hatte sogar das Gefühl, weiter hineinzusinken, als würde die Lava stetig weicher werden.

Verflucht! Wie dumm war sie eigentlich? Ihre eigene Hitze machte das Ganze schlimmer. Weiches Kerzenwachs verschwand schließlich auch nicht, wenn man eine Flamme daran hielt.

Obwohl … Doch!

Robin presste die Kiefer aufeinander. Alle ihre Gesichtsmuskeln waren angespannt, ihre Hände zu Fäusten geballt und selbst ihre Rumpfmuskulatur so verkrampft, dass sie nicht mehr atmen konnte. Letzteres war kein neues Gefühl, damit kam sie klar.

Schweißperlen traten ihr auf die Stirn, und das, obwohl ihr immer kälter wurde. Alles, was sie an Wärme in sich trug, schickte sie nach vorn.

Als sie den Dampf sah, der plötzlich über der Lava aufstieg, wusste sie, dass sie auf dem richtigen Weg war. Die Frage war nur, ob sie durchhalten würde, bis sie das Ende erreicht hatte.

Zaghaft machte sie einen Schritt. Und tatsächlich konnte sie ihren Fuß aus dem flüssigen Gestein ziehen wie aus geschmolzener Butter.

Auch der Frau, die auf sie zukam, schien das zu gelingen.

Hatte ihre Mutter womöglich die gleichen Kräfte wie sie?

Anders war es nicht zu erklären, denn Robin gelang es gerade Mal, die Masse direkt vor sich zum Kochen zu bringen, ihrer Mutter war sie keine Hilfe.

Als würde die Lava spüren, dass sie ihr trotzte und ihr sogar ein Stück weit ihren Willen aufzwang, kapitulierte diese. Von einem Moment auf den anderen verschwand die Hitze daraus und das Gestein wurde wieder fest, abgesehen von einer dünnen Schicht direkt um Robin herum, für deren Glühen sie selbst verantwortlich war.

Kurz noch hielt sie die Barriere um sich aufrecht, so lange wie sie brauchte, sich am Rand der bereits erstarrten Fläche nach oben zu ziehen.

Erst, als sie auf allen vieren auf dem kalten Stein hockte und bemerkte, wie der Boden unter ihren Händen und Knien abermals weicher wurde, stoppte sie den Energiefluss.

Sofort umfing sie eine eisige Kälte und sie begann am ganzen Leib zu zittern. Selbst ihre Zähne schlugen klappernd aufeinander, als sie ihre angespannten Kiefermuskeln endlich löste.

Ihr Blick war auf den glatten Fels unter ihr gerichtet, als sie erneut Vibrationen darin wahrnahm. Schon entstanden erste kleine Risse. Scheiße, gönnte man ihr denn gar keine Verschnaufpause?

Gut, also weiter.

Robin hob den Kopf und schaute nach vorn. Ihre Sicht war verschwommen, als würde selbst ihrer Augenmuskulatur die Kraft fehlen, ihren Fokus auf die Ferne einzurichten.

Trotzdem erkannte sie, dass es Eliza ebenfalls gelungen war, sich auf die Steinfläche zu retten. Auch sie kauerte auf dem Boden, in der gleichen erschöpften Haltung wie Robin selbst.

Da der Weg zu ihr nun endlich frei war, wollte Robin keine Sekunde mehr verlieren. Mit einem tiefen Atemzug kam sie nach oben und lief los. Eliza tat es ihr gleich und Robins Herz wurde für eine Sekunde von dem irrationalen Hoffnungsschimmer befallen, keine Illusion vor sich zu haben, sondern tatsächlich ihre Mutter.

Nur noch wenige Schritte trennten sie, gleich würde sie die Arme um Eliza schlingen können und …

Als Nächstes durchzuckte ein wilder Schmerz ihren Körper, der in ihrer Stirn und Nase begann und sich von dort wie ein Tsunami ausbreitete. Wo auch immer sie gegengeprallt war, es war kein weicher Körper gewesen, sondern eine harte, glatte Fläche. Eine Barriere?

Der Aufprall kam so heftig, dass Robin einen Schritt zurückgeworfen wurde.

Reflexartig griff sie sich ins Gesicht und als sie dort die warme Flüssigkeit ertastete, die ihr drohte ins Auge zu laufen, entfuhr ihr ein Jaulen wie der Laut eines verwundeten Tieres. Das Geräusch ging über in ein schmerzverzerrtes Knurren, als sie mit den Fingern ihre schiefe Nase betastete. Etwas schien in ihrem Gesicht zu explodieren, als sie deren Spitze leicht nach rechts drückte, was aus dem Knurren ein Brüllen werden ließ.

Robin öffnete den Mund und holte Luft. Durch die Nase war das nicht möglich. Gebrochen, eindeutig.

Sie sah nach vorn und warf ihrer Mutter einen flehenden Blick zu, als läge es in ihrer Macht, mit nur einer Berührung alles wieder gut werden zu lassen.

Da erkannte sie, was sie aufgehalten hatte – und wer ihr gegenüberstand.

Kurzes rotes Haar, das in verschwitzten Strähnen auf der Stirn klebte. Eine verdreckte, hellbraune Tunika. Eine Jeans, deren Stoff oberhalb der Knie in angesengten Fetzen endete. Nackte Füße …

Robin konnte nicht verhindern, dass ihr ein heiseres Lachen entwich. Die Person vor ihr tat es ihr gleich.

Wie hatte sie so dumm sein können? Sie war keinem Trugbild gefolgt, keiner Illusion entgegengejagt. Es war sie selbst, ihr Spiegelbild, dem sie in die offenen Arme gelaufen war. Tränen rannen ihr über die Wangen, von denen sie nicht wusste, ob es der Schmerz oder die Enttäuschung war, die sie hervortrieben.

Sie hob die Hände, ballte die Fäuste und trommelte damit gegen die spiegelnde Oberfläche vor sich.

»Ihr Arschlöcher!«, brüllte sie, als sich zwischen all den Emotionen die Wut an die Oberfläche kämpfte. »Wie könnt ihr mir das antun?«

Mit einem Mal wich alle Kraft aus ihrem Körper und sie sackte auf die Knie.

Ihr Geist jedoch war wach und klar, klarer als in den Minuten zuvor, und sie wurde sich endlich wieder gewahr, was hier abging. Sie steckte inmitten einer makabren Prüfung, die ihre sogenannten Brüder sich für sie ausgedacht hatten, und die nicht davor zurückschreckten, ihr wehzutun – körperlich wie emotional.

Sie waren keinen Deut besser als ihr feiner Master Quinn. Sie alle waren …

Langsam, leise, wie das Streicheln einer Feder kitzelte etwas über ihren Körper, eine Energie, die um Einlass bat. Etwas Stärkendes hatte sie gefunden, oder hatte sie danach gesucht? Zog sie die fremde Energie an, wie ein Magnet? Sie wusste es nicht, aber sie nahm dankbar auf, was sich ihr bot.

Wie Wasser, das nach Monaten der Dürre auf vertrockneten Boden traf, sickerte die metallisch schmeckende Energie in ihren Körper und nährte die Glut, die tief in ihr vor sich hin kümmerte.

Jason …

Es brauchte nicht viel und ein Flämmchen züngelte in ihr auf. Die Wut wirkte wie trockene Blätter, die sie in die Flammen warf. Schon brannte es in ihrem Inneren erneut lichterloh.

Mit der wiedergewonnenen Hitze kehrte auch die Kraft in ihre Glieder zurück. Sie stellte einen Fuß auf, legte die Hände an den Spiegel und drückte sich daran nach oben. Kurz zweifelte sie daran, doch obwohl ihre Beine zitterten, trugen sie sie.

Gegen den Schmerz in ihrem Gesicht kam selbst ihr Feuer nicht an. Sie versuchte ihn, so gut es ging, zu ignorieren, während sie an der glatten Fläche vor sich hinaufblickte. Instinktiv wusste sie, dass es nur noch dieses letzte Hindernis zu überwinden galt. Dass sie, sobald das Glas vor ihr zersprang, die Prüfung erfolgreich beendet hatte.

Abermals verschob sich die Welt um sie herum. Doch dieses Mal spürte sie es nicht unter ihren Füßen, sondern ihren Händen.

Und es war auch kein Vibrieren, sondern eher eine langsame, wellenartige Bewegung.

Die Fläche unter ihren Fingern, sie verformte sich!

Kaum hatte ihr Gehirn das erfasst, ging die Veränderung Schlag auf Schlag.

Was sie für eine gläserne Spiegelfläche gehalten hatte, war in Wirklichkeit blankpoliertes Metall, das sich nun, da sie ihren Trugschluss erkannt hatte, krümmte und wölbte. Ihre Reflexion wurde verzerrt, in die Länge gezogen, größer, als wollte es sie verhöhnen, indem es ihr die Verwechslung noch deutlicher vor Augen führte.

Die Metallfläche dehnte sich mit einem markerschütternden Dröhnen aus, wölbte sich weiter und schwappte schließlich über sie hinweg wie eine brechende Welle.

Robin riss die Arme hoch, doch das Gebilde stürzte nicht wie erwartet auf sie herab. Es schloss sie ein und schickte sie damit abermals in die Dunkelheit zurück.

Das dröhnende Geräusch verklang, als das Metall seine endgültige neue Form gewonnen hatte, und brachte eine unangenehme Ruhe mit sich.

Robin schluckte. Es war fast so, wie vorhin unter Wasser. Sie fühlte sich taub und blind, was der Panik, die sie eigentlich erfolgreich besiegt zu haben glaubte, erneut Raum gab.

Als sie den Atem ausstieß und mit der Faust gegen das Metall schlug, spürte sie zu ihrer Erleichterung nicht nur, was sie tat, sondern hörte es auch – das Zischen der Luft genauso wie den dumpfen Widerhall des Schlages.

Okay, das hier war allemal besser als ihr Erlebnis unter Wasser. Sie konnte nicht nur gegen die Stille etwas tun, sondern auch gegen die Dunkelheit.

Sie löste eine Hand von dem Metall und kaum hatte sie die Handfläche nach oben gekehrt, entbrannte darauf eine kleine tanzende

Flamme. Robin warf sie von sich, und obwohl sie keine Nahrung fand, brannte sie weiter, als sie ein Stück entfernt auf dem Boden auftraf.

Sie wiederholte das, bis über ein Dutzend kleine Lichter unter der Kuppel loderten und alles in ein warmes Licht tauchten.

Als Robin nun auf den Spiegel blickte, war sie vollkommen umgeben davon. Wie eine Kuppel lag er über ihr und sorgte dafür, dass sie überall in ihr eigenes, blutverschmiertes Gesicht schaute, mal verzerrt, mal vergrößert, mal auf dem Kopf stehend.

Sie versuchte, das Positive zu sehen. Nicht nur sie selbst, sondern auch das Strahlen ihrer improvisierten Fackeln wurde reflektiert, was die Dunkelheit fast vollständig aus der Kuppel vertrieb. Das leise Knistern der Flammen beruhigte sie und endlich schaffte sie es, ihren logisch arbeitenden Verstand einzuschalten.

Sie hatte es bereits mit Wasser und Holz aufgenommen, sich erfolgreich durch die Erde gekämpft – das Metall war definitiv die letzte Instanz der Prüfung.

Sie musste nur hier herauskommen …

Und eigentlich war das nicht schwer. Denn was tat Metall, wenn es mit großer Hitze konfrontiert wurde? Genau, es schmolz …

Mit großer Wahrscheinlichkeit konnte sie sich also einfach einen Weg hinausbrennen.

Sie positionierte sich ein paar Schritte vom Rand der Kuppel entfernt, merkte sich aber die Position, an der sie gestanden hatte, als sich diese schloss. Ihr war nicht danach, wieder an dem See zu landen, sie wollte raus aus diesem Parcours.

Mit geschmeidigen Bewegungen lockerte sie ihre Finger, ihre Schultern und ihren Nacken. Dann schüttelte sie ihre Füße aus, wippte locker in den Knien.

Jede Bewegung schickte eine kleine Salve Schmerz in ihr lädiertes Gesicht und mehr als einmal wischte sie mit dem Handrücken über Stirn oder Oberlippe, um frisches Blut wegzuwischen.

Ihre Konzentration lag hingegen vollkommen in ihrem Inneren. In ihrer Brust, in ihrem Herzen, sammelte sie alle Kraft, die sie finden konnte. Sie griff nach der Energie, die ihren Körper durchströmte, genauso wie nach den Emotionen, die sie noch immer fluteten. Selbst ihre Schmerzen nutzte sie und zog sie tief in ihr Innerstes.

Dann, mit einem einzigen, heißen Impuls, stieß sie all das von sich. Sie riss die Arme hoch, lenkte das Inferno in ihrem Herzen nach vorn und ließ ein Feuer frei, dessen Hitze unbeschreiblich war. Robin fühlte sich wie ein Drache, der seinen infernalischen Atem in tödlicher Präzision auf sein Ziel lenkte.

Der feurige Strahl traf auf das Metall. Doch anstatt ihr einen Ausgang zu schaffen, wurde er zurückgeworfen.

Schneller als Robin begreifen konnte, was geschah, prallte er ab, wurde umgelenkt, sodass er die nächste Stelle der Kuppel traf, und von dort zur nächsten und zur nächsten.

Obwohl sie ihren Angriff stoppte, kaum dass ihr Strahl das erste Mal reflektiert worden war, war es zu spät. In Sekundenbruchteilen breitete sich das Drachenfeuer um sie herum aus und erfüllte nur einen Wimpernschlag später die komplette Fläche innerhalb der Kuppel.

Tosendes Rauschen umgab Robin, gepaart mit einer derartigen Hitze, dass sie glaubte, es würde ihr Haut und Muskeln von den Knochen brennen. Selbst ihre sonstige Immunität gegen dieses Element schien gegen dieses Inferno nicht anzukommen. Zumindest würde sie nicht mehr lange standhalten können.

Nummer drei: Werde dein Element.

Die einzige Möglichkeit, das hier zu überleben, war, ihren physischen Körper aufzugeben. Menschliches Gewebe, welcher Art auch immer, war hier verloren. Wenn sie daran festhielt, war sie des Todes.

Bei Jason und Edward hatte das so einfach ausgesehen, als sie sich gewandelt hatten. Aber als Robin es nun versuchte, sich mit aller Macht vorstellte, sich selbst in Flammen aufgehen zu lassen, passierte nichts.

Der Schmerz wurde immer schlimmer. Ihre Nase nahm sie kaum mehr wahr, dafür spürte sie, wie ihre Haut die ersten Blasen warf. Und es schien stetig heißer zu werden.

Sie werden dich nicht sterben lassen, ging es ihr durch den Kopf. Nur war der Gedanke so weit entfernt, so unerreichbar – genauso wie die Tatsache, dass die anderen eingreifen würden, sollte ihre Prüfung zu weit gehen.

Doch, das würden sie …, widersprach sie sich selbst, nur um den inneren Dialog mit einem energischen *Nein* fortzusetzen.

Quinn mochte tückisch sein, steckte er gerade in einer seiner *Phasen*. Edward mochte gegen sie spielen. Und die anderen? Dimitri und Mickael waren auf ihrer Seite und Jason – er war noch viel mehr.

Auch wenn sie wusste, dass die Spiegelkuppel um sie herum sein Anteil an diesem Irrsinn war, war er nicht ihr Gegner. Im Gegenteil, er hatte sie die ganze Zeit begleitet, beschützt und gestärkt. So auch jetzt.

Dieses Mal war es nicht seine Energie, die sich ihr näherte. Es war, als könnte sie seine Stimme hören, die zwar leise, aber von überall gleichzeitig an ihr Ohr zu dringen schien.

»Du schaffst das«, flüsterte er. »Du kannst das. Ich, nein, *wir* glauben an dich!«

Ihr Herz zog sich zusammen. Ob eingebildet oder nicht, es tat so gut, seine Stimme zu hören. Sie war wie Balsam auf ihrem geschundenen Körper.

»Lass los«, wisperte er und dieses Mal hallte seine Stimme nicht mehr durch die Kuppel, sondern durch ihr Innerstes. »Ich bin bei dir.«

Plötzlich war da wieder diese Verbundenheit. Nicht nur mit Jason, dessen heisere Stimme sie um Vertrauen bat. Da war auch eine laue Brise, die Dimitri ihr schickte, etwas Halt, den Mickael ihr gab, und Antrieb, der sie wie eine keimende Pflanze dazu brachte, über sich selbst hinauszuwachsen. Es war nicht ihre Energie, das erkannte Robin. Es war einfach die Tatsache, dass sie zusammengehörten, dass sie Eins waren, und vom gleichen Schlag. Und dass sie selbst genau die gleichen Fähigkeiten besaß wie die anderen.

»Lass. Los!«, befahl Jason ihr noch einmal.

Und dieses Mal – ohne zu wissen, wie – tat sie es.

Als das Drachenfeuer erneut um sie herum toste, traf es auf keinen Widerstand. Ihr Körper … er war nicht mehr. Da war nur Feuer, ihr Feuer, und es vermischte sich mit dem Inferno um sie herum. Sie selbst wurde zu dem Feuersturm, der unter der Kuppel wütete.

Nie im Leben hatte sie sich so frei gefühlt. Da war keine Schwerkraft mehr, die sie zu Boden zog. Keine Schmerzen, die ihr den Verstand rauben wollten. Keine fleischliche Hülle, die sie einschränkte. Nur Hitze und Feuer und Energie, so endlos viel Energie.

Robin kostete davon, erst zögernd, dann gierig. Immer weiter schwoll ihr Dasein an, stieß an die metallischen Grenzen ihres Gefängnisses, konnte sich aber nicht mehr bremsen. Es war hell, gleißend hell, als würde sie auf der Sonne stehen. Nein, als wäre sie selbst die Sonne.

Mit einem schreienden Quietschen und Knacken löste sich die Barriere, die es wagte, sich ihr in den Weg zu stellen.

Kalte Luft strömte ihr entgegen, doch anstatt sich davon aufhalten zu lassen, nahm Robin sie auf und verwandelte sie in einen brennenden Sturm.

Sie sah nichts, hörte nichts … Oder?

»Dimitriiiiiiii!«, erklang Edwards Brüllen.

Robin zuckte innerlich zusammen, hielt inne, in dem Bestreben, weiter zu wachsen, die Welt in die Sonne zu verwandeln, die sie selbst bereits war.

Der Schrei, er hatte etwas in sich gehabt, was Robin nicht von Edward kannte. Schmerz? Angst?

Eine eisige Klaue legte sich um ihr feuriges Herz. Hatte sie Dimitri verletzt?

Nein, das hatte sie nicht gewollt! Sie wollte *niemanden* verletzen, sie wollte doch helfen!

Ohne es willentlich zu beeinflussen, ebbte das Drachenfeuer, aus dem sie selbst nun bestand, ab. Der Sturm legte sich, das Feuer wurde kleiner, bis es nur noch der Größe ihrer Aura entsprach. Knochen, Muskeln, Haut – all das kehrte zurück, bis Robin in Fleisch und Blut auf dem steinigen Boden stand, dessen Fläche nun ebenso spiegelglatt war wie die Metallkuppel zuvor. Sie glitzerte sogar ein wenig, als wären kleine Diamanten darin eingelassen.

Das interessierte Robin jedoch nicht. Kaum konnte sie wieder physisch sehen, suchte sie mit dem Blick die Umgebung ab, bis sie die Jungs entdeckte.

Sie standen ein ganzes Stück entfernt, weiter weg als Robin in Erinnerung hatte. Dennoch konnte sie ihre Gesichter klar erkennen, den ungläubigen Ausdruck darauf, die Starre, die sie ergriffen hatte.

Erleichterung durchflutete Robin, als sie Dimitri aufrecht vor den anderen stehen sah, die Hand in ihre Richtung erhoben, unverletzt. Tränen schossen ihr in die Augen und flossen sturzbachartig über ihre Wangen.

Und das, obwohl sie sich fühlte, als befände sich kein Quäntchen Flüssigkeit mehr in ihrem Körper.

Auch der Schmerz kehrte zurück, in ihrer Nase wie auch in ihren beanspruchten Muskeln.

Sie ging ein paar Schritte auf die Jungs zu, wollte etwas rufen, doch was immer es hätte werden sollen, ging in einem keuchenden Lachen unter, was weitere Schmerzsalven in ihrem Gesicht auslöste.

Sie sah, wie Jason plötzlich zu glitzerndem Staub zerfiel, der auf sie zuraste und sich gerade rechtzeitig wieder zu seiner menschlichen Gestalt formte, um sie aufzufangen, als ihre Beine unter ihr nachgaben.

Fast gleichzeitig, als sie dankbar in seine Arme sank, erschienen auch die anderen neben ihr.

»Das war einfach krass, der Hammer«, stieß Mickael hervor.

»Du bist förmlich explodiert«, pflichtete Dimitri bei.

Und selbst Edward ließ sich zu einem »Respekt, Flämmchen«, herab.

»Habe … ich … bestanden?«, brachte Robin krächzend hervor.

Sie wusste zwar, dass sie die Hindernisse, welche die Jungs ihr in den Weg gestellt hatten, überwunden hatte. Doch sie fühlte sich in einem derart desolaten Zustand, dass sie sich selbst vermutlich kein Diplom überreicht hätte. Und den Verschlag, der die Zielmarkierung darstellte, hatte sie auch nicht erreicht.

»Mehr als das«, flüsterte Jason ihr ins Ohr. »Du hast unsere kühnsten Erwartungen übertroffen.«

Überrascht sah sie zu ihm auf und erschrak geradezu, als sich ihre Blicke trafen. Er betrachtete sie auf ein Art, die sich tief in ihre Seele brannte. Bewunderung, Ehrfurcht und Zuneigung lagen darin. Vielleicht sogar … Liebe?

Aber sie fand auch Erschöpfung. Und zitterten seine Arme nicht genauso stark wie sie selbst?

»Du hast nicht nur jede Form deiner Fähigkeiten genutzt«, erklärte Edward und schaffte es nicht ganz, die Anerkennung aus seiner Stimme zu verbannen. »Du hast obendrein allein in deine physische Form zurückgefunden. Ich glaube, das ist keinem von uns beim ersten Mal gelungen.«

»Ich wollte dich gerade dämpfen«, fügte Dimitri hinzu. »Damit du Qi Manor nicht in Schutt und Asche verwandelst. Aber dann hat sich deine Energie mir einfach entzogen – weil sie von selbst zurückgegangen ist.«

Robin sah ihn an. Immer noch verschleierten Tränen ihren Blick. »Als Edward nach dir gerufen hat, hab ich gedacht, dir ist etwas passiert. Ich dachte, *ich* hätte ...«

»Beeindruckend, dass du überhaupt etwas gehört hast. Es ist nicht leicht, das Irdische im Bewusstsein zu behalten, wenn wir uns selbst in einem überirdischen Zustand befinden.«

Obwohl sie weinte, lächelte Robin nun. Zum ersten Mal sprach Edward ganz normal mit ihr, ohne jegliche Feindseligkeit, dafür mit einem gewissen Stolz und Respekt. Fast, als wären sie einander ebenbürtig.

»Du warst großartig«, flüsterte Jason und drückte ihr dann, ungeachtet der Zuschauer, einen liebevollen Kuss auf die Schläfe. »Herzlichen Glückwunsch, du bist jetzt eine vollwertige Baocun.«

29

»Ich kann's nicht fassen, wie gut ich war«, meinte Robin euphorisch, nachdem sie gemeinsam mit Jason Quinns Büro verlassen hatte.

Ihre Stimme hatte nach wie vor einen leicht näselnden Unterton. Doch ihre Nase saß wieder an der richtigen Stelle und das Pochen in ihrem Kopf sowie die leichte Übelkeit sollten ebenfalls bald verschwinden, hatte der Master gesagt.

Gegen die allgemeine Schwäche, die ihr noch immer in den Gliedern steckte, sollte sie mit simpler Bettruhe vorgehen, sowie wärmenden Speisen und Getränken.

Dimitri war sofort in die Küche abgedampft und hatte versprochen, ihr später etwas aufs Zimmer zu bringen, das perfekt dafür geeignet war, die Feuerenergie zu stärken.

Edward und Mickael hatten sie verlassen, kaum dass sie bei Quinn angelangt waren. Er hatte die beiden Jungs auf eine Mission geschickt, zu einem Ort, an dem die Klimatischen sich gezeigt hatten.

»Ich hätte niemals gedacht, dass ich in der Lage bin, so einen Feuersturm zu entfachen.«

Jason schmunzelte, sagte jedoch nichts. Allgemein war er sehr ruhig seit ihrer Prüfung. Und irgendwie hatte Robin das Gefühl, als würde nicht nur er sie stützen, während sie gemeinsam zum Südflügel gingen, sondern als würde auch er Halt bei ihr suchen.

»Ist alles in Ordnung?«, fragte sie und blickte ihn skeptisch von der Seite an.

»Alles bestens«, erwiderte er und drückte ihr einen Kuss auf die Schläfe. »Ich bin stolz auf dich, weißt du das?«

Robin spürte, wie ihr die Hitze in die Wangen schoss – und dieses Mal nicht aufgrund des wütenden Elements in ihrem Inneren. Seine Worte waren das eine, aber dieses enorme Maß an Zuneigung, das in seinen Augen lag, etwas ganz anderes.

Mit einem Mal verflog alle Lust daran, ihre Prüfung bis ins Detail auszuwerten oder Pläne zu schmieden, wie sie sich in Zukunft an den Einsätzen gegen die Klimatischen beteiligen konnte. Die Vorstellung, sich mit Jason auf die Couch oder besser direkt ins Bett zu kuscheln, hatte einen viel größeren Reiz.

Eine unendliche Erschöpfung kroch durch ihre Glieder und diese würde sich am ehesten bekämpfen lassen, wenn sie sich ganz eng an ihn schmiegte.

Dennoch zog sie sich kurz zurück, nachdem sie den Südflügel betreten hatten. Sie brauchte dringend eine Dusche, um Schweiß, Asche und Blut von ihrem Körper zu spülen. Und andere Klamotten würden auch nicht schaden, so zerfetzt wie diese Tunika war.

Als sie sich eine halbe Stunde später die Haare trocken rubbelte, kam sie sich bereits erfrischt vor. Das heiße Wasser hatte gutgetan und ihr ein sauberes Gefühl gegeben, innen wie außen.

Nun, da sie, nur mit einem Handtuch bekleidet, aus dem Badezimmer lugte, war sie erleichtert und enttäuscht zugleich.

Sie hatte erwartet, Jason hätte es sich bereits in ihrem Bett gemütlich gemacht, doch das Schlafzimmer war leer.

Natürlich, Gentleman wie er war, ließ er ihr jede Privatsphäre und keine Chance für ein erneutes zufälliges Aufeinandertreffen in spärlich bekleideter Situation. Wollte sie, dass er sie so sah, müsste sie schon aktiv zu ihm in den Wohnbereich gehen.

Robin schüttelte den Kopf, als ihre Fantasie den Faden noch ein Stück weiterspann. Nein, dies war nicht der passende Moment für einen *nächsten Schritt*. So fit fühlte sie sich dann doch noch nicht.

Sie schlurfte hinüber zum Kleiderschrank, schlüpfte in einen flauschigen Pyjama und machte sich auf die Suche nach dem Metallbaocun.

Sie fand Jason auf dem großen Sofa, das dem Kamin in ihrer Lobby gegenüberstand. Er saß aufrecht und hatte die Arme neben sich auf der Lehne ausgestreckt. Als Robin um das Sofa herumging, erkannte sie, dass er die Lider geschlossen hatte.

»Jason?«, fragte sie leise. Falls er eingeschlafen war, wollte sie ihn nicht wecken.

Er öffnete jedoch die Augen und lächelte sie an, was sie grinsend erwiderte. Ein angenehmer Stich schoss ihr ins Herz, als sie abermals diesen Ausdruck in seinem Blick sah, der die Verbundenheit ausdrückte, die sie selbst zwischen ihnen spürte.

»Entschuldige, ich wollte eigentlich den Kamin entfachen, bevor du kommst.«

Seine Stimme war rau, er war also wirklich kurz eingenickt.

Sie schenkte ihm ein süffisantes Lächeln. »Kein Problem.« Kaum hatte sie sich dem Kamin zugewandt, leckten auch schon die ersten Flammenzungen um die vorbereiteten Holzscheite.

Stolz durchflutete Robin. Obwohl sie sich heute vollkommen verausgabt und an den Rand ihrer Kräfte, nein, vielmehr einen Schritt darüber hinaus gegangen war, konnte sie noch auf ihr Element zugreifen und es sogar einsetzen.

Jason hatte recht, sie war nun eine vollwertige Baocun.

Als sie sich zu ihm umdrehte, kräuselte sie ihre Brauen. Sie hatte in seinem Gesicht einen ähnlichen Ausdruck erwartet, wie er wohl gerade auf ihrem eigenen zu sehen sein musste. Stattdessen war sein Kopf auf die Rückenlehne gesunken und er hatte die Augen schon wieder geschlossen.

Langsam klopfte eine gewisse Sorge an. Warum war er so dermaßen fertig? Gut, er war nicht unbeteiligt an den heutigen Ereignissen gewesen. Er hatte schließlich die Kuppel erschaffen und gegen ihren Drachenatem so lange aufrechterhalten, wie er nur konnte. Aber sollte er so etwas nicht gewohnt sein?

»Du bist auch ziemlich kaputt, oder?«, hakte sie zögerlich nach. Als er nickte, setzte sie sich neben ihn. »Ist es immer so? Ich meine, ist jeder Kampf derart kräftezehrend?«

Sie gab sich die Antwort selbst, ehe er etwas erwiderte. Weder Jason noch Edward waren nach ihrem Ringkampf derart erledigt gewesen. Sie hatten ein paar Blessuren gehabt, ja, aber kräftemäßig hatten sie gewirkt, als ob sie locker eine zweite Runde ausgehalten hätten. Auch war sie den Jungs schon des Öfteren begegnet, als sie gerade erst von einem Außeneinsatz gegen die Klimatischen zurückgekehrt waren. Nie hatte einer den Eindruck gemacht, er bräuchte erst mal zehn Stunden Schlaf, um zu regenerieren.

Dass sie selbst so ausgelaugt war, war verständlich. Sie hatte zum ersten Mal intensiv ihre Fähigkeiten genutzt, und das quasi dreimal hintereinander. Für eine Ungeübte, fand sie, ging es ihr da sogar bereits wieder erstaunlich gut.

Jason hingegen wirkte, als würde er jede Sekunde wegnicken, als hätte er sich völlig verausgabt. Liebevoll strich sie ihm über die Stirn. Hatte er Fieber?

»Wirst du vielleicht krank?«, fragte sie besorgt.

Er lachte leise und hob die Lider, was ihn sichtlich Mühe kostete. »Baocun werden nicht krank.«

»Was ist es dann?«

Er blickte ihr einen Moment in die Augen. Sein Mund öffnete sich ein Stück, als wollte er etwas sagen, doch Robin wusste, dass die Worte, die schließlich über seine Lippen kamen, nicht die waren, die durch seinen Kopf geisterten.

»Es war einfach nur aufregend heute. Und ich musste mich echt anstrengen bei meinem kleinen Spiegeltrick.« Er beugte sich vor und gab ihr einen Kuss auf die Stirn.

Dann legte er den Arm um sie und zog sie an sich, während er sich mit einem kleinen Ächzen zurücksinken ließ.

Sofort umfing sie erneut seine Wärme, roch sie seinen typischen Duft und spürte das Kitzeln seiner Energie auf ihrer Haut. Ohne sich zu wehren, rollte sie sich neben ihm zusammen und genoss das Gefühl der Geborgenheit, das er ihr schenkte.

Fast war es, als hätte man eine Batterie an ein Ladegerät angeschlossen, als könnte sie ihre Reserven viel schneller auftanken, wenn sie ihm so nah war.

In diesem Moment begriff sie. »Heilige Scheiße«, rutschte es ihr heraus, als sie sich ruckartig aufrichtete. »Dir geht's wegen mir so schlecht!«

»Quatsch«, meinte er lapidar und hielt sie fest, versuchte sie wieder an seine Brust zu ziehen.

»Kein Quatsch!« Energisch schob sie seinen Arm von ihrer Schulter. »Ich hab so oft an dich gedacht: als ich unter Wasser war, als ich durch diese blöde Lava gewatet bin. Ich hab sogar deine Präsenz erkannt, als ich den Spiegel erreicht habe. Was übrigens eine echt fiese Nummer war!«

Jason zuckte mit den Schultern. »Edwards Idee.«

»Wessen sonst.« Sie wischte den Gedanken mit einer Handbewegung beiseite. »Aber darum geht's nicht. Ich hab an dich gedacht«, wiederholte sie. »Ich konnte dich spüren und sogar schmecken. Also, deine Energie. *Du* hast dafür gesorgt, dass mir die Kraft nicht ausging, indem du mir deine Energie geschickt hast!«

Sie wusste gar nicht, was schlimmer an dieser Erkenntnis war: dass es ihre Schuld war, dass es Jason gerade nicht so gut ging, oder dass sie die Prüfung nur dank seiner Hilfe geschafft hatte.

»Ich hab dir meine Energie nicht geschickt«, widersprach er, ohne sie anzusehen.

»Verkauf mich nicht für dumm«, brauste sie auf. »Ich weiß, was ich wahrgenommen habe.« Dann fügte sie ruhiger, nahezu kleinlaut hinzu: »Trotzdem … Danke.«

»Du brauchst dich wirklich nicht bedanken.« Nun richtete er sich auch auf und nahm ihre Hände. »Du hast alles genutzt, was dir in deiner Umgebung zur Verfügung stand. Und als deine eigene Energie erschöpft war, hast du auf eine andere zurückgegriffen. Eigentlich hättest du Edwards Energie nutzen sollen. Er hat sie dir angeboten, sogar bewusst versucht zu schicken.«

Ihre Augen weiteten sich. »Er hat was?«

»Erinnerst du dich an den Kreis? Jedes Element hat einen Nachfolger, den es mit der eigenen Energie nähren kann, und einen weiteren Verbündeten, den es kontrolliert.«

»Als Edward Dimitris Namen gebrüllt hat, hab ich gedacht, ihm ist etwas passiert«, sagte sie leise. Sie zog beide Beine auf die Couch, setzte sich in den Schneidersitz und faltete die Hände im Schoß. »Mir war klar, wie gewaltig ich in dieser Feuergestalt war, und wie gefährlich. Ich wollte einfach niemandem wehtun.« Ihre Stimme wurde leise. »Am Ende warst trotzdem du es, der …«

»Nein.« Auch Jason drehte sich, um ihr gegenüber sitzen zu können. »Edward hat dir seine Energie angeboten, du hast sie abgelehnt und dich stattdessen an einer bedient, die du für *vertrauenswürdiger* gehalten hast. Dass wir uns gegenseitig unterstützen, ist völlig normal, das bedeutet nicht, du wärst schwach oder auf Hilfe angewiesen. Kommt einer von uns an seine Grenzen, wird er vom passenden Partner gestärkt. So läuft das.«

»Wenn das so normal ist, wieso bist du dann so fertig?«, wollte sie wissen.

Er nahm ihre Hände in seine. »Weil ich nicht dein Partner bin. Nicht in diesem Fall jedenfalls.« Er schenkte ihr ein verschmitztes Grinsen, beugte sich vor und küsste sie.

Für einen Moment vergaß Robin, worüber sie gerade gesprochen hatten.

Sie wollte ihm ihre Hände entziehen, nur um sie um seinen Nacken zu legen, ihm damit die Kleidung vom Leib zu zerren und …

Energisch schob sie ihn von sich. »Du hast meine Frage nicht beantwortet.«

»Doch«, meinte er lapidar und beugte sich erneut vor.

Robin schüttelte mit dem Kopf, bevor mit einem Mal die Erkenntnis einsetzte. Im Kreis der Elemente war sie diejenige, die Jason dämpfen musste, sollten seine Fähigkeiten überschießen. Das konnte sie, indem sie ihn blockierte – oder ihm die Energie abzog wie ein Staubsauger.

»Ich hab dich angezapft«, stellte sie erschrocken fest.

»Ein bisschen«, gab er mit einem Schulterzucken zu. Dann nahm er ihr Gesicht in beide Hände, als er bemerkte, dass sie mit den Tränen kämpfte. »Hey, das ist nicht schlimm. Mir geht's gut. Ich bin nur ein wenig außer Puste.«

So richtig glaubte sie ihm das nicht. Doch als sie ihre inneren Fühler ausstreckte und nach seiner Aura tastete, war diese stark wie eh und je.

Ihr Anklopfen blieb ihm nicht verborgen. »Siehst du, kein Grund zur Sorge.«

»Trotzdem hab ich das Gefühl, mir geht's schon wieder wesentlich besser als dir.« Plötzlich kam ihre ein Gedanke. »Kann ich dir nicht ein bisschen was zurückgeben? Wenn's in die eine Richtung funktioniert ...«

Amüsiert lachte er auf und legte seine Stirn an ihre. »Und ich dachte, du hättest das System bereits begriffen. Nein, es funktioniert nicht umgekehrt. Nur Mickael ist in der Lage, mir seine Kraft zu schicken.«

»Dann gehst du jetzt sofort zu ihm!«

»Oder ich bleibe einfach hier bei dir«, bremste er sie aus. »Und tanke meine Akkus auf andere Weise auf.« Er senkte das Kinn ein wenig und hob eine Augenbraue, während sein Blick auf ihre Lippen geheftet war.

Robin schluckte. Erneut lenkte er sie ab, und dieses Mal akzeptierte ihr Kopf es mit einem lässigen imaginären Schulterzucken. Wie hätte sie sich auch wehren können – so wie er sie im nächsten Moment küsste.

Da sie sich nicht mehr an den Händen hielten, lag es diesen nun frei, auf Wanderschaft zu gehen und ehe sie sich versah, hatte Robin schon ihre Finger in seinem Haar vergraben.

Täuschte sie sich oder hatte er sie nie zuvor auf diese Weise geküsst – fordernd, nahezu verschlingend?

Jason lehnte sich weiter vor, drängte sich gegen sie. Nur einen Wimpernschlag später fand Robin sich rücklings auf der Couch wieder, Jason über sich, seine Hände am Saum ihres Pullovers.

Da hätte ich mir das Anziehen wohl doch sparen können, dachte sie noch, als er den Stoff langsam nach oben schob.

Teil 4

Das Inferno

Der Zyklus der Fünf

Die Wandlungsphasen

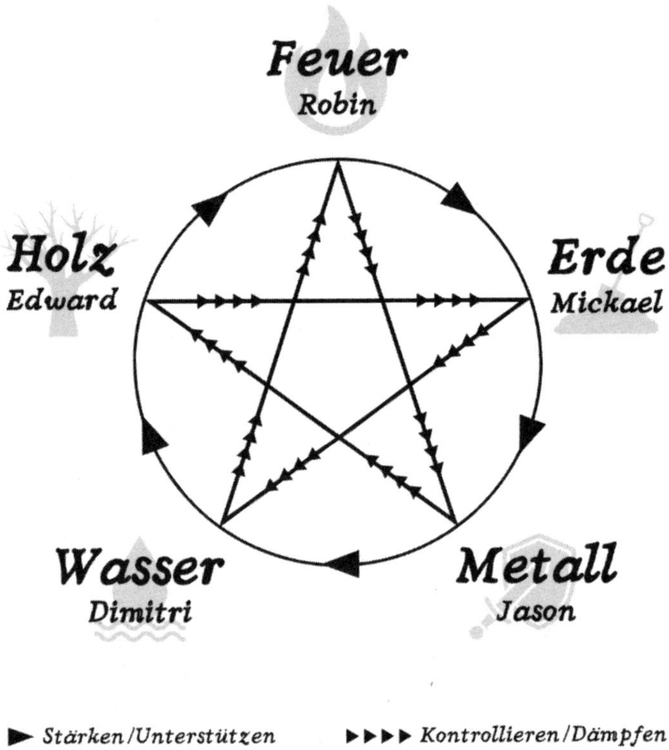

30

Es lief gut, anders konnte es Robin nicht beschreiben. Sie fühlte sich wie eine Studentin aus diesen witzigen Erotikromanen – ja, auch so etwas hatte sie gelesen, wie auch immer diese den Weg in ihre aktuellen Bibliothek gefunden hatten. Ruben mit seinen über sechzig hatte sie bestimmt nicht angeschafft …

Jeden Tag kam sie im Training etwas weiter voran, beherrschte ihre Kräfte etwas besser, nutzte ihre eigene Energie kontrollierter.

Mustergültige Einserschülerin eben.

Nur bei den Forschungen zum Tod ihrer Eltern kam sie nicht voran. Bücher konnten eben nicht zu jedem Thema Aufklärung bieten und das Grundstück allein zu verlassen, war ihr noch immer nicht gestattet. Dazu war keiner der Jungs bereit, ihr dabei zu helfen. Sie konnten nicht nachvollziehen, warum es für sie von emotionalem Wert war, mehr darüber zu erfahren, was wohl ihrer Erziehung geschuldet war. Oder Jungs tickten in dem Punkt familiärer Bindung einfach anders als Mädchen. Zumindest hörte sich Jason ihre Fortschrittsberichte an, oder besser ihr Gejammer über das Ausbleiben jener.

Es war ihr nicht einmal gelungen, herauszufinden, wo ihr Elternhaus gestanden hatte. Sicherlich hätte Quinn ihr das sagen können, aber ihn danach zu fragen, hatte sie sich bisher nicht gewagt.

Irgendetwas hielt sie davor zurück, hemmte sie jedes Mal, sobald sie es sich vorgenommen hatte.

Ihre Freizeit verbrachte sie auf unterschiedlichste Weise, doch nur noch selten allein. Mickael und Dimitri hatten sich angewöhnt, sie bei der Garten- und Küchenarbeit einzuspannen. Und auch Aro forderte ihre Aufmerksamkeit, um mit ihr zu spielen oder zu schmusen. Er folgte ihr auf Schritt und Tritt, egal wohin sie sich im Herrenhaus oder den Ländereien darum bewegte.

Sobald Jason in ihrer Nähe war, zog er sich hingegen zurück. Es war nicht so, dass der kleine Kater ihn nicht mochte. Vielmehr hatte Robin das Gefühl, er würde ihr Privatsphäre lassen. Als wüsste das Tier genau, dass es Momente gab, die Menschen lieber ohne Zuschauer miteinander teilten.

Bloß mit Edward wurde sie nach wie vor nicht warm. Sicher, es gab immer wieder Situationen, in denen sie richtig gut miteinander auskamen. Wie zum Beispiel, wenn er sie beim Training lobte oder Aro irgendeinen Blödsinn machte, über den sie sich gemeinsam kaputtlachten.

So oft es zwischen ihnen funktionierte, so oft stritten sie allerdings auch. Manchmal waren es Kleinigkeiten, die einen von ihnen aufbrausen ließen. Das Thema Nummer Eins war jedoch die Frage, wann sie die anderen endlich auf einen Einsatz begleiten durfte.

Während es am Anfang ihrer Zeit hier nur alle fünf oder sechs Tage vorkam, verließ nun beinahe täglich einer der Baocun das Herrenhaus, oft gingen sie zu zweit oder zu dritt, ganz selten sogar alle.

Alle, bis auf sie.

Mittlerweile erzählten sie ihr wenigstens, welche der Klimatischen sie in ihre Schranken hatten weisen müssen, in welcher Umgebung, welche Attacken ihre Gegner, aber auch sie selbst, angewandt hatten.

Trotzdem blieben die *echten* Kämpfe für sie weiterhin Theorie. Und das wurmte sie gewaltig.

Gerade war Dimitri gekommen und hatte ihr Training mit den Worten unterbrochen: »Wir müssen los. Alle!«

Edward hatte sofort abgebrochen und wollte seinen Bruder begleiten, hatte aber abrupt gestoppt, als Robin ansetzte, ihm zu folgen.

»Dir ist schon klar, dass es eine besonders harte Sache wird, wenn Quinn uns alle losschickt?«, knurrte er sie an. »Keiner von uns wird Zeit haben, den Babysitter zu spielen.«

»Ich will nur zusehen«, bettelte sie. »Ich halte mich im Hintergrund, versprochen. Ihr werdet gar nicht merken, dass ich da bin.«

Ihr Blick glitt hilfesuchend zu Dimitri, der jedoch bloß kommentarlos die Arme verschränkte.

»Nein«, bügelte Edward sie knapp ab und hielt erneut auf den Ausgang zu, durch den Dimitri gerade schlüpfte – offensichtlich froh, von den Streitenden fortzukommen.

»Und was soll die ganze Scheiße dann bringen?«, meckerte sie laut. »Die Prüfung, mein Training – das ist so alles sinnlos. Da kann ich mich genauso gut wieder verziehen.« Mit schnellen Schritten lief sie an ihm vorbei, rempelte ihn sogar theatralisch mit der Schulter an und knurrte dabei: »Ich pack meine Sachen.«

Edward blieb erneut stehen. »Drohst du mir jetzt ernsthaft damit, dass du gehst, sollten wir dich heute nicht mitnehmen?«

»Ja«, meinte sie nur kurz.

Er seufzte.

»Wir sollten sie mitnehmen«, brachte sich Dimitri endlich ein.

Robin war überrascht, dass er sich auf ihre Seite schlug. Sie wusste, wenn es nach ihm oder Mickael ging, hätte sie schon längst mit ihnen gekämpft. Aus den Diskussionen mit Edward hielten sich die beiden aber raus, ob aus Respekt oder Furcht wusste sie nicht. Auch Jason ergriff nicht Partei für sie, allerdings nur, weil er sie nicht in Gefahr wissen wollte. Der größte Blödsinn von allen – schließlich war sie eine Baocun und der Kampf gegen die Klimatischen ihre Bestimmung.

Dimitris Stimme klang nüchtern und überlegt, als hätte er schon über sie nachgedacht, als er noch auf dem Weg zu ihnen gewesen war. »Quinn schickt uns alle, das hat er betont.«

»Er sagt seit Jahren alle, und damit waren immer wir vier gemeint«, hielt Edward dagegen.

»Uns scheint etwas Großes zu erwarten. Etwas zusätzliche Unterstützung kann da nicht schaden. Und wenn Robin nur am Rand steht und zusätzliche Energie in unseren Kreislauf gibt.«

»Genau.« Robin nickte hektisch und drehte sich erneut um. »Ich bin sozusagen eure Ersatzbatterie, der Reserve-Akku! Nur dazu da, euch bei Bedarf aufzuladen.«

Edward schien noch immer nicht überzeugt, wies sie aber nicht sofort ab. Sie hatten ihn fast geknackt, das spürte sie.

»Ich kann meine Energie an Mickael weitergeben, falls es brenzlig wird, und der wiederum …«

»Danke«, unterbrach er sie unwirsch. »Ich weiß, wie unser System funktioniert.« Eine kurze Pause entstand, in der Robin fieberhaft nach einem weiteren schlagenden Argument suchte. Gerade wollte sie anbringen, dass sie sogar irgendwo versteckt meditieren könnte, um mehr Energie bereitzustellen, als Edward sagte: »Meinetwegen.«

Nur mit Mühe konnte Robin ein freudiges Jauchzen unterdrücken.

Endlich, endlich, endlich sollte sich die ganze Mühe auszahlen. Sie würde den Klimatischen den Hintern auf... Nein, würde sie nicht. Sie würde zusehen, wie die anderen das taten.

Und sollte sie heute keinen Blödsinn machen und die anderen gut unterstützen, würde sie beim nächsten Mal sicher schon mehr tun dürfen, als Batterie zu spielen. Es war ihre Chance, sich zu beweisen.

»Nur wenn alle dafür sind«, schränkte Edward ein, was Robin kaum noch zur Kenntnis nahm.

Fünf Minuten standen sie in der Eingangshalle und diskutierten, bis alle Baocun sich darauf geeinigt hatten, dass Robin sie heute begleiten würde.

Mickael hatte sofort freudig zugestimmt. Immerhin wäre er der direkte Nutznießer von dem Boost, den Robin bereitstellen würde. Das Problem war Jason gewesen. Hart wie Eisen hatte er sich der Idee entgegengestellt – nicht weil er an Robin zweifelte, sondern weil er Angst um sie hatte.

Robin hatte ihn beiseite genommen, und ihm nochmals eindringlich erklärt, dass sie in diesem Kreis eben auch eine Rolle zu spielen hatte und ihr Schicksal das Gleiche war wie das seine – der Kampf gegen die Klimatischen. Doch erst ihr Versprechen, sich auf jeden Fall zurückzuhalten und eher die Flucht als den Angriff zu wählen, hatte ihn zu einem brummigen »Dafür« bewegen können.

Kaum hatte er es ausgesprochen, erschien Quinn in der Eingangshalle. »Ich sehe, ihr seid reisefertig.« Seine Stimme war ruhig und gefasst, der Blick, mit dem er vor allem Robin bedachte, stolz und liebevoll. »Euch zum ersten Mal seit Jahren als vollständige Einheit zu schicken, macht mich …« Er unterbrach sich und wischte mit dem Finger eine imaginäre Träne fort.

Robin sah, wie Edward die Augen verdrehte. Ja, auch sie fand Quinns Geste etwas überdramatisch. Trotzdem war es rührend, wie er versuchte, sie auf der emotionalen Ebene ein letztes Mal zu motivieren.

»Was erwartet uns?«, wollte Jason wissen. Seine Aufmerksamkeit galt nach wie vor ihr, als würde er sich schon jetzt eine Strategie zurechtlegen, mit der er Robin am besten aus der Schusslinie halten konnte.

»Trägheit und Feuchtigkeit, vermutlich auch ein dritter Klimatischer, der sich jedoch bisher vor mir verbirgt. Es fühlt sich nach Wind an, aber ich bin mir nicht sicher.«

Ihre Kopfhaut begann zu prickeln. So also verliefen die Einsatzbesprechungen, an denen sie bisher ebenfalls nie hatte teilnehmen dürfen. Erwartungsvoll sah sie Quinn an, was er noch zu berichten hatte oder welche Tipps er ihnen mitgeben würde.

Als er ihren Blick bemerkte, erwiderte er ihn, legte den Kopf schief und schwieg.

Dimitri klatschte in die Hände. »Na dann los.«

Robin blinzelte verwirrt. Das war's? Keine Details zu dem Angriff, keine Beschreibung des Ortes oder anderes Nützliches? Sie öffnete den Mund, um nachzuhaken, doch in diesem Moment packte Mickael sie am Arm.

»Auf geht's.«

Während er sie nach draußen führte, schaute sie noch einmal über die Schulter zurück. Quinn stand da, winkend und selig lächelnd, wie ein Vater, der seine Kinder zu einem Schulausflug verabschiedete.

Nun, ein etwas verwirrter, überforderter Vater, wenn man das Glitzern in seinen Augen miteinbezog.

Nichts an ihm wirkte, als wären sie auf dem Weg zu einem gefährlichen Kampf. Und zwei, maximal drei Klimatische klang auch nicht sonderlich bedrohlich. Einzig die Tatsache, dass er auf ihrer aller Einsatz gepocht hatte, sorgte für ein unangenehmes Ziehen in ihrem Magen.

Als Mickael abrupt stehen blieb, lenkte sie ihre Aufmerksamkeit zurück auf die Gruppe.

»Und nun? Kutsche, Bus, Motorrad?«, fragte sie in die Runde und sah bei Letzterem Edward an.

Der stieß nur ein schnaubendes Lachen aus. In der nächsten Sekunde zerplatzte sein Körper und wo er gerade gestanden hatte, blieb nichts als eine Wolke aus feinstem Staub, dem Geruch nach Fasern aus Holz. Ein unsichtbarer Windstoß ergriff ihn, wirbelte die Minispäne auf und trug sie davon.

»Was zum Teufel«, murmelte sie. Gleichzeitig legten sich zwei Arme um ihre Taille.

»Das ist unsere Art der Fortbewegung. Kein Reisemittel ist schneller als der Wind«, erklärte Jason ihr.

»Kämpfen wir nicht gegen ihn?«, fragte sie, während sie weiter auf die Stelle starrte, an der Edward eben verschwunden war.

»Wir halten ihn nur im Zaum. Er hat seine Daseinsberechtigung, genau wie die Kälte und die Trägheit. Aber eben nur in einem gewissen Rahmen. Sprengen sie ihre Grenzen oder übertreten ihre Befugnis, schreiten wir ein.« Jason vergrub für einen Moment die Nase in ihren Haaren.

»Warum habe ich das noch nie gesehen?« Sie drehte sich in seinen Armen. »Wieso habt ihr mir das nicht beigebracht?«

»Bist du wirklich sicher, dass du mitkommen willst?«, antwortete er mit einer Gegenfrage, woraufhin Robin nur die Augen verdrehte. »Okay.« Jason seufzte und ließ sie los. »Du wirst mit Mickael reisen. Er kommt mit der direkten Nähe zu deinem Feuer am besten klar.«

Der Erdbaocun trat neben sie und grinste. »Du wirst es lieben.«

Zögerlich ergriff Robin seine dargebotene Hand.

»Ich … Also … Wir …« Mickael hob auch den zweiten Arm und legte die Finger ungelenk auf ihre Hüfte. »Es ist nötig, dass wir uns … ganz nah sind …« Er errötete.

Robin hingegen lachte. »Du bist echt süß, wenn du schüchtern bist.« Sie legte ihre Arme um Mickaels Schultern und trat so dicht an ihn heran, dass kein Blatt Papier mehr zwischen sie passte.

Mickaels Wangen färbten sich noch intensiver.

»Also, wie funktioniert das? Crashkurs bitte«, fragte sie schnell, um ihm ein wenig von seiner Beklemmung zu nehmen. Doch als Antwort bekam sie nur ein Räuspern.

»Öffne dich dem Energiefluss«, erklärte Jason an seiner statt, »dann geht es ganz von allein. Lass dem Feuer einfach freien Lauf.«

»Das einzig Schwierige ist, das richtige Ziel zu finden«, ergänzte Dimitri, der nun neben sie trat und eine Hand auf Mickaels Schulter legte. Sanft strich er darüber, woraufhin sich dieser spürbar entspannte. »Quinn leitet uns, aber beim ersten Mal könnte es für dich schwierig sein, seiner Spur zu folgen. Deswegen hältst du dich erst mal an die Signatur der Erde.«

»Bloß festhalten«, brachte nun auch Mickael hervor.

»Ganz einfach«, wiederholte Dimitri, trat einen Schritt zurück und verschwand. Es mutete ähnlich explosiv an wie bei Edward, auch wenn in seinem Fall feine Nebelschwaden zurückblieben. Auch diese verwirbelten gen Himmel und waren keine Sekunde später verschwunden.

»Ich gehe als Letzter«, erklärte Jason, strich Robin noch einmal sanft mit dem Zeigefinger über die Wange und entfernte sich einen Schritt.

Sie sah Mickael an. »Ganz einfach, versprochen?«

Er nickte. »Mach am besten die Augen zu, dann ist es weniger … befremdlich.« Er atmete tief durch.

Sie folgte seiner Aufforderung, tat es ihm gleich und …

Wie auf einen stummen Befehl brandete ihr Feuer auf und hüllte sie ein, erfüllte sie, löste ihren physischen Körper auf, bevor Robin es richtig wahrgenommen hatte.

Gleichzeitig verschwand Mickael aus ihren Armen. Da war nichts Stoffliches mehr, was sie hätte greifen können. Trotzdem fühlte sie seine Präsenz, seine Anwesenheit war so klar und gegenwärtig wie zuvor.

Es fiel ihr nicht schwer, sich weiterhin an ihm festzuhalten, selbst als die Welt um sie herum plötzlich ebenfalls aus den Fugen geriet.

Auch ohne hinzusehen, spürte sie, wie sich alles drehte, verwirbelte, zerfaserte und verschwand, bis sich der Sturm, der sie erfasst hatte, beruhigte und alles wieder an seinen Platz rückte.

Ihr Feuer zögerte noch kurz, als traute es sich nicht, Robin bereits sich selbst zu überlassen. Als es sich schließlich zurückzog und sich ihre menschliche Gestalt erneut materialisiert hatte, brach das Inferno über sie herein.

31

Lautes Krachen, Schreie, Wimmern … Eine tosende Kakofonie der Angst drang an ihre Ohren und in ihr Bewusstsein.

Um sie herum liefen Leute durcheinander und schrien, nein, kreischten in grenzenloser Angst. Jemand stieß sie an der Schulter an und sie stolperte einen Schritt nach vorn – an die Stelle, an der eigentlich Mickael hätte stehen müssen.

Gänsehaut breitete sich über Robins Rücken aus. War das ihre Schuld, hatte ihr plötzliches Erscheinen aus dem Nichts die Menschen in derartige Panik versetzt? Wieso hatte Mickael sie überhaupt an einen derart belebten Platz gebracht? Und wieso war er nicht hier?

Hektisch wirbelte sie herum und fürchtete schon, in ein wutverzerrtes Gesicht zu blicken, das sie fackelschwingend als Hexe denunzierte. Dann aber fiel ihr auf, dass die Menschen weder von ihr weg noch auf sie zu gerannt kamen. Im Gegenteil, niemand schien sich um ihre Anwesenheit zu kümmern, sie überhaupt bemerkt zu haben. Die Masse strebte an ihr vorbei.

Erneut stieß sie jemand zur Seite, ein Hüne von Mann. Sie konnte von Glück reden, dass er sie nicht einfach überrannt hatte.

Was war nur geschehen, dass sogar ein solcher Kerl kopflos die Flucht ergriff?

Mit Mühe kämpfte Robin den Drang nieder, sich dem Strom anzuschließen und fortzulaufen. Alle ihre Sinne trieben sie an, diesen Ort zu verlassen. Nur das Feuer, das weiterhin in ihr glimmte, hielt sie davon ab.

Abermals sah Robin sich um, während sie sich bemühte, den Flüchtenden nicht im Weg zu stehen – mehr aus Selbstschutz, um nicht doch noch unter ihren Füßen zu landen.

Was war mit den Jungs?

Mickael hatte sie festgehalten, sie hatte *ihn* festgehalten. Wo war er dann jetzt?

Und Jason? Er hatte direkt hinter ihnen bleiben wollen, aber auch von ihm fehlte jede Spur – von Edward und Dimitri ganz zu schweigen.

Ein kleines Kind prallte gegen sie. Als Robin hinabsah, blickte es mit tränenüberströmtem Gesicht zu ihr auf. Das Mädchen schluchzte so heftig, dass Robin nicht anders konnte, als es auf ihre Arme zu heben.

Schon im nächsten Moment wurde ihr die Kleine wieder entrissen. Eine Frau mit ähnlich verzerrtem Gesicht wie das des Kindes hielt sie nun an sich gepresst. Ohne ein Wort an Robin zu verlieren, stürmte sie voran.

Den nächsten Mann, der an ihr vorbeirannte, packte Robin am Ärmel seiner Jacke. »Was ist hier los?«, schrie sie ihm entgegen, um den Lärm um sie herum zu übertreffen. Auch von ihm bekam sie keine Informationen, denn der Kerl lief einfach weiter und entriss ihr den Stoff.

Okay, durchatmen, sprach sich Robin selbst zu. *Lass dich nicht von deinen Emotionen übermannen.*

Eigentlich war vollkommen logisch, was hier geschah. Quinn hatte sie zu einem Ort geschickt, an dem die Klimatischen außer Kontrolle gerieten, an dem sie Chaos stifteten. Natürlich blieb das Menschen, die in der Nähe waren, nicht verborgen. Dass sie nicht entspannt daneben standen und dem Treiben zusahen, war klar. Sie hatte es doch selbst erlebt, als die Hitze die Stadt in der Nähe von Qi Manor angegriffen hatte.

Sie stemmte sich gegen den Strom aus Flüchtenden. Die Stelle, von der all diese Menschen wegrannten, musste ihr Ziel sein. Und dort würde sie auch ihre Gefährten finden.

Brüder, nannte Quinn sie … Ja, zum ersten Mal fühlte sich diese Bezeichnung richtig an. So panisch wie die Menschen waren, musste der Angriff der Klimatischen verheerend sein und sie sorgte sich um die Jungs wie um eine eigene Familie.

Jetzt verstand sie auch, warum sie allein, weiter entfernt vom Ausbruchsort gelandet war. Sie sollte sich raushalten, und um das sicherzustellen, hatte Mickael sie einfach unterwegs abgesetzt, um selbst so schnell wie möglich zum Ort der Kampfhandlungen zu kommen.

Wie bescheuert war das denn?

Sie war mitgekommen, um zu lernen und die anderen mit ihrer Energie zu unterstützen. Das konnte sie nur, wenn sie auch etwas von den Geschehnissen mitbekam.

Also ab nach vorn!

Erst nach ein paar Minuten, in denen sie nur wenige Meter vorankam, ließ die Flut an Menschen, gegen die sie ankämpfen musste, langsam nach. Mittlerweile hatte Robin registriert, dass sie sich innerhalb einer Stadt befand, jedoch keiner, die in einer gemäßigten Zone lag. Staub und Schmutz überzogen die baufälligen Gebäude jenseits der Straße, durch die ihr Weg sie führte. Und an ihrem Ende, dort wo keine Menschen ihr mehr die Sicht versperrten, war … nichts.

Mitten in der Stadt hatte sich ein riesiger Krater gebildet. Plätze, Gebäude, Straßen – alles, was es dort gegeben haben musste, war verschwunden. Stattdessen dehnte sich eine über mehrere Dutzend Meter weite trichterförmige Sandfläche aus, die irgendwie in Bewegung zu sein schien. Es wirkte, als würde alles vom Rand her in die Mitte fließen, ohne dass der Boden des Kraters tiefer wurde.

Robin bremste einige Schritte vor der eigenartigen Fläche ab.

Mit offenem Mund starrte sie auf die wellenförmige Bewegung, die alles, was der Sand erwischte, ins Zentrum des Kraters transportiere. Jetzt gerade erreichte er ein Häuschen am rechten Rand, das in sich zusammenstürzte, als ihm wortwörtlich der Boden unter dem Fundament weggerissen wurde. Wie kleine Schiffe trieben die Trümmerstücke der Mitte entgegen, wo sie widerstandslos in der Tiefe versanken.

Ein erschrockenes Keuchen entfuhr Robin, als sie sich vorstellte, wie nicht die Teile eines Hauses, sondern menschliche Körper über den Sand dahinglitten. Es war kaum vorstellbar, welches Grauen man empfinden musste auf dem Weg in den sicheren Erstickungstod, der einen unweigerlich erwartete. Allein der Gedanke daran raubte Robin den Atem und schickte ein kaltes Zittern durch ihre Glieder.

Nur mit Mühe riss sie den Blick von dem einstürzenden Haus los und ließ ihn über die Sandfläche gleiten. Sie durfte sich nicht vom Leid der bereits Toten einnehmen lassen, sondern musste an die Leben denken, die es zu retten galt.

Noch immer konnte sie keinen der anderen Baocun entdecken.

Waren sie etwa doch nicht hier? Oder war der Kampf bereits vorbei und …

Nein, diesen Gedanken wollte sie gar nicht erst aufkommen lassen. Die Jungs kämpften schon ihr ganzes Leben gegen die Klimatischen und waren jedes Mal lebend in die Villa zurückgekehrt.

Warum sollte es ausgerechnet dieses Mal anders sein?

Um ihre eigene Angst zu unterdrücken, analysierte sie die Situation.

Quinn hatte von Trägheit und Feuchtigkeit gesprochen, die sie erwarten würden. Und wenn sie diesen Strudel so betrachtete, lag er damit wohl richtig. Aber was trieb ihn an?

Robin ging bis an die Kante des wogenden Sandes, wobei sie darauf achtete, mindestens eine Armlänge Abstand zu halten. Sie schmeckte der Energie nach, die hier herrschte.

War es die Hitze? Nein … Wind!

Sie fühlte ihn nicht auf der Haut, eher unter ihren Füßen.

Schnell machte sie einen Schritt rückwärts, als der Boden, auf dem sie gerade noch gestanden hatte, sich auch schon in Bewegung setzte und dem Sandstrudel anschloss.

Kaum hatte sie den Wind wahrgenommen, der den Strudel antrieb, fühlte sie auch die Feuchtigkeit, die dem Sand eine Konsistenz wie Wasser verlieh. Ebenso die Trägheit, die ihn zähflüssig und damit schlussendlich tödlich machte.

Nur zweimal hatte sie bisher mitangesehen, wie die Klimatischen auftraten. Einmal vor der Stadt, als die Hitze in Form einer verheerenden Feuersbrunst angegriffen hatte. Und einmal in ihrer Erinnerung, als sie abartigen Raubkatzen gleich ihre Eltern getötet hatten. Den Traum zählte sie nicht mit, waren sie dort ja nichts anderes als flirrende Schemen gewesen.

Dass sie sich vereinen konnten, ihre Umgebung nutzten und so Naturkatastrophen von gigantischem Ausmaß heraufbeschworen, damit hatte sie nicht gerechnet.

Wie zum Henker sollten sie *das hier* aufhalten?

Wie zur Antwort kitzelte etwas ihre Nervenenden. Genau wie sie die Klimatischen spüren konnte, war es ihr auch möglich, nach den Energien der anderen Baocun zu tasten.

Sie wagte es nicht, die Augen zu schließen, ließ den Blick auf den Rand des Treibsandes gerichtet und bemühte sich dennoch, ihren Geist zu öffnen. Es fiel ihr leichter als gedacht, obwohl noch immer nackte Panik durch ihre Adern rauschte.

Schon berührte sie die Essenz des Wasser, der Erde, des Holzes. Und da war auch Metall – Jason!

Sie alle waren im Zentrum dieses Todestrichters, tief unter der Erdoberfläche. Wild und scheinbar unkontrolliert wirbelten ihre Energien umher, vermischten sich mal miteinander, mal mit der Signatur der Klimatischen. Die Kräfte der Baocun pulsierten, leuchteten stark auf, ebbten aber ebenso oft zu einem schwachen Blitzen ab.

Es war ein Kampf, den Robin fühlte. Der ›Zyklus der Fünf‹ gegen die Kreaturen des Bösen. Na ja, in diesem Fall eher der Vier …

Die Macht, die dort unten tobte, schnürte ihr die Brust zusammen. Jeder Atemzug kostete sie Kraft und Beherrschung. Es war kaum auszuhalten.

Die Menschen waren geflohen, die nahen Gebäude fast gänzlich zusammengestürzt. Nur das Knirschen und Knacken des bewegten Sandes drang noch an ihr Ohr. Und während sie eine fast schmerzhafte Ruhe umgab, tobte vor ihr ein unsichtbarer Sturm von Energien, so laut, dass es ihr die Trommelfelle zerrissen hätte, wenn sie ihn auf diese Art wahrgenommen hätte.

Plötzlich mischte sich ein neuer Ton in die Melodie des Chaos. Robin kannte ihn, als hätte er sie ihr Leben lang begleitet und sich ihr nicht erst einmal gezeigt.

Ein weiterer Klimatischer hatte sich ins Geschehen gemischt – die Hitze.

Schon konnte sie spüren, wie das Kräfteverhältnis kippte. Mickael war stark gegen die Feuchtigkeit, Edward bot dem Wind die Stirn.

Und Jason war der Trägheit überlegen gewesen – zumindest bis gerade eben.

Dimitri hatte die drei mit Leibeskräften unterstützt, nun konfrontierte ihn allerdings ein vierter Gegner, der im absoluten Gegensatz zu ihm stand. Jeder kämpfte nun für sich, was ihre energetische Verbundenheit auf eine Zerreißprobe stellte.

Robin wusste, dass die Hitze eigentlich ihr Gegner war. Dimitri konnte gegen sie gewinnen, so wie eine Regenflut einen Waldbrand zu löschen vermochte. Doch genauso war es möglich, dass er unterlag, wie das Wasser in einem Topf verdampfte, wenn die Flammen darunter nur heiß genug waren. Und leider spürte Robin eine Entwicklung in die zweite Richtung.

Unbewusst machte sie einen weiteren Schritt rückwärts, weg von dem sich ausbreitenden Trichterrand, während sie fieberhaft überlegte, was sie tun sollte.

Dimitri brauchte Hilfe, das fühlte sie!

Sie konnte Mickael ihre Energie schicken. Doch es würde dauern, ehe sie Dimitri erreichte. Denn zunächst musste sie von Erde an Metall übergehen, erst danach kam Wasser an die Reihe. Und wer wusste, ob dann genug davon übrig war – befanden sich die beiden ja ebenfalls im Kampfzustand.

Natürlich bestand auch die Möglichkeit, dass Dimitri direkt auf ihre Energie zugriff. Er stand zu ihr in der gleichen Verbindung wie sie zu Jason. Aber das war etwas, das Dimitri nie zuvor gemacht hatte – nicht einmal im Training, weil es schlichtweg kein normaler Austausch unter ihnen war. Selbst wenn er jetzt auf diesen Gedanken käme, konnte Robin nicht sicher sein, dass es ihm gelang.

Eigentlich gab es nur eine Möglichkeit …

»Scheiß drauf«, brummte sie, machte ein paar Schritte rückwärts, nahm Anlauf und sprang.

Im Flug krümmte sie ihren Körper, als würde sie einen Kopfsprung in einen See machen wollen. Bevor ihre Hände den Sand berührten, war ihre Haut von Flammen überzogen und als sie in den Krater eintauchte, bestand sie nur noch aus Energie. Nie zuvor war ihr diese Wandlung so leicht gelungen. Aber es war auch nie zuvor um das nackte Überleben ihrer Gefährten gegangen.

Als sie die Oberfläche hinter sich gelassen hatte, herrschte um sie herum absolute Dunkelheit. Nein, nicht absolut. Immer wieder huschten Lichtblitze hindurch, einzelne leuchtende Farben, die sich mal vermischten, mal abstießen, mal verdrängten, mal verbanden.

Alles ging so schnell, dass Robin erst begriff, was sie vor sich hatte, als sie an ihrem eigenen Körper herabsah. Er bestand aus nebelartigen Schlieren, die etwas umgaben, das ihnen ein rotes Strahlen verlieh. Sie kannte diesen Anblick, auch wenn er sich ihr erst ein einziges Mal gezeigt hatte – als Quinn ihre Energie zum ersten Mal hervorgelockt hatte, indem er sie mitansehen ließ, wie er die energetischen Abbilder ihrer Freunde tötete.

Das hier war kein Kampf auf stofflicher Ebene. Mit dem Eintritt in den Krater hatte sie eine andere Welt betreten, in der nur die innere, überirdische Kraft zählte, die ihnen allen gegeben war.

Plötzlich verstand sie, warum Quinn diesen Weg gegangen war, um ihr Feuer zu wecken. Es war fast, als hätte er geahnt, dass sie irgendwann noch einmal auf dieser Ebene würde kämpfen müssen. Oder war es immer so, sobald die Baocun und die Klimatischen aufeinandertrafen?

Sie schob den Gedanken beiseite und konzentrierte sich auf das, was Quinn ihr beigebracht hatte. Denn obwohl er sie kein weiteres Mal in diese Welt geschickt hatte, war es ihm wichtig gewesen, sie über die hiesigen Regeln aufzuklären und ihr Verhalten zu schulen.

Zunächst musste sie ihre Energie zur Ruhe bringen.

Trotz dass ihr nichts wichtiger war, als in den Kampf einzugreifen und die Jungs zu unterstützen – nur wenn sie selbst geordnet und im Einklang war, würde auch das Geschehen um sie herum zu sinnvollen, nachvollziehbaren Bildern werden.

Sie richtete ihren geistigen Blick auf ihr Inneres, fokussierte sich auf ihr brennendes Zentrum, dessen Flammenzungen hektisch und unkontrolliert um sich peitschten. Sie hatte kein Gefühl dafür, wie lange es dauerte, wie vieler imaginärer Atemzüge es bedurfte, bis sich das Feuer endlich beruhigte und sacht wie das Licht einer Kerze vor sich hin leuchtete.

Als Robin sich wieder dem Geschehen um sich herum zuwandte, hatte sich dieses ebenfalls verändert. Nun konnte sie die Energiekörper ihrer Mitstreiter klar erkennen. Noch immer waren ihre Bewegungen schnell, aber zumindest konnte sie ihnen nun folgen.

Auch die Klimatischen hatten eine Gestalt bekommen – eine, die ihr ebenfalls nicht fremd war. Ein eisiger Schauer erschütterte ihr inneres Feuer, als die Bilder der Erinnerung aufkamen. Ihre ausgemergelte Mutter zwischen den Lefzen eines dieser riesigen katzenhaften Biester.

Die Trockenheit selbst war heute nicht anwesend, aber das war Robin egal. Die Hitze, die Dimitri gegenüberstand und ihm ihren feurigen Atem entgegenspie, war ein genauso gutes Ziel für ihre Rachegelüste.

Sie ließ sich keine Zeit, zu beobachten, wie es in dem Kampf Feuer gegen Wasser stand, ob der Baocun über- oder unterlegen war.

Mit einem Schrei, der tonlos doch mit heißem Atem über ihre Lippen kam, preschte sie nach vorn.

Sie flog torpedoartig auf die katzenhafte Flammengestalt zu, die ihrerseits gerade mit den Vorderbeinen in die Luft schlug wie ein führungsloses Pferd.

Kurz bevor sie ihre feurigen Pranken Dimitri entgegenschlug, prallte Robin gegen den massigen Körper. Er stellte ihr überraschend viel Widerstand entgegen, wenn man bedachte, dass sie sich auf einer rein energetischen Ebene befanden.

Mehr noch als das spürte sie allerdings die Hitze. Sie hatte die Handflächen auf den Brustkorb des Klimatischen gepresst, um ihn von Dimitri wegzudrücken, und es fühlte sich an, als würden diese auf glühenden Herdplatten liegen.

Gleichzeitig traf sie etwas von hinten. Natürlich hatte Dimitri nicht einfach nur seinem Ende ins Gesicht geblickt, er hatte sich auf einen Gegenangriff vorbereitet, der nicht mehr aufzuhalten war, als sie sich einmischte.

Höllenartige Hitze von vorn, gletscherkaltes Nass von hinten. Robin benötigte einen Moment, um diese Überforderung zu verarbeiten. Das nutzte der Klimatische, um sich noch einmal gegen sie zu werfen und sie damit auf den Rücken zu befördern.

Auch das schmerzte, verflucht, und wie es das tat!

Schon sprang das Vieh über sie hinweg, Dimitri als auserwähltes Ziel nun wieder vor Augen. Robin hatte keine Ahnung, ob er nach dem missglückten Konter schon bereit für eine weitere Verteidigung war.

Darauf würde sie es nicht ankommen lassen. Noch während die Katzengestalt über ihr in der Luft war, wirbelte sie herum, kam mit unglaublicher Geschwindigkeit auf die Beine und packte eines der Hinterläufe des Tieres.

Abermals fühlte es sich an, als hätte sie nach einem glühenden Holzscheit gegriffen, aber sie ignorierte den Schmerz. Wichtig war, die Hitze von Dimitri fernzuhalten – und das war ihr gelungen.

Bevor ihre Pranken auch nur in dessen Nähe gelangten, knallte es langhin vor ihr auf den Boden.

Der Kopf des Wesens ruckte zu ihr herum und es stieß ein trommelfellzerreißendes Brüllen aus.

»Genau so, mein Großer«, knurrte Robin ihm zu. »Leg dich mit jemandem an, der in der gleichen Liga spielt.«

Sie tastete mit ihren Nervenenden nach der Energie in und um sich herum.

Wow, da war eine ganze Menge. Sie würde es der Hitze mit Sicherheit nicht leicht machen.

Robin gab sich selbst ein Versprechen. Hier und heute war der Moment, in dem auf der Erde ein neues Zeitalter anbrechen würde. Eines, wo Menschen nicht auf Klimakuppeln angewiesen waren, um ein Leben in erträglichen Temperaturen zu führen. Die Periode der Hitze würde enden, jetzt und für immer. Denn Robin würde sie vernichten.

32

Sie warf sich von hinten auf die Kreatur, die in der Sekunde, als Robin sie berührte, verpuffte. Nein, das traf es nicht. Sie zerfloss viel mehr unter ihrem Gewicht, nur um sich daraufhin wie ein Kokon um sie zu legen. Von allen Seiten bedrängte Robin die unaussprechliche Hitze. Wäre sie noch immer ein Mensch, hätte es ihr das Fleisch bei lebendigem Leib von den Knochen gebrannt.

Aber sie war so viel mehr!

Robin griff nach der Energie, die ihr zur Verfügung stand, und verwandelte sie in nichts als Feuer. Gleißend helle Flammenzungen stießen aus ihren Armen, Beinen, ihrer Brust, ja jedem Millimeter Körperoberfläche hervor, wie Stacheln, die alles versengten, was sich ihr näherte.

Und tatsächlich zog sich die Hitze zurück, gab sogar einen Laut von sich, der entfernt an ein Jaulen erinnerte.

So ist es recht, dachte Robin, *erkenne deinen Meister*.

Doch sie freute sich zu früh. Die Hitze entfernte sich zwar, aber nur, um sich in einer flimmernden Energiekugel neu zu sammeln. Schon schoss diese direkt auf Robin zu.

Sie reagierte instinktiv. Es nützte nichts, weiter an ihrer körperlichen Form festzuhalten, wenn sich ihr Gegner dessen entledigt und somit auf diesem Weg unangreifbar gemacht hatte. So sehr ihr die feurige Rüstung gefiel, streifte sie sie ab, zusammen mit allem, was sie noch mit dem Menschsein verband.

Ab da war es kein Kampf mit Fäusten oder Klauen mehr. Kein Kampf, der sich mit irgendetwas beschreiben ließ, das den Menschen ähnlich oder vertraut war.

Es war nur noch Hitze und Feuer, Feuer und Hitze. Hitze, Hitze, Hitze … und Feuer.

Wie von einem unsichtbaren Wind getragen vermischten sich die Energien der beiden Kontrahenten und was als zwei leuchtende Energiefelder begonnen hatte, war bald nur noch ein großes Treiben, in dem Moleküle aneinanderrieben, Energiefelder blitzten, Positives und Negatives einander anzog und abstieß.

Robin war, als würde sie vollkommen eins mit dem Klimatischen werden, der ihr Erzfeind und ihr doch so unglaublich ähnlich war. Sie rieben sich aneinander auf, während sie gleichzeitig verschmolzen. Sie versuchten, sich zu ersticken, während sie sich küssten. Sie waren sich nah, als wären sie ein einziges Wesen, erst jetzt vollständig, wo sie endlich aufeinandertrafen.

Und doch war ein Teil stets bestrebt, den anderen zu unterdrücken, zu verzehren, um den Platz, der ihnen im Universum zustand, für sich allein zu beanspruchen.

Es kostete Robin immer mehr Energie, sich in diesem Sturm nicht zu verlieren, das Feuer zu bleiben, das sie war und das sie ausmachte. Sie fühlte sich wie in einem Tornado aus Flammen, der nirgendwo begann und nirgends endete.

Und plötzlich herrschte Stille.

Als hätte sie das Auge des Sturms erreicht, blieb sie mit einem Mal stehen.

Sie fokussierte sich, ergriff noch einmal alle Kraft, die sich ihr bot und entlud sie, kurz bevor der Klimatische abermals nach ihr greifen konnte.

Die Eruption eines Vulkans war ein müdes Lächeln gegen das, was Robin in diesem Moment freisetzte. Sie war sich sicher, hätten sie sich in der stofflichen Welt befunden, hätte ihr Feuer die Erde Tausende von Kilometern weit in nichts als Asche verwandelt, vielleicht sogar den ganzen Planeten. Hier aber traf sie damit nur, was sie treffen wollte.

Sie stieß die Energie, die sie um sich herum gebündelt hatte, von sich – nicht als Feuerwand, nicht als Flammenwall, sondern als eine Welle reinen, alles vernichtenden Strahlens.

Der Sturm, der gerade noch getobt hatte, ebbte ab, kaum dass ihr Angriff auf ihn prallte. Immer weiter, immer größer wurde der Lichtkegel um Robin, bis er sich schließlich von ihr entfernte und in der Unendlichkeit verschwand.

Keuchend sackte Robin auf die Knie und schloss die Augen. Ihr Atem rasselte in ihrer Lunge und ihr Herz hämmerte so wild und unregelmäßig in der Brust, dass es drohte, ihr die Rippen zu zersprengen.

Es kam ihr seltsam fremd vor, ihren Körper wieder wahrzunehmen, obwohl sie nur wenige Minuten in der Form des Energiewesens verbracht hatte.

Alles tat ihr weh, ihr war kalt, ihre Haut zu eng. Die Stimmen um sie herum viel zu laut … Einfach nur ein unerträglicher Zustand.

Lieber führte sie einen ewigen Kampf gegen die Hitze auf der überirdischen Ebene, als auch nur einen weiteren Atemzug in diesem Gefängnis der menschlichen Hülle zu stecken.

Doch die Hitze war fort, genau wie die anderen Klimatischen. Um das zu wissen, musste Robin nicht einmal die Augen öffnen.

Und sie war zurück in der Wirklichkeit. Überdeutlich spürte sie den festen, körnigen Boden unter den Knien und Händen, hingegen fehlte jede Art von fremder Energiesignatur in ihrer Umgebung. Selbst die ihrer Gefährten erreichte sie nur schwach.

Viel zu wenig, um sie für mich selbst zu nutzen.

Robin erschrak vor diesem Gedanken. Hatte sie wirklich gerade unbewusst versucht, die Kraft der anderen Baocun anzuzapfen, um sich erneut in einen überirdischen Zustand zu versetzen? Hatte sie das vielleicht sogar schon vorher getan?

Bevor sie diesen Impuls ergründen konnte, legte sich eine Hand um ihren Arm. Fast schon brutal wurde Robin nach oben gezerrt. Erst im Stand öffnete sie endlich ihre Augen.

Ihre Umgebung glich einem Kriegsschauplatz. Eingestürzte Gebäude, herumliegende Trümmer, weit entfernte Schreie einer fliehenden Bevölkerung. Zumindest waren die zerstörerischen Kräfte, die hier gewirkt hatten, verschwunden. Der Boden war ruhig, wenngleich er etwas abgesenkt war an der Stelle, an der das Zentrum des hungrigen Treibsandes gewesen war.

Wir haben gesiegt, wurde Robin bewusst, während sie im Mittelpunkt des flachen Kraters stand und den Blick schweifen ließ. *Ich habe gesiegt!*

Absolute Euphorie erfüllte sie. Doch der Siegesschrei, den sie ausstoßen wollte, als sie zu der Person an ihrer Seite herumfuhr, blieb ihr im Hals stecken.

Natürlich war es Edward, der neben ihr stand. Und natürlich war er wütend, so wie immer.

Was sie derart erschreckte, war sein Gesichtsausdruck, die pochende Ader an seinem Hals, die leuchtenden Sprenkel in seinen Augen, die ihr jede Sekunde wie Blitze entgegen zu zucken drohten.

Und nicht zuletzt der feste Griff seiner Finger, die nach wie vor um ihren Oberarm lagen und mit Sicherheit blaue Abdrücke hinterlassen würden. Er drohte unter seinem Zorn zu platzen – und Robin mit der Explosion in tausend Teile zu zerlegen.

Schnell fasste sie sich wieder. Sein Wutausbruch war nichts, mit dem Robin nicht fertig werden würde. Schließlich hatte sie gerade einen Klimatischen in die Flucht geschlagen – und zwar den stärksten von allen.

Doch als er schließlich den Mund aufmachte, trafen seine Worte sie härter, als jeder Schlag es gekonnt hätte. »Was hast du nur getan?«

Es war nicht einmal, *was* er sagte, sondern *wie* er es sagte. Da war weder das typische Donnergrollen in seiner Stimme noch der Druck, mit dem er sie normalerweise ihr gegenüber erzeugte. Einzig Resignation und Leere drangen an ihre Ohren.

Ihr Arm fiel herab, als er aus seinen Fingern glitt. Jegliche Kraft schien den Holzbaocun verlassen zu haben. Er schaffte es gerade mal, sie im Vorbeigehen mit der Schulter anzurempeln, doch auch diese Geste war nur ein Schatten von dem, was sie von Edward gewohnt war.

Vollkommen irritiert sah sie ihm nach, sah an ihm vorbei zu Dimitri und Mickael, die auf dem Boden hockten. Und zu Jason, dessen Kopf auf Mickaels Schoß gebettet lag.

»Nein. Jason!«, stieß sie hervor, eilte an Edward vorbei und ging neben den anderen auf die Knie. »Was ist …« Ihre Stimme brach, bevor sie die Frage beenden konnte.

Jason war in einem schrecklichen Zustand. Dabei war sein Körper unversehrt, wies weder Schrammen noch Wunden oder Blutergüsse auf. Von außen betrachtet wirkte es, als würde er schlafen, einen ruhigen und seligen Schlaf, traumlos und ohne jede Rührung.

Doch genauso unbewegt wie sein Körper war auch seine Aura. Nicht den kleinsten Funken konnte Robin wahrnehmen, nicht den Hauch der metallisch schmeckenden Energie.

Das vertraute Kitzeln, das sie immer spürte, wenn sie einander berührten, blieb aus, als sie die Finger ausstreckte und sanft über seine Wange strich.

Sofort wurde Robin kalt. Ihre Haut schien sich zu öffnen und alles freizugeben, was in ihr war. Jegliche Energie, jede Wärme, alle Emotionen und Reaktionen, zu denen sie fähig war, verließen sie von einer Sekunde auf die andere.

Die Welt stand still, jedoch nicht auf eine schöne, die Ewigkeit versüßende Weise. Eher, als würde der Boden unter ihr aufbrechen und sie einem niemals enden wollenden Sturz preisgeben.

Sekunden-, minuten-, stundenlang hielt sie inne, starrte einfach nur auf die leblose Gestalt hinab und wünschte sich nichts anderes, als an seiner Stelle zu sein. Dann gab ihr Körper dem Drang zu atmen nach. Sie holte Luft, was in einem Schluchzen endete, das ihren ganzen Leib zum Zittern brachte.

»Wage es nicht, auch nur eine Träne zu vergießen«, knurrte Edward hinter ihr, endlich wieder auf eine Art, die ihr vertraut war.

Dennoch reichte es nicht, ihr die Herrschaft über ihr Sein zurückzugeben.

Erst in diesem Moment begriff Robin, dass sie Jason geliebt hatte. Es war keine vorübergehende Schwärmerei, keine überirdische Verbindung, keine bloße Neugier junger Menschen auf Dinge, die passieren könnten. Der Schmerz, der in ihrem Inneren wütete, der alles andere überschattete, rührte nicht von simpler Zuneigung. Ein derartiges Loch konnte nur der Verlust von echter Liebe in ein Herz reißen und es auf eine Weise bluten lassen, die nie wieder vergehen würde.

»Ich schaff das nicht«, stieß Mickael plötzlich hervor. »Wir müssen ihn zu Quinn bringen, sonst könnte es sein …«

»Sag das nicht, Bruder, bitte.« Dimitri rutschte hinter Mickael und schlang die Arme um dessen Oberkörper. »Allein die Vorstellung, ihn zu verlieren …« Er presste die Lider zusammen.

Nur langsam drangen die Worte in Robins Bewusstsein. Sie hob den Kopf und blickte Dimitri durch den Schleier hinweg an, den die zurückgehaltenen Tränen über ihr Sichtfeld legten. »Er … lebt?«, fragte sie krächzend. Ihre Stimme klang, als wäre ihr seit Monaten kein einziges Wort über die Lippen gekommen.

Der Wasserbaocun riss die Augen wieder auf. »Oh mein Gott, lebt er etwa nicht?« Er rüttelte an Mickael. »Er lebt doch, oder?« Seine Stimme klang panisch und war mindestens eine Oktave zu hoch.

Mickael schüttelte sich, was Dimitri dazu brachte, ihn loszulassen. »Natürlich lebt er, und wenn du mir etwas Raum geben würdest, sorge ich auch noch ein bisschen dafür, dass das so bleibt.« Sein Blick glitt zu Edward. »Aber lange kann ich das nicht mehr.«

Edward fuhr sich mit den Händen durchs Haar. »Verfluchte Scheiße, das ist alles meine Schuld.« Abermals klang er nicht wie er selbst, so als wäre etwas in ihm zerbrochen. »Ich hätte nie erlauben dürfen, dass sie mitkommt.« Er drehte sich um die eigene Achse, ging zwei Schritte davon, kam zurück. »Ich bin so ein Idiot.«

»Was machen wir denn jetzt?«, wimmerte Dimitri, während Mickael erneut sorgenvoll auf Jason hinabsah.

Nicht tot, hallte es in Robins Kopf wider, *nicht tot.*

Diese beiden Worte füllten ihren Verstand, sickerten in ihr Herz und verschlossen die Wunde, durch die alles Leben aus ihrem Körper sickerte.

Sie schluckte ihre Zweifel an der Wahrheit dieser Aussage hinunter und versuchte, sich zu konzentrieren.

Sie musste Gewissheit haben, dass er sie nicht verlassen hatte, wenn ihr Verstand wieder halbwegs funktionieren sollte.

Langsam, geradezu vorsichtig, streckte sie ihre Fühler aus, betastete Jasons Körper, drang in sein Inneres vor. Sie untersuchte jeden kleinsten Winkel nach einem Rest der Metallenergie, die ihn am Leben hielt.

Als sie selbst in seinem Herzen nicht fündig wurde, wollte sie bereits aufgeben, doch dann lockte etwas sie höher. Und dort, wo Mickaels Hände auf Jasons Stirn lagen, fand sie es endlich. Den letzten Hauch, der noch in ihm steckte, ein leises Glimmen, das seine Seele umklammert hielt und diese nur dank Mickaels Unterstützung nicht gehen ließ.

Ja, Jason lebte. Noch …

»Was ist passiert?«, brachte Robin hervor. Ihre Stimme bebte, aber immerhin wurde sie nicht mehr von Schluchzern unterbrochen.

»*Du* bist passiert«, bellte Edward sie von der Seite an. Wie ein tollwütiger Wolf machte er einen Satz auf sie zu und fletschte die Zähne. Doch so schnell wie der Ausbruch der Emotion gekommen war, verschwand er auch wieder, und er sackte in sich zusammen. »Egal … wir müssen ihn zu Quinn bringen. Wenn wir alle zusammen reisen, müsste es gehen …«

Dimitri biss sich auf die Unterlippe. »Bist du sicher? Das ist gefährlich in so einem Zustand … Keiner von uns ist richtig auf der Höhe.«

»Es ist unsere einzige Chance«, murmelte Mickael. »Wir haben vielleicht noch fünf Minuten, dann ist da nichts mehr, das ich ihm geben kann.«

Endlich begriff Robin, was Mickael da tat.

Die Erde war im Kreislauf das Element vor dem Metall und damit fähig, seine Energie direkt an Jason weiterzuleiten. So sorgte er dafür, dass Jasons Licht nicht endgültig erlosch.

Und vor der Erde …

Sie rutschte näher an Mickael heran und schlang einen ihrer Arme um seine Mitte. Die andere Hand legte sie auf seine, die auf Jasons Stirn ruhte. Schon war es wieder da, das Kribbeln, das sie sonst zwischen Jason und sich gespürt hatte – nur dass es jetzt in eine andere Richtung floss und Mickael als Verbindung auserwählt hatte.

»Danke«, seufzte dieser leise und legte seinen Kopf an Robins Schulter.

Dimitri betrachtete sie kurz, dann sprang er auf. Mit einem Mal schien alle Angst von ihm abgefallen, er wirkte geradezu irrational motiviert. »Okay, packen wir es an. Edward, komm her.« Er griff nach Robins Fingern und riss sie von Mickaels Hand, um sie in seine zu nehmen.

Sie wollte protestieren, spürte aber im selben Moment, dass der vibrierende Kontakt zu dem Erdbaocun weiterhin bestand.

»Nun mach schon«, drängte Dimitri und umfasste Edwards Knöchel, als der schließlich neben ihn trat.

Kaum dass dieser sich gebückt und eine Hand auf Jasons Oberschenkel gelegt hatte, zerstob die Welt in tausend Teile.

33

Quinns Stimme drang wie aus weiter Ferne zu ihr. »Gut, ich denke, das genügt.«

Noch nie zuvor war Robin in eine derart tiefe Meditation gefallen. Sie hatte nicht geschlafen, aber ihr körperlicher Zustand war derselbe gewesen. Dennoch fühlte sie sich kein bisschen erholt, als er herumging und ihnen nacheinander die Akupunkturnadeln aus den Gesichtern, Händen, Unterarmen und Füßen zog.

Aber das war auch nicht Ziel der Sache gewesen. Ihre eigene Regeneration musste warten. Alle Kraft, die sie in der tiefen Entspannung gewonnen hatte, war direkt an Mickael weitergeflossen, genauso wie die Kraft, die sie selbst von Edward erhalten hatte. Und der Erdbaocun hatte sie wiederum an Jason weitergeleitet.

Kaum hatte Robin die Augen geöffnet, glitt ihr erster Blick zu der Liege, um die herum sie auf Stühlen saßen.

Jason war nackt, nur seine Lenden waren von einem gefalteten Handtuch bedeckt. Auch in seiner Haut steckten unzählige Nadeln, die es dem Metallbaocun erleichtern sollten, sich mit der kosmischen Energie und den anderen Elementen zu verbinden. Nach wie vor rührte er sich nicht, war noch immer blass wie eine Leiche.

Wenn sein Brustkorb sich nicht in schwachen Zügen gehoben und gesenkt hätte, wäre Robin auf der Stelle von dem dünnen Seil gefallen, auf dem sie balancierte.

Das Seil, das sich Hoffnung nannte und über dem Abgrund unendlicher Qualen gespannt war.

»So«, meinte Quinn und klatschte in die Hände. »Nun heißt es abwarten.«

Schon bei ihrer chaotischen Ankunft hatte Robin bemerkt, dass Quinn heute einen seiner schwierigen Tage hatte. Statt überlegt und koordiniert zu handeln, war er in kindlicher Neugier um sie herumgesprungen. Trotzdem hatte er schnell reagiert, seinen Fokus ganz auf Jasons Behandlung gelegt und keine Zeit mit Fragen nach der Ursache seines Zustands vergeudet.

Diese kamen jetzt. »Wer möchte mir denn berichten, was passiert ist?« Er blickte mit wachen, großen Augen in die Runde. »Mickael, du vielleicht?«

Der Erdbaocun war auf seinem Stuhl zusammengesunken. Schweiß stand ihm auf der Stirn und er hatte die Lippen zusammengepresst. Die Meditation musste für ihn am anstrengenden gewesen sein.

Schon für Robin war es hart gewesen, die Menge an Energie, die Edward ihr bereitgestellt hatte, aufzunehmen, sie nicht behalten zu dürfen, sondern verstärken und weiterzureichen zu müssen. Mickael hatte mit weitaus mehr umgehen müssen. Kein Wunder, dass er noch mitgenommener aussah, als direkt nach der Schlacht.

Quinn sah ihn so lange auffordernd an, bis Mickael sich zu einem Kopfschütteln aufraffen konnte.

Der Blick des Hausherrn glitt weiter zu Dimitri, der mit einer energischen Geste verneinte.

Edward hingegen war bereit, zu sprechen.

Robin schwankte zwischen dem Wunsch, den Raum zu verlassen, um nicht gleich wieder beschimpft zu werden, und jenem, zu erfahren, was Jason schlussendlich so zugerichtet hatte.

Edward hatte sie angebrüllt, es sei ihre Schuld gewesen. Aber was hatte sie getan?

Sie hatte Dimitri geholfen und die Hitze in die Flucht geschlagen. Sie hatte dafür gesorgt, dass die anderen ihre Kämpfe unbehelligt fortsetzen konnten. Weder war sie Jason bei seinem Kampf in die Quere gekommen noch hatte er ihr mit seiner Energie helfen müssen. Sie hätte es gespürt, wenn sich ihre Energien verknüpft hätten. Oder?

Was zur Hölle war also passiert, dass Edward sie für Jasons Zustand verantwortlich machte?

Quinn wartete, mehr oder weniger geduldig, wenn man das wilde Spiel seiner Finger miteinander außen vorließ, bis Edward einen tiefen Atemzug genommen hatte.

»Als wir ankamen, erwarteten uns die Klimatischen, die du uns angekündigt hast. Wind, Feuchtigkeit, Trägheit.« Edward stockte wieder, als müsste er gegen einen Kloß in seinem Hals anschlucken. »Sie hatten ein größeres Gebiet in einer Außenbezirksstadt eingenommen, indem sie sich zu einer Art Treibsand formiert hatten. Wie immer haben wir uns ihnen entgegengestellt, wie es der Kreislauf von uns erwartet. Mickael, Jason und ich haben angegriffen, während Dimitri uns Rückendeckung gegeben hat.« Wieder eine Pause.

Robins Finger wurden feucht. All das hatte sie selbst gesehen, oder besser gesagt gespürt. Würde sich Edward beim Folgenden auch an die Tatsachen halten?

»Dann hat Robin sich eingemischt.«

Natürlich tat er das nicht.

»Ich hab mich nicht eingemischt«, ging sie dazwischen. »Die Hitze ist aufgetaucht und hat sich auf Dimitri gestürzt. Ich habe geglaubt, er würde damit nicht fertig werden, und da sie mein klimatisches Gegenstück ist, war es nur logisch, einzugreifen.« Sie sah den Wasserbaocun an. »Hab ich das falsch eingeschätzt?«

Dimitri, der bisher auf den Boden gestarrt hatte, hob erschrocken den Kopf, als er merkte, dass sie ihn angesprochen hatte. »Richtig«, gab er nur knapp zu. In seinen Augen glomm eine Panik auf, als würde er der Hitze abermals gegenüberstehen.

»Ich habe gekämpft, und ich habe gesiegt«, erklärte Robin weiter.

Schon beim Gedanken an das, was sie im Inneren des Kraters erlebt hatte, rauschten Endorphine durch ihre Blutbahn. Am liebsten wäre sie aufgesprungen und losgezogen, um es erneut mit der Hitze aufzunehmen, sie endgültig auszulöschen.

Dann schob sich das Bild von Jason in ihren Geist, wie er mehr tot als lebendig auf dem Schotter gelegen hatte. Sofort ebbte die Euphorie ab und eine Schwere legte sich auf ihre Schultern, die sie in die Knie gezwungen hätte, säße sie nicht bereits auf einem Stuhl.

In diesem Moment knallte etwas. Edward war so energisch aufgesprungen, dass selbst der Stuhl nach hinten gekippt war. Ein irres Flackern lag in seinem Blick, der auf irritierende Weise funkelte. Sofort erkannte Robin das wilde Tier, das zurück war, um sie in der Luft zu zerfetzen.

Verstörenderweise war es Edwards Ausbruch, der Robin zur Ruhe brachte. Alles, was seit ihrem Aufbruch passiert war, fühlte sich so irrational an, nichts schien mehr richtig zu laufen oder normal zu sein.

Edward so wütend zu sehen, war etwas Vertrautes, ein Anker, der ihr zeigte, dass die Welt nicht völlig aus den Fugen geraten war. Dass alles gut und wieder normal werden würde.

Doch diese Illusion zerbrach, als sich der Ausdruck in Edwards Gesicht schlagartig änderte. Der Zorn verschwand und wich einem Schmerz, als würde er die Last von hundert Leben auf seinen Schultern tragen.

Das Schlimmste waren seine Augen. Was zuvor noch der fiebrige Glanz seiner Wut gewesen war, füllte sich nun mit flüssiger Traurigkeit. Und schon in der nächsten Sekunde liefen ihm Tränen über die Wangen.

»Es tut mir leid«, stieß er gepresst hervor. Mit dem Handrücken wischte er sich über das Gesicht, dann drehte er sich um und rannte hinaus.

Der Anblick dieses gebrochenen Mannes, des sonst so stoischen, sturen Holzbaocun, war für Robin wie ein Schlag in die Magengrube.

Nein, eher wie ein Tritt in die Kniekehlen, der sie widerstandslos zu Boden gehen ließ. Und die Stille, die auf seinen Abgang hin folgte, drückte sie nur noch tiefer.

Alles war falsch …

»Ich hab auch mitbekommen, was passiert ist«, gab Mickael kleinlaut von sich. Seine Stimme klang rau vor Sorge.

»Dann bitte«, forderte Quinn ihn auf. »Fahr fort.«

»Was Robin sagt, ist vollkommen richtig.«

Erst als sie ihren Namen hörte, schaffte sie es, den Blick von der Tür zu lösen, durch die Edward hinausgestürmt war, und sich dem Sprecher zuzuwenden.

»Sie hat großartig gekämpft, wie eine wahre Baocun.« Er schenkte ihr ein trauriges Lächeln.

Lob und Anerkennung sahen anders aus und schon einen Atemzug später kam es, das *Aber*.

»Aber sie hat das nicht allein geschafft.«

Ihre Augen wurden groß und nur mit Mühe schluckte sie das kratzbürstige »Wie bitte?« herunter, dass sich sofort auf ihre Stimmbänder legte.

»Sie hat erstklassig gekämpft«, wiederholte Mickael, der ihr die Widerworte wohl ansah, »nur um das zu bewerkstelligen, hat sie sich unserer Energie bedient. Ich habe es nur sacht gespürt, wie ein Klopfen an einer verschlossenen Tür, die ich ihr nicht geöffnet habe. Bei Edward erging es ihr ähnlich, obwohl es ja dessen Aufgabe wäre, sie zu versorgen. Vermutlich macht er sich deshalb solche Vorwürfe ... Denn schließlich war es Jason, der sie eingelassen hat.« Sein Blick glitt zu der Liege, wo dieser noch immer reglos schlief. »Robin hat atemberaubende Fähigkeiten an den Tag gelegt, aber diese brauchten immens viel Energie. Und Jason hat ihr alles gegeben, zu dem er fähig war.«

Edwards Abgang hatte sie zu Boden befördert, Mickaels Worte waren die Tritte, die ihr die Knochen brachen.

Es konnte nicht stimmen, sie hatte nichts dergleichen registriert. Weder hatte sie ihn geschmeckt noch in irgendeiner anderen Weise seine direkte Präsenz oder Verbindung wahrgenommen.

Oder hatte sie nichts wahrnehmen *wollen*? War sie zu selbstbewusst gewesen, zu selbstherrlich, und hatte die fremde Energie für ihre eigene gehalten? War sie so dermaßen egoistisch, oder so dumm und naiv? Am liebsten hätte sie sich selbst geohrfeigt.

»Wäre er Zuschauer gewesen, wie Robin es hätte sein sollen, hätte das vermutlich sogar funktioniert«, fuhr Mickael fort. »So aber fehlte ihm die Kraft, sich weiter gegen die Trägheit zu behaupten. Schlussendlich war es seine Rettung, dass Robin der Hitze einen so herben Schlag versetzte, wodurch den Klimatischen nichts anderes als der Rückzug blieb.« Nun wandte er ihr den Kopf wieder zu. »Du hast ihn gerettet.«

»Wieso konnte ich ihn aussaugen, ohne es zu bemerken?« Sie schluckte.

»Das ist eben deine Schwäche, Liebstes«, meinte Quinn lapidar und klopfte ihr auf die Schulter. »Daran arbeiten wir.«

Fassungslos sah sie den Hausherrn an, was dieser mit einem aufmunternden Nicken quittierte.

»Wenn du es jetzt weißt, kannst du bei deinem nächsten Einsatz darauf achten, wie weit du gehst. Das pegelt sich schon ein.«

Wie konnte er das derart runterspielen?

»Ich habe ihn fast umgebracht«, keuchte sie. »Ich habe … Das … Ich …«

»Bullshit«, kam ein gekrächzter Einwand.

Gleichzeitig sprangen Robin und Mickael von ihren Stühlen auf. Ein Stöhnen von Richtung der Liege zeigte ihnen, dass sie sich nicht getäuscht hatte.

Jason hob eine Hand und fuhr sich damit über das Gesicht, bevor der Arm wieder kraftlos an seine Seite glitt.

Sofort waren die Verbliebenen um die Liege versammelt, nur Robin blieb zurück.

Sie trug Schuld an seinem Zustand. Sie hatte auf seine Kosten gekämpft, hatte sich seiner Energie bedient und ihm dabei so wenig gelassen, dass es kaum mehr gereicht hatte, seinen Körper am Leben zu halten – geschweige denn sich gegen einen Klimatischen zu verteidigen.

Noch immer quälte sie die Frage, wie das hatte passieren können. Nichts von seiner Signatur hatte sie umgeben und doch …

»Wie geht es dir, mein Bester?«, wollte Quinn freudig wissen.

»Müde«, gab Jason mit heiserer Stimme zurück. »Leer.«

Quinn winkte ab. »Völlig normal. Dass du bereits wieder bei Bewusstsein bist, ist ein sehr gutes Zeichen.«

Dimitri und Mickael lächelten erst Jason, dann einander an. Es war förmlich mit Händen greifbar, wie die Anspannung von ihnen abfiel.

»Robin«, presste Jason hervor. »Wo ist Robin?«

»Ich bin hier.« Ihre Stimme klang erstickt von zurückgehaltenen Tränen.

Er schloss die Augen und lächelte, dann streckte er zwischen Quinn und Dimitri hindurch eine Hand nach ihr aus. »Komm her.«

Zögerlich machte sie einen Schritt auf ihn zu. »Ich bin schuld.«

Sie hatte es so leise gesagt, dennoch schüttelte er leicht den Kopf. »Bullshit«, wiederholte er.

Mit den Fingern winkte er sie zu sich und sie gab nach, trat an die Liege und fasste nach seiner Hand.

Das Lächeln erschien erneut auf seinen Lippen. »Schon besser.«

»Warum hast du zugelassen, dass ich dir das antue?«, wollte sie wissen.

Es änderte nichts daran, sie trug die Verantwortung hierfür.

Aber vielleicht …

Ihre Schultern sackten herab. »Es spielt keine Rolle«, schob sie nach. »Es tut mir so …« ein tiefer Schluchzer ließ sie ihren Satz nicht beenden.

Mit einer Kraft, die sie ihm in dieser Situation nicht zugetraut hätte, zog er sie an der Hand so dicht an die Liege wie möglich, und legte den Arm um ihre Taille. »Du warst in Schwierigkeiten. Du hast um Hilfe gebeten. Nie im Leben hätte ich sie dir verweigern können.«

Darum gebeten? Nein! Wieso?

»Du hättest dein Leben fast verloren«, schluchzte sie. »Das war dumm.«

Er grinste. »Verliebtheit lässt einen eben dumme Dinge tun.«

Robin schüttelte den Kopf und presste die Augen zusammen, sagte aber nichts. Kein einziges Wort konnte sie an dem Kloß in ihrer Kehle vorbeizwingen, so viele sie ihm auch zu sagen hatte.

»Robin, sieh mich an.«

Sie tat es.

»Ich werde immer da sein, wenn du mich brauchst. Ich werde dir alles geben, was du benötigst. Ich werde dich mit dem letzten Quäntchen Energie unterstützen, die das Metall mir zur Verfügung stellt, und wenn ich dabei draufgehe.«

»Das ist … bescheuert.«

»Das ist Liebe.« Quinns Tonfall war ruhig und ernst, so als wäre der Teil von ihm zurück, den Robin so schätzte. Der Teil, der ihr zum Vater geworden war. Genau so fühlte sich auch die Hand an, die nun über ihren Rücken strich – zusprechend, beruhigend, väterlich. »Ich denke, wir sollten gehen.« Er nickte Dimitri und Mickael zu, die zwar nicht ganz überzeugt wirkten, seiner Aufforderung dennoch folgten.

»Küss mich«, lenkte Jason ihre Aufmerksamkeit wieder auf ihn.

»Ich glaube, du solltest nicht…«

»Küss. Mich.« Die Vehemenz in seiner Stimme ließ keine Widerworte zu.

Also lehnte sie sich nach vorn und senkte ihre Lippen auf die seinen. Erst vorsichtig, beinahe keusch, doch als er ihr den Kopf entgegenstreckte, spürte sie, dass er mehr wollte.

Sie legte die Hände an seine Wangen, die noch immer zu kühl waren, und intensivierte den Kuss, ließ alle ihre Gefühle hineinfließen und kümmerte sich nicht um die Tränen, die von ihrer Haut auf seine tropften.

»Du kannst alles von mir haben«, raunte er, als sie sich voneinander lösten. »Alles, bis nichts mehr übrig ist.«

Als sie ihm erneut widersprechen wollte, um ihm zu sagen, dass sie das nicht wollte – dass ihn zu verlieren sie genauso umbringen würde, packte er ihre Taille fester und dirigierte sie zu sich auf die Liege. Er hätte nicht die Kraft gehabt, sie nach oben zu ziehen, dennoch folgte sie der stummen Aufforderung.

Kaum saß sie rittlings auf ihm, trafen sich ihre Münder erneut, dieses Mal so gierig, als würden sie einander verschlingen wollen.

Kurz meinte Robin den Geschmack von Metall auf der Zunge wahrzunehmen. Erschrocken wich sie zurück, nur ein paar Zentimeter, da Jason eine Hand um ihren Nacken geschlungen hatte.

»Ich kann es nicht kontrollieren«, hauchte sie erstickt.

»Aber ich«, meinte er nur und zog sie wieder zu sich.

Der Geschmack war nicht verschwunden, doch Robin merkte, wie sich das Aroma von Silber in ihrem Mund mit dem von Asche mischte. Unerwarteterweise eine Kombination, die mit der Süße von Erdbeeren und der Frische von Minze vergleichbar war. Es war, als würde ihr Element ihr den Weg zeigen, den einzigen, den sie gemeinsam mit Jason gehen konnte. Sie durfte nehmen, jedoch nur wenn sie auch geben konnte.

Sie öffnete sich dieser Erkenntnis, machte sich frei – erst im Geiste, dann auch ihren Körper.

Jasons Hände waren überall auf ihrer Haut, seine Energie tief in ihr und irgendwann waren sie eins.

Ein nie gekannter Sturm fegte durch Qi Manor, als sich das Feuer und das Metall auf eine Weise verbanden, die es nie zuvor gegeben hatte.

Jasons Arme ruhten um ihre Mitte, während sie auf ihm lag, den Kopf auf seiner Brust gebettet. Er atmete so ruhig und langsam, wie es nur im Tiefschlaf möglich war.

Auch sie selbst musste eingeschlafen sein, nachdem …

Sofort kroch ihr die Hitze in die Wangen, als sie nicht nur realisierte, *was* sie getan hatten, sondern auch *wo*.

Als Nächstes bemerkte sie die leichte Decke, die über ihren Körpern ausgebreitet war. Weder sie noch Jason hatte die Weitsicht besessen, sich zuzudecken. Der Verdacht, woher diese dann gekommen war, brachte ihr Blut regelrecht zum Kochen.

»Guten Morgen«, drang da auch schon Quinns Stimme an ihr Ohr. »Oder besser gesagt, guten Abend.« Er saß an seinem Schreibtisch, eine Feder in der Hand, und schrieb etwas in ein dickes, ledergebundenes Buch.

Robin mochte sich nicht vorstellen, er hätte die ganze Zeit dort gesessen, während sie … Nein, sie hatte sich vergewissert, dass sie allein waren, noch bevor sie ihre Tunika abgestreift hatte. Dennoch hatte er sie bei seiner Rückkehr nackt und in einer sehr eindeutigen Lage vorgefunden.

»Bevor dein Herz explodiert, möchte ich dir mitteilen, dass euer kleines Stelldichein niemandem in diesem Haus entgangen ist, der auch nur halbwegs empfänglich für energetische Schwingungen ist. Ich dachte lediglich, du würdest dich wohler fühlen, zumindest etwas bedeckt zu erwachen.« Er sah nicht einmal auf, während er sprach.

Es mit seiner besonnenen, ruhigen Seite zu tun zu haben, machte ihre Befangenheit nicht geringer. Sie kam sich wie ein Teenager vor, dessen Vater ihn in flagranti erwischt hatte. Nun, irgendwie war es ja auch so …

Verlegen rutschte sie von Jason herunter, sowohl darauf bedacht, ihn nicht zu wecken, als auch die Decke so mit sich zu ziehen, dass sie sie um ihren Körper schlingen konnte, sobald sie stand. Um Jason nicht nackt zurückzulassen, klaubte sie ihre Tunika vom Boden und bedeckte damit zumindest seine Lenden.

»Ich konnte euch mein Büro allerdings nicht noch länger zur Verfügung stellen. Ich muss das Geschehene niederschreiben, solange es frisch ist.«

Fieberhaft überlegte sie, was sie sagen konnte, um die Peinlichkeit dieser Situation etwas zu mildern. Der Drang, schnellstmöglich zu verschwinden, war groß, doch sie wollte Jason nicht einfach so allein lassen.

Nun legte Quinn sein Schreibgerät beiseite und blickte auf. »Ich soll dir ausrichten, dass im Ofen ein Abendessen auf dich wartet. Die anderen haben sich bereits zu Bett begeben, was ich dir auch empfehlen würde.«

Robin sah hinunter auf die Liege, auf den schlafenden, nackten Mann.

»Jason wird noch etwas bleiben. Ich möchte ihm eine weitere Akupunktur zukommen lassen. Auch wenn du ihn dieses Mal nicht einseitig angezapft hast, war euer kleiner *Austausch* eher weniger zuträglich für ihn, neue Energiereserven aufbaut.«

Jetzt prickelte nicht nur Robins Gesicht vor Scham, sondern ihr ganzer Körper. Außerdem legte sich das schlechte Gewissen wie eine Manschette um ihren Hals und verengte ihre Kehle. Es schien, als hätte sie ihm abermals mehr geschadet als Gutes getan. Sie hasste sich dafür, so schön es auch gewesen war.

»Ich würde dich bitten, ihn in den nächsten Tagen zu etwas Ruhe anzuhalten.«

Mehr als ein Nicken brachte sie nicht zustande, als sie sich an der Liege vorbeischob und auf die Tür zuhielt.

Als sie bereits die Hand auf der Klinke hatte, hielt Quinn sie erneut zurück. »Ach, und Robin …« Er wartete mit dem Weitersprechen, bis sie ihn ansah. »Ich bin sehr stolz auf dich. Auch wenn der Verlauf nicht ganz optimal war, hast du heute großartige Qualitäten gezeigt. Du hast dich wahrlich bewiesen.« Er stieß ein kurzes

Kichern aus, machte dann eine Pause und schenkte ihr schließlich ein warmes Lächeln. »Uns steht eine glorreiche Zeit bevor.«

Sie biss sich auf die Unterlippe, verstehend, was er ihr sagen wollte. So, wie sie heute gekämpft hatte, standen die Chancen sehr gut, das Gleichgewicht zwischen ihnen und den Klimatischen wieder herzustellen und der Hitzewelle, die den Planeten fest im Griff hielt, ein Ende zu setzen.

Robin würde ihre Bestimmung erfüllen und den Menschen eine Welt zurückgeben, in der es keiner Klimakuppeln mehr bedurfte, in der überall Wetter herrschte, das ein normales Leben ermöglichte.

Keine Sintfluten mehr, keine Dürregebiete, Schluss mit achtzig Prozent Wüstenanteil …

Trotzdem fühlte sie sich nicht im Geringsten als Gewinnerin. *Ihr Team* hatte zu herbe Verluste eingefahren und sollte das der Preis für das Gleichgewicht in der Welt sein, wusste sie nicht, ob sie bereit war, ihn zu bezahlen.

»Danke«, sagte sie dennoch leise.

Bei all ihren Zweifeln tat es gut, zu wissen, dass Quinn auf ihrer Seite war.

34

In der kommenden Zeit schwebte eine drückende Stimmung über Qi Manor.

Robin hatte mit einer Aussprache zwischen ihr und den anderen Baocun am folgenden Tag gerechnet. Erwartet, dass sie ihr erneut den Kopf waschen oder gemeinsam nach einer Lösung suchen würden, wie es das nächste Mal besser funktionieren konnte. Doch diese blieb aus.

Den ganzen Vormittag über war sie keinem der anderen begegnet, obwohl sie permanent unruhig in der Villa auf und ab gelaufen war. Selbst die Küche war leer, wenngleich immer eine gefüllte Kanne Kaffee auf dem Herd zu finden war.

Als sie zur Mittagsstunde in die Trainingshalle kam, fühlte sie dort zwar den Nachhall der Holzenergie, von Edward fehlte aber jede Spur. Er würde also auch nicht mit ihr trainieren, wie es in letzter Zeit immer der Fall gewesen war.

Sie versuchte sich damit zu trösten, dass sie vielleicht alle in einer Regenerationsphase steckten. Sie selbst war ja ebenfalls nicht wieder richtig fit, obwohl sie weder Muskelkater noch eine bleierne

Müdigkeit verspürte, wie sie sie normalerweise kannte, sobald sie sich energetisch zu sehr verausgabt hatte.

Also drehte sie allein ein paar Runden, gab sich einer ausgiebigen Yoga-Einheit hin, um ihre überreizten Muskeln zu entspannen, und schenkte ihren Sinnen die gleiche Möglichkeit, indem sie anschließend meditierte.

Am Nachmittag durfte Jason Quinns Büro verlassen, jedoch nur unter der Auflage, weiterhin Bettruhe zu halten, bis er sich vollständig erholt hatte. Er machte einen gesunden Eindruck, obgleich das Lächeln, mit dem er sie begrüßte, etwas Schwermütiges an sich hatte. Selbst der Kuss, der stürmischer ausfiel als für ihn typisch, schmeckte nach Melancholie.

Vermutlich hatte er erst jetzt wirklich verstanden, was geschehen war. Dass sein dummes Verhalten beinahe dafür gesorgt hätte, dass sie ihn verloren hätte. Und umgekehrt er sie, wenn er *nicht* so unvernünftig gehandelt hätte.

Als ob es seine Schuld war, schalt sie sich in Gedanken, während sie Arm in Arm Richtung Westflügel liefen. *Wer war denn der Schmarotzer, der ihn bis aufs Äußerste ausgesaugt hat?*

Kaum hatte sich die Tür von Jasons Räumlichkeiten hinter ihnen geschlossen, schlang er seine Arme erneut um sie. Wie ein Ertrinkender hing er an ihren Lippen, dirigierte sie zur Couch vor dem Kamin, den sie mit ihrer Kraft wie nebenbei entzündete. Ihre Kleidung hatten sie verloren, noch bevor ihre Körper auf das Polster sanken.

Genau wie der Kuss waren auch seine Berührungen von einem neuartigen Hunger geprägt, der auch dann nicht verschwand, als sie miteinander verschmolzen. Erst danach sank Jason neben ihr zusammen und schlief tief und fest ein.

Robin musste ebenfalls eingenickt sein, denn sie schrak hoch, als etwas ihre Wange kitzelte.

»Aro«, stieß sie mit kratziger Stimme hervor. »Was machst du denn hier?« Liebevoll strich sie dem kleinen Kater durch das Fell.

»Er hatte Sehnsucht, also habe ich ihn hereingelassen.«

Jedes Blut wich Robin aus dem Kopf, nur um dann mit voller Wucht wieder hineinzuschießen. Hastig tastete sie über sich, fand aber nichts, um sich zu bedecken.

Also zog sie die Knie an, setzte sich neben dem noch immer schlafenden Jason auf und umschlang ihre Beine mit den Armen. »Master Quinn …«

In Robins Geist schrillten die Alarmglocken. Es war nicht typisch für den Hausherren, ohne anzuklopfen, eines ihrer Gemächer zu betreten. Vielleicht …

»Ist etwas passiert?«

»So dachte ich.« Quinn schenkte ihr ein mattes Lächeln. »Ich habe einen starken Abfall der Metallenergie gespürt.«

Mit geweiteten Augen blickte Robin auf den Schlafenden neben sich. »Ich habe nichts gemacht«, schwor sie.

Gleichzeitig zweifelte sie an sich selbst. Hatte sie ihm abermals Energie abgezapft, ohne es zu bemerken?

»Keine Angst, Liebchen«, beruhigte Quinn sie und gab ein leises Quieken von sich, als würde er ein Kichern unterdrücken. »Sicherlich bist du nicht unschuldig daran, allerdings auf andere Art, als du wohl glaubst.« Er kam zur Couch und umfasste mit einer Hand Jasons Knöchel.

Robin zog die Knie noch weiter an. Dass Quinn ihr so nah kam, während sie splitterfasernackt war, war ihr irgendwie unangenehm.

Aro schmiegte sich derweil an Robins Beine, was sie ein wenig beruhigte.

Der Hausherr schloss kurz die Augen, dann trat er einen Schritt zurück und sah sie wieder an. »Ich habe zwar um Bettruhe gebeten, doch hatte ich etwas anderes im Sinn.« Er zwinkerte schelmisch. »Jasons Wiederherstellung ist noch nicht abgeschlossen. Wenn er sich jedes Mal gleich wieder verausgabt, sobald er sich etwas regeneriert hat, kann er keine neuen Reserven aufbauen.«

Robin biss sich auf die Unterlippe. »Entschuldigung«, meinte sie kleinlaut. Die ganze Situation war ihr unglaublich peinlich. Ob es etwas änderte, zu erwähnen, dass es Jason gewesen war, der angefangen hatte? Wohl kaum.

»Wenn er das nächste Mal erwacht, was so in etwa vier bis fünf Stunden der Fall sein dürfte …«

»Was?« Erschrocken hob sie den Kopf. Einen solchen Schaden hatte ihr kleiner Akt verursacht?

Quinn sprach einfach weiter: »Soll er sich ins Bett begeben. Leiste ihm gern Gesellschaft, solange ihr dabei auf körperliche Ertüchtigung verzichtet.«

Schnell nickte sie. »Kommt nicht wieder vor.«

»Vielleicht kannst du ihm etwas zu essen besorgen. Er wird hungrig sein. Aber denk daran, nur eine Art Hunger zu stillen.« Erneut zwinkerte der Hausherr, dann verschwand er mit federnden Schritten, ohne weitere Worte.

Robin blieb noch einen Moment sitzen und streichelte abwesend Aros weiches Fell, was der Kater mit vergnügtem Schnurren belohnte. Irgendwann sprang er allerdings auf, tippelte zur Tür und mauzte, was Robin aus ihrer Gedankenwelt riss.

»Na, Jason ist wohl nicht der Einzige, der was zu beißen vertragen kann.«

Sie zog sich an, holte die Bettdecke aus dem Schlafzimmer und legte sie behutsam über den Schlafenden, bevor sie sich auf den Weg in die Küche machte.

Am Tag ihrer Ankunft hatte sie Qi Manor als gruseliges altes Gebäude wahrgenommen.

In der Zeit, in der sie nun hier lebte, hatte sich ihr Eindruck geändert und die Villa war zu einem warmen Zuhause geworden, wie es kein anderer Ort je für sie gewesen war. In den kommenden Tagen jedoch kehrten die schaurigen Schwingungen zurück.

Das Haus hatte nichts von seinem Charme verloren, den Robin so lieben gelernt hatte. Aber es war leer – zumindest fühlte es sich so an.

Die wunderschönen, üppigen Beete, die Mickael sonst mit so viel Liebe pflegte, gingen unter der Last ungeernteter Erträge ein.

Der Herd blieb kalt, es sei denn, Robin selbst fasste sich ein Herz, zu kochen.

Und auf den Gängen herrschte eine ewig währende Stille. Keine Stimmen, keine Motorengeräusche und das Schlimmste: keine Musik. Wären da nicht die Energiesignaturen der anderen im Haus gewesen, hätte sie vermutet, vollkommen allein mit Jason zu sein.

Dessen Zustand stabilisierte sich langsam – solange er sich nicht überanstrengte. Zwei weitere Mal hatte er sie gelockt, mit ihm zu schlafen. Quinns Worte hatten allerdings gefruchtet und sie hatte ihn abgewiesen, so schwer es ihr fiel.

Trotz dass es ihm von Tag zu Tag besser ging, fand er, genau wie die anderen Jungs, nicht zu seinem Alltag zurück. Ihr gegenüber verhielt er sich normal – höflich und liebevoll, so wie zuvor. Doch es kostete sie jedes Mal Überredung, ihn zum Verlassen seines Zimmers zu bewegen. Außerdem waren ihre Gespräche nicht von einer fröhlichen Melodie geprägt wie sonst, sondern schlugen düstere, traurige Klänge an.

Es waren nicht unbedingt die Themen, über die sie sprachen, das vermied Robin tunlichst. Es war eher die Art, in der Jason mit ihr sprach. Als wäre ihm das Herz schwer von einem Weltschmerz, den niemand verstehen konnte, den er aber auch nicht zu teilen bereit war.

Es dauerte einige Tage, bis sie ihn endlich dazu bewegen konnte, sich ans Klavier zu setzen und wieder für sie zu spielen. Sie vermisste dieses andächtige Beieinandersein und ihr Herz flatterte vor Freude, als sie ihm ein Notenblatt mit einem hellen, beschwingten Lied namens ›Chariots of Fire‹ hinlegte.

Als Jasons Finger über die Tasten streichelten, fühlte es sich an, als glitten sie über ihre eigene Haut. Er brachte sie in Position und Robin hielt den Atem an.

Doch kaum hatte er die ersten Takte gespielt, verflog die Leichtigkeit, die eben noch hatte Besitz von ihr ergreifen wollen. Ohne Frage, es klang wunderschön, was Jason spielte. Leider schaffte er es, allein mit der Veränderung des Tempos und dem Austausch weniger Noten aus dem motivierenden Song eine schwermütige Ballade zu machen.

Nach einigen Tagen, die sie entweder lesend oder kuschelnd in Jasons Armen verbracht hatte – mal von tiefsinnigen Gesprächen begleitet, mal schweigend vor sich hinstarrend – oder an denen sie wie ein Gespenst durch die stille, wie verlassen wirkende Villa gegeistert war, um ihren eigenen Flügel aufzusuchen oder Essen aus der Küche zu holen, hatte sie genug.

Nachdem sie zwei Omeletts gebraten und Aro eine Schüssel rohes Hackfleisch bereitgestellt hatte, blieb sie einfach in der Küche sitzen. Irgendwann musste jemand hier auftauchen, entweder Jason, weil er sie vermisste, oder einer der anderen, weil sie Hunger hatten. Edward vielleicht sogar nur wegen des Kaffees, den er genauso wie sie selbst zum Überleben brauchte.

Ihr Plan ging auf, zumindest so weit, dass Jason irgendwann seinen Kopf durch die Tür streckte. Ohne ein Wort kam er herein, presste ihr einen Kuss auf den Scheitel und setzte sich neben sie, um zu frühstücken.

Sie beschloss, ihn ins kalte Wasser zu stoßen. »Ich will in die Stadt. Ich muss raus hier.«

Er nickte.

»Du kommst mit.« Robin hielt den Atem an.

Ohne zu zögern, nickte Jason abermals.

Das lief doch richtig gut! Wieso hatte sie das nicht schon eher gemacht?

»Und die anderen auch.«

Erneut folgte das bejahende Nicken, ohne dass er sie ansah.

Sie legte die Stirn in Falten. Ob er wirklich verstand, zu was er da seine Zustimmung gab?

Sie wollte gerade nachhaken, als weit entfernte Stimmen durch die geöffnete Tür zu ihnen drangen.

Robins Herz flatterte. Sollte es heute sein, der Tag, an dem endlich wieder alles normal wurde? Dass just in diesem Moment jemand von den anderen auftauchte, konnte kein Zufall sein.

Eilig sprang sie auf und folgte rennend dem Widerhall des Gespräches, das eindeutig in der Eingangshalle stattfand.

Als sie diese erreichte, war das große Portal bereits geöffnet. Zwei Silhouetten standen im leichten Gegenlicht, die eine etwas kleiner und runder, die andere hochgewachsen und drahtig.

»Mickael, Dimitri«, keuchte Robin etwas außer Atem. Wow, wie schnell die Kondition aber auch nachließ, wenn sie nicht regelmäßig trainierte … »Wo soll's denn hingehen?« Sie winkte ab. »Ach, egal. Wir kommen mit.«

»Wir?«, wollte der Erdbaocun wissen, und Robin drehte sich um.

Jason war noch ganz am Ende des Ganges, nicht sichtbar für die beiden an der Tür. Er schlenderte auf sie zu mit einem Schritt, der fragte: Wozu die Eile?

»Ah«, war Mickaels einzige Reaktion, als er ihren Begleiter entdeckte.

Robin sprang auf die Jungs zu. »Es tut echt gut, euch zu sehen.« Sie drückte erst Dimitri kurz und schlang ihre Arme dann um Mickael, der grundsätzlich der Herzlichere von beiden war. Irritierenderweise blieb er genauso reserviert wie sein Bruder.

»Also, was habt ihr vor?«, fragte Robin, um die spürbare Anspannung zu überspielen.

»Wir sind auf dem Weg zu einem Einsatz«, erklärte Dimitri mit harter Stimme. Ein erwartungsvolles Lächeln umspielte seine Lippen.

»Mir war zwar eher nach einem Stadtbummel, aber ein paar Klimatischen in den Hintern zu treten, klingt auch nicht schlecht.« Sie grinste und Dimitri erwiderte es. »Brauchen wir noch irgendwas?«

»Sorry, Kleine, aber den Job haben wir beide bekommen. Nur wir beide. Anweisung von oben.« Dimitri legte Mickael einen Arm um die Schulter, der daraufhin nur entschuldigend das Gesicht verzog.

»Es stimmt, Quinn hat ausdrücklich uns geschickt.«

Jason imitierte Dimitris Geste und zog Robin an seine Seite. »Dann ist das so.«

Sie wollte gerade widersprechen, doch Mickael kam ihr zuvor. »Ich halte das ja auch für keine gute Idee. Je mehr wir sind, desto besser, aber …«

»Ach komm, als ob wir zu zweit nicht mit einem dieser Wichser fertig werden. Easy Game!« Dimitri lachte, dann zog er Mickael mit sich. »Wir sind gleich zurück.« Er tippte sich mit einem Finger gegen die Stirn, ging rückwärts und mit dem Erdbaocun im Schlepptau nach draußen und löste sich in der nächsten Sekunde mit ihm in Luft auf.

Robin brauchte einen Moment, um sich zu fangen. »Was war das denn? Hatte Dimitri eine Portion *arrogantes Arschloch* zum Frühstück?«

»Wieso? Er hat doch recht. Sie sind ausgebildete Baocun, ein einzelner Klimatischer sollte wirklich kein Problem sein.« Ohne zu zögern, wechselte Jason das Thema. »Willst du gleich in die Stadt oder später?«

»Später«, murmelte sie und schob hinterher: »Ich will erst mal von Quinn wissen, warum wir die beiden nicht begleiten dürfen.«

35

Noch während sie dem langen, gewundenen Gang zu Quinns Büro folgten, drangen ihnen zum zweiten Mal an diesem Morgen Stimmen entgegen. Doch während die Unterhaltung zwischen Dimitri und Mickael eine ruhige Absprache gewesen war, handelte es sich hier um einen handfesten Streit.

Robin hatte nicht vor, zu lauschen. Das war ohnehin nicht möglich, da Quinn und Edward ihre Energie genauso spürten wie sie die ihre. Als sie aber nur noch zwei Schritte von der Bürotür entfernt waren und ihr Name fiel, zögerte sie. Schnell griff sie nach Jasons erhobener Faust und hielt ihn somit davon ab, anzuklopfen.

»Du reagierst über«, drang Quinns Stimme in quirligem Ton durch das viel zu dünne Holz der Tür. »Das eine hat mit dem anderen nichts zu tun.«

Jemand stieß abschätzig die Luft aus. Edward, wie sich herausstellte. »Wie erklärst du es dir sonst? Seit sie hier aufgetaucht ist, geht alles den Bach runter. Du hast immer gemeint, wenn wir komplett sind, sind wir stärker denn je. Unbesiegbar. Stattdessen werden die Bande zwischen uns zusehends schwächer. Vier Klimatische haben ausgereicht, um einen von uns fast zu töten. Vier! Die haben wir früher zu zweit zurückgedrängt, ohne Probleme.«

Robins Magen zog sich zusammen bei diesen Anschuldigungen. Stimmte das? Hatten die Jungs an Schneid eingebüßt, anstatt mit ihr an ihrer Seite zu ihrem vollen Potential zu finden?

»Nun übertreib nicht, Junge«, hielt Quinn schwach dagegen, was Robin den nächsten Dämpfer verpasste. Doch dann schob der Hausherr ein kräftigeres Argument nach: »Ihr hattet es immerhin mit der Hitze zu tun, diese Kämpfe waren schon immer die schwierigsten.«

Edward ließ Robin keine Zeit, aufzuatmen. »Es sollte leichter werden, wenn wir zu fünft sind und endlich auch das Feuer an unserer Seite kämpft. Mit Robin ist es eine Katastrophe. Sie kann nichts. Und bekommt sie doch mal was hin, geht es auf unsere Kosten.«

Sie schluckte und sah zu Jason. Edward hatte nicht ganz unrecht. Jedes Mal, wenn sie ihre Fähigkeiten kraftvoll eingesetzt hatte, war es nicht nur ihre eigene Energie gewesen, die sie verbraucht hatte.

Trotzdem war es eine Lüge, dass sie nichts auf die Reihe bekam. Sie hatte enorme Fortschritte gemacht, seit sie hier angekommen war.

Wut kribbelte in ihren Adern, denn es war nicht fair, was Edward da sagte. Sie war nun mal nicht ihr ganzes Leben auf ihre Aufgabe, auf ihr Dasein als Baocun, vorbereitet worden. Verlangte er, dass sie alles in wenigen Monaten erreichte, wofür die anderen zwei Jahrzehnte Zeit gehabt hatten?

Es breitete sich ein wenig Genugtuung in ihr aus, als sie sah, wie Jasons Kiefer malmte. Es tat gut zu sehen, wie die emotionslose Miene endlich von ihm abfiel, obgleich der Grund dafür kein schöner war.

»Für mich gibt es nur eine Erklärung«, fuhr Edward indes fort. »Du hast dich geirrt, dein Urteil war falsch.«

Ihr stockte der Atem und die Züge in Jasons Gesicht wurden noch feindseliger.

Hatte der Holzbaocun Quinn, dem *Zentrum der Welt,* gerade unterstellt, einen Fehler gemacht zu haben?

Sie rechnete damit, dass jeden Moment die Tür aufflog und Edward von einem Sturm an Energie nach draußen befördert werden würde. Oder dass zumindest innerhalb des Büros die Fetzen flogen – genauso wie das Mobiliar –, wenn Quinn seinen Schützling in die Schranken wies.

Stattdessen brach dieser in Gelächter aus. »Inwiefern?«

Robin konnte förmlich vor sich sehen, wie er die Fingerspitzen aneinanderlegte und fragend eine Augenbraue in die Höhe zog.

»Sie mag die Reinkarnation des Feuers sein. Aber sie ist keine Baocun. Nie im Leben ist sie eine von uns.«

Jason neben ihr zuckte. Er bebte vor Wut.

»Ich sehe das anders. Alles ist, wie es sein soll«, hielt Quinn zu ihrer Erleichterung zu Robin. Doch dann schob er nach: »Aber falls du recht hast, wie schlägst du vor, sollen wir mit der Situation umgehen?«

»Sie muss weg«, meinte Edward nur knapp.

Noch ehe Robin auch nur seinen Arm packen konnte, preschte Jason vor wie ein Stier. Immerhin benutzte er die Klinke, bevor er die Tür mit einer derartigen Wucht aufstieß, dass sie im Inneren des Raumes gegen die Wand knallte.

Robin stieß einen quietschenden Schrei aus. Noch mal versuchte sie, Jason zu fassen zu bekommen, aber keine Chance. Er sah sich nicht einmal um, als würde er instinktiv wissen, wo Edward stand, und stürzte sich auf ihn.

Edward wich nicht zurück, hob nur die Hand. Robin war klar, er würde seine Kräfte gebrauchen, um Jason abzuwehren – oder direkt mit einem Gegenangriff zu kontern. Auch Jasons Haut hatte einen fahlen gräulichen Ton angenommen, als würde das Metall darunter kurz vor dem Ausbruch stehen.

Sie hatte die beiden bereits miteinander kämpfen gesehen, und selbst in dieser Trainingseinheit waren sie nicht zimperlich miteinander umgegangen. Wenn sie nun voller Zorn aufeinanderprallten …

Vor ihrem inneren Auge sah Robin bereits die komplette Villa in sich zusammenfallen, sah wuchtige Ranken daraus emporwachsen und um sich schlagen, während ein silberner Adler sie umkreiste und immer wieder Teile davon herausriss.

Unerwarteterweise hielt Jason plötzlich inne. Die Fäuste geballt und vor den Körper gehoben, starrte er Edward an, der seinerseits mit angespannten Kiefermuskeln auf sein Gegenüber fixiert war, ohne etwas zu unternehmen.

Ein Blick zu Quinn lieferte ihr die Erklärung. Er hatte die Lider geschlossen, den Kopf leicht zu Boden geneigt und die Hände erhoben, als würde er die beiden Jungs auseinanderdrängen wollen, obwohl er durch seinen Schreibtisch von ihnen getrennt war.

Mehrere Sekunden verstrichen, in denen nur das schwere Atmen von Jason zu hören war. Erst als dieses etwas ruhiger wurde, ließ der Hausherr die Arme sinken und gab seine Schützlinge frei.

Noch immer knisterte die Luft vor Spannung, die Energien mehrerer Baocun schienen geradezu greifbar zu sein. Denn auch ihr eigenes Feuer wartete direkt an der Oberfläche, um einzugreifen, sollte es nötig werden.

Edward war der Erste, der sprach. »Siehst du, und genau das meine ich«, wandte er sich an Quinn, sah dabei jedoch zu Robin.

Ihr lief es eisig den Nacken hinunter bei der Kälte, die sie in seinen grünen Augen fand. Gleichzeitig drückte sich etwas Heißes ihre Speiseröhre empor.

Wieder einmal war es dermaßen ungerecht, was er ihr vorhielt.

»Von Anfang an warst du gegen sie«, presste Jason nun hervor. »Du hast ihr nicht die kleinste Chance gelassen, eine von uns zu werden.«

Das unangenehme Brennen in ihrem Inneren verstärkte sich. Stimmte Jason ihm etwa zu, dass sie keine Baocun war?

Mit den folgenden Worten beruhigte sich ihr inneres Feuer jedoch etwas. »Und dennoch hat sie geschafft. Sie ist stark geworden, ist eine Verbindung mit uns eingegangen, steht dir in der Kontrolle ihrer Kräfte in nichts nach.«

Gut, der letzte Punkt war wohl etwas übertrieben. Gleichwohl war Robin ihm dankbar und hätte sich geschmeichelt gefühlt, wäre die Situation eine andere.

»Sie saugt dich aus wie ein Zecke. Das würde ich nicht als Kontrolle bezeichnen«, hielt Edward dagegen. Beim nächsten Satz kippte seine Stimme. Sie war nicht länger vorwurfsvoll, sondern klang beinahe besorgt. Er sah Jason nun direkt an. »Sie hätte dich beinahe umgebracht. Ich hätte beinahe meinen Bruder verloren.«

»Genau darum geht es dir, oder?«, gab Jason knurrend zurück. »Dass du mich jetzt teilen musst, dass du denkst, mich zu verlieren. Dass du Angst hast, derjenige zu sein, der allein bleibt.«

»Bullshit«, entgegnete Edward. Doch in seinen Augen flackerte etwas auf, das ihn Lügen strafte.

War es das? War er wirklich die ganze Zeit eifersüchtig gewesen – auf sie?

Wenn das tatsächlich der Grund für all die Reibereien war, musste sie sensibel vorgehen. Robin wollte Edward seinen Bruder nicht wegnehmen, musste aber zugestehen, dass sie viel Zeit miteinander verbracht hatten, seit ihre Gefühle füreinander entfacht waren. Und in den letzten Tagen hatte es nur sie und ihn gegeben, während der Rest der Villa wie ausgestorben gewesen war.

Dieses ›Gemeinsam einsam‹ war wiederum nicht freiwillig gewesen. Sie hatte ja versucht …

Noch während Robin darüber nachdachte, mit welchen Worten sie Edward am besten erreichen und die Situation entspannen konnte, tat dieser das Gegenteil.

»Ich werde dafür sorgen, dass sie verschwindet«, presste er hervor, nun wieder voller Wut. »Koste es, was es wolle.«

Dieses Mal ging Quinn nicht dazwischen, als Jason nach vorn sprang und seine Faust auf der linken Wange seines Bruders platzierte.

Edward stolperte zurück, aber nur einen Schritt und Robin konnte nicht sagen, ob dieser vielleicht sogar beabsichtigt gewesen war. Denn er nutzte den gewonnenen Raum aus, um seinerseits auszuholen und Jason einen harten Schlag in die Magengrube zu versetzen.

Mit einem lauten Keuchen entwich Jason die Luft aus der Lunge, sein Körper zuckte, als wollte er sich zusammenkrümmen, doch sein Wille ließ das nicht zu. Sofort setzte er erneut zum Gegenangriff an.

Robin konnte nicht fassen, was da gerade passierte. Die beiden prügelten sich! Nicht um sie, aber zumindest wegen ihr. Und das nicht auf eine zurückhaltende ›eigentlich haben wir uns lieb‹-Art, sondern mit aller Kraft, die sie hatten. Und das war eine Menge.

Sie wollte dazwischengehen, die beiden irgendwie trennen. Aber die Streithähne hatten einander fest im Griff. Es war kaum auszumachen, welches Körperteil zu wem gehörte.

»Quinn«, japste sie, dann rief sie seinen Namen noch einmal, so laut sie konnte.

Eben hatte er dafür gesorgt, dass sie sich nicht bekriegten, wieso ließ er sie jetzt gewähren?

Doch der Hausherr stand nur mit undeutbarer Miene da, beobachtete seine sogenannten Söhne und rührte keinen Finger, ihrem Ausraster Einhalt zu gebieten. Er trat lediglich einen Schritt beiseite, als die Kämpfenden in einem gemeinsamen Schwung auf seinem Schreibtisch landeten und diesen um mindestens einen Meter verschoben.

Dass es Jason war, der mit dem Rücken auf dem Tisch lag, Edwards Hände um seine Kehle, war ausschlaggebend für Robin, nicht mehr länger zuzusehen.

Sie hob die Hand und spürte in derselben Sekunde, wie sich etwas Heißes auf ihrer Handfläche ausbreitete. Es war ihr egal, ob und wen der beiden sie mit ihrem Feuer traf, Quinn würde das richten. Und es juckte sie auch nicht, ob sie das Büro des Hausherrn in Brand setzen würde, Dimitri könnte das löschen – allerdings auch nur, sollte er rechtzeitig von seinem Einsatz zurück sein.

Sie stieß den Arm, der die Feuerkugel hielt, nach vorn. Mitten in der Bewegung stoppte sie jedoch und das brennende Geschoss verpuffte in einer kleinen Rauchwolke.

Energisch rief sie nach ihrem inneren Feuer, versuchte mit aller Kraft, ihren Arm zu bewegen, aber nichts tat sich. Es war, als wäre sie erstarrt, als würden unsichtbare Fesseln sie an jeder Bewegung hindern.

Wieder sah sie zu Quinn, dessen Aufmerksamkeit nun auf sie gerichtet war. Kaum merklich schüttelte er den Kopf, während er die Nase krauszog.

Ganz klar – wie bereits vorhin bei den Jungs hatte er auch ihr gerade untersagt, ihre Kräfte einzusetzen. Als ihr das bewusst wurde, fiel die seltsame fesselnde Energie auch schon von ihr ab und ihre Hand sank nach unten.

Warum tat er das? Wollte er abwarten, bis die beiden sich gegenseitig zu Brei geschlagen hatten? Längst konnte Robin Blut sehen, war sich nur nicht sicher, von wem es stammte.

»Quinn!«, rief sie abermals, die Stimme angefüllt von Wut und Ratlosigkeit. Wenn er sie schon nicht eingreifen ließ, musste er es selbst tun, verflucht noch mal!

Sie hatte den Mund bereits geöffnet, um ihm genau das entgegenzubrüllen, als sein Name ein weiteres Mal durch den Raum tönte.

»Quinn!«

Dieses Wort klang nicht wütend. Es war die pure Verzweiflung, gepaart mit Angst und einem Schmerz, den nur ein brechendes Herz verursachen konnte. Und es kam aus dem Gang hinter der noch immer offen stehenden Bürotür.

Robin kannte diesen Klang – sie selbst hatte vor nur wenigen Tagen einen Namen auf die gleiche Weise geschrien, als sie fürchtete, Jason verloren zu haben.

Noch einmal drang der Ruf nach dem Hausherren zu ihnen, und nun erkannte Robin, dass die schrille, panische Stimme zu Mickael gehörte.

Erneut kam es zu hektischen Bewegungen im Raum, als Quinn zur Tür und hinauseilte, gefolgt von Edward und Jason. Sie mussten so hastig voneinander abgelassen haben, als sie den Schrei hörten, dass Robin es nicht mitbekommen hatte.

Der absolute Ausnahmezustand, den Mickaels Ruf verkündete, hatte sie ihre Auseinandersetzung sofort vergessen lassen.

Robin folgte ihnen. So schnell sie konnten, rannten sie den gewundenen Gang entlang und bogen dann in Richtung Eingangshalle ab, aus der sirenengleich immer wieder die Rufe des Erdbaocuns erklangen.

Kaum hatten sie ihn erreicht, blieb Robin wie angewurzelt stehen.

Mickael stand in der Mitte der Halle, das Gesicht tränenüberströmt, die Kleidung voller Blut. Dimitri hing mehr auf seiner Schulter, als dass er sich stützte. Hätte Mickaels Arm nicht um seiner Taille gelegen, wäre er vermutlich zusammengesackt. Auch er war voller Blut, und als Robins Blick über ihn schweifte, erkannte sie auch, warum. Ein Loch klaffte in der linke Seite seines Oberkörpers, aus dem sichtbar weiteres Blut floss.

»Scheiße«, knurrten Jason und Edward wie aus einem Mund und rannten auf die beiden zu.

Robin folgte ihnen und während sie Mickael den verletzten Dimitri abnahmen, schlang sie ihre Arme um Mickael und zog ihn an sich.

»In mein Büro, sofort«, hörte sie Quinns Anweisung. Mehr verstand sie nicht, da Mickaels Schluchzer direkt neben ihrem Ohr alles andere übertönten.

Als dieser merkte, dass sein Bruder fortgebracht werden sollte, schob er sich von Robin weg. »Ich muss bei ihm sein«, brachte er undeutlich hervor, schwankte aber schon beim ersten Schritt, den er von ihr wegmachte.

Sie verstand ihn. Außerdem würde es hilfreich sein, wenn sie alle anwesend waren, während Quinn den Wasserbaocun behandelte. Er würde ihrer aller Energien benötigen, so wie es auch bei Jason der Fall gewesen war.

Sie griff nach Mickaels Ellenbogen und führte ihn den Gang entlang, den die anderen genommen hatten.

»Dieser Idiot«, schluchzte Mickael. »Es war abzusehen, dass der Kampf hart werden würde. Aber er hat sich hineingestürzt, als wäre er unverwundbar, unsterblich. So dumm!«

Gegen welchen Klimatischen hatten sie gekämpft? Und wieso auf der physischen Ebene, und nicht auf der mentalen?

Robin biss sich auf die Zunge, um ihre Fragen zurückzuhalten. Es war nicht der richtige Moment. Jetzt galt es, Dimitri zu helfen.

Als sie jedoch bei Quinns Büro ankamen, fanden sie Edward und Jason vor der verschlossenen Tür vor. Beide sahen ramponiert aus, hatten blaue Flecken und aufgeplatzte Stellen im Gesicht, und ihre Kleidung war zerrissen und blutgetränkt. Ob das Blut von einem von ihnen stammte oder von Dimitri, war nicht auszumachen.

»Wieso steht ihr hier rum?«, fragte sie und klang dabei vorwurfsvoller als beabsichtigt.

Jason stellte sich neben sie und legte einen Arm um ihre Mitte, während Edward Mickael an seine Seite zog.

»Quinn meinte, bei Verletzungen dieser Art könnten unsere Energien nichts ausrichten. Er muss operieren.«

»Was?«, keuchte Robin und sah Jason ins Gesicht.

Dieser nickte. »Wir können nichts für ihn tun, nur abwarten.« Dann blickte er zu Mickael. »Ist mit dir alles in Ordnung? Hast du auch was abgekriegt?«

Der Angesprochene schüttelte langsam den Kopf. Auch wenn Dimitri noch immer in Gefahr schwebte, schien es ihn zu beruhigen, ihn in Quinns Obhut zu wissen. »Mir war klar, dass es Probleme geben würde, als sich die Feinde nicht in ihrer Energieform gegen uns stellten. Ich beschwor Dimitri zum Rückzug, aber er war der Meinung, wir würden das schaffen – mit links, so sagte er.« Er machte eine kurze Pause, während sich vor seinem geistigen Auge wohl wiederholte, was geschehen war. »Ich verstehe das nicht«, seufzte er schließlich und klang so erschöpft dabei, Robin hätte ihn am liebsten erneut an sich gezogen. »Er ist sonst immer so besonnen. Er ist doch derjenige von uns, der die Risiken am besten abschätzt und Situationen mit klarem Kopf bewertet. Was ist nur in ihn gefahren?«

Schweigen machte sich breit, das gleichermaßen bedrückend und bedrohlich auf Robin wirkte. Jason und Edward wechselten einen Blick, kalt wie Eis.

»Ich kann's dir gern sagen«, meinte schließlich Edward.

»Edward ...« Jasons Stimme war ein düsteres Grollen, reichte jedoch nicht, um sein Gegenüber zu stoppen.

»*Sie* ist in ihn gefahren«, sprach er weiter. »Sie macht alles kaputt.«

36

Sie war unendlich erleichtert gewesen, dass Jason und Edward nach dieser letzten Provokation keine weitere Szene gemacht hatten. Mickael war schon genug durch den Wind. Er brauchte nicht noch mehr Dinge, über die er nachdenken musste. Seine Sorgen um Dimitri reichten für ein ganzes Leben.

Die Sonne war längst untergegangen, als Quinn endlich in der Küche erschien, in die sie sich alle zurückgezogen hatten. Es hatte keiner Worte bedurft, seinem Gesicht war anzusehen, wie seine Behandlung ausgegangen war.

Mickael war sofort losgestürmt, keiner der anderen war ihm gefolgt. Selbst Robin war klar, dass die Verbindung zwischen ihm und dem Wasserbaocun um einiges tiefer reichte als zwischen den anderen Elementen – abgesehen von ihr und Jason. Er brauchte diesen Moment. *Sie* brauchten diesen Moment.

»Können wir irgendwas tun?«, richtete sie die Frage stattdessen an Quinn.

Dieser schenkte ihr ein heiteres Lächeln. »Besucht ihn in den nächsten Tagen immer wieder. Er kann ein bisschen zusätzliche Energie gebrauchen. Das gilt auch für die Zukunft. Ich musste eine

Niere entfernen, für das Element Wasser ein deutlich größerer Verlust als für jedes andere.«

Robin verstand, was er meinte. Sie legte eine Hand auf ihre Brust, hinter der ihr Herz schmerzhaft stark klopfte. Dann sah sie zu Edward, der gerade bestimmt den fünften Schnaps trank – nicht besonders zuträglich für seine Leber. Und Jason schien noch immer um Luft zu ringen, als würde seine Lunge ihm die volle Leistung versagen. Mickael hatte sich in der Zeit, in der sie gewartet hatten, mehrere Male übergeben.

Sie alle hatten mit Dimitri mitgelitten und nachempfunden, was es bedeutete, wenn das Hauptorgan eines Elements nicht richtig funktionierte. Mit dem Unterschied, dass Dimitri nun für immer damit leben musste. Obgleich er eine zweite Niere besaß, sein Körper den Verlust also kompensieren konnte, würden seine Kräfte dauerhaft eingeschränkt sein.

Jason atmete hörbar durch. »Danke, Quinn.« Mehr sagte er nicht, bevor er sich erhob und mit einer Geste erst auf Robin, dann auf die Tür deutete. Er wollte gehen und sie sollte ihm folgen.

»Ich glaube, ich bleib noch einen Moment«, meinte sie zögerlich.

Sie wollte mit Edward sprechen, allein. Vielleicht konnte sie ihm die Ängste nehmen, die ihn plagten, die Furcht, seine Freunde ihretwegen zu verlieren. Die irrationale Einstellung, sie wäre schuld an allem, was in den letzten Tagen schiefgegangen war.

Wobei er in Jasons Fall nicht unrecht hatte. Aber so was würde sich niemals wiederholen, auch das musste er verstehen.

»Ja, lass das kleine Flämmchen ruhig hier.« Edwards Augen loderten, als sich sein Blick in den ihren bohrte. »Aber verabschiedet euch ordentlich, es könnte das letzte Mal sein.«

Schnell stand sie auf und ließ ihre guten Absichten fallen. Die Drohung, die in seinen Worten lag, schickte ihr einen kalten Schauer über den Rücken. Denn er meinte sie ernst.

Ohne ein weiteres Wort griff sie nach Jasons Hand und verließ mit ihm gemeinsam die Küche.

Hinter sich hörte sie, wie Edward das Wort an Quinn richtete: »Bist du jetzt zufrieden? Es ist genau das eingetreten, was ich befürchtet habe. Die Klimatischen haben leichtes Spiel mit uns, in dem Zustand, in den sie uns versetzt.«

Robin presste die Lippen zusammen. Tränen stiegen ihr in die Augen. Edward klang so überzeugt, so voller Hass, dass es ihr unmöglich erschien, diesen jemals zu entkräften. Sie hatte nie erwartet, dass sie beide Freunde werden würden, dazu war er ihr gegenüber von Anfang an zu negativ gewesen. Aber niemals hätte sie erwartet, in ihm einen Feind fürs Leben zu finden.

Schweigend zog Jason sie hinter sich her in den Westflügel. Er sprach auch dann nicht, als sich die Türen geschlossen hatte, er ließ Robin neben dem Grammophon stehen und eilte in sein Schlafzimmer.

Zum ersten Mal kam sie sich hier in diesen Räumlichkeiten falsch vor. Sonst hatte es sie immer beruhigt, bei Jason zu sein, doch jetzt überkam sie eine Unruhe, wie eine böse Vorahnung. Als wäre das Unglück des Tages noch nicht vorbei.

Sie wischte sich über das Gesicht, auf dem feuchte Spuren ihrer Tränen lagen, die sie auf dem Weg hierher nicht hatte zurückhalten können. Ihr war klar, warum sie sich so verloren fühlte. Nachdem Edward eindeutig *sie* für einen Fehler hielt, brauchte sie jemanden, der ihr das Gegenteil bewies. Nur hatte dieser Jemand sie hier geparkt, anstatt fest in den Arm zu nehmen.

Sie schniefte. Dann wandte sie sich den Platten zu, wählte jene aus mit ihrem Lied, Yesterday, und legte sie auf das Grammophon. Als die ersten Takte einsetzten, blickte sie erwartungsvoll zum Durchgang zum Schlafzimmer. Aber Jason kam nicht, also fasste sie sich ein Herz und ging selbst zu ihm.

Überrascht blieb sie im Türrahmen stehen. Jasons saß nicht lethargisch auf dem Rand seines Bettes, wie sie es erwartet hatte. Er war auch nicht dabei, seine blutbesudelte Kleidung zu wechseln oder sich um die Wunden in seinem Gesicht zu kümmern. Vielmehr lief er zwischen Bett und Kleiderschrank hin und her, griff sich wahllos Stücke seiner Garderobe und warf sie in einen Koffer, der auf der Tagesdecke lag.

»Was tust du da?«, fragte sie so ruhig wie möglich, auch wenn ihr Herz raste. Das Gefühl, etwas würde nicht stimmen, wurde immer deutlicher.

»Wonach sieht's aus?«, gab er nur knapp zurück.

»Ich glaube, jetzt ist nicht der richtige Zeitpunkt für Urlaub.« Abgesehen davon konnte sie sich nicht vorstellen, die Baocun würden so etwas überhaupt machen. Sie wusste genau, was er da tat.

Dennoch hielt er inne, kam zu ihr und lieferte ihr eine Erklärung. »Ich werde keinen Tag länger zulassen, dass du mit diesem Irren unter einem Dach wohnst. Edward ist schon in seinen guten Phasen impulsiv und schwer einzuschätzen. So jähzornig wie er im Moment ist, traue ich ihm alles zu.« Er gab ihr einen schnellen Kuss, in dem keinerlei Emotion mitschwang. »Ich erlaube ihm nicht, dir etwas anzutun.«

Sie setzte zu einer für sie typischen impulsiven Antwort an, in der sie ihm vorwarf, wie bescheuert das war. Doch noch bevor der erste Ton über ihre Lippen kam, schloss sie selbige wieder.

So schwer es ihr fiel, sich zu zügeln, wusste sie, dass sie ihn damit nicht erreichen würde.

Robin atmete einmal durch. Dann ging sie ins Badezimmer, klaubte aus der Schublade mit medizinischem Krempel, von der es in ihrem Bad eine identische gab, alles zur Wundversorgung und kehrte zu Jason zurück.

»Setz dich«, wies sie ihn an und deutete auf den Sitzplatz auf der Fensterbank, der zu einem ihrer Lieblingsorte in Jasons Gemächern geworden war.

Ohne Widerworte folgte er ihrer Aufforderung und sie begann, mit einem jodgetränkten Tuch die Platz- und Schürfwunden zu reinigen. Erst jene auf seinen Fingerknöcheln, dann die in seinem Gesicht. Er verzog dabei keine Miene, schaute die ganze Zeit ins Leere, als würde es keine Rolle spielen, ob sie sich um ihn kümmerte oder nicht.

»Ich habe keine Ahnung, was gerade mit Edward los ist. Oder mit Dimitri oder Mickael … oder dir«, sagte sie nach einer Weile des Schweigens, als sie den Cut über seinem linken Auge notdürftig mit einem Pflaster versorgte. »Ich weiß nicht, ob ihr euch früher auch manchmal gestritten habt?«

Er gab ihr keine Antwort, wobei sie nicht sicher war, ob er ihre Frage überhaupt als solche begriffen hatte.

»Wir bekommen das wieder hin, da bin ich überzeugt. In einer Gruppe wie dieser ist es normal, dass nicht immer alle einer Meinung sind. Das bedeutet aber nicht gleich, Edward würde mir etwas antun, nur weil er etwas eifersüchtig ist.«

An Letzteres glaubte sie selbst nicht. Nachdem, was heute passiert war, hielt sie den Holzbaocun durchaus für fähig, auch ihr gegenüber die Beherrschung zu verlieren. Wenn sie ehrlich war, hatte sie ihm ja schon die ganze Zeit unterstellt, er würde ihr Böses wollen … Trotzdem meinte sie die ersten Worte ernst. Sie würden das hinbekommen.

Kommunikation war das Schlüsselwort. Sie mussten sich einfach mal an einen Tisch setzen und in Ruhe darüber sprechen, was sie beschäftigte …

»Das Ding ist durch«, unterbrach Jason in nüchternem Tonfall ihre Gedanken. »Das hat Edward heute bewiesen. Und ich habe auch keinen Bock mehr, mich damit auseinander zu setzen.«

Wieder zügelte sich Robin und versuchte, ruhig zu bleiben. »Du bist aufgebracht, und das verstehe ich«, meinte sie, obgleich seine Stimme nicht danach klang. »Mich regt das doch auch auf. Aber wir können nicht hinschmeißen, nur weil wir untereinander ein paar Probleme haben.« Sie sammelte die benutzten Utensilien ein und ging ins Bad, um sie zu entsorgen.

Als sie zurückkam, saß Jason genauso da wie einige Sekunden zuvor, den Blick weiterhin auf einen unbestimmten Punkt im Raum gerichtet.

»Wir fünf sind auserwählt«, erinnerte sie ihn an das, was er ihr immer wieder erklärt hatte. »Wir sind die Legislative einer überirdischen Macht. Wir gehören zusammen, auch wenn es sich manchmal anders anfühlt. Und auch wenn wir mal keine Lust dazu haben.«

Er hob den Kopf, endlich schaute er sie an. Doch als sie in seine Augen sah, bereute sie es sofort. Sie sehnte sich nach dem silbrigen Glanz darin, mit dem er sie sonst betrachtete, mit dem Schimmer dessen, was sie als Liebe interpretierte. Jetzt war seine Miene kalt und ebenso distanziert wie an jenem Tag, als sie Qi Manor das erste Mal betreten hatte.

»Es ist mir egal, okay?«

»Mir aber nicht«, sagte sie leise, wie vor den Kopf gestoßen.

Jason zuckte lediglich mit den Schultern. »Meine Entschluss steht. Ich werde gehen. Ob du mitkommst, ist deine Entscheidung.«

Es war wie ein Schlag ins Gesicht. Vor wenigen Minuten hatte er noch gemeint, er würde fortwollen, um zu verhindern, dass ihr etwas passierte. Es hatte sie berührt, war fast romantisch gewesen, wie viel ihm daran lag, sie zu beschützen. Und plötzlich war es ihm egal, ob sie ihn begleitete?

Zum dritten Mal begehrte etwas in ihr auf.

Doch dieses Mal hielt sie es nicht zurück. Sie ließ es auch nicht raus. Es verschwand einfach. Bevor sie sich Luft machen, ihm ihre Gedanken mitteilen konnte, verschwand der innere Druck, als würde sie kapitulieren.

»Ich glaube, ich schlafe heute Nacht in meinem Flügel«, meinte sie mit tonloser Stimme.

Er hielt sie nicht auf, als sie sich umdrehte und das Schlafzimmer verließ. Und das, obwohl sie sich damit exakt der Gefahr auslieferte, vor der er sie angeblich schützen wollte: einem rachsüchtigen Edward, der sie angreifen könnte.

Die Nacht war der Horror für Robin, an Schlaf nicht zu denken. In ihrem Kopf spulte sich ein Film nach dem anderen ab, mischte sich Vergangenes mit wirren Vorstellungen der Zukunft.

Verschiedenste Fragen nach dem Warum, dem Für und Wider, und nicht zuletzt der Schuld beschäftigten sie. Und wenn ihre Gedanken tatsächlich einmal so weit abschweiften, dass Robin eindämmerte, schreckte sie nur kurze Zeit später wieder hoch, weil sie im Traum einen der Baocun sterben sah, mal die Jungs durch die Attacken der Klimatischen, mal Jason durch ihren Energieraub, mal sich selbst, mit Edwards Händen um ihrer Kehle.

Gleichzeitig mit der aufgehenden Sonne verließ sie ihr Bett, und nachdem sie in ihre Tunika und eine schwarze Leggins geschlüpft war, begann sie, im Haus umherzuwandern.

Sie hatte kein bestimmtes Ziel, doch ihre Beine trugen sie automatisch zu denen, die Quinn als ihre Brüder bezeichnete. Ehe sie sich dessen bewusst wurde, stand sie außerhalb der Villa und ging geradewegs in Richtung der Felder, die Mickael immer mit so viel Hingabe gepflegt, in den letzten Tagen aber stark vernachlässigt hatte. Seine Erdenergie kitzelte über ihre Haut, sodass sie sicher war, ihn dort zu finden.

Schon von weitem erkannte sie seine Gestalt vor den kläglichen Überresten dessen, was einst ein Kartoffelfeld gewesen war. Sie wollte bereits ihre Schritte beschleunigen, als Mickael sich plötzlich nach vorn warf. Wie ein Wilder stolperte er über sein Beet, riss Pflanzen heraus und brüllte dabei wie von Sinnen.

Robin blieb wie angewurzelt stehen. Niemals zuvor hatte sie den friedliebenden, fürsorglichen Erdbaocun so in Rage erlebt.

Damit war es nicht getan. Es reichte ihm nicht, nur das Blattwerk zu zerstören. Als er mitten auf dem Feld stand, hob er die Arme. Die Erde um ihn bebte, Erdklumpen stiegen auf – erst kleinere, faustgroß, dann ganze Brocken.

Mickael pflügte den Boden um, jedoch nicht mit gärtnerischen Ambitionen, sondern in blinder Zerstörungswut. Die Fläche um ihn herum war in Bewegung, wogte wie ein dunkelbraunes Meer, türmte sich zu Wellen, die immer wieder brachen. Einem Tsunami ähnlich wirbelte die braune Masse um Mickael herum und schloss ihn schließlich vollständig ein wie ein Kokon. Dann zerbarst der Erdhaufen, spritzte in alle Richtungen, sodass Robin trotz der Entfernung von ein paar kleinen Klumpen getroffen wurde.

Der Boden kam zur Ruhe. Und Mickael sackte zusammen.

Robin hörte sein Keuchen, begleitet von Schluchzern, die tief aus seiner Seele kamen. Doch als sie den ersten Schritt in seine Richtung machte, erhob sich die Erde erneut, wuchs zu einem Hügel, wie Maulwürfe ihn hinterließen, und schloss sich schließlich über ihrem Herrn.

Stille folgte, kein Laut war mehr von Mickael zu hören. Er hatte die Welt ausgeschlossen – oder sich von der Welt.

Es hatte keinen Zweck. Sie würde nur mit Gewalt zu ihm durchdringen. Außerdem hatte sie sein Ausbruch mindestens genauso aufgewühlt wie das Feld, in dem er sich nun verschanzt hatte.

Was war nur in ihn gefahren, dass er das zerstörte, was er liebte?

Du …, flüsterte eine fiese kleine Stimme in ihrem Inneren, die verdammt nach Edward klang.

Sie trat den Rückzug an, hier würde sie nichts erreichen. Mickael würde ihr nicht helfen, nicht einmal zuhören. Und er setzte alles daran, selbst auch keine Hilfe zu bekommen.

So folgte sie der nächsten Signatur, die durch Qi Manor waberte – die Energie das Wassers.

Ihre Füße trugen sie zum Nordflügel, Dimitri hatte Quinns Arbeitszimmer also bereits verlassen können.

Schwermut legte sich auf Robins Herz, band sich als Kette darum und zog sich zusammen. Normalerweise wäre Mickael nicht eine Sekunde von der Seite seines Bruders gewichen. Die Bindung der beiden war stärker, anders als zwischen den übrigen Baocun. Und trotzdem war Mickael nicht hier. Ein weiteres Puzzleteil, das am falschen Platz lag.

Sie klopfte zaghaft an, bezweifelte aber, Antwort zu erhalten. Bestimmt schlief Dimitri, immerhin hatte er einen harten Kampf und eine schwere Operation hinter sich. Ganz zu schweigen von dem Verlust, der ihn …

Die Tür flog auf und Robin stolperte einen Schritt zurück, als Dimitri heraustrat.

»Robin«, grüßte er knapp. Er musste ihre Energie gespürt haben und war anders als Mickael bereit, mit ihr zu sprechen.

Nur, warum trat er so schnell heraus und schloss die Tür sofort hinter sich?

»Was gibt's?«

Robin betrachtete ihr Gegenüber eindringlich. Dimitris Gesichtsfarbe war nicht nur blass, sondern aschfahl, seine Haut war gespannt und seinen Augen fehlte der Glanz. Er wirkte wie jemand, der eigentlich im Bett liegen sollte.

Er schnippte mit dem Finger vor ihrer Nase, als sie nichts sagte. »Hey, hallo? Ist es wichtig? Ich hab's eilig.«

»Wo willst du denn hin?«, fand sie ihre Stimme wieder.

»Zum Training. Also?«

Ihre Brauen sprangen nach oben. »Du kannst jetzt nicht trainieren, du sollst dich schonen!«

»Schwachsinn, ich bin fit. Nur nicht gut genug, um den Klimatischen in den Hintern zu treten, aber das werde ich ändern. Entschuldige mich bitte.«

Sie packte seinen Arm, als er an ihr vorbeigehen wollte. »Du brauchst Ruhe, hat Quinn gesagt.«

Dimitri schüttelte sie ab. »Was ich brauche, kann ich selbst entscheiden. Quinn, die alte Glucke … Was weiß der schon.«

Sie ging ihm nach, als er einfach weiterlief. »Schön, wenn du ihm nicht glaubst, dann vielleicht mir. Ich hab's schließlich bei Jason erlebt, wie fit er nach seinem Unfall war. Schon bei der kleinsten Anstrengung hat er das Bewusstsein verloren.«

Dimitri schnaubte. »Klar, Unfall … Spiel's nur runter.« Er sah sie über die Schulter hinweg an. »Ich weiß, was ich tue. Falls es dir dann besser geht, kannst du ja nachher mitkommen, wenn ich aufbreche, um meine Revanche zu fordern. Als Zuschauerin«, fügte er hinzu. »Wir wissen ja, wo das sonst hinführt.«

Sie ließ ihn gehen, als er sich wieder in Bewegung setzte. Es brachte nichts, sie erreichte ihn nicht. Er stand vollkommen neben sich.

Dimitri hatte immer eine gewisse Rationalität an den Tag gelegt und kluge Entscheidungen getroffen. Es war ein guter Ausgleich zu ihren eigenen impulsiven, emotionsgesteuerten Handlungen gewesen. Jetzt aber war er blind vor Rachedurst, unfähig, die Situation richtig einzuschätzen. Und mit seinem letzten Satz hatte er klar gemacht, dass er nicht mehr bedingungslos auf ihrer Seite stand.

Sie verdrängte das Ziehen in ihrem Herzen, das diese Erkenntnis nach sich zog. Beleidigt oder verletzt konnte sie später noch sein. Zuerst musste sie sich darum kümmern, Dimitri vor sich selbst zu schützen.

Ihr erster Gedanke war, Mickael Bescheid zu geben. Doch das Bild des Erdbunkers tauchte vor ihrem inneren Auge auf.

Nein, von dieser Seite war gerade keine Hilfe zu erwarten. Und auch Jason als Zuredner, der ja vor Kurzem Ähnliches durchgemacht hatte, entfiel. Zumindest hatte er gestern Abend nicht den Eindruck gemacht, als ob er sich momentan besonders um das Wohl seiner Geschwister kümmerte.

Blieb nur noch Edward … Ihn aufzusuchen war äußerst riskant. Sollte er nach wie vor in Rage sein, könnte er sie direkt angreifen. Trotzdem entschied sie, sich ihm zu stellen – für Dimitri.

Obgleich sie rannte, dauerte es eine Weile, bis sie den Holzbaocun gefunden hatte. Im Ostflügel war er nicht, trotz dass die Signatur seiner Energie sie in diese Richtung gelenkt hatte.

Zögerlich hatte sie seine Gemächer betreten und schließlich den Zugang zu einem Nebengebäude entdeckt, indem er sich aufhielt.

Sie wusste um seine Affinität für motorisierte Fortbewegungsmittel. Einmal hatte sie eine Tour mit ihm gemacht, wenn auch unfreiwillig und in absoluter Panik aufgrund des Angriffes, in den sie und Jason geraten waren.

Dass Edward jedoch einen solchen Fuhrpark besaß, hatte sie nicht erwartet.

Über eine abwärtsführende Treppe betrat sie schließlich eine große Halle, in der mindestens fünf Motorräder und drei Autos standen. Sogar eine motorisierte Kutsche entdeckte sie, die stark nach Eigenbau aussah.

Neben Letzterer saß Edward auf einer umgedrehten Holzkiste, die Ellbogen auf den Knien abgestützt, den Blick auf einen der Reifen gerichtet.

Robin beobachtete ihn zunächst, um seine Stimmung abzuschätzen und zu entscheiden, wie schnell sie wie viele Informationen vorbringen musste, bevor er auf sie losging.

»Edward«, setzte sie schließlich an und wollte direkt lossprudeln. Doch die Worte blieben ihr im Hals stecken, als er sich ihr zuwandte.

Seine Augen waren gerötet, sein Haar vollkommen zerzaust, seine Wangen feucht. »Robin«, stieß er leise hervor.

Er wischte sich mit dem Handrücken über das Gesicht. Dabei fiel ihr auf, dass sich um *seine* Wunden von dem Kampf mit Jason anscheinend niemand gekümmert hatte, nicht einmal er selbst.

Er erhob sich, machte einen Schritt um die Kiste herum, blieb dann aber stehen.

Robin fürchtete, er würde sie direkt rauswerfen, also sagte sie hastig, was sie musste: »Dimitri hat sein Bett verlassen. Er will trainieren und danach zu einem erneuten Kampf gegen die Klimatischen aufbrechen. Du musst zu ihm und ihm das ausreden. Er ist nicht in der Verfassung, er muss sich ausruhen. Er muss ...« Sie brach ab, als sie das Beben seiner Unterlippe bemerkte.

Neue Tränen flossen nach, als er sich wieder auf die Kiste sinken ließ. »Ich habe alles kaputtgemacht«, wisperte er so leise, dass sie ihn kaum verstand.

Robin runzelte die Stirn. »Moment, hast du das nicht gestern *mir* vorgeworfen?«, konnte sie sich nicht verkneifen zu fragen.

Er nickte langsam. »Das war falsch. Es tut mir leid.« Er presste die Hände vor die Augen.

Robin war wie vor den Kopf gestoßen. Hatte sich Edward gerade wirklich bei ihr entschuldigt? Wenn sie noch irgendeinen Beweis dafür gebraucht hatte, dass hier etwas ganz und gar nicht stimmte, dann hatte sie ihn jetzt.

»Du musst zu Dimitri«, versuchte sie es abermals, obwohl ihr bereits klar war, auch zu diesem Baocun nicht durchdringen zu können.

Sie alle waren nicht sie selbst, benahmen sich völlig entgegen ihrer eigentlichen Art, waren wie besessen von irgendwelchen Ideen, auf die sie bei klarem Verstand niemals kommen würden.

»Das ist alles meine Schuld …«, murmelte Edward. »Meine Schuld, meine Schuld.« Mal um Mal wiederholte er diese Worte in einem monotonen Singsang, wippte dabei auf seiner Kiste vor und zurück und hatte Robins Anwesenheit vollkommen vergessen.

Genau das meinte sie. Edward würde niemals die Schuld bei sich suchen, wenn etwas so klar außerhalb seines Wirkungsbereiches lag – so wie Dimitris Verhalten es tat.

Robin wandte sich von ihm ab. Hier würde sie nichts erreichen, bei keinem der Jungs. Sie alle hingen in ihrer eigenen Schleife fest, folgten irgendwelchen Spleens, unfähig zu klaren Gedanken.

In diesem Haus gab es nur noch einen, der fähig war, ihr und den anderen zu helfen.

37

Robin hielt sich nicht mit Klopfen auf, als sie Quinns Arbeitszimmer erreichte. Sie stieß einfach die Tür auf, die seit Jasons Ausbruch ohnehin nur locker in den Angeln hing.

»Quinn, es herrscht Notstand«, platzte sie sofort heraus.

Mit dem Blick suchte sie das Zimmer ab und fand den Hausherrn hinter seinem Schreibtisch in dem ledernen Rollsessel sitzend. Er hatte die Beine überschlagen und die Fingerspitzen aneinandergelegt, fast als hätte er sie erwartet.

»Was ist los, mein Kind?«, fragte er im Ton eines Geistlichen, der zur Beichte aufrief.

Robin unterdrückte ein Schnauben. Als ob das, was gestern geschehen war, nicht reichte, damit sie vollkommen aufgelöst vor seiner Tür auftauchte.

»Alles geht vor die Hunde«, brachte sie gequält hervor.

Quinn legte den Kopf schief. Sein Gesichtsausdruck war viel zu heiter für Robins Geschmack

Ein schlechter Quinn-Tag, wurde ihr sofort bewusst. Aber darauf konnte sie jetzt keine Rücksicht nehmen.

»Setz dich«, lud er sie mit einem Fingerzeig auf den Stuhl ihm gegenüber ein.

Sie gehorchte.

»Atme ein … und aus …«

Auch dieser Aufforderung kam sie nach.

»Gut«, meinte er mit einem zufriedenen Lächeln. »Und nun erzähl mir, was dich so aufwühlt.«

»Es ist Dimitri, er … Und Jason ist so … Mickael, er …«, sprudelte es aus ihr heraus und sie merkte selbst, dass sie noch nicht in der Lage war, ihre Sorgen geordnet vorzubringen.

Erneut hob Quinn die Hand und brachte sie mit nur einem Wort zum Schweigen. »Atme.«

Auch wenn die Zeit drängte, senkte Robin den Kopf und ließ die Luft ein paarmal langsam in ihre Lungen strömen und wieder hinaus. Es tat gut, das Karussell in ihrem Geist wurde langsamer und sie schaffte es schließlich, einzelne Glieder davon zu fassen zu bekommen.

»Ich habe das Gefühl, alles entgleitet. Also, nicht nur mir, sondern dem großen Ganzen. Entgleitet Ihnen …« Entschuldigend hob sie den Blick.

Quinn zog eine Augenbraue nach oben, sah dabei aber eher belustigt als vorwurfsvoll aus, auch wenn sie gerade seine Kompetenz infrage gestellt hatte. »Wie kommst du zu dieser Vermutung?«

»Die Jungs benehmen sich absolut merkwürdig. Der immer ruhige, harmoniebedürftige Mickael flippt völlig aus und wütet auf seinem geliebten Feld wie ein Tornado«, erklärte sie. »Und Edward hat sich gerade bei mir entschuldigt. Er suhlt sich in Selbstmitleid und Schuldgefühlen.«

Da Quinn keine Reaktion zeigte, fuhr sie fort.

»Dimitri ignoriert gegen alle Vernunft die auferlegte Bettruhe. Er hat sogar vor, sich allein nochmals den Klimatischen zu stellen – in seinem desolaten Zustand. Und Jason …«

Auffordernd nickte Quinn ihr zu, damit sie weitersprach.

»Jason will Qi Manor verlassen. Mit mir, oder ohne mich.« Die letzten Worte kamen nur leise über ihre Lippen. Für sie war es das Schlimmste, für Quinn musste es albern klingen. Verlegen blickte sie auf ihre Hände, deren Finger in ihrem Schoß miteinander tanzten. »Jeder von ihnen ist total in sich gekehrt. Keiner denkt mehr an den anderen. Ich habe einfach das Gefühl, dass die Einheit, die die Jungs gebildet haben, verschwunden ist. Und ich denke, Edward könnte recht haben.«

Tränen stiegen ihr in die Augen, als sie diesen Verdacht zuließ. Sie kaute einen Moment auf ihrer Unterlippe, ehe sie ihn aussprach. »Ich glaube, das habe ich zu verantworten.«

Nach wie vor sagte Quinn nichts. Es kostete Robin einige Überwindung, den Kopf erneut zu heben und ihn abermals anzusehen.

Die Miene des Hausherrn war unverändert heiter und ohne jeden Vorwurf. Verstand er nicht, was sie ihm sagen wollte?

»Alles zerbricht – nicht nur die Freundschaft der Jungs, sondern auch der Zusammenhalt der Baocun. Das müssen Sie doch auch spüren.«

Quinn reagierte noch immer nicht, wechselte nur in einem Anflug von Unruhe den Überschlag seiner Beine.

Wenn sie in seiner Position wäre, würde ihr nächster Schritt darin bestehen, die Elemente zu versammeln, um das Problem anzugehen. Um die Ursache aus dem Weg zu schaffen.

Plötzlich richtete sie sich auf. Er kannte sie bereits, die Ursache. Oder?

»Sie sehen es genauso, oder?«, fragte sie, unsicher, ob sie die Antwort hören wollte. Sie holte tief Luft, unterdrückte die aufkommende Angst so gut es ging, konnte jedoch nicht verhindern, dass ihre Stimme bebte. »Was habe ich denn nur falsch gemacht?«

Endlich zeigte er eine Reaktion, wenn auch anders, als sie erwartet hatte. Er zog erst beide Brauen nach oben, dann stieß er ein hohes Lachen aus. »Falsch gemacht? Aber du hast doch nichts falsch gemacht, Kleines. Alles verläuft genau so wie es muss.«

Verwirrt strich sich Robin über die nun feuchte Wange. »Was?«

Quinn stand auf, ging um den Tisch herum und trat hinter sie. »Vor etwas über fünfzehn Jahren starb der Feuerbaocun einen plötzlichen, unerwarteten Tod. Die Inkarnationen der anderen Baocun waren bereits eingetroffen und wurden von ihren Vorgängern eingeführt, wenngleich sie sehr jung waren, als der letzte der alten Generation starb. Edward war mit seinen neun Jahren der Älteste, weißt du?«

»Master Quinn, bei allem Respekt«, warf Robin ein. »Ich glaube nicht, dass dies der richtige Moment für eine Geschichtsstunde ist.«

Der Hausherr legte seine Hände auf ihre Schultern, als wollte er sie daran hindern, aufzustehen.

Das hatte sie nicht vorgehabt – noch nicht –, aber Robin spürte sofort, dass es ihr nun so oder so nicht mehr möglich sein würde. Er hielt sie fest, nicht physisch, sondern mental.

»Der Feuerbaocun war gerade mal Anfang sechzig und hatte noch viel Zeit, seinen neuen Schützling zu begleiten – sollte ich ihn finden. Dann ereilte ihn jedoch ein Herzinfarkt, den er nicht überlebte. Gerade ihn, dessen Stärke in diesem Organ lag … Komisch, oder?«

Robin schluckte hart. Darüber hatte sie nie nachgedacht, obwohl Quinn es ihr schon bei ihrer ersten Unterhaltung erzählt hatte. Sie hatte ihm blind vertraut, dass dies ein natürlicher Tod gewesen war. Aus dieser Perspektive schien es allerdings ganz anders …

»Das war meine Stunde. Die Stunde, in der das Chaos in der Welt die Oberhand gewann.«

Ihr Mund öffnete sich.

Sie wollte etwas sagen, nein, fragen, was er damit meinte.

Doch sie brachte keinen Ton hervor. Eine Gänsehaut rann ihr vom Nacken aus den Rücken hinab, ausgelöst von einer Kälte, der ihr inneres Feuer nichts entgegenzusetzen hatte.

»Es oblag nun mir, sowohl dich zu finden als auch die Entwicklung der Jungen zu lenken. Und ich habe beides mit Bravour gemeistert, findest du nicht?« Er stieß ein beinahe irres Kichern aus.

Sie spürte, wie etwas ihre Stimmbänder freigab, als würde Quinn ihr in diesem Moment die Erlaubnis zum Sprechen erteilen. »Aber Sie haben mich nicht gefunden, jedenfalls nicht gleich.«

»So, habe ich nicht?« Quinn beugte sich an ihr vorbei dem Tisch entgegen, sodass sie einen Blick auf sein Gesicht erhaschen konnte. Er wirkte vollkommen ruhig und gefasst, hatte nur ein zufriedenes Lächeln auf den Lippen, das seine Augen nicht erreichte.

In ihnen tobte ein wahrer Sturm, als würde in der Tiefe seiner Seele etwas darum kämpfen, an die Oberfläche zu treten. Doch es war ein verlorener Kampf, auch das konnte sie sehen.

Als er sich zurückzog, hielt er etwas zwischen den Fingern. Es war das Foto eines abgebrannten Hauses, das Robin früher hatte hier liegen sehen. Schon damals hatte es etwas in ihr zum Klingen gebracht, nur war sie nicht fähig gewesen, es zuzuordnen.

Nun hingegen erkannte sie es sofort und die Erinnerung an ihren Traum überflutete sie wie eine Lawine, als Quinn es in ihren Schoß fallen ließ. Die Katze auf dem Holzstapel, die Mutter auf dem Sofa, das kleine Mädchen auf dem Teppich vor dem Kamin … Dann der gehetzte Vater, der fremde Mann, die Kreaturen, die …

»Sie waren das?« Es war kaum mehr als ein Keuchen, das ihre Kehle verließ.

»Ich würde ja sagen, dass es mir leidtut. Allerdings war es ein notwendiger Schritt. Nur so konntest du zu der Frau werden, die du heute bist.«

Sie verstand es nicht. Nichts daran ergab einen Sinn. »Aber es ist Ihre Aufgabe, die Baocun zu schützen, sie zu führen und zu stärken, im Kampf gegen die Klimatischen.«

Quinn gab einen gurrenden Laut von sich. »So habt ihr es gelernt, richtig. Ihr alle.« Er beugte sich erneut herab, brachte seine Lippen nah an ihr Ohr. »In Wirklichkeit seid ihr es, die auf mich achtgeben sollen. Oder sollte ich besser sagen, die mich unterdrücken sollen?« Er richtete sich auf, ließ sie los und begann, umherzugehen.

Kaum hatten seine Hände ihre Schultern verlassen, hatte Robin das Gefühl, freier atmen zu können. »Sie haben meine Eltern getötet«, stieß sie voller Wut und Trauer hervor. »Sie haben zugelassen, dass ich verlorenging und so der Hitze ermöglicht, sich über der ganzen Welt auszubreiten.« Sie hielt einen Moment inne und versuchte, die Gedanken in ihrem Kopf zu ordnen. »Aber Sie haben die anderen ausgebildet und den Kampf führen lassen, zu dem sie geboren wurden. Und am Ende haben doch Sie den Brief geschickt, der mich hergelockt hat. Warum? Ich verstehe das alles nicht!«

»Um endlich Ordnung in der Welt herzustellen. Oder sollte ich besser sagen, das Chaos?« Er legte nachdenklich die Finger ans Kinn. Dann wischte er durch die Luft, als wollte er eine Fliege verscheuchen. »Unwichtige Details. Fakt ist, es bedurfte einer Art Reifungsprozess, um an diesen Punkt zu kommen. Niemals hätte ich mich über mein Pendant erheben können, solange die Baocun im Einklang funktionierten. Euch endgültig zu trennen, entpuppte sich nicht als der richtige Weg, das habe ich schnell bemerkt. Ich brauche euch alle, nur in einer derartigen Disharmonie, in der ihr das Gefüge der Welt von selbst durcheinanderbringt.« Er beugte sich ein wenig zu ihr herab und sah ihr tief in die Augen.

Robin zuckte zusammen, als sie bemerkte, dass seine Pupillen nicht mehr schwarz, sondern weiß waren. Sie erinnerten sie an den Mond, umrahmt von dunkelblauen Iriden.

»Du warst der Schlüssel. Nicht nur, weil du das Feuer in dir trägst – wild und impulsiv –, bei dir gelang es mir endlich wieder, mich in der Prägung durchzusetzen. Die erste Inkarnation seit Jahrhunderten, die dem Yang näher ist als dem Yin. Und ist es nicht Schicksal, dass ich in dem Moment die Kontrolle übernahm, als Yin dich gefunden hatte? So konnte ich dir eine unbescholtene Jugend schenken, Freiheit von den Zwängen deiner Bestimmung, und musste nur auf den Tag warten, bis dein Feuer soweit gereift war, um genügend Unruhe stiften zu können.« Er schenkte ihr das mütterliche Lächeln, das ihr sonst so viel Wärme gespendet hatte. Jetzt ekelte es sie geradezu an. »Ich wusste, es würde für die Jungs schwierig werden, eine Frau in ihrer Mitte zu akzeptieren. Schließlich habe ich sie so erzogen. Die Möglichkeit eines anderen Werdegangs, vor allem mit dir und Jason, habe ich nicht kommen sehen.« Wieder das irre Kichern. »Dass du dich ausgerechnet in den verliebst, der mir am gefährlichsten hätte werden können. In den, der als Anführer eurer Generation bestimmt war …«

»Sie haben mich manipuliert«, spuckte sie ihm entgegen.

Seine Antwort hingegen war ruhig, beinahe bedrohlich. »Nein. Ich habe dir lediglich die Richtung gewiesen, dich geleitet und geformt. Alles, was du gefühlt hast, war real. Alles, was geschah, war deine freie Entscheidung.«

»Dass meine Eltern starben und ich als Waise aufwuchs, war ganz sicher nicht meine Entscheidung!« Robin hielt es nicht länger aus. Die Zahnräder in ihrem Kopf griffen zwar nur langsam ineinander, aber sie hatte genug gehört.

Zusammen mit ihrem Wissen über das Qi, über Yin und Yang, den Zyklus und alles andere, ergab sich ein erschreckendes Bild. Die Hitze, die die Welt vor Jahren überkommen hatte, war nur der Anfang. Quinn hatte sich völlig dem Yang zugewandt, und wenn sie ihn nicht aufhielten, stand der Menschheit weit Schlimmeres bevor als etwas höhere Temperaturen: das absolute Chaos.

Sie war unfähig zu erfassen, was das genau bedeutete oder welche Konsequenzen das für die Erde hatte.

»Wenn die anderen davon erfahren …«

Bevor sie den Satz beenden konnte, begann der Boden unter ihren Füßen zu zittern. Sie hatte das Vibrieren bereits vor einigen Sekunden bemerkt, jedoch geglaubt, es käme aus ihrem Inneren, angefacht von der Wut und Verzweiflung, die sie durchströmten.

Doch nun wurde daraus ein regelrechtes Beben, so stark, dass sie es nicht nur fühlte, sondern auch hörte. Die Teetassen auf dem Couchtisch klirrten, genauso wie das Operationsbesteck auf dem kleinen Wagen neben der Liege im rückwärtigen Teil des Raumes. Das Regal hinter Quinns Schreibtisch knarzte, zwei Bücher rutschten durch das Gerüttel nach vorn und fielen heraus, im gleichen Moment als das Tintenfass auf dem Tisch umkippte und mehrere Blätter schwarz färbte.

Robin sprang auf. Das teuflische Lächeln, das sich nun auf Quinns Lippen abzeichnete, ließ ihr einen kalten Schauer über den Rücken laufen. »Was zur Hölle machen Sie da?«, stieß sie hervor.

Er legte die Fingerspitzen aneinander und schloss die Augen. »Nichts«, beteuerte er ruhig. Dann stellte er sich auf ein Bein und drehte tatsächlich eine Pirouette. »Meine Freunde sind angekommen.« Er ließ ihr eine Sekunde, ehe er hinzufügte: »Du kannst sie auch spüren, oder?«

Oh ja, das tat sie. Wind, Kälte, Feuchtigkeit … Trockenheit, Trägheit … selbst die Hitze. Sie alle waren da – alle sechs Klimatischen. Sie standen an der Grenze zu Qi Manor und begehrten Einlass.

Quinn griff nach ihrer Hand, so überraschend, dass sie es zuließ. »Robin, mein Herz, meine Tochter. Ich habe dir viel zu verdanken.«

Wieder dieses heuchlerische Lächeln, das Übelkeit in ihr hervorrief. »Du bist die Stärkste meiner Kinder und der Ursprung des Chaos. Du und ich, gemeinsam können wir diesen Ort zu dem machen, was er sein soll.«

»Und das wäre?«, würgte sie hervor.

Er zuckte verschmitzt mit den Schultern. »Etwas Besseres. Etwas Grandioses. Etwas Endgültiges. Das Ende von allem – und somit der Anfang.«

Sie entriss ihm ihre Finger. »Niemals!«

Quinn seufzte. »Ich habe vermutet, dass du ablehnst. Aber denk darüber nach. Ich bin hier, solltest du dich anders entscheiden.« Er hüpfte beiseite, sodass der Weg zur Tür frei war, verneigte sich sogar und deutete mit den Händen darauf.

Ließ er sie wirklich gehen? Ihm musste klar sein, was sie tun würde – die anderen alarmieren und seine Pläne vereiteln.

Und trotzdem hielt er sie nicht zurück, als sie an ihm vorbei hastete und das Büro verließ.

38

Mehrmals stürzte sie, weil sie über ihre eigenen Füße stolperte, so schnell rannte sie.

Ihr erster Weg trug sie in die Eingangshalle. Dort riss sie das Portal auf und starrte in Richtung des Waldes, dessen Grenze in der Ferne auch die Grenze von Qi Manor markierte. Und tatsächlich sah sie Gestalten dort herumschleichen, riesige löwenähnliche Kreaturen, die auf den richtigen Moment für einen Angriff lauerten.

Noch schützte die Macht der Baocun dieses Gebiet, doch lange würde die Barriere nicht mehr halten, so zerrissen wie ihre Gemeinschaft war. Sie musste die anderen zusammentrommeln und sich den Klimatischen entgegenstellen, bevor es zu spät war.

Wenn Qi Manor fiel, dessen war sie sich mit einem Mal sicher, wäre dies das Ende, und Yang und das Chaos hätten gewonnen.

Sie wandte sich ab und lief zum Westflügel, nicht ohne zwei weitere Male hinzufallen. Ihre Handflächen brannten, als sie, ohne anzuklopfen, hineinstolperte.

»Jason!«, kreischte sie. Ihre Stimme überschlug sich fast. »Jason!«

Als sie keine Antwort bekam, rannte sie ins Schlafzimmer.

»Jason, wir müssen ihn aufhalten. Quinn, er … Und die Klimatischen …« Die Luft in ihren Lungen war zu knapp für zusätzliche Erklärungen. »Sie sind hier!«, stieß sie mit letzter Kraft hervor.

Er lag auf dem Bett, die Arme unter dem Kopf gelegt, und schenkte ihr nicht einmal einen Blick. »Was redest du?«, fragte er mit müder Stimme.

Auf ihrer Seite des Bettes fand sie einen Koffer vor, gepackt und geschnürt, aber sie ignorierte ihn.

Mit schnellen Schritten trat sie zu Jason und packte seine Hand. »Hör mir bitte zu! Quinn ist irgendwie übergeschnappt, hat Allmachtsfantasien, keine Ahnung. Er hat die Klimatischen hergerufen, sie haben sich alle versammelt.«

Wie um ihre Worte zu unterstreichen, erschütterte ein erneutes Beben die Mauern der Villa, dieses Mal so heftig, dass es Robin fast aufs Bett geworfen hätte.

Scheiße! War es zu spät? War der Schutzwall gefallen?

Sie ließ Jason los und hechtete zum Fenster, um einen Blick auf die Grenze zu werfen. Viel sehen konnte sie nicht, da sich ihre Feinde im Norden aufhielten. Aber sie entdeckte zumindest einen Schemen, der unruhig hin und her lief.

Also waren sich nicht durchgebrochen. Noch nicht …

Sie erwartete, dass Jason neben sie trat, um ebenfalls nach der Ursache des Bebens Ausschau zu halten. Selbst wenn ihre Worte so wirr auf ihn wirkten, wie sie in ihren eigenen Ohren klangen – dass die Wände gerade gewackelt hatten, konnte er ja wohl nicht ignorieren.

Seine Präsenz näherte sich jedoch nicht, also wandte sie sich ihm wieder zu.

Tatsächlich, er lag noch immer in dieser entspannten Haltung auf dem Bett, weiterhin an die Decke starrend.

»Jason, jeden Moment werden uns die Klimatischen überrennen. Wir werden alle draufgehen!«, versuchte sie es abermals.

Endlich drehte er ihr den Kopf zu. »Und was juckt es mich?«

Ihr klappte der Mund auf. »Bitte?«

»Es ist mir egal, Robin.« Er sah sie eine Sekunde an, dann glitt sein Blick wieder zur Decke. »Mir ist alles egal.«

»Wenn ich sage, wir gehen alle drauf, dann meine ich auch dich.« Ihre Stimme war dünn, so sehr hatte ihr seine Antwort den Atem verschlagen.

»Na und? Der Tod wäre eine willkommene Alternative zu all dem hier.«

Robin keuchte. Sie fuhr sich mit den Händen über das Gesicht und durch die Haare, dann abermals übers Gesicht.

Sie verloren gerade wertvolle Zeit, dazu hatte sie keine Ahnung, was sie noch sagen sollte.

»Was stimmt nicht mit dir?«, fuhr sie ihn an, entlockte ihm jedoch keinerlei Reaktion.

Ein weiteres Mal strich sie ihre Haare nach hinten. Dabei fiel ihr Blick auf ein Buch, das auf dem Nachttisch lag. Sie selbst hatte es dort abgelegt, um jederzeit Zugang zu ›den Grundlagen‹ zu haben, wie sie das wesentliche Wissen über die Baocun nannte.

Hektisch griff sie danach, kurzzeitig unschlüssig, ob sie etwas nachschlagen oder es Jason über den Schädel ziehen wollte.

Sie öffnete es, blätterte fahrig durch die Seiten … und plötzlich rückte in ihrem Gehirn alles an seinen Platz.

Quinn repräsentierte Yin und Yang, im steten Kampf mit sich selbst und um Einklang bemüht, dessen Aufrechterhaltung auch Aufgabe des ›Zyklus der Fünf‹ war. Momentan stand die Waage allerdings vollkommen schräg. Nicht nur Quinn war aus dem Gleichgewicht gebracht, sondern auch die Baocun. Sie hatte die Alarmsignale bemerkt, nur nicht deuten können.

Der in sich ruhende Jason, der plötzlich zu einem düsteren Melancholiker mutierte und dem nun alles egal war.

Der bedachte Dimitri, der klare Kopf ihrer Gruppe, der die klugen Entscheidungen traf, reagierte nurmehr emotional, getrieben von Panik oder absolutem Übermut.

Mickael, der Vermittler, das Bindeglied zwischen ihnen allen, der sich nun vollkommen zurückzog und isolierte.

Und nicht zuletzt Edward, dessen Selbstbewusstsein sie so oft an den Rand des Wahnsinns getrieben, sie aber auch angetrieben und gerettet hatte, marterte sich mit Selbstzweifeln und Schuldgefühlen.

Wie vor den Kopf gestoßen starrte sie auf die Tabelle mit der Elementübersicht. Sie alle hatten ihre Stärken, ihre Potentiale, wenn sie in ihrer inneren Mitte waren. Doch genauso hatten sie typische Eigenschaften, die anzeigten, wenn sie sich außerhalb davon befanden. Und im Moment waren sie alle sehr weit entfernt von ihrem Idealzustand.

Es war genau dieser Zustand, den Quinn – nein, Yang – angestrebt hatte. Die Baocun *funktionierten* nur, wenn sie im Einklang waren. Jeder für sich war nur ein Schatten seiner selbst, gesteuert von seinen Schwächen. Alles hatte mit dem Fernbleiben des fünften Elements begonnen, für das Yang gesorgt hatte. Lange Zeit hatte Yin das Fehlen des Feuers kompensiert, hatte die Jungs geleitet und ihre Stärke aufrechterhalten. Hatte für Ordnung gesorgt. Also hatte Yang seinen letzten Trumpf gespielt und sie hergeholt – Robin.

Und mit ihr war das Chaos gekommen. Durch ihre Unwissenheit hatte sie das eingespielte Team, welches die Jungs waren, durcheinandergebracht. Sie waren nicht gewappnet für all die Emotionen, die mit dem Feuer einhergingen. Als sie Jason schließlich bis an die Schwelle des Todes getrieben hatte, war der Kreislauf endgültig eingebrochen, geradezu zum Erliegen gekommen. Die Energie floss nicht mehr konstant, sie stockte. Und zwar bei ihr.

Mit einem Knall schlug Robin das Buch zu. Ihre Augen waren weit aufgerissen und die Last der Erkenntnis, die sie gerade gewonnen hatte, lag schwer auf ihren Schultern.

Jason hatte bei dem lauten Geräusch nicht einmal mit der Wimper gezuckt und reagierte auch nicht, als sie das Buch neben ihm aufs Bett warf.

Tränen traten ihr in die Augen, als sie den Mann betrachtete, in den sie sich mit Haut und Haar verliebt hatte und der doch nicht mehr derselbe war. Sie würde alles geben, um den Jason zurückzuholen, der er wirklich war.

Sie warf sich auf ihn, setzte sich rittlings auf seinen Schoß und legte ihre Hände an sein Gesicht. Als sie ihre Lippen gierig auf seine presste, glaubte sie, ihn für einen Moment aus seiner Lethargie gerissen zu haben, als er den Kuss erwiderte. Doch kaum löste sie sich von ihm, war es schon wieder vorbei.

»Es tut mir leid«, sagte sie mit erstickter Stimme. »So leid.« Dann küsste sie ihn noch einmal.

Sie brauchte das, brauchte ihn, um nicht den Verstand zu verlieren bei dem Plan, der darin Gestalt angenommen hatte.

Ein erneutes Rumpeln und Beben brachte sie nach ein paar Sekunden dazu, sich von ihm zu lösen. Ein letztes Mal strich sie ihm über die Wangen, strich ihm das Haar aus der Stirn. Dann rutschte sie von ihm hinunter und machte sich auf den Weg.

Er rief ihr nicht nach, als sie die Westflügel verließ, ein eindeutiges Zeichen, dass es ihr nicht gelungen war, ihm auch nur ein wenig der Energie zu übermitteln, die sich in ihr angestaut hatte. Während ihre Haut kribbelte, ihr Blut kochte, ihr Feuer sie in einen Vulkan verwandelte, klaffte in den anderen Baocun ein Loch, welches sie nicht fähig war, zu schließen. Nicht einmal bei Jason.

In diesem Zustand waren die Jungs außerstande zu kämpfen. Sie hatten den Klimatischen, die an der Grenze der Villa nur auf ihren Einsatz warteten, nichts entgegenzusetzen.

Die Einzige, die noch etwas ausrichten konnte, war sie.

»Nicht darüber nachdenken«, mahnte sie sich selbst. »Einfach tun.«

Wie ein Mantra wiederholte sie diese Sätze Mal für Mal, um ihr Gehirn davon abzuhalten, die Entscheidung, die sie gerade getroffen hatte, zu analysieren.

Als sie jedoch die Eingangshalle erreichte und auf den Ausgang zusteuerte, blieb sie überrascht stehen.

Sie erkannte sofort, dass es Dimitri war, der rechts der Tür an der Wand gelehnt kauerte. Er hatte die Knie angezogen, doch sein blonder Haarschopf verriet ihn. Sein Schluchzen war in der ganzen Halle zu vernehmen und auch das Vor- und Zurückwippen seines Körpers sprach Bände.

Robin wusste, dass ihr nicht mehr viel Zeit blieb. Waren die Klimatischen erst auf dem Gelände, würde sie es schwer haben, Qi Manor zu verteidigen.

Fast hätte sie gelacht. Als ob es in irgendeiner Form einfach werden würde, was sie vorhatte – selbst wenn sie ihre Gegner noch außerhalb der Grenze erwischte.

Dennoch konnte sie Dimitri nicht so zurücklassen. Sie hatte Jason wertvolle Sekunden geschenkt, ebenso sich selbst. Das gleiche Recht durfte sie dem Wasserbaocun nicht verweigern.

Mit zittrigen Beinen ging sie neben ihm in die Hocke.

»Hey … Schhh …«, murmelte sie und strich ihm vorsichtig durchs Haar.

Dimitri hob den Kopf. »Robin …«, schniefte er. »Es ist furchtbar … die Klimatischen, sie …«

Irgendwie verschaffte es Robin etwas Erleichterung, dass wenigstens einer ihrer Mitstreiter die Gefahr erkannt hatte. Daran konnte sie anknüpfen.

»Ich weiß«, sagte sie in bemüht ruhigem Ton. »Ich werde mich darum kümmern.«

Seine Augen, tränennass und verkniffen, weiteten sich bei ihren Worten. »Was? Nein, das darfst du nicht. Das kannst du nicht!« Er packte ihren Arm. »Bitte, Robin, du …«

Sie ließ ihn nicht ausreden. Irgendwie musste sie seine Panik soweit zurückdrängen, dass er tat, was sie wollte. »Mir wird nichts passieren, das verspreche ich dir. Aber du musst mir dafür helfen.«

Etwas in seinen Iriden erwachte, ein Funkeln, das sie heute schon einmal gesehen hatte. Es war Selbstüberschätzung, das Gegenteil seiner Panik. »Geh zu Edward. Sag ihm, dass Yang die Oberhand gewonnen hat. Bring ihn dazu, sich um Quinn zu kümmern, hörst du?«

»Ich verstehe nicht, was du meinst«, schluchzte er, noch immer in dem einen Extrem seines Elements gefangen.

»Das ist nicht wichtig. Mach einfach, worum ich dich bitte, okay? Überzeuge Edward. Überzeuge sie alle.«

Dimitri zog die Nase hoch und nickte.

»Danke, mein Bruder.« Mit diesen Worten stützte sie sich hoch und wandte sich der Eingangstür zu.

Das Bild, das sich ihr bot, als sie diese aufzog, war erschreckend. Der Horizont hatte sich in düstere Braun- und Rottöne verfärbt. Vom Wald war nichts mehr zu erkennen, dafür sah sie riesige Wirbelstürme aus Nebel, deren Hitze und gleichzeitige Kälte sie bis hierher spüren konnte, Feuchtigkeit legte sich in kleinen Tropfen auf ihre Wimpern, während sich ihre Haarspitzen vor Trockenheit kräuselten.

»Robin, warte!«

Sie hörte, dass Dimitri aufsprang. Auch seine Stimme klang verändert, stark und mutig nun – übermütig.

Schnell schlug sie die Tür hinter sich zu. Sie musste verhindern, dass er ihr in einem erneuten Anflug von absoluter Selbstüberschätzung folgte.

Denn es würde ihn nicht nur daran hindern, ihren Auftrag auszuführen. Es würde seinen sicheren Tod bedeuten.

Sie legte eine Hand auf das Schloss, gab dem Feuer, das so heiß und energisch in ihr brodelte, einen kleinen Ausgang und leitete die Energie direkt in die Tür. Sofort schmolz alles, was an Metall darin enthalten war, und versiegelte sie wie eine perfekte Schweißnaht.

Gerade rechtzeitig, denn keinen Wimpernschlag später fühlte sie, wie Dimitri erst daran rüttelte, dann dagegen hämmerte.

»Robin, verdammte Scheiße!«, drang seine Stimme gedämpft hindurch.

»Mach, worum ich dich gebeten habe. Es ist wichtig!«, rief sie ihm abermals zu.

Dann wandte sie sich ab und lief die Treppe hinunter.

Sie musste Abstand zu ihm bekommen – nicht dass ihm doch noch einfiel, wer er war, und den Versuch unternahm, dämpfend auf ihre Energie einzuwirken. Sie glaubte zwar nicht, dass er gerade in der Lage war, seine Fähigkeiten einzusetzen, aber sicher war sicher. Sie war jetzt auf jedes Quäntchen Energie angewiesen, das sich in ihr aufgestaut hatte.

Sie spürte, wie die Erde unter ihren Füßen vibrierte, während sie sich auf die Grenze zubewegte. Sie rannte nicht mehr, sondern ging in gemäßigtem Tempo und hoch erhobenen Hauptes.

Der Ausblick auf die Waldgrenze war noch um einiges Schlimmer geworden, von Wald konnte bereits keine Rede mehr sein.

Wie ein galaktischer Sturm hatten sich die Naturgewalten an der Grenze zum Manor vereint. Kalte, regenschwangere Stürme peitschten, Schlammmassen brodelten und spritzten, flimmernde Hitzewellen ließen auch die letzten Pflanzen welken.

Und davor warteten sie – sechs löwengleiche Kreaturen, groß wie Giganten und mit einer gefährlichen Aura, die Robin selbst auf die Entfernung spüren konnte.

Obwohl sie bisher nur einigen von ihnen begegnet war, erkannte sie jeden einzelnen der Klimatischen: Trockenheit, Kälte und Feuchtigkeit liefen unruhig hin und her, rechts und links flankiert von Wind und Trägheit, die abwartend dastanden und in Robins Richtung starrten. Und hinter ihnen allen saß, einem König gleich, die Hitze.

Etwas in ihr zögerte. Die Energie dieser Wesen war so stark, dass schon einer von ihnen wie eine Übermacht wirkte. Was konnte sie, Robin, gegen sechs von ihnen ausrichten?

Doch was geschah, wenn sie es nicht tat, nicht einmal versuchte?

Keiner der anderen Baocun würde es tun, sie war die letzte Instanz zwischen einer Welt, wie sie sie kannte und liebte, und dem absoluten Chaos.

Und war es nicht so, dass Energie zwar ihre Gestalt oder ihren Zustand änderte, aber niemals verschwand? Wenn sie der Staupunkt im Zyklus war, hatte sich dann nicht alle Energie der Baocun in ihr angesammelt?

Es musste so sein, denn das begründete auch, warum Quinn sie auf seine Seite hatte ziehen wollen. Sie musste einfach fest daran glauben, dass sie so mächtig geworden war wie fünf ihrer Sorte.

Kurz überfiel sie die Angst, nicht nur ihre Umgebung, sondern die anderen Baocun anzuzapfen. Eine verheerende Entwicklung – es würde sie vermutlich töten in ihrem jetzigen Zustand.

Etwas tief in Robin sagte ihr jedoch, dass es nicht geschehen würde. Als wäre mit ihrer Entscheidung für diese Konfrontation eine letzte Barriere gefallen, was ihr die freie Entscheidung ermöglichte, woher sie ihre Energie bezog.

Tapfer schritt sie weiter, während sie bereits das Feuer in sich anrief. Sie weckte und nährte es mit allem, was sie in ihrer Umgebung fand. Wie ein Magnet zog sie die Kraft zu sich, die in ganz Qi Manor steckte und allem sonst, was sie umgab.

Ihre Haut begann zu kribbeln, nein, zu brennen – und zwar wortwörtlich. Das Feuer fraß sich durch ihre Eingeweide, schoss durch ihre Adern, vernetzte all ihre Strukturen und löste ihr Nervensystem ab. Jeden Augenblick, so glaubte sie, würde sie auf die feinstoffliche Ebene übertreten.

Doch das geschah nicht. Ihr Körper verbrannte, während sie mehr und mehr Energie in sich aufnahm, speicherte, um sie gleich zu nutzen, wenn es um alles ging.

Sie spürte, dass es genau dieser Moment war, an dem es kein Zurück mehr gab.

39

Als sie etwa dreißig Meter von der Grenze trennten, gab es Robin nicht mehr. Da war nurmehr die Feuerbaocun, eine tobende Fackel mit menschlichen Umrissen, deren Füße den Boden nicht berührten, während sie sich vorwärts bewegte.

Sie kam den Klimatischen immer näher. Ein Dutzend Schritte noch zur Grenze, zu der Barriere. Sie war das Letzte, das Robin anzapfte, denn sie kannte die Konsequenz. In dem Moment, als auch dieser Schutz zur Energie des Feuers wurde, verschwand er, und die Klimatischen stürzten nach vorn.

Sie hatte keine Ahnung, was diese Kreaturen antrieb, wie ihr Plan oder ihr Auftrag aussah. Ihre schlimmste Befürchtung war, sie würden sich aufteilen, einfach an ihr vorbeirennen und sich auf das Manor – ihre Freunde, ihre Familie – stürzen.

Sie streckte die Arme zur Seite. Flammen schossen aus dem, was einst ihre Hände waren, breiteten sich in Windeseile aus wie eine Schlange, die durchs Gras glitt, bis sie sich schließlich auf der anderen Seite der Villa trafen und das Gebäude in einem schützenden Kreis einschloss.

Wenn ihr das Manor wollt, müsst ihr erst an mir vorbei, rief sie ihren Gegnern zu. Doch kein Laut kam über ihre Lippen.

Eine unheimliche Stille hüllte Robin ein. Sie sah die Klimatischen, sah deren Kräfte um sie wüten und auch das Wirken ihrer eigenen Macht. Und trotzdem erreichte kein einziges Geräusch ihre Ohren. Sie wollte Luft holen, konnte es aber nicht. Und brauchte es nicht. Ihr Körper war nicht mehr.

Die Klimatischen schienen sie dennoch zu verstehen. Obwohl gerade die Feuchtigkeit und der Wind diesen neuen Schutzring mit Leichtigkeit hätten überqueren können, richtete sich die Konzentration aller ausschließlich auf Robin.

Als der Erste von ihnen, der Wind, auf sie zusprang, setzte auch Robins Wahrnehmung wieder ein und der Lärm aller Elemente prasselte auf sie nieder.

Ihr Instinkt übernahm die Führung. Ohne darüber nachzudenken, warf sie sich zur Seite und schickte der Kreatur einen weiteren Flammenstrahl entgegen. Gleichzeitig ließ sie eine Magmafontäne aus der Erde brechen, welche die Feuchtigkeit im Sprung erwischte und nach oben katapultierte.

Der Trockenheit gelang es währenddessen, zu ihr durchzudringen und ihr mit der riesigen Pranke einen so heftigen Hieb zu versetzen, dass Robin mehrere Meter zur Seite geschleudert wurde. Sie rollte sich ab, kam bereits im Fallen wieder auf die Füße und sprang der Kälte entgegen, rammte ihr die Schulter gegen die Brust, als diese gerade zum Angriff ansetzte.

Sie kämpfte mit allem, was sie hatte: sowohl der Kraft ihres Elements als auch der ihrer brennenden Gestalt. Sie schickte Feuerbälle, Flammenfontänen, Magmageschosse. Sie trat, biss, boxte …

Minutenlang, stundenlang, Tage? Sie hatte jedes Gefühl für Zeit verloren.

Den Raum hingegen nahm sie noch sehr genau wahr und erkannte mit einem Anflug von Zufriedenheit, dass die Klimatischen dem Manor keinen Schritt näher gekommen waren.

Im Gegenteil, es war Robin tatsächlich gelungen, sie ein Stück zurückzudrängen.

Doch die Erleichterung hielt nicht lange an, als ihr ein weiteres Detail auffiel. Bisher hatte sie es lediglich mit fünf Klimatischen zu tun bekommen. Einer hielt sich immer im Hintergrund – die Hitze.

Wusste sie, dass sie gegen Robin am schwächsten war und wartete daher ab, bis ihre Verbündeten die Feuerbaocun niedergestreckt hatten?

Robin warf einen Blick zu der Stelle, an der die Hitze gesessen hatte, konnte sie jedoch nicht entdecken. Trotz des Feuers, aus dem sie bestand, stach es ihr kalt in das brennende Herz.

Wo war sie, die Feindin, die durch Robins Abwesenheit derart mächtig hatte werden können?

Sie fuhr herum, suchte die Umgebung ab.

Endlich entdeckte sie sie. Wie eine Raubkatze schlich sie um das Kampfgeschehen, als würde sie auf etwas warten. Den richtigen Moment, um einzugreifen?

Leider kam der genau in dieser Sekunde. Abgelenkt durch die Gedanken um die Hitze, bemerkte Robin nicht, wie Kälte und Trägheit sich zu ihrer Linken zusammentaten. Eiskalte Klauen bohrten sich in Robins Rücken, während sie gleichzeitig etwas zu Boden zog, ihre Glieder schwach machte und ihnen die Feuerenergie entzog.

Sie wand sich, wehrte sich gegen die Fesseln der Erschöpfung, die sie mit einem Mal umklammerten. Mit einem Schrei, der nur in ihrem Inneren erklang, bäumte sie sich auf und warf sich zur Seite, kurz bevor die Hitze mit einem ohrenbetäubenden Knall dort auftraf, wo Robin gerade noch gekauert hatte.

Die Feuerbaocun spürte, wie viel sie dieser Fehler gekostet hatte. Die Lücke in ihrer Verteidigung hatte sie eine enorme Menge an Energie gekostet. Noch so einen Angriff würde sie nicht überstehen.

Robin rappelte sich auf und zog sich ein paar Schritte zurück, näher zum Manor hin. Hier wartete die nächste Hiobsbotschaft – der Feuerring, den sie die ganze Zeit genährt hatte, war verschwunden. Anscheinend reichte ihre Kraft nicht mehr, zu kämpfen und parallel die Verteidigung aufrechtzuerhalten.

Ein letztes Mal, trieb sie sich an. *Ein letzter Versuch … Noch einmal alles geben … Wirklich alles. Nur nicht die Jungs.*

Robin streckte die Arme zu den Seiten. Obwohl ihre Augen geöffnet blieben, ihr Blick fest auf ihre Gegner geheftet war, die sich gerade ebenfalls zu einem finalen Schlag formierten, richtete sie den Fokus nach innen.

Sie nahm sich auf eine Weise wahr wie nie zuvor. Jede Struktur, jede Zelle, jedes Atom, das sie ausmachte, trat in ihr Bewusstsein. Sie spürte jeden einzelnen Teil von Robin, aber auch des Feuers – nicht nur in sich selbst, sondern auf der ganzen Welt und darüber hinaus.

Doch dabei beließ sie es nicht, da war keine Grenze. Zum ersten Mal nahm sie die Welt, den Kosmos, das Universum als Ganzes wahr. Über das Feuer hinaus kostete sie die Erde, das Metall, das Wasser, das Holz. Sogar das Qi konnte sich ihrem suchenden Blick nicht entziehen.

Sie wusste, dass es zu viel war. Am Ende blieb sie nur ein Mensch, und einem Menschen war es schlichtweg nicht möglich, *alles* zu erfassen, *alles* zu begreifen, *alles* zu fühlen. Und erst recht nicht, *alles* aufzunehmen.

Nur war es genau das, was sie vorhatte.

Ungeachtet der Tatsache, ihre eigene Vernichtung damit einzuleiten, beließ sie es nicht bei der Betrachtung des vollkommenen Ganzen, sie griff zu. Ihre mentale Kraft formte Widerhaken, die sich in alles krallten, was sie erreichten.

Dann holte sie ihre Beute ein, einem Angler gleich.

Es zerrte an ihrem Verstand, schien sie gleichzeitig zu zerreißen und implodieren zu lassen. Der Schmerz war unendlich, genau wie das, was sie versuchte, in sich aufzunehmen. Ein Teil von ihr schrie und wehrte sich gegen diese übermenschliche Kraft – der Teil, der wollte, dass der Mensch Robin überlebte.

Doch der andere Teil, jener dessen Schicksal es war, das Gefüge der Welt im Einklang zu halten, war stärker.

Hier ging es nicht mehr um sie. Das Feuer würde sich ein neues Gefäß suchen, sobald dieses zerstört war. Robin war unwichtig. Das Leben eines Menschen war bedeutungslos im Angesicht des allumfassenden Chaos, welches der Welt drohte.

Die Grenzen verschwammen. Robins Silhouette, die im Kampf gegen die Klimatischen rot geglüht hatte wie das Innere eines Vulkans, verlor ihre Farbe. Von den Füßen und Fingerspitzen aus breitete sich gleißendes, weißes Licht aus, das sich mit dem gleichen Tempo in Richtung ihres Herzens ausbreitete, wie die gesammelte Energie in ihr anstieg.

Es war die Zündschnur einer Bombe, die jeden Moment hochgehen würde.

Die Klimatischen spürten, dass sich etwas Großes vor ihnen tat. Sie gruppierten sich, drängten sich aneinander, als würden auch sie zu etwas Mächtigerem verschmelzen wollen. Wie ein schützender Wall umschlossen die anderen die Hitze in ihrer Mitte, die mit gebleckten Zähnen fauchte, nicht bereit, die gewonnene Führung wieder abzugeben.

Robin senkte den Kopf.

Das Weiß hatte sie fast vollständig eingehüllt. Die Macht, die sie in sich trug, berauschte sie und ließ keinen Zweifel an ihrer Opferbereitschaft.

Es war richtig, was sie tat, und sie war froh, dass das Universum sie dazu befähigte.

Doch gleichzeitig erfüllte sie eine enorme Traurigkeit. Das kleine Stück ihrer Brust, das noch immer rot leuchtete, zog sich krampfend zusammen.

Ihr Herz blutete. Eine rotglühende Träne, strahlend wie ein Rubin, rollte ihre Wange hinab.

Jahrelang war sie allein gewesen, einsam, hatte sich fehl am Platz gefühlt, egal wohin sie gekommen war. Dann hatte ihr Weg sie nach Qi Manor geführt und, wenn auch zu spät, erkannte sie jetzt, dass sie dort ihr Zuhause gefunden hatte.

Menschen, zu denen sie gehörte. Menschen, die sie liebte und von denen sie zurückgeliebt wurde. Und auch den Menschen, den sie unabdingbar über alles stellte. Der Mensch, für den sie nun sterben würde.

Sie hob das Kinn und blickte den Klimatischen entschlossen entgegen. Schließlich senkte sie die Lider, tat im Geist einen letzten Atemzug, den ihr Körper schon längst nicht mehr benötigte, und wartete auf den Moment, in dem die kosmische Energie vollkommen von ihr Besitz ergriffen hatte.

Plötzlich spürte sie etwas anderes. Eine Berührung. Nicht das dröhnende, drückende Gefühl der einströmenden Energie, sondern eine physische.

Etwas legte sich um das, was ihre Hand sein sollte. Fremde Finger schlossen sich um ihre und drückten entschlossen und doch sanft zu.

Sofort wollte sie ihre Hand zurückziehen. Was auch immer sie da angriff, störte sie. Es unterbrach ihre Verbindung mit dem großen Ganzen, verhinderte die Aufnahme weiterer Energie.

Mehr noch, es schien den Prozess umzukehren.

Etwas von dem Druck, der auf ihr lag, verschwand.

Erleichterung durchströmte Robin und linderte die Traurigkeit in dem kleinen menschlichen Teil, der noch in ihr steckte.

Diese Empfindung war so gut!

Dennoch wusste Robin, dass sie sich ihr nicht hingeben durfte. Dass sie jetzt nicht aufhören, nicht aufgeben durfte.

Sie wehrte sich, klammerte sich mit der anderen Hand an den Kontakt zum Kosmos, um dadurch mehr aufzusaugen. Doch dann legte sich auch darum eine fremde Hand und trennte den Bund, den sie geschlossen hatte.

Ihr Sein wurde noch leichter und mit einem Mal konnte sie spüren, dass diese Berührung ihr keinesfalls fremd war. Im Gegenteil!

Es war, als hätte sie sich selbst die Hand gereicht.

Aber das war verrückt.

Träge hob sie die Lider und schaute nach links. Ihre Augen weiteten sich.

Das war unmöglich!

Neben ihr stand Mickael, ein aufbauendes, zuversichtliches Lächeln im Gesicht. Er war es, der als Erster ihre Hand ergriffen hatte.

Und neben ihm, seine andere haltend, stand Jason, den Blick zum Bersten angefüllt von Liebe und Stolz.

Dahinter kam Dimitri, von dem sie nur den Hinterkopf sah, da er seine Aufmerksamkeit auf Edward gerichtet hatte, der als Letzter in der Kette stand.

Nein, nicht als Letzter. Doch die Person danach raubte Robin den Rest ihres Verstandes.

Auch Edward hatte seine Hand ausgestreckt – und hielt die *ihre* darin. Ja, es war eindeutig sie selbst, Robin, die neben ihm stand, den Kopf zu der nächsten Person in der Reihe gedreht, Mickael. Und so setzte sie die Linie fort, stand Baocun an Baocun in einer endlosen Linie.

Jason, Dimitri, Edward, Robin, Mickael, Jason, Dimitri, Edward, Robin, Mickael, Jason, Dimitri, Edward, Robin …

Erschrocken drehte sie den Kopf zur anderen Seite.

Edwards Lippen waren vorwurfsvoll zusammengepresst, und dennoch fand sie unendliche Anerkennung in seinen Augen. Dimitri daneben nickte ihr zu und die Bewegung setzte sich milliardenfach in seinem Rücken fort, wo Robin die gleiche Schlange erblickte wie zu ihrer anderen Seite.

Dann fuhr eine Veränderung durch die Linie. Das weiße Strahlen ihres eigenen Abbildes verblasste und wich einem glühenden Rot, während die Körper der anderen in den ihnen entsprechenden Farben aufleuchteten.

Endlich strömte wieder Luft in ihre Lungen und Robin fühlte sich, als wäre sie aus tiefem Schlaf erwacht, während sie gleichzeitig eine grenzenlose Erschöpfung in ihren Gliedern spürte.

Die überirdische Kraft, die sie eben noch wahrgenommen hatte, verschwand.

Nein, das stimmte nicht. Sie blieb erhalten, doch sie verteilte sich nun auf alle fünf Baocun, so wie es vorgesehen war.

Der ›Zyklus der Fünf‹ war geschlossen.

Zum ersten Mal seit Jahren waren die Baocun eins.

Es war Zeit für die endgültige Schlacht.

Robin sah nach vorn zu den Klimatischen. Nun stahl sich auch auf ihr Gesicht ein Lächeln. Denn den grotesken Löwen war anzusehen, dass auch sie verstanden, was hier gerade geschah.

Zögerlich machte der Wind einen Schritt zurück und auch die Kälte löste sich aus der Formation. Die Hitze brüllte wie am Spieß, als wäre sie bereits getroffen worden. Doch es war ihr abgrundtiefer Zorn, den sie ihnen damit entgegenspie. Denn sie wusste, ihre Zeit war vorbei.

Hand in Hand schritten die Baocun auf ihre Feinde zu. Jetzt, da Robins Blick sich wieder auf die physische Welt richtete, waren sie nur noch zu fünft. Aber selbst so waren sie in deutlicher Übermacht.

Ihre Energien tobten, züngelten um sie herum. Und gerade, als die Klimatischen ihre Niederlage eingestanden und sich abwandten, brachen sie hervor.

Durchscheinend wie Licht lösten sich blaue, rote, grüne, weiße und braune Tentakel aus den Auren der Baocun und schossen nach vorn. Sie schlugen auf ihre Gegner ein, warfen sie in die Luft, durchbohrten sie.

Das Jaulen der Tiergestalten dröhnte in Robins Ohren, doch sie kannte kein Erbarmen.

Sicher, sie würden die Klimatischen nicht vernichten, das wurde ihr in dieser Sekunde klar. Diese Wesen waren genauso Teil der Gleichung zur Aufrechterhaltung der Ordnung wie sie und ihre neue Familie. Aber sie würden heute eine Lektion erhalten, die sie so schnell nicht vergessen würden. Mit dieser Generation an Baocun legte man sich besser nicht an.

Robin lenkte ihre Aufmerksamkeit auf die Hitze. Es hatte Momente gegeben, da hatte sie sich einen Zweikampf mit diesem Klimatischen gewünscht. Mittlerweile verstand sie, dass sie nur als Einheit funktionierten.

Der brennende Löwe flog mehrere Meter nach hinten, als ihn die geballte Energie der Baocun traf.

Kurz glaubte Robin, sie hätten ihn getötet, als er liegen blieb und Trägheit und Feuchtigkeit sich zu ihm schleppten.

Erst als sie ihren Mitstreiter grob anstupsten, rappelte sich die Hitze auf. Und dann flohen sie.

Die Stürme verebbten. Der Nebel verzog sich. Die Erde hörte auf zu beben.

Und das Leuchten, das die Verteidiger von Qi Manor, die Hüter des Ausgeglichenen, umgab, verschwand.

Mit voller Wucht kehrten Robins körperliche Empfindungen zurück. Ihre Lunge brannte, die Haut spannte sich wie ein zu kleines Kostüm über ihre schmerzenden Muskeln und der Kopf schien jeden Augenblick explodieren zu wollen. In den Ohren klingelte es, sie schmeckte Asche und ihre Nerven waren noch nicht bereit, die Kontrolle über den Körper wieder aufzunehmen. Ihr Herzschlag setzte aus, ihr Blick verschwamm.

Und dann war sie da, die Dunkelheit, die Robin bereits kannte, und von der sie wusste, wohin sie führte.

Robin lächelte. Sie war den Klimatischen mit der Gewissheit entgegengetreten, dass dieser Kampf ihr eigenes Ende bedeuten würde.

Qi Manor zu retten, war ihr Ziel gewesen. Die Jungs zu retten.

Das hatte sie geschafft, und sogar mehr. Ihre Freunde hatten zu sich selbst zurückgefunden. Sie würden als starke Einheit zusammenstehen, so wie sie es die letzten Jahre schon getan hatten, bis sich ein neues Feuer zu ihnen gesellen würde.

Das Gefüge der Welt würde weiter bestehen, unanfechtbar. Und das war mehr, als sie zu hoffen gewagt hatte.

Als sie ihren letzten Atemzug tat, spürte Robin keine Schmerzen mehr. Sie fühlte nur noch Ruhe, Ausgeglichenheit. Und vollkommenes Glück.

Epilog
Die Asche

Jason hielt den Strauß mit den weißen Lilien fest umklammert. Er mochte solche Momente nicht, das konnte ihm jeder ansehen. Sie warfen ihn aus der Bahn, störten den Fluss seiner Energie, was ihn wieder ein Stück in die Melancholie trieb, der er mit Robin an seiner Seite so gut entkommen war.

Doch es nützte nichts. Dieser Schritt, diese Begegnung, war wichtig. Für sie.

Sie hatten sie alle begleitet. In einem Halbkreis hatten sie sich um das Grab gestellt, Jason, Dimitri, Edward, Mickael. Und sogar Quinn.

Niemand konnte sich erinnern, wann dieser das Manor zum letzten Mal verlassen hatte. Niemand, außer Robin, die ihm an diesem Tag das erste Mal begegnet war. Denn es war der Tag gewesen, als er ihre Eltern getötet und dem Chaos somit einen entscheidenden Vorteil verschafft hatte.

Und um genau diesen beiden Menschen die letzte Ehre teilwerden zu lassen, waren sie heute hier.

Robin kniete vor dem Erdhügel mit dem kleinen hölzernen Kreuz darauf. Das Grab war leer, aber das war nicht von Bedeutung. Die Körper von Eliza und Dunkan hatte das Feuer vor fünfzehn Jahren verschlungen. Ihr Andenken hingegen lebte und sollte an dieser Stelle für die Ewigkeit bestehen bleiben.

Stumme Tränen liefen Robin über die Wangen. Sie hätte die beiden so gern kennengelernt. Auf eine Art, an die sie sich wirklich erinnern konnte, nicht nur aus den wenigen Visionen, die Quinn ihr hatte schenken können.

Der Hausherr trat neben sie. »Sie wären stolz auf dich, wenn sie sehen könnten, zu was für einer starken Frau du herangewachsen bist.« Seine Stimme war ruhig, bebte aber ein wenig. Dann schlug er ihr plötzlich auf die Schulter. »Was meinst du, sollen wir das Haus restaurieren? Das könnte ein schönes Liebesnest für dich und Jason werden.«

Sie stieß prustend die Luft aus, was durch ihre verstopfte Nase ein wenig blubbernd klang. Trotzdem hatte ihr Lachen einen schalen Beigeschmack.

Es fiel ihr nach wie vor schwer, Yin und Yang als Einheit zu betrachten, als zwei Seiten desselben Mannes. Noch schwerer war es, Yang in Quinn zu akzeptieren – und nicht jedes Mal auf ihn loszugehen, wenn sich diese Seite zeigte.

Als sie nach dem Kampf gegen die Klimatischen im Arbeitszimmer des Hausherrn erwacht war, hatte sie es mit einem einzigen Feuerschlag in Schutt und Asche gelegt. Nur Dimitris kühlem Kopf und Jasons fester Umarmung war es zu verdanken, dass sie nicht die ganze Villa zerstört hatte.

Doch nach ihrem Beinahe-Tod als Erstes mit dem Antlitz des Mannes konfrontiert zu werden, der Schuld an allem trug, hatte sie gelinde gesagt, etwas aus der Bahn geworfen.

Es hatte ein wenig gedauert, ehe sie auch dieses letzte Puzzleteil verstanden und vor allem akzeptiert hatte.

Der Einklang, zu dem die Baocun gefunden hatten, der geschlossene und gesunde Lauf des Zyklus, hatte das Gleichgewicht der Welt zurückgebracht. Und damit auch das ausgewogene Verhältnis zwischen Yin und Yang.

Quinn war wieder er selbst, eine ausgewogene Mischung aus beiden Seiten des Lebens. Und genauso wie die Klimatischen zum großen Ganzen gehörten, tat er das auch.

Eine Welt ohne Chaos war genauso unvorstellbar wie eine Welt, die darin versank. Denn wie viele schöne Zufälle würden den Menschen entgehen, wie viele Entwicklungen hätte es niemals gegeben? Das Leben brauchte Veränderung, und es war nun einmal Yang, der dafür verantwortlich war.

Ganz abgesehen davon, dass die beiden so viel mehr innehatten. Tag und Nacht, Realismus und Fantasie, Mutter und Vater, Mann und Frau. Ja, selbst die Liebe verdankten sie der Existenz dieser beiden Seiten.

Letzteres riss sie aus ihren Gedanken. Sie folgte mit dem Blick Quinns Fingerzeig, der anhaltend auf das verbrannte Gut gerichtet war.

Ein Liebesnest …

Als sie den Gedanken zuließ, verging ihr das Grinsen, das seine Bemerkung ausgelöst hatte. Gern hätte sie zu Jason gesehen, wagte es jedoch nicht.

»Denkt drüber nach, meinen Segen habt ihr«, meinte Quinn in väterlichem Tonfall, klopfte ihr erneut auf die Schulter und ließ sie los. »Ich mache mich dann mal auf den Heimweg. Ich bin zu alt, für derart lange Ausflüge.« Er ging zu Jason und kniff ihm in die Wange. »Was würde ich darum geben, in deiner Haut zu stecken.«

Er hatte den Metallbaocun noch nicht losgelassen, als sein Körper auch schon lautlos verblasste, bis der Hausherr ganz verschwunden war.

Robin sah wieder auf das Grab. Schließlich wischte sie sich die letzten Tränen von den Wangen und stand auf.

Nun trat Jason zu ihr. Robin zuckte kurz zusammen, als er ihr von hinten die Arme um die Taille legte.

»Es ist wirklich schön hier«, sagte er leise. »Würde es dir denn gefallen, es wieder aufgebaut zu sehen?«

Sie versteifte sich, löste sich aber auch nicht von ihm. »Ich weiß nicht, ob das so eine gute Idee ist.«

Er wusste sofort, dass ihre Aussage sich nicht auf ihr Elternhaus bezog. »Robin«, seine Stimme war sanft, »du bist die Stärkste von uns. Sowohl im Nehmen als im Geben. Wann wirst du aufhören, Angst davor zu haben, die Kontrolle zu verlieren?«

Er hatte den Nagel auf den Kopf getroffen. Sicher war es ihr Einsatz gewesen, der die Baocun am Ende vereint hatte. Kontrolliert war dieser Vorgang allerdings nicht vonstattengegangen. Und schließlich wäre es gar nicht nötig gewesen, hätte sie nicht zuvor für einen derartigen Stau gesorgt, sich nicht widerrechtlich an Jasons Energie vergriffen.

In den Tagen, als sie sich von dem großen Kampf erholt hatte, hatte sie viel darüber nachgedacht und war zu dem Schluss gekommen, dass ihre eigenen Gefühle der Knackpunkt waren. Nur solange sie ihre *Brüder* alle gleichermaßen liebte, konnte die Verbindung des Zyklus bestandhaben.

Leider hatte ihr Herz diese Anweisung bisher abgelehnt. Noch immer schlug es viel zu wild, sobald Jason in ihre Nähe kam, genau wie jetzt. Und wenn er nicht da war, schien es, als würde ein Stück von ihr selbst fehlen.

Nein, die Liebe zu ihren anderen Mitstreitern war nichts im Vergleich zu dem, was sie für den Metallbaocun empfand.

»Es macht uns verwundbar«, flüsterte sie.

Jason ließ nicht zu, dass sie sich von ihm löste, sondern drehte sich gemeinsam mit ihr zu den anderen um. »Sehen die beiden für dich besonders verwundbar aus?«

Er lenkte ihren Blick auf Mickael und Dimitri, die ihre umschlungene Haltung spiegelten. Mickael strahlte sie an, während er über Dimitris Unterarme strich, die um seine Taille lagen. »Lass es einfach zu«, meinte er mit einem verschmitzten Lächeln. »Es ist leichter, als es aussieht.«

Sie hatte immer gewusst, dass die Beziehung der beiden inniger war als zwischen den anderen Jungs. Jetzt schlug sie sich gedanklich gegen die Stirn ob ihrer Begriffsstutzigkeit, *wie* innig diese war.

Erde und Wasser standen sich im Kreislauf genauso gegenüber wie Feuer und Metall. Und dennoch hatte sie es in dem ganzen Jahr, in dem sie nun schon im Manor lebte, nie erlebt, dass die beiden sich gegenseitig irgendwie geschadet hätten. Im Gegenteil, sie waren immer eine Einheit gewesen, wenn Robin sie zusammen hatte kämpfen oder trainieren sehen.

Sollte Jason und ihr das tatsächlich ebenfalls möglich sein?

»Ich glaub, ich muss kotzen«, kam es von Edward, die Arme vor dem Körper verschränkt und einen gurrenden Aro darauf haltend. »Wehe, ihr fangt jetzt mit kollektivem Rumgeknutsche an.«

»Wird Zeit, dir auch eine Freundin zu suchen«, stichelte Dimitri und drückte Mickael einen Kuss auf die Wange.

Edward schüttelte abwehrend den Kopf. »Vergiss es, ich bleib bei meinen Motoren. Da weiß ich wenigstens, was los ist, wenn einer mal nicht funktioniert. Reicht mir schon, dass das kleine Fellknäuel mir nicht mehr von der Seite weicht.«

»Ich könnte mir auch keine vorstellen, die es mit dir aushält«, mischte sich Jason in die Unterhaltung ein.

Edward lachte. »Ich würde auf jeden Fall eine bessere Wahl treffen als du. Aber hey, wer auf Kratzbürsten steht …«

»Du Arsch«, gab Robin lahm zurück und fiel in sein Lachen ein.

Sie spürte, wie plötzliche Entspannung sie durchflutete.

Das hier war gut. Das hier war richtig. Sie mussten sich nicht verbiegen, nur weil sie Auserwählte waren. Sie mussten nicht perfekt sein.

Edward und sie durften sich necken. Der Holzbaocun durfte auch mal wütend werden, genauso wie sie selbst weiterhin ihr Herz auf der Zunge trug – solange sie sich nicht im wahrsten Sinne die Köpfe einschlugen.

Dimitri würde stets ein wenig zugeknöpft sein, so wie es Jason immer schwerfallen würde, wirklich aus sich herauszukommen – außer in den Momenten der Zweisamkeit. Und Mickael würde zeitlebens den Drang verspüren, trotz aller Unterschiede für Ruhe und Frieden in Qi Manor zu sorgen.

So waren sie. Jeder hatte seinen eigenen Charakter, der nicht nur durch ihr Element bestimmt wurde, sondern vor allem von ihrer menschlichen Seite, die sie nach wie vor hatten.

Und Menschen liebten.

»Wo wir gerade dabei sind, ich habe ein Date mit einem alten Cadillac.« Edward hob grinsend die Hand.

Keine Sekunde später zerstob sein Körper zu kleinsten Sägespänen, die der Wind davontrug.

»Wir verabschieden uns dann auch mal. Dimitri braucht noch etwas Ruhe.«

Der Wasserbaocun verdrehte die Augen. »Man möchte meinen, dass ich mit einem Kampf gegen alle Klimatischen auf einmal bewiesen hätte, wie fit ich bin.«

»Nur weil Robin dein Energielevel wieder aufgefüllt hat, heißt das nicht, dein Körper hätte den Verlust bereits verkraftet.« Mickael drehte sich in Dimitris Armen und zum ersten Mal wurde Robin Zeuge, wie die beiden sich küssten. Keusch und kurz, aber eindeutig voller Liebe.

Irgendwann würde sie mehr über die beiden wissen wollen. Wie sie zueinander gefunden hatten, ob sie am Anfang die gleichen Startschwierigkeiten hatten. Ob Mickael vielleicht irgendwelche Tipps hatte, wie sie sich Jason gegenüber verhalten musste – rein energetisch betrachtet.

Ihre Mundwinkel zuckten. Den Rest bekamen sie ganz gut alleine hin.

Doch jetzt lag ihr etwas anderes auf dem Herzen. »Dimitri«, sprach sie den Wasserbaocun an. »Ich hab mich noch gar nicht richtig bei dir bedankt.«

Dieser winkte ab. »Hast du wohl, ungefähr zwei Dutzend Mal.«

Er hatte recht. Dennoch verspürte Robin immer, wenn sie ihn sah, den Drang, es noch einmal zu tun.

Dimitri war es tatsächlich gelungen, ihre Botschaft weiterzutragen. Er war nicht zu Edward in die Garage gegangen, das war gar nicht nötig gewesen. Schon wenige Minuten, nachdem sie das Manor verlassen hatte, waren die anderen in der Eingangshalle aufgetaucht, einer nach dem anderen.

Jason war der Erste gewesen, den Robins erstarkende Aura aus seiner Lethargie geweckt hatte. Als er dann den Abfall ihrer Energie wahrgenommen hatte, war es für ihn selbst eine Erweckung gewesen. Und den anderen war es genauso gegangen.

Ihnen allen war klar gewesen, was Robin tat, was sie vorhatte, und was es für sie bedeuten würde. So uneins die Baocun in diesem Moment auch gewesen waren, ein Gedanke hatte sie geeint: dass sie es nicht zulassen würden, ihre Schwester zu verlieren.

Und so waren sie gekommen, gerade noch rechtzeitig, um …

Das wilde Spiel von Wasser und Erde, in das die beiden Jungs vor ihr plötzlich verfielen, riss sie aus ihren Gedanken.

»Bis später«, sagte sie schnell, doch Mickael und Dimitri waren bereits fort.

»Hey, Flämmchen«, Jason strich ihr sacht über die Schultern, »ist dir kalt? Du zitterst.«

Das tat sie wirklich, wie sie bemerkte. Die Erinnerung an den Kampf ließ sie noch immer viel zu sehr erschaudern.

Sie wandte sich ihm zu. Es bedurfte keiner Erklärung, er wusste genau, was in ihr vorging.

»Wie geht es jetzt weiter?«, fragte Robin. Sie wollte lieber über die Zukunft sprechen als über die Vergangenheit, auch wenn diese nicht einfacher werden würde.

»Nun, wir werden eine ganze Weile Ruhe haben, nachdem du den Klimatischen derart in den Hintern getreten hast.«

»Wir«, korrigierte sie sofort. »*Wir* haben das getan.«

Er zuckte mit den Schultern, lächelte sie aber weiterhin an.

»Trotzdem werden sie wiederkommen.«

»Natürlich«, bestätigte er. »Das werden sie immer. Sie gehören genauso zum Gefüge der Welt wie wir. Ähren, die sich im Wind wiegen, Igel, die träge im Winterschlaf verweilen, Moore und Savannen als Lebensräume für so viele Arten.«

Sie nickte. Er brauchte ihr das nicht zu erklären, nicht mehr. Sie hatte es begriffen, alles.

Erneut sah sie zu dem zerstörten Gut und ließ den Blick über die angrenzende Umgebung schweifen. Noch immer wirkte das Gras verdorrt, lagen die Felder brach. Doch hier und da hatte der Regen der letzten Tage bereits für erste grüne Flecken gesorgt. Schillernde Pfützen spiegelten den Regenbogen wider, der sich über den Himmel zog.

»Die Menschheit hat eine schlimme Zeit durchlebt«, griff er ihre Gedanken auf. »Aber das ist vorbei. Die Natur wird sich auf der ganzen Welt wieder erholen, wird stärker sein als je zuvor. Du hast Quinn gehört – er kann sich nicht erinnern, jemals einen so stabilen ›Zyklus der Fünf‹ um sich gehabt zu haben. Für die Menschen beginnt eine Ära der Fülle und des Glücks.«

»Und für uns?« Robin wusste, wie egoistisch diese Frage war.

Sie hatte ihr Schicksal zwar angenommen, erfüllt würde dieses jedoch erst sein, wenn sie starb und ihr Wissen an den nächsten Feuerbaocun weitergegeben hatte.

War es nicht unfair, dass sie den Menschen so viel Gutes brachte, selbst aber für den Rest ihres Lebens nur *funktionieren* sollte?

Jason nahm ihr Gesicht in beide Hände. »Ich glaube, wir haben auch ein bisschen Glück verdient. Ich finde die Idee mit dem Liebesnest gar nicht schlecht.«

»Müssen wir denn nicht zurück nach Qi Manor?«, fragte sie verblüfft.

Jason grinste. »Nur weil wir Baocun sind, heißt das nicht, dass wir unser ganzes Leben dort verbringen müssen. Oder glaubst du, Edward hat seine Maschinen nur zum Anschauen aufgebaut? Und denk bloß nicht, dass Dimitris und Mickaels Abwesenheit immer mit gemeinsamen Kampfaufträgen zu begründen ist.«

Er strich ihr eine Haarsträhne aus dem Gesicht. Sie waren länger geworden in den letzten Monaten, bald würde sie sich einen Zopf binden müssen, wenn sie sie nicht wieder kurz schnitt.

»Auch wir sind Menschen, Robin«, sagte er leise. »Auch für uns beginnt jetzt eine wunderbare Zeit.«

Mit diesen Worten beugte er sich zu ihr herab und küsste sie.

ENDE

Nachwort

Bevor ich hier ins Schwafeln gerate, möchte ich erst einmal ein riesiges Dankeschön an alle aussprechen, die schon andere meiner Bücher gelesen und mich seit meiner letzten Veröffentlichung nicht vergessen haben.

Ich bin kein Schnellschreiber und hatte 2022 zusätzlich mit einer langwierigen Schreibblockade zu kämpfen, weshalb ihr nun drei Jahre auf eine neue Geschichte warten musstet.

Aber ihr habt gewartet und das bedeutet mir unsagbar viel!

Natürlich freue ich mich auch über alle Neuankömmlinge unter den Fannynatikern. Mit diesem Buch habt ihr zu einem ganz besonderen Schatz gegriffen – optisch ist es einfach die Queen unter meinen Büchern. Aber es geht ja um die inneren Werte, oder? Dann empfehle ich euch, als nächstes zu »Countdown to Noah« zu greifen, wenn ihr eine weitere junge Frau kennenlernen wollt, die ihren Platz in der Welt finden muss. Okay, Klimatische findet ihr hier nicht, dafür aber zombieähnliche Supermenschen, die vielschichtiger sind, als man vorerst denkt.

Zurück zu Robin und den Baocun … Die Geschichte war für mich etwas Besonderes. Ich habe mich bei der Entwicklung der Charaktere und ihrer elementaren Verbindungen an etwas orientiert, mit dem ich schon vor meiner ›Karriere‹ als Autorin intensiver zu tun hatte – der TCM (traditionellen chinesischen Medizin), spezieller noch der Lehre der Wandlungsphasen. Einige wissen vielleicht, dass ich in meinem früheren Leben Physiotherapeutin war. Damals schon fand ich die östliche Medizin unglaublich spannend, habe mich viel mit Akupunktur und körpereigener Energie beschäftigt. Das ist hängen geblieben.

Schon seit Jahren wollte ich einen Fantasyroman schreiben, der auf den Grundlagen dieser Lehre basiert, auf den Zusammenhängen zwischen den verschiedenen Elementen und ihren eigenen Ausprägungen. Mit ›Der Zyklus der Fünf‹ ist das nun endlich geschehen.

So war es im Grunde nicht meine Idee, dass Jason als Metallrepräsentant im Westflügel wohnt, oder der Verlust der Niere gerade für Dimitri, den Wasserrepräsentant, besonders schlimm ist. Von dem Machtgefüge zwischen den Fünf will ich gar nicht erst anfangen. Und auch den Fakt, dass es sechs Klimatische – sechs Klimaeinflüsse – gibt, habe ich mir nicht selbst ausgesucht.

Ich kann euch sagen, es war gar nicht so leicht, die recherchierten Fakten in eine spannende Geschichte zu verwandeln. Deshalb möchte ich kurz betonen, dass es sich bei diesem Werk NICHT um ein Sach- oder Fachbuch handelt, sondern um eine fiktive Geschichte. (Ich möchte keine negative Bewertung lesen müssen, dass Prof. Dr. Tcm die dargestellte Arbeit der Elemente als fehlerhaft betrachtet. Alles schon passiert – an diesem Punkt liebe Grüße an meine engelliebende Kollegin J. R. Welsch XD)

Mit Sicherheit habe ich nicht alle Beziehungen medizinisch korrekt wiedergegeben. Seht es mir nach, nennt es freie Interpretation oder künstlerische Freiheit, mir egal. Ich wollte das spannende Thema der Wandlungsphasen aufgreifen und euch daraus einen unterhaltsamen Roman stricken. Wenn mir das gelungen ist, bin ich zufrieden.

Dass dieses Buch so toll geworden ist (ist es doch, oder?), ist nicht allein mein Verdienst.

Wenn wir Autoren ein Buch beenden, sitzen wir meist erst mal mit einem ›Boah, was für ein Mist ist das denn?‹-Gefühl vor dem Manuskript. Bei diesem Werk hier war es bei mir besonders schlimm. Ich hatte große Zweifel daran, dass es dem Sternensand Verlag würdig wäre … Meine liebe Verlegerin Corinne Spörri sah das anders. Klar gab es Stellen, die überarbeitet werden mussten – mehr als in meinen vorherigen Geschichten, da bin ich ehrlich. Mein Bauchgefühl hat mich also nicht komplett getäuscht.

Aber dank Corinnes herzblutgefülltem Einsatz (sprich ihrer wunderbaren, konstruktiven, hilfreichen Kritik) wurde eine absolut runde Sache daraus, eine spannende, emotionale Story, hinter der ich nun zu hundert Prozent stehen kann.

Den Überarbeitungsprozess hat mir dann noch meine Illustratorin Juliane (JulesMangaArt) versüßt, denn gerade als ich an die erste kniffelige Stelle kam, flatterten die von ihr gezeichneten Charakterbilder in meinen virtuellen Briefkasten. Ich finde sie ganz großartig und Robins Blick war eine enorme Motivation, das Buch fertigzustellen. Möchtet ihr die Charakterkarten alle haben, besucht mich auf Messen und schaut bei meinem Patreon-Account vorbei. Und stattet Juliane auf Instagram gern einen Besuch ab, ich finde ihre Arbeiten genial!

Jetzt gilt es noch, ein paar Dankeschöns zu verteilen.

An meine Testleserin Paula, der ihr zu verdanken habt, dass Edward am Ende nicht völlig allein geblieben ist.

An Alexander Kopainski, der meiner Geschichte ein phänomenales Mäntelchen gestrickt hat.

An Matti, der auch noch die letzten Fehler und Unstimmigkeiten aussortiert hat.

An Anja, meine Hüterin-der-Sterne-Nachfolgerin, die dafür sorgt, dass ihr die besonders liebevoll verpackten Bücher inkl. Gruppenbild-Postkarte erhaltet, wenn ihr direkt beim Verlag bestellt.

An meine Schwester und meine Mutti – für ihre beigesteuerten vier Wörter in der Korrekturphase, hihi …

Und nicht zuletzt an meinen Mann, der (wenn auch mit einem leichten Augenverdrehen) immer da ist, wenn ich mich über buchige Themen auskotze oder maßlos freue.

Hmmm … das reicht langsam für ein Nachwort, oder?

Danke, dass DU bis hierher gelesen hast. Ich finde es nicht selbstverständlich, dass man sich das Abschlussgeschwafel eines Autors antut – zugegeben, ich skippe das relativ oft.

Also, herzlichen Dank für deine kostbare Zeit, die du mir und meiner Geschichte geschenkt hast! Wir sehen uns auf der nächsten Messe, lesen uns im nächsten Roman oder hören uns sogar – es gibt da das ein oder andere Hörbuch mit mir als Sprecherin.

In diesem Sinne, bis bald und

Have
a
FANNY
DAY

Über die Autorin

Fanny Bechert wurde 1986 in Schkeuditz geboren und lebt heute mit ihrem Mann in einem ruhigen Dörfchen im Thüringer Vogtland.
Als gelernte Physiotherapeutin griff sie erst 2012 mit dem Schreiben ein Hobby ihrer Kindheit wieder auf. Was zuerst ein Ausgleich vom Alltag war, nahm bald größere Formen an und so veröffentlichte sie im Juni 2015 ihren ersten Roman im Genre High-Fantasy, der den Beginn der mehrbändigen Reihe „Elesztrah" darstellt. Seitdem widmet sie sich immer aktiver der Tätigkeit als Autorin.
Heute schreibt sie nicht nur Romane, die sie ebenfalls selbst vertont, sondern hat das Texten im Bereich des Online-Marketings auch zu ihrem Hauptberuf gemacht.

Kontakt:

Facebook: www.facebook.com/elesztrah

Instagram: www.instagram.com/fannybechert

Homepage: www.fanny-bechert.de

Mehr Fantasy-Geschichten von Fanny Bechert:

Fanny Bechert
Elesztrah
High-Fantasy

Klappentext:
Eine verbannte Jägerin auf der Suche nach ihrem Gefährten …
Ein Krieger aus den Reihen der königlichen Garde …
Eine Macht, die beide untrennbar miteinander verbindet …

Als die Elfe Lysanna herausfindet, dass ihr Gefährte von dem gefürchteten Flammenden Lord gefangen gehalten wird, verspürt sie nur einen Wunsch: ihn zu befreien. Dabei zählt sie auf die Hilfe ihres Clans ›Angelus Mortis‹.
Mitten in den Vorbereitungen auf den bevorstehenden Kampf taucht jedoch der Elfenkrieger Aerthas in ihrem Dorf auf, mit dem sich Lysanna auf unerklärliche Weise verbunden fühlt. Liegt es daran, dass sie beide geheimnisvolle Kräfte in sich tragen, die sie gemeinsam lernen müssen, zu beherrschen? Denn ihre vereinte Macht könnte die einzige Möglichkeit sein, den Flammenden Lord endgültig zu vernichten.
Doch selbst wenn ihnen das gelingen sollte, steht die wachsende Zuneigung, die zwischen Aerthas und Lysanna entsteht, unter einem ungünstigen Stern.

Fanny Bechert
Countdown to Noah
Dystopie, Jugendroman

Klappentext:
In einer Welt, in der Menschen zu wilden Bestien - sogenannten Noahs - mutieren, zählt für die siebzehnjährige Cassidy nur, ihre kranke Schwester zu beschützen. Als sie dabei von einem Noah gebissen wird, bleiben ihr noch genau dreißig Tage, eh sie selbst zu einem Monster wird. Nur mit der Hilfe des Rebellen Daniel hat sie eine Chance, rechtzeitig Medizin zu beschaffen. Aber wer hilft schon einer tickenden Zeitbombe, deren kleinste Berührung zur eigenen Ansteckung führen kann?

Fanny Bechert

Andrew im Wunderland

Urban Fantasy

Klappentext:

»Warum hast du mich hergeholt?«

»Weil wir einen Helden brauchen, der uns rettet. Weil ich einen Helden brauche ...«

Ich bin Andrew. Mitte zwanzig, Computernerd und mit meiner Nickelbrille und dem hageren Body bestimmt kein Supermodel. Auch kein Superheld, aber für diesen Zweck habe ich ja meine virtuellen Spiel-Charaktere. Mein Leben war ein ruhiger, gemütlicher Trott – bis zu dem Tag, als ich in ein verrücktes Paralleluniversum geriet.

Ich rate euch eins: Lauft nie einem weißen Hasen hinterher. Auch nicht, wenn er eine sexy Bardame namens Lola mit Plüschohren und einem süßen Puschel am Po ist. Wieso? Weil ihr dann schneller, als euch lieb ist, einem gewaltigen Problem gegenübersteht: Ihr sollt der verdammte Held einer Geschichte werden. Problem erkannt?

Dass ich Lola dennoch verspreche, Ludens City und die Fabelwesen, die dort gegen ihre Unterdrückung kämpfen, zu unterstützen, kann nur daran liegen, dass ich ein absoluter Vollidiot bin. Oder ein Freak, der jeden Sinn für Realität verloren hat. Sucht es euch aus.

STERNENSAND VERLAG

Besucht uns im Netz:

www.sternensand-verlag.ch

www.facebook.com/sternensandverlag

www.instagram.com/sternensandverlag